Dalene Matthee

FIELA SE KIND

Tafelberg

Ander titels deur dieselfde skrywer:

Die Judasbok (1982)
'n Huis vir Nadia (1982)
Petronella van Aarde, burgemeester (1983)
Kringe in 'n bos (1984)
Moerbeibos (1987)
Brug van die esels (1992)
Susters van Eva (1995)
Pieternella van die Kaap (2000)
Toorbos (2003)
Die uitgespoeldes (2005)
Om 'n man te koop (2007)

Tafelberg,
'n druknaam van NB-Uitgewers,
'n afdeling van Media24 Boeke (Edms.) Bpk.,
Heerengracht 40, Kaapstad, Suid Afrika
www.tafelberg.com

Omslagontwerp deur Maryke Sutherland
Sleutelkuns deur Fathom Media Keyart Services:
Jacques "Jay" Loots, Israel Holtzhousen en Ivann Pieterse
Tipografie deur Full Circle
Geset in 11 op 15 pt Minion Pro

Oorspronklik gedruk in Suid-Afrika
ISBN: 978-0624-08782-3 (Vierde uitgawe, eerste druk 2019)

LSiPOD: 978-0-624-08840-0 (Tweede uitgawe, eerste druk 2019)
ISBN 978-0-624-06474-9 (epub)
ISBN 978-0-624-06558-6 (mobi)

VIR LARIUS, AMANDA,
TONI EN HILARY

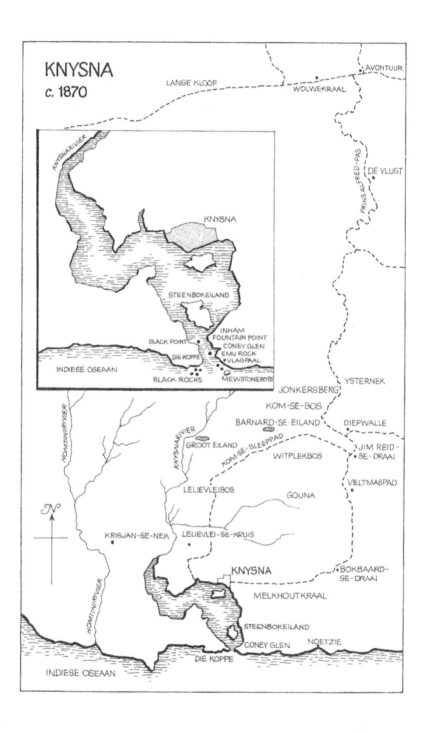

KNYSNA
c. 1870

1

Die dag toe die kind weggeraak het, het die mis vroeg begin toetrek en teen halfdag was dit of die Bos onder 'n digte wit wolk lê. Elias van Rooyen het van die steier afgeklim, die byl neergesit en onder die afdak op die hoop klaar geelhoutbalke gaan sit. Dit het nie gebaat om te werk as die mis só toe was nie, want die hout het taai gebly onder die byl, en buitendien was hy nie 'n man wat daaraan geglo het om homself vroegtydig in die lewe te verrinneweer nie. Soos die houtkappers nie. 'n Man het net een lyf en dié moet lank uitkom. Hy het liewers aan 'n goeie plan en 'n bietjie geluk geglo, al was geluk 'n skaars ding in daardie bos. En vir 'n skaars ding moet jy jou oë en jou ore elke dag gereed hou. Soos die dag toe hy onderkant Diepwalle in die hardepad op pad was dorp toe en die vreemde wa by Jim Reid-se-draai uitgespan gekry het: manne van agter die berg uit die Lange Kloof se wêreld, op soek na geelhout en stinkhout vir balke en kosyne en deure en vloerplanke en goed. Hulle wou direk van die houtkappers koop, nie van die houtkopers op Knysna nie. Maar die houtkappers was skrikkerig om aan hulle te verkoop omdat hulle vas was van die skuld by die houtkopers se winkels en die houtkopers hulle liksense kon laat afvat as hulle nie kom hout lewer nie. Elias van Rooyen was nie bang nie. En op die ou end kom dit uit dat die Langeklowers eintlik sou verkies om klaargemaakte goed te koop sodat dit nie nodig sou wees om met 'n enkele splinter onnodige hout op 'n wa oor die berge te sukkel nie. Daardie tyd was die nuwe pas nog nie klaar nie en moes hulle onder by Duiwelskop oor. Nie dat die nuwe pas veel beter was nie, maar dit was darem vier dae korter. En net daar het hy die plan gekry en aangebied om vir hulle klaar balke te lewer. In die hardepad by Diepwalle waar Kom-se-sleeppad uit die grootbos kom. Elke vierde maand se tweede Donderdag.

Daardie jare het hulle gunter agter in die Bos op 'n ander oopte gebly, op Groot Eiland, en het hy in sy skoonpa se span gekap. Hy het toe lankal nie meer sin gehad vir houtkap nie en het vir Barta loop sê sy moet regmaak, hulle gaan huis opbreek en Barnard-se-eiland toe trek. Dit was ure nader aan die hardepad en sommer in Kom-se-bos.

As die mis die dag kom toetrek, kry 'n man weer 'n slag kans om al jou dinke te dink.

"Barta!" het hy onder die afdak uit huis se kant toe geroep. "Bring vir my 'n bietjie koffie, ek is gedaan!"

Die mis was wragtig dik. Hy kon skaars tot by die huis sien; net genoeg om te weet dat hy voor die komende winter 'n plan sou moes maak met die dak voor die hele spul meegee. Hy sou êrens 'n paar ou sinkplate in die hande moes kry. Barta het die vorige winter gekla die kinders bly aan die snuif en hoes van die nattigheid in die huis.

Van die vier huisgesinne wat op Barnard-se-eiland huis gemaak het, was hy al een wat nie houtkapper was nie. Behalwe as hy moes kap vir die balke se maak. En van almal op die eiland was hy al een wat darem 'n oulap regte geld verdien het en nie alles net so moes ruil vir koffie en suiker en meel en goed by die houtkopers op die dorp nie. Nie dat hy sou sê dat dit veel beter met hom gegaan het as met die houtkappers nie; die balke se geld was ook maar net genoeg om van te leef as hy sy eie vleiskos in 'n strik gevang het. Maar balkemaak was darem baie ligter werk as houtkap en daarby het hy elke nag in sy kooi geslaap en nie iewers in die Bos onder 'n skerm nie.

Hy het Barta met die koffie hoor kom, vinnig die handbyl gegryp en die steel aandagtig bekyk soos een wat besig is. Barta kon nie verstaan dat 'n man soms moet stilsit om te dink nie.

"Elias, is Lukas dan nie hier by jou nie?" het sy onrustig gevra toe sy oopkant van die afdak met die beker koffie kom staan.

"Nee. Sit maar die koffie daar op die blok neer, my hande is besig."

Sy het omgedraai en weggestap, half stadig soos dit haar gewoonte was. Sy is nog mooi, het hy gedink, maar sy sal moet skoene kry.

Miskien moes hy ou Krisjan Smal van Lelievleibos se oudste seun kry om te kom help by die balke sodat hy meer kon lewer. Die kind was gewoond daaraan om vir koffie en suiker en meel te werk, hy kon dit maar daar by hom ook kom verdien. Aan die ander kant had hy dan weer sonde en ergernis met blyplek vir die mannetjie. Die huis was klaar te klein. Hy sou later 'n derde vertrek moes aantimmer, want die kinders was besig om groot te word. En agter uit Lelievleibos kon Krisjan Smal se kind ook nie elke dag stap nie, want hy sou saans sononder daar aankom.

Nee, het hy vorentoe gedink, al manier waarop 'n man

'n behoorlike ekstra in die Bos kan bekom, is om 'n geweer te koop en olifante te skiet. Vir die tande. Maar waar kry jy geld vir 'n geweer en vir koeëls, en hoe kom jy by die houtkopers op die dorp verby tot by die skippe om die tande te verkwansel? Die skippe betaal die beste vir ivoor, maar volgens die houtkopers het net húlle liksens om aan die skippe te lewer. Martiens Willemse sê dis 'n vervloekste leuen. Die houtkopers smokkel self ook maar die olifanttande water toe.

"Pa …" Willem, die oudste van sy vier kinders, het onder die afdak ingekom. "Pa, Ma sê Lukas is nie in die huis nie."

"Loop kyk by tant Malie of hy nie daar is nie en vee af jou neus!"

As 'n man in die nag tot by die skippe kon kom en lewer wat jy het … Hoe kom jy dan nou weer in die donker deur die Bos sonder dat die olifante jou trap?

Aan die noordekant van die eiland het hy Anna van Dawid Olwage soos gewoonlik op haar treksel kinders hoor skel. Miskien moes hy Anna en Dawid se oudste seun, Kransie, kry om hom by die balke te kom help. Kransie was seker goed 'n mannetjie van by die vyftien en Dawid se span was juis te veel van hande. Hulle het swaar gekry.

"Pa, Lukas is nie by tant Malie nie."

"Het jy by tant Anna gevra?"

"Nee, Pa."

"Nou vir wat moet ek julle alles voorsê?"

"Ja, Pa."

'n Man sukkel tot sy kinders die dag groot genoeg is om te kan help en hy sou nog lank moes sukkel. Willem, sy oudste, was maar ses en Kristoffel vyf, Lukas was drie en Nina nog aan die tiet. Willem kon darem al mooi vir Barta in die groentetuin help, maar vir hom het die kinders nog min beteken. Hy sou 'n bietjie by Dawid hoor van Kransie. Die kind sou dit nie swaar hê by hom nie; balkemaak is nie oswerk soos houtkap en regkap en uitsleep en op die wa laai en dorp toe uitry nie.

"Elias?" Barta het soos 'n gedaante uit die mis gekom.

"Wat is dit nou weer, vrou?" Kon hulle dan nie sien hy is besig nie?

"Was die kind nie hier by jou nie?"

"Ek het jou mos gesê hy was nie hier nie. Loop hoor by Sofie of hy nie daar is nie, as julle dan nou stuk-stuk wil soek."

"Ek was by Sofie, hy's nie daar nie."

'n Halfuur later het hy Barnard-se-eiland om hom sien deurmekaar raak van die geroep en gesoek en van lywe wat mekaar in die digte mis raakloop en met angsgesigte vra: "Het julle hom gekry?"

Hy het vir hulle gesê die kind is iewers in een van die huise, hy het iewers aan die slaap geraak. As die vrousmense net nie so te kere gegaan het nie en hom 'n kans wou gee om sy soek te soek, sou dit beter gegaan het. As die mis net wou lig sodat alles nie so wanstaltig lyk nie, sou dit nog beter gewees het, en as Barta net nie so aanhou loop en roep het nie. Dit het aardig geklink in die mis. Die kind was nie weg nie.

Maar Malie het die onrus nog dikker kom saai: "Dit het

my oorle antie agter in Karatara se bos oorgekom. Sy het gedink die kind is saam met die ander om te gaan vuurhout kap en so kom sy dit eers die middag agter lat hy weg is. Meer as 'n week later het hulle die verkluimde liggaampie gekry. Ons is nog die dag begrafnis toe."

Barta het haar vuis in haar mond gedruk en in haar kneukels gebyt.

"Ek sê vir julle, die kind is nie weg nie," het hy vir die soveelste keer gesê. "Loop kyk weer in julle huise, almal van julle, kyk onder elke katel en oralster!"

"Ons het gekyk, Elias," het Sofie van Koos van Huysteen gesê.

"Loop kyk weer."

Tant Gertjie, Anna se skoonma, het Nina van Barta se arm af gevat en dit het gelyk of Barta dit nie eens agterkom nie.

"Ek kan nie verstaan hoe jy die kind onder jou oë uit kon laat wegraak nie, Barta!" het hy moedeloos met haar geraas.

"Ek het met die vuur gesukkel, Elias, die dunhout was nat – ek het gedink die kind is by jou."

Hy het aan die suidekant van die eiland die Bos in geloop en gaan roep. Die kind is nie weg nie, het hy vir homself gesê en die skrik van hom weggeskop. Die kind is nie weg nie.

Toe het hy aan die westekant van die eiland gaan roep. Oos. Elke keer 'n bietjie dieper die ruigtes in. Toe hy noord die Bos in loop, het tant Gertjie saam met hom kom loop en help roep. "Dis die mis wat maak dat hy ons nie hoor nie, tante," het hy gesê en begin sukkel om die duiwel weg te hou. "Hy speel natuurlik iewers."

"Elias, ons moet omdraai, Anna moet die mans loop roep om te kom help soek voor dit te laat word."

"Maar hulle kap by Draaikloof, tante!" het hy gekeer. "Dis vier uur se stap. Die kind is nie weg nie, julle jaag spoke op!"

"Die kind is weg." Die manier waarop sy dit gesê het, die sekerte in haar, het die teensit uit hom geruk en die skrik laat kom. As jy in die Bos grootgeword het, weet jy wat wag op 'n kind wat uit 'n voetpad of 'n sleeppad dwaal as daar nie 'n grootmens by is nie. En in dik mis hou jy jou kinders om die huis.

"Ek verstaan nie hoe hy sommerso kon weggeraak het nie, tant Gertjie. Ek kan dit nie glo nie," het hy 'n laaste keer probeer stry.

"'n Kind, Elias, is nes 'n skilpad. Jy dink nog hy's stadig, dan's hy weg. Anna moet die mans loop roep."

"Ek sal self gaan."

"Nee. Barta gaat jou nodig kry. Anna sal loop. Sy ken die voetpaaie en sy weet wat om te maak as die grootvoete langs die pad is."

Hy en Malie en Sofie het tot donker toe geloop en roep. Tant Gertjie het by Barta gebly. Teen die aand het hulle Barta neergelê en haar kort-kort 'n bietjie bergboegoe ingejaag en haar kop warm gehou. Later het dit geklink of haar huil opraak; sy kon net die aardigste geluide uitkry, soos 'n kleinhond se tjank. Hy het vir haar gesê sy moet ophou, hulle sal die kind kry.

Maar die huis het nes 'n huis waar sterfte is, geword. Tant Gertjie het bo by haar huis laat asbrood haal. Sofie het 'n treksel koffie gebring en Nina na haar huis toe geneem. Malie het 'n kommetjie heuning en 'n paar gaar patats gebring.

Willem en Kristoffel het soos verskrikte goed by die vuurherd gestaan.

"Die laaste wat ek vir Lukassie gesien het, was op die hoek van die huis toe Ma vir hom 'n patat gegee het. Hy het dit gestaan en eet," het Willem vir die honderdste maal gesê.

"Waar't jy hom laas gesien, Kristoffel?"

"In die huis, Pa, hy't met sy klippe gespeel."

Malie het mistroostig gesug. "Net die liewe Vader in die hemel sal weet waar 'n kleine kind vannag in hierdie grote bos is – dieselfde ding het my oorle antie oorgekom. By Karatara."

"Ek verstaan dit nie, Malie. Ek moes tog 'n spoor gekry het."

"Hier's baie kinders op die eiland, baie spore."

"Ek verstaan dit nie."

"Wat van Flip Lourens wat die slag weggeraak het? Net sulke dikke mis gewees en hulle het hom nou nog nie gekry nie."

"Flip het nie weggeraak nie, Malie. Almal reken tog maar dat die grootvoete hom getrap het. Flip sou nie weggeraak het nie, hy het die Bos te goed geken."

"Daar's nog 'n ding wat my hinder, Elias. Die grootvoete het heelweek in die omgewing gebreek en gevreet, hulle sal nie eers voel as hulle in die donker op 'n kleine kind trap nie."

"Grootvoete trap nie op kinders nie."

Anna en die mans het donkernag gekom. Martiens van Malie het oorgevat en die orders gegee terwyl hulle sommer so in die staan iets geëet het.

"Die mis klaar op. Ek sal suid soek. Dawid, jy soek wes. Koos, jy soek noord. En Elias, jy soek oos. Elke honderd treë roep ons, en op die tiende roep draai ons om tot weer hier en swaai ons die rigtings so vyftig treë om. Is die lanterns reg?"

"Ja," het Malie gesê, "ek en Sofie het hulle reggekry."

"Wat van die grootvoete?" wou tant Gertjie weet.

"Die naastes is in Gouna se Bos," het Dawid gesê, "ons kan met gerustheid soek."

Martiens het die vrousmense se werk ook uitgedeel. "Net Anna kan gaan lê, sy's gedaan. Tant Gertjie moet by Barta waak. Malie, jy en Sofie moet 'n groot vuur in die middel van die eiland maak; as Lukas dalk iewers aan die slaap geraak het en wakker word, sal hy die skynsel sien en aankom."

Teen die oggend het die mis nog net in die diepste klowe gelê. Koos van Sofie is met ligdag weg Diepwalle toe om die boswagter te loop sê van die kind. Teen die middag was daar veertien houtkappers aan die soek en die volgende oggend het die konstabel van die dorp af gekom om ook te kom help. Die boswagter het 'n boodskap dorp toe gestuur tot by die magistraat. Teen die aand het van die houtkappers die konstabel in Jonkersberg se kloof hoor roep en hom gehawend daar loop uithelp. Totaal verdwaal.

Op die eiland het die konstabel hulle toegespreek: "Manne, ek is bevrees dat julle sal moet aanvaar dat die kind teen dié tyd nie meer kan leef nie."

"Hoe kan meneer besluit of die kind nog leef of nie leef

nie?" het Martiens hom sommer ingevlieg. "In hierdie bos is 'n kind taaier as wat meneer dink."

Die vierde dag was hulle vier-en-twintig man wat gesoek het; almal houtkappers behalwe hy, Elias, en die boswagter, mister Kapp. Die vyfde dag was hulle dertig. So ver as wat die tyding deur die Bos geloop het, het die houtkappers die byle neergelê en kom help. Die sesde dag was hulle veertig.

Aan die einde van die agtste dag het Martiens dit op hom geneem om te sê wat lankal op almal se gesigte begin lê het: "Hy kan nie meer leef nie."

Barta het tussen Sofie en Malie gestut gestaan. Verouder en verslae, opgehuil en in lanfer geklee wat tant Gertjie haar geleen het.

Elias het sy kop laag laat sak en heen en weer gerol soos een wat dit tot aan die einde nie wou glo nie.

Sewe maande later, Augustus van 1865, het die groot reën gekom, en kort daarna het die boswagter kom sê dat hulle dele van 'n kleinerige kind se geraamte langs die Gounarivier tussen die opdrifsels gekry het. Dit kon 'n bobbejaan s'n ook gewees het.

2

Benjamin het geweet hy is sy ma-hulle se hanskind. Hy was dit van altyd af en dit was niks; hy was maar nes Dawid en Tollie en Kittie en Emma in die huis. Hy was net die jongste.

Hulle het in die Lange Kloof gewoon en die Lange Kloof

was 'n kloof wat honderd myl ver al tussen die berge af gelê het. Wolwekraal was sonsakkant van die Kloof en sy ma het altyd gesê dis die mooiste kant van die Kloof. Net jammer die ou klomp Laghaans het ook daardie kant gewoon.

3

Agterna het sy die tekens gesien wat sy eers nie herken het nie: soos die pofadder wat die vorige dag voor die agterdeur kom lê het en wat haar 'n dosyn klippe gekos het om sy kop mee inmekaargegooi te kry. Nie 'n oomblik het dit by haar opgekom dat dit satanstyding kon wees nie. Sy het maar gedink dis slangtyd. En toe kom vang die valk die mooiste hoenderkuiken van die hele broeisel ook nog. Tekens. Voortekens gewees wat aan haar wou stamp om haar te waarsku, maar toe is haar kop mos net by die volstruiswyfie en slaan sy nie ag nie.

Die perdekar het van die westekant af in die Kloof opgekom en die kinders met die volstruis van die oostekant af. Sy het nog bo van die huis af gestaan en meet wie eerste by die uitdraaipad sou wees, die kinders of die kar. Die volstruis was haastig. Die takswaaiende kinders moes hol om by te bly en haar in die regte rigting te hou, en Benjamin was natuurlik weer voorholler.

"Kyk nou daar vir Benjamin, Selling! Al voor die volstruis uit, en ek het hom uitdruklik gesê hy kan saamgaan as hy agter draf!"

"Los die kind, Fiela, hy's nie een vir agter draf nie. Daardie perdekar is al heelweek op en af hier in die Kloof. Vreemde kar."

"Smouse. Al hoe meer van die goed hier rond. As dit so aangaan, sal daar op die ou end vir elke volstruisveer 'n koper wees."

Die kinders en die volstruis was voor die perdekar by die uitdraaipad en Fiela se hande het opgewonde geraak onder haar voorskoot. "Sy's mooi, Selling. Bietjie rankerig om die boude, lyk dit my, maar ons sal haar vet kry, wag maar."

"Dis nog te ver om te sê hoe sy lyk, vrou – die perdekar het lus vir uitdraai hiernatoe."

"As dit smouse is en hulle wil velle en goed koop, sê jy reguit ons deel met Rossinski."

"Daar's taamlik dasvelle wat klaar gebrei is."

"Goed, hulle kan dasvelle kry, maar nie vir onder die twee oulap 'n vel nie."

Die hitte het trillings gemaak oor die oorkantse rante; na Diepkloof se kant toe, oos, het 'n dwarrelwind padlangs in die stof getol en skielik weer gaan lê. Toe sy opkyk, het die valk weer ewe suutjies bo die werf gehang.

"Maaifoerie!" het sy vir hom geskree. "Gister my mooiste kuiken gevang toe ek my rug draai, nè? Vandag kan jy maar op 'n ander plek loop aas, ek het hulle toegemaak!"

"Die kar draai op, Fiela."

"Nie 'n enkele vel vir onder die twee oulap nie."

Onder in die laagte het die volstruis skielik regs die veld in geswenk, met die kinders agterna dat die stof onder hulle voete uitslaan.

"Hulle gaan sukkel om haar hier te kry," het Fiela sonder erg gesê en teen die skuinste agter die huis uit geloop na die hoenderhok toe.

Die somer was kwaai. Sy het teen die kaal, skurwe rooibruin berg bokant die huis uit getuur en gesien hoe die slierte mis oor die kruin waai en weer wegfrummel teen die bloue lug. Dit was of die hitte aan die Kloof se kant van die voorste berge nie 'n flenter mis heel wou laat oorwaai om lafenis te bring nie. Waarom dit die liewe Here behaag het om dié yslike gebergte soos 'n hindernis tussen die Lange Kloof en genade te kom neersit, sou net die Here alleen weet. Seekant van die berg het Hy milddadig geplant en laat reën en laat groei totdat daar 'n bos opgestaan het om myle en myle ver na al wat 'n kant is, die loop te neem. Kloofkant van die berge het Hy net klippe en stof en waboom en taaitrek en renosterbos en aalwyn oorgehad om iets van te maak.

Dis sonde, het sy haar gedagtes gekeer, die algoede Heer het darem nie die Kloof sonder genade laat staan nie, Hy het die volstruis diékant gelos. En kom die reën die jaar op sy tyd, blom die Lange Kloof en staan die kos vir mens en dier in oorvloed en vergeet jy die droogte waardeur alles en almal moes wurg. Soos nou. Maar ook dit is sondige denke, want die fontein bloei nog daagliks 'n watertjie wat slootlangs tot onder in die vangdam loop. Die bok is nog in die melk. Die paar skape is nog op die been, en saam daarmee bring Selling se hande darem ook iets in met die velle se brei en die karwatse en die swepe en die skoene se maak. Veel is Selling nie meer nie, die swakte het hom ingeneem, maar sy hande kan nog werk, al kos dit party dae skel om hulle aan die gang te kry. Swakte of nie swakte nie, Selling moet sy deel doen; niksdoen is kwaaddoen se beste broer.

Die wyfie het 'n wye draai met die kinders deur die veld gemaak voordat hulle haar weer in die rigting van die huis en die nuwe kamp gekeer gekry het.

Wes van die huis, in die ou kamp, het die mannetjie gewei. Gitswart pragvoël met wuiwende wit vlerkpluime en 'n dik, geelwit stert.

Daar was trots in haar toe sy na sy kamp toe aanloop.

"Ek het vir jou gesê ek gaan vir jou 'n wyfie kry!" het sy oor die heining gepraat. "Kyk bietjie daar, daar kom sy! Ek het nie vir jou gelieg nie!"

"Fiela!" het Selling van die huis af geroep, "die perdekar kom hiernatoe."

"Hy kan maar kom!"

Daar was baie plek in haar hart vir daardie volstruismannetjie. Vir Skopper. Om hom te kon bekom, moes sy dae lank met 'n witdoringtak gewapen teen die aalwynkoppe sit en haar kans bokant die twee wilde volstruise se nes afwag om uiteindelik drie kleintjies gesteel te kry en huis toe te bring. Van die drie het net Skopper bly leef. Volstruiskuikens vrek sommer van niks. In die komende maand sou Skopper drie jaar oud wees – tyd dat hy bekwaam raak vir wyfie vat. Een volstruis is goed, maar as jy eers 'n broeipaar het, is dit net so goed jy het 'n trommel vol geld onder die kooi. Van Skopper se pluksel alleen het sy die vorige Augustusmaand ses pond drie sjielings gemaak. Die jaar voor dit vier pond ses sjielings, en Rossinski het gesê die prys gaan nog hoër klim, want die mense oor die see wou baie volstruisvere hê. Vir tjalies en hoede en dansrokke en wat nog alles. As Skopper die wyfie vat en hulle begin broei, sou Wolwekraal 'n hele klompie spogsels van daardie vere voorsien. Skopper moes net eers sin kry vir die wyfie.

Onder in die laagte, waar die pad na die huis toe deur die fonteinsloot gaan, het die smous stilgehou om die perde te laat blaas. Waar die botterblomme teen die helling plaat maak, het die kinders die wyfie op koers gehou en reguit met haar op die huis afgepyl.

"Kom maak met haar 'n draai om die ou kamp!" het sy vir hulle geskree. "Maak 'n draai dat Skopper haar net eers sien voordat julle haar anderkant injaag!" Die kinders het van die onderkant af met haar omgekom. "Sleg ding!" het sy vir die mannetjie geskree. "Jy kyk nie eers op nie! Jy sien nie eers hoe pragtig sy is nie!"

"Pas op, Ma!" het Dawid, die oudste van haar seuns, met die omkom geskree. "Keer voor daar bo, Benjamin!"

Die wyfie was maer en verwilder, maar haar nek was reg-op en fier toe sy verbyhol met die skreeuende kinders oral aan't keer en jaag.

"Werk mooi met haar!" het Fiela vir hulle geskree en omgekyk na waar Skopper nog al pikkend wei. "Sies! Ses karwatse en twee swepe moes ek vir haar ruil en jy kyk haar nie eers aan nie!"

Sy het die wyfie by Koos Wehmeyer geruil, en sy kon seker geweet het Koos sou nie sy beste werfwyfie uitgesoek het nie. Maar sy sou haar vet en mooi kry voor dit paartyd was.

Sy het die kinders anderkant die huis hoor sukkel om die

wyfie in die kamp te kry en self 'n tak gegryp om te gaan help.

"Die kar kom hiernatoe, Fiela!" het Selling gesê toe sy verbykom.

"Twee oulap 'n vel en niks minder nie!" Die wyfie het langs die kampheining rondgetrippel. "Emma, loop keer jy en Kittie onder!" het sy die moeë, stofvuil kinders op die regte plekke geskree. "Dawid, keer jy en Benjamin bo, en Tollie, kom help jy hier by my!" Al haal sy net ses kuikens uit 'n broeisel van twaalf of sestien eiers deur, sal dit meer geld in Wolwekraal se trommel beteken as ooit tevore. "Keer daar onder!" Dit moet net eers kom reën. Die Here weet, die droogte het die Kloof op die knieë. Die wêreld is kaal. Elke middag bol die donderwolke agter die verste berge uit en raak net so weer weg sonder om 'n druppel in die stof te los. Waarvan die ou klomp Laghaans, wes van haar grensheining, leef, weet hulle alleen. "Keer, Benjamin!" As die mis net eers 'n slag oor Jan Koles se kop wil kom lê sodat dit kan reën voor die volstruise moet veld toe gaan. Met die volgende verbykom kierang hulle die wyfie en keer haar netjies in die kamp in. "Pak toe!" skree sy vir die kinders en gooi haar tak neer.

Die kinders was gedaan.

"Ma, baas Koos sê Ma moet nog 'n karwats stuur, die een is te dun om die lyf," kom Tollie sê.

"Loop sê jy vir Koos Wehmeyer hy sal lank wag vir nog 'n karwats. Benjamin, kom weg daar van die heining af! As daardie wyfie vandag losbreek, gaan sy skop om derms uit te skop!"

"Sy't Kittie amper geskop, Ma. As Tollie nie by was met die tak nie, was Kittie nou lekker dood!"

"Benjamin lieg, Ma," stry Kittie. "Dis vir hom wat sy amper geskop het!"

Sweet het onder Kittie se kopdoek uitgeloop en blink straaltjies deur die stof oor haar bruin vel gemaak. Emma het by die sloot op haar maag gelê en met haar mond teen die water gedrink. Langs haar het Dawid gekniel en water oor sy gesig gespat. Die volstruis had die kinders klaar.

"Julle moet koelte kry en die wyfie kans gee om tot ruste te kom."

"Ek gaan kyk net eers hoe ver my skuit gedryf het, Ma!" het Benjamin teëgeskop en al langs die sloot af gedraf in die rigting van die vangdam.

Dié kind van haar wat alewig met sy skuite doenig is, het Fiela by haarself gedink. Al wat 'n stukkie hout is, moet gedurig uitgehol word vir 'n skuitjie.

"Daar kom mense, Ma," waarsku Tollie haar toe hy verbyloop sloot toe.

"Hulle kan maar kom, ons deel met Rossinski – tensy hierdie een se prys vir dasvel beter is."

Toe die perdekar oor die werf kom en die hoenders voor die perde se pote wegspaander, gaan 'n stadige skrik deur haar. Dit is nie 'n smous nie. Dit is twee mans in kispakke en swart hoede.

"En dít?" vra sy agter Selling op die hoek van die huis. Die skrik het maar altyd in haar opgekom as daar vreemdes oor haar werf kom. Dit was al gewoonte.

"Seker predikers, Fiela," stel Selling voor.

"Wie kom preek op so 'n warm dag?"

Die prediker-smouse het die perde onder die peerboom vasgemaak en nader gekom. Die een was lank en bebril en die ander een was kort en dik en rooi in die gesig soos een wat baie bloed in die kop had.

"Middag." Die lange het eerste gegroet. "Mooi volstruismannetjie wat julle daar in die kamp het!"

"Hy's nie te koop nie," het sy kortweg gesê en gewonder of hulle tog wel smouse is. Die lange het 'n boek en skryfgoed by hom gehad.

Die dikke het sy hoed afgehaal en die sweet van sy kop afgevee. "Dit word darem wragtie warm hier by julle in die Kloof."

"Ja," het sy beaam. Selling het net gestaan.

"Kan ons sitgoed kry?" het die lange gevra.

"Wat is baas-hulle se besigheid?" Vreemdes kry nie sommer op háár werf sitgoed nie.

"Sensus."

"Wat is dit?"

"Die Goewerment gaan al die mense in die land laat tel, ons begin solank hier in die Kloof."

Die doodskrik het deur haar geskiet. "En vir wat wil hulle die mense tel?" het sy vinnig gevra.

"Tel jy nie saans jou hoenders nie?"

Sy het hom nie geantwoord nie. Jare se voorspooksels het skielik voor haar gestaan en haar na uitkoms laat soek: As die wyfie net wil uitbreek en weghol sodat die kinders moet agterna. As Benjamin se skuit net wil wegdryf sodat hy moet aanhou soek en wegbly van die huis af. As die liewe

Here tog net sy grote vlerke oor die kind sit en hom voor die aangesigte van die twee vredestoorders verberg.

"Kan ons sitgoed kry?" het die lange weer gevra.

Sy het omgedraai en die bruingekleide huis binnegegaan; anderkant die drumpel het sy eers bly staan totdat die daglig uit haar oë was en sy in die skemerte van die huis kon sien. Net die plankluik voor die kombuisvenster was afgehaal, die luike van die ander drie vertrekke se vensters moes die warmte buite hou en die koelte binne.

Hulle wou die mense tel en opskryf. Here, het sy dringend boontoe gepraat, laat Benjamin se skuit wegdryf, hou hom weg van die huis af, asseblief, Here. Sy het twee riempiesmatbankies buitetoe geneem na waar die vreemdes in die streep koelte aan die suidekant van die huis wag. Selling het eenkant gestaan soos een wie se verstand heeltemal skeefgetrek het.

"Kan een van julle lees en skryf?" het die dikke gevra.

"Ja," het sy gesê. "Ek. Ek het skoling gehad by mister Hood op Avontuur. Ek is die haneboek deur en die Trap der Jeugd ook, as julle wil weet."

Die lange het sy sit met sy rug teen die muur gekry, die boek op sy skoot gevat en die ink op die nabankklip staan gemaak. Die dikke het gesukkel om vir sy bankie gelykte te kry. "Volle doopname en van?" Die lange het dit vir Selling gevra, maar sy het geantwoord.

"Selling Komoetie."

Die man het dit neergeskryf. "Geboortedatum?"

"Hy weet nie."

"Weinig van julle bruin mense weet dit in elk geval," het die dikke half vies gesê en die vlieë gewaai. "Ons is nou amper veertien dae hier in die Kloof en ek weet nie of daar drie bruinmenshuise was waar hulle van hulle eie dinge geweet het nie. Hulle moes óf die baas loop vra óf ons moes raai."

Selling het verleë gestaan. "My pa het altyd gesê ek is gebore toe hulle die Engelse moes aanry met die waens."

"Aanry waarheen?"

"Ek weet nie, dit was die Engelse wat met die skepe gekom het en wat die plase gekry het."

"Dan kan dit 1820 wees," het die dikke uitgereken. "Hy lyk vir my nie na gister se kind nie, hy lyk vir my bra sleg."

"Hy't die swakte!" het sy vinnig vir Selling ingestaan. Sy het Kittie om die hoek sien loer en haar verwilder. In haar hart het sy gebid dat die wyfie moet uitbreek en weghol, al sou dit beteken dat hulle haar nooit weer kry nie en sy die karwatse en die swepe vir ewig kwyt is.

"En jy, atta?" het die lange haar gevra. "Tydens watter pes of ellende is jy gebore?"

"Ek sal die Bybel gaan haal, dis daarin opgeskryf." Sy het omgedraai en weer die huis in geloop. Net die Here kon haar nog help, het sy geweet, en al langs die mure af gevoel tot by die plankrak waar die Bybel lê. Buite het sy self die Boek oopgeslaan en gelees: *Fiela Maria Apools. Geboren 19 October 1836. In den huwelijk bevestigd met Selling Komoetie op 3 Januari 1859.*

"Waar is jy gebore?"

"Hier. Toe staan ons huis daar onder in die laagte waar ons die slag uitgespoel het met die vloed. Ek was toe so kniehoogte."

"Aan wie behoort hierdie grond?"

"Dis my grond." Miskien wil hulle nie die kinders tel nie, het sy begin hoop, net die grootmense. "My pa en my oupa het in hulle lewens oor baie jare heen vir die Wehmeyers gewerk. Jy kan maar sê hulle het hulle vir die Wehmeyers doodgewerk. Na die oubaas se afsterwe is hierdie twaalf morg van Oude Wolwekraal op my oorle pa se naam gesit, die erfbrief en alles is by mister Cairncross op die dorp op Uniondale. Ons is nie pagters nie. Ook nie werfvolk nie."

"Kinders?"

Here, laat Skopper dan uitbreek! Laat hom stokstyf dood neerslaan, laat ek hóm dan op hierdie dag offer, maar hou Benjamin weg van die huis af.

"Hoeveel kinders het julle?"

"Vyf," het sy gesê en Selling sien banger word.

"Name en geboortedatums?"

"Laat ek sien …" Sy het die Bybel weer oopgeslaan. Hoeveel keer het sy nie vir haarself gesê om Benjamin in te skryf en nooit sover gekom nie! "Kittie, ons oudste, is op 4 Januari van 1856 gebore," lees sy. "Die jaar daarna is onse Dawid gebore, die 2de Maart van 1857."

Here, vat Skopper, laat hom op hierdie oomblik vrotpens kry. Asseblief, Here.

"Volgende?"

"Tollie. Op die 17de van November van 1858. Die jaar daarna is ek en Selling getroud en had ons nie kinders nie. Emma is eers die 6de Februari van 1860 gebore, toe bou hulle aan die witmenskerk op die dorp met oorle oubaas Wehmeyer se geld."

Hy het dit alles met lang, kirtsende hale neergeskryf. "En die vyfde kind?"

Sy het Selling net een kyk gegee, toe maak sy of sy uit die Bybel lees: "Benjamin. Geboren 13 Februarie 1862. Hy's nou twaalf."

Pen in die ink, kirts-kirts. "Enige ander mense saam met julle in die huis? Broers, susters, oompies, anties, ma's, pa's, oumas, oupas, vriende?"

"Nee."

"Dis amper snaaks. Gewoonlik is die aanhangsels meer as die huismense self."

"Op Wolwekraal se werf is nie plek vir leeglêers nie," het sy hom reguit gesê. In haar binneste het sy vir hom geskree: Kry jou loop en vat die dikke saam! Sy het Benjamin tot op die Goewerment se boek ingeskryf gehad en êrens wou daar in haar gerustheid kom waar daar nog nooit tevore gerustheid was nie. Maar dan moes hulle loop.

"Waaruit maak julle 'n lewe?" het die lange gevra en met 'n nuwe blaai begin.

"Uit wat ons met ons hande verrig. Dis nie nou die ou klomp Laghaans daar onder met wie julle te doen het, wat van heuningbier en leeglê leef nie."

"Waaruit, presies, maak julle 'n bestaan?"

"Bietjie koring, bietjie mielies, bietjie groente, paar skape en 'n melkbok. Alles hang af van die water. Verder brei Selling velle en so aan en wen ons 'n plukseltjie vere af en toe."

"Aan watter kerk behoort julle?"

"Independente Kerk. Dis ons eie kerk nadat die London Missionary Society ons gelos het om self aan te sukkel. En baas kan sommer daar op baas se boek inskryf dat die geld vir die kerk destyds hier in die Kloof bymekaargemaak is en dat die kerk hier onder by Avontuur op die kruis gebou sou geword het. Maar toe loop mister Hood mos agter die klomp Stewarts aan Uniondale toe en vat die geld saam en loop bou dáár die bruinmenskerk. Nou moet ons voordag van hier af begin as ons laastegelui in die kerk wil sit, en Selling met sy swakte sien nie meer die binnekant van 'n kerk nie."

'n Geluid agter haar het haar laat omruk. Op die hoek, stralend en met die houtskuit nog drupnat in sy hande, het Benjamin oop en bloot gestaan, en haar tong het dik geword in haar mond van die skrik.

"Hy't tot onder in die vangdam gedryf, Ma! Ek moes 'n stok vat om hom uit te kry en hy het nie eers omgeslaan nie." Hy het die twee mans onthou en eerbiedig gegroet: "Middag, baas – middag, baas."

Die lange het sy bril afgeruk en die dikke se mond het oopgeval. Selling se hande het al vinniger om en om in-mekaar gerol soos die skrik hom vasvat.

Here, het sy in haar hart geskreeu, vat dan alles wat ek het! Vat die hele lot, maar moenie vir Benjamin vat nie!

Sy het altyd geweet die dag sou kom waarop sy voor die wye wêreld oor daardie kind van haar sou moes staan. Nagte op nagte het sy haar daarvoor lê en voorberei en in haar verbeelding haar sê gesê soos sy deur die jare in die Kloof gedoen het, sodat wit en bruin voor haar tong moes swig en Wolwekraal se besigheid uitlos en saam daarmee die kind. Sy het die Kloof gewoond sien raak aan die kind by haar.

"Wie se kind is dit dié?" het die lange geskok gevra.

"Myne." Hulle sou Fiela Komoetie nie sien krimp nie.

"Maar dis dan 'n wít kind!"

"Hy's wit, ja."

Die dikke het hom heftig met sy hoed begin koel waai. "En 'n dekselse mooi kind daarby. Wie se kind is dit?"

"Dis Benjamin, my hanskind."

"Kom hier, seun!" het die lange die kind geroep.

Sy het soos 'n waakhond tussen hulle ingespring. "Los die kind! As julle te praat het, praat met my!"

"Luister, atta, jy weet net so goed soos ek dat hier iets baie vreemds aan die gang is. Dit kan nie jou kind wees nie, maar jy het hom staan en opgee as jou eie. Waar kom jy aan die kind?"

"Dis my hanskind."

"Wat jy waar gekry het, vra ek jou?"

"Waar kry jy hansgoed?" Sy het soos 'n tierwyfie gekeer. Sy was lank klaar vir hierdie dag. "Ek het hom gekry waar sy ma hom gelos het, dis waar ek hom gekry het."

"Waar was dit?"

"Net daar waar baas nou sit."

"Wanneer?"

"Amper nege jaar gelede. Middel van die nag."

"Hy lyk ouer as nege," het die dikke gesê.

"Hy is."

"Hoe oud is hy?"

"Ek weet nie, ek het hom so op drie geskat die nag."

Die lange het bly loer na die kind. "Jy sê jy het hom hier voor jou agterdeur gekry? Het hy gestaan of gesit of gelê?"

"Gestaan."

"Ek dink jy lieg."

"Vir wat sal ek lieg? Ek het die nag wakker geword van 'n kind wat huil en toe ek kom oopmaak, toe staan hy hier. Iemand het hom voor my deur kom los."

"Het jy iets gehoor?"

"Nee. Net die kind."

"Maar dit het jou nie die reg gegee om hom te hou nie. Dis 'n wit kind!"

"Moes ek hom buite laat staan het?"

"Moenie vir jou probeer slim hou nie, atta," het die lange haar gewaarsku, "jy het 'n wit kind op jou werf en tussen jou ander kinders in die huis en jy weet net so goed soos ek dat dit nie die regte ding is nie."

"Wat van die bruin kinders op die wit mense se werwe en in hulle huise en tussen hulle kinders?"

"Dis 'n ander saak. Saans gaan daardie kinders huis toe, dis die werfvolk se kinders. Dis 'n verkeerde ding hierdie."

"Sê wie?"

"Sê ek!"

"As jy 'n hanslam gevat en grootgebring het, wie gaan vir jou kom sê wie se skaap dit is?"

"Hoekom het jy nie die kind grootplaas toe gevat, na baas Petrus Zondagh toe nie? Hy is 'n vername man, hy sou geweet het wat om te doen."

"Baas Petrus was agter by die see."

"Dan kon jy die kind dorp toe gevat het, na die magistraat toe."

"Magistraat wat waar was? Onse dorp het maar anderdag magistraat gekry."

"Fiela ..." het Selling 'n woord uitgekry, "sê die baas van die veldkornet."

"Wat van die veldkornet?" het die lange gevra.

"'n Week na ek die kind gekry het, is ek dorp toe om die veldkornet te sê, maar toe was hy weg Dugas toe agter skaapdiewe aan. Toe ek weer loop om te hoor of hy al gekom het, toe sê hulle hy is begrafnis toe onder op Haarlem."

"En toe het jy nie weer gegaan nie?"

"Nee. Die kind wou toe nie meer van my rok af nie, ek had hom toe gevat."

"Jy het die kind dus skelm gehou."

"Ek het hom van niemand gesteel nie."

"Ma ..."

"Loop speel, Benjamin. Loop kry jou skuit op die water."

Maar die kind het agter haar bly staan asof hy skuilte in haar skaduwee soek. Sy het altyd geweet die dag sou kom waarop sy vir hom sou moes baklei, dis net dat die dag uit 'n rigting gekom het wat sy dit nie verwag het nie. Sy het altyd gedink dit sou weer Petrus Zondagh wees wat op 'n dag 'n tweede keer oor die kind kom praat. Vir daardie dag was sy voorberei, nie vir hierdie een nie.

"Mense, wag 'n bietjie!" Die dikke het skielik sy hande in die lug gegooi en gesit soos een wat iets te sê het. "Hoe lank gelede sê jy was dit dat jy hom hier voor jou agterdeur gekry het?"

"Nege jaar."

Hy het na die lange toe gedraai. "Hoekom onthou ek dan nou van 'n ander ding? Onthou jy die kind wat destyds hier agter in die Bos weggeraak het? Ek is nog die slag saam met 'n nuwe boswagter tot by Diepwalle en daar het die ander wagter my gevra om vir hom die boodskap van die kind tot by magistraat Blake op Knysna te neem. Mister Blake het nog die volgende dag 'n konstabel gestuur om die houtkappers te help soek. Onthou jy van die kind?"

"Ek onthou iets daarvan, maar kan dit al nege jaar wees?"

"Maklik. En hulle het mos nooit weer daardie kind gekry nie."

"Was dit 'n seunskind?" Die lange het duidelik sin gekry vir die storie.

"Ja. En ek sal amper sweer dat hy ook drie jaar oud was." Dit het gevoel of die bloed in haar are kook. "Luister hier, baas," het sy losgetrek en voor die dikke loop staan. "Nou probeer baas visvang in 'n pispot!"

"Wag, atta, die kind van wie ek praat, het hier agter in Kom-se-bos weggeraak. Ek onthou die hele ding nou al hoe helderder. As jy van hier af, reguit oor die berg, 'n lyn sou trek, sweer ek kom jy net mooi agter in die Bos uit waar die kind weggeraak het."

"Het baas al gesien hoe lyk dit reguit hier oor agter die berg?" Hulle het met 'n kakstorie gesit en sy sou moes keer! "Dis nie 'n berg nie, dis berg op berg op berg voor die berg klaar is en die Bos begin, en baas weet self hoe lyk die Bos. Maar nou wil baas hier kom sit en voorstel dat 'n kind van drie van daar af tot hier kon gedwaal het? Baas is nie reg van kop nie."

"Dis nie onmoontlik nie."

"Jirre, baas, net so min as wat daardie volstruismannetjie daar anderkant 'n eier gelê sal kry, sou 'n kind van drie dit uit die Bos uit tot hier gemaak het. Nie eers 'n sterk man sou dit in 'n week se tyd gemaak het nie."

"Wat van padlangs?" het die lange voorgestel.

"Pad wat waar was? Nege jaar gelede was die pad nog nie klaar nie, hulle het aan die pad gewerk, ja. En as baas iemand soek wat daardie pad ken ..." Sy het Selling se voete sien verskuif en hom eers met haar oë gerusgestel voordat sy verder praat. "... vra vir my. Ek ken daardie pad. As die kind in die halfklaar pad beland het, sou iemand hom gekry het, want daar't honderde bandiete aan die pad gewerk. Ek sê vir baas, die kind wat ek voor my agterdeur gekry het, het nie ver gekom nie. Hy was skoon en netjies. Baas moenie vandag op my werf kom goed aanmekaarlap wat nie aanmekaar hoort nie."

Die lange het opgestaan. "Mense, ons het hier met 'n ernstige saak te doen, dis 'n saak vir hoër gesag, nie vir ons nie."

Here, sien my nood, help my, het sy paniekerig gebid, en begin pleit. "Baas, asseblief, los hierdie ding, los die kind."

"Kan die kind nie onthou hoe hy hier gekom het nie?"

"Nee."

"Boet, kom hier na my toe," het die lange die kind geroep.

"Los die kind!"

"Ek wil hom net iets vra, atta."

"Ek het hom alles gevra wat gevra moes word, hy weet niks."

"Miskien moet ons die kind saam met ons neem," het die dikke skielik voorgestel.

"Dan sal julle my eers vandag moet keelaf sny!" het sy

verwoed gekeer. "Dis mý kind hierdie en my kind sal hy bly. Almal in die Kloof weet dit en hou hulle bekke van hom af en nou wil julle julle pote aan hom kom sit! Jy, baas, jý," het sy na die lange gewys, "jy't hom in daardie Goewermentsboek ingeskryf as Benjamin Komoetie, en so sal dit opgeskryf staan tot in lengte van dae!"

"Jy het my belieg!"

"Net so min as wat baas die waarheid ken, ken ek die waarheid!"

"Het jy ooit probeer om sy ma op te spoor?"

"Nee. 'n Ooi wat lam weggegooi het, draai nie om nie."

Dit was die dikke wat sy kans afgekyk het om om haar te kom en die kind teen die muur vas te keer. "Oom sal jou niks maak nie, boet," het hy paaiend gepraat. "Oom kyk sommer na jou skuitjie."

"Los die kind!"

"Ek sal nie aan hom raak nie, atta. Dis 'n mooi skuitjie, het jy hom self gemaak?" Die kind het verskrik gestaan. "Oom vra maar net, oom is baie lief vir skuitjies. Het jy hom self gemaak?"

"My pa het my gehelp, baas."

Sy het hulle vinnig na mekaar sien kyk oor die "baas". "Hy praat agter ons aan, dit kan nie anders nie."

"Sê vir my, boet, hoe het jy hier gekom? Dink nou mooi, dan sê jy vir oom."

"Ek weet nie, baas."

"Ek is seker jy sal iets kan onthou as jy net hard genoeg dink. Van julle huis of van jou ma."

Die kind het sy potblou oë na haar gedraai asof hy by

haar wou pleit om hom los te kry. Selling het verslae nader geskuifel en met die lange gepraat.

"Julle maak die kind bang, baas. Hy ken nie ander ma nie, hy ken net vir Fiela."

Die lange het die boek toegeklap en die inkpot opgetel. "Ons gaan môre terug Knysna toe, ons sal gaan verneem van daardie ander kind."

4

Februarie.

Maart.

April.

Voorwinter.

Dit was of die klip wat Februarie in haar gaan lê het, teen die helfte van April begin ligter word het. Sy het nie meer iedere oggend wakker geword nie en gedink: vandag is die dag wat hulle gaan terugkom. Of in elke adder wat sy naby die huis of in die veld gewaar het, satanstyding gesien nie. Of in elke valk wat oor die huis gevlieg het of elke uil wat in die nag geroep het nie. Nie dat al die onrus uit haar gewyk het nie. Iewers het 'n waaksaamheid gebly wat haar soms skielik laat opkyk het as sy bo in die rantjiesveld was en haar die lang stofpad onder in die Kloof vinnig laat bespied het. Ander kere het die huis haar vasgedruk en het sy sommer op die hoek gaan staan om die pad dop te hou.

"Hulle sal nie meer kom nie, Fiela," het Selling eendag

agter haar kom sê. Hy het geweet wat in haar hart is. "Nie nou meer nie."

So het die klip ligter geword.

Hulle het die volstruiswyfie se naam Pollie gegee, en met Maartmaand se vollemaan het die mis oor Jan Koles se kop kom lê en dieselfde nag nog het die reëntjie gekom en die aarde halfspit natgemaak. Die veld was weer gelawe.

"Kinders, van môre af moet die volstruise veld toe," het sy die week daarna gesê. Sy het almal onder die peerboom aan't dasvelle brei gehad, want daar moes ten minste twee nuwe dasvelkomberse voor die winter klaarkom. Al die tekens was daar dat dit 'n kapokjaar sou wees. "Petrus Zondagh sê ek moet hulle nog altyd weghou van mekaar af, daarom wil ek hê Kittie en Tollie moet die een dag vir Skopper veld toe jaag en gaan oppas, en die ander dag vat Dawid en Emma weer vir Pollie."

"Wat van my, Ma?" wou Benjamin onmiddellik weet.

"Jy bly by die huis, want jy't nie ore nie. Dit help nie ek praat en sê jy moet jou lyf weghou van die volstruise se voorkant af nie, hulle gaan nog vir jou oopskop!" Dit was warm. Sy en Kittie het die velle wat klaar was, aanmekaargewerk terwyl die ander brei. "En julle loop staan nie die voëls en aanjaag of verwilder nie, julle keer net dat hulle nie oorloop in die ou klomp Laghaans se veld in nie, en ook nie duskant in baas Petrus se lande in nie. Ek sien juis sy nuwe draad lê plat daar bo by die wabome. Die dag as ons 'n dosyn voëls pluk, laat draad ek Wolwekraal ook in en geen rondloper of sy gesant sal weer 'n voet op hierdie werf sit nie."

"Ma, kan Benjamin nie liewer saam met my gaan nie?"

het Tollie gemor. "Ek en hy kan vir Skopper oppas. Kittie sal net weer agter die eerste bos loop lê en slaap en dan moet ek alleen na die volstruis kyk."

"Kittie sal agter 'n bos lê totdat ek haar daar met die riem kom uithaal!" het sy belowe.

Dawid het ook swarigheid gesien. "Ek weet nie so mooi van Pollie nie, Ma. Sy was nog nooit weer uit daardie kamp uit vandat ons haar daar ingejaag het nie. Sê nou sy neem die loop?"

"Ons sal maar moet sien."

Sy was self nie gerus oor die wyfie nie. Daar het 'n wildheid in haar gebly wat al die pamperlang van die wêreld nie uit haar kon kry nie. As háár kamp se mis die dag opgetel moes word, moes ten minste drie met die doringtakke keer om haar weg te hou van die een wat optel. Goed, daar bly maar altyd 'n bietjie van die veld in 'n volstruis agter, maar dit was al of daar 'n ekstra beneuktigheid in die wyfie is. Seker ook dié dat Koos Wehmeyer nooit weer oor die ander karwats gepraat het nie.

Toe sy Skopper gekry het, het die mense gesê al manier om die veld uit 'n volstruis te haal, was om hom kleintyd werf toe te bring waar hy elke dag makmens kan sien. Hoe nader aan die huis jy hom op kamp sit, hoe beter. Op ses maande het sy hom so mak gehad dat wanneer die mis in sy kamp opgetel moes word, net een nodig was om met die doringtak te keer. Op agt maande het hy so mak soos 'n hoender om die huis gewei, met net Selling om 'n oog oor hom te gooi. Nie dat Selling veel van 'n oog oorhad nie, maar hy kon darem roep as die volstruis te ver loop.

Met die wyfie het sy nie so mooi geweet nie. Van die eerste dag af was die dwars streep in haar en Fiela het gedink pamperlang sou dit uit haar uit kry: 'n lekker kossie van die tafel af, elke tweede dag vars groenkos uit die veld. Daar is vir haar ook 'n sandholte gemaak met riviersand onder van die kruis af en houtas en swawel ingeroer sodat sy haar kon skoonwoel van die luise. Enigeen wat ledig was, moes kampheining toe om met die wyfie te loop gesels. As dit die dag nie te warm was nie, het sy Selling se bankie laat aansleep heining toe en hom aangesê om die wyfie geselskap te hou solank sy hande werk.

Soms het dit gelyk of dit help, of die wyfie nuuskierig nader kom en langnek oor die heining huis se kant toe kom loer. Ander dae het sy haar gat daaraan afgevee.

Wanneer dit Benjamin se beurt was om met die wyfie te loop gesels, was dit nie 'n halfuur nie, dan was hy sat.

"Ek weet nie meer wat om vir daardie voël te sê nie, Ma. Ek het haar al alles vertel wat ek weet."

"Loop sê vir haar 'n psalm op."

"Ag, Ma!"

"Moenie teëpraat nie."

"Maar sy hoor nie eers wat 'n mens vir haar sê nie!"

"Natuurlik hoor sy."

Tog het die wyfie mooi vet geword, mooi rond om die boude, en teen Augustus sou sy 'n goeie pluksel vere kon afstaan. Nie dat sy ooit pluime sou kon gee soos 'n mannetjie nie, soos Skopper nie. Waarom die liewe Here die wyfies so grouvaal gelos het en al die sieraad aan die mannetjies geplak het, weet geen mens nie.

"Brei daardie vel, Benjamin, dis nie 'n stuk wasgoed wat jy was nie." Die kind kan partykeer so ingedagte raak.

Die volgende dag is die wyfie veld toe. Hulle het haar sonder baie moeite uit die kamp gekry en sy is kop in die lug al voor die kinders uit, soos een wat hoogmoedig is. Teen die middag het sy rustig in die laagte gewei.

"Kyk daar, Selling," het Fiela gesê en 'n oomblik op die werfbesem gerus, "kyk hoe wei sy nes 'n flerrie met 'n loslyf."

"Ek sien haar, Fiela."

"Jy jok, jy's nes Skopper, jy kyk nie eers op nie."

Die veld was mooi. Teen die einde van Maart het die reën weer gekom en twee dae lank geval en die aarde goed laat natkom. Die eerste vuurpyle het bo in die fonteinkloof begin rooi word en teen die aalwynkoppe het die bitter sap in die aalwynblare begin stoot.

"Ons kan een van die dae begin aalwee tap, Selling."

"Is dit nie 'n bietjie vroeg nie?"

"Dis eerder laat. My oorle pa het altyd gesê die aalwee moet op die eerste dag van Aprilmaand drup. Teen die tyd wat die Laghaans vanjaar agterkom dat dit taptyd is, wil ek al klaar wees. Rossinski het gesê hy gaan hierdie jaar meer betaal as laas jaar se trippens die pond – Selling, watse kapkar kom daar onder in die Kloof op?"

"Dis baas Petrus, Fiela. Jy moet ophou om vir elke kar te skrik."

"Mens bly maar onrustig."

"Fiela, jy moet met baas Petrus praat oor die kind, hy sal raad weet. Hy's 'n goeie man."

"Nee." Sy het sommer 'n paar wilde veë oor die werf ge-gee. "Petrus Zondagh vra my nie raad oor sy kinders nie en ek vra hom nie raad oor myne nie."

Sy het 'n al wyer kring skoongevee en haar oë op almal gehou. Op Selling se hande wat kort-kort wou gaan lê om te rus; op Dawid en Emma onder in die laagte waar hulle moes keer dat die wyfie nie pad toe wei nie. Sy het Kittie en Tollie dopgehou waar hulle langs die huis mielies van die stronke sit afmaak het. Sy het haar oog oor Benjamin by die sloot gehou.

Oor Benjamin sou sy nie raad vra nie. Solank sy asemhaal, sou elke Komoetie 'n plek hê. Wolwekraal is hulle plek en Benjamin is 'n Komoetie.

"Hou jou hoed op jou kop, Benjamin!" het sy sloot toe geskree. Die kind het 'n nuwe speletjie gehad. Elke skuit moes konsuis roeiers hê. Sy roeiers was toktokkies en die skuit wat eerste tot onder in die vangdam gedryf het met albei toktokkies nog bo, was die wenskuit. Hy het hom stokflou gedraf langs die sloot, van skuit tot skuit om die toktokkies wat afval te red.

Die kind het diep in haar hart gestaan. Sy was nie vir een kind liewer as vir die ander nie, dis net dat 'n mens vir 'n hanslam nog jammerte ook het.

Ja, Wolwekraal sou opgepas word. Petrus het eendag gesê die Kloof is uitgetrap en uitgedor omdat almal net plant en saai en laat wei. Die landerye is moeg van net gee en gee, jaar na jaar. Die grond moet tussenin rus kry. Van toe af het sy gesorg dat Wolwekraal se aarde gereeld rus. Die verskil kon jy sien as jy wes loop na die Laghaans se kant toe: die agt morg grond wat hulle van Koos Wehmeyer gehuur het, was uitgetrap en verrinneweer.

"Laat werk daardie hande, Selling!"

"Die moegte is vandag in my, Fiela, ek weet nie wat dit is nie."

"Die son sit nog te hoog vir moegte kry. Werk!"

Teen die einde van April het 'n ander ding haar begin pla. Dit was meer as vier weke vandat die volstruise om die beurt bedags veld toe gejaag is, maar Skopper het nog geen teken getoon van bekwaam raak vir wyfie vat nie.

"Kyk hoe uitgemes is hy, Selling!" het Fiela moedeloos geskel. "Blink en sterk, maar nie 'n teken dat sy skene of sy bek wil rooi word nie. Hy kyk nie eers na die wyfie nie."

"Jy's te haastig, Fiela. Jy't self gehoor baas Petrus sê dit kan tot anderjaar toe loop voor hy reg is vir die wyfie."

"Ek kan nie wag tot anderjaar nie, ek wil laat broei. Wolwekraal moet baie volstruise grootmaak, baie pluksels vere wen. Die prys loop hoër en hoër en daar moet geld in die trommel onder die kooi wees as die Laghaans die dag tot niet gesuip is."

"Waarvan praat jy nou, Fiela?"

"Ek wil die Laghaans se agt morg huurgrond bykoop."

"Jy droom seker. Hoeveel keer het baas Koos jou al kom vra om hierdie twaalf morg van jou oorle pa aan hom terug te verkoop? Hy sal jou nooit nog agt morge laat bykry nie, hulle wil nie meer stukkies grond in bruin hande sien nie."

"Van mý twaalf morg kan hulle vergeet. En die agt morg langsaan sit ek op Benjamin se naam. Hy's wit."

"Wie sê die Laghaans sal huur opsê?"

"Hulle moes laas jaar bokke verkoop om ou huur te betaal. Wag maar, jy sal sien … Die volstruise moet net eers broei. Ek sê vir jou, Skopper is te uitgevreet. Hy's te vet. Petrus sê dit kan wees dat hy te lui is vir wyfie vat. Ek dink ek sal hom van môre af 'n bietjie uithonger en kyk wat gebeur."

"Wie sê Pollie is reg vir mannetjie vat? En wie sê Skopper gaan haar vat as jy hulle die dag saam afkamp? Ek het gesien dat 'n mannetjie 'n wyfie uitmekaar baklei as sy hom nie aanstaan nie."

"Ek knoop sy nek vir hom as hy haar nie vat nie."

"Jy sal tog sý nek knoop."

"Hy beter haar vat. Kyk hoe mooi het sy geword. Toe sy die dag hier aangekom het, het sy gerank om die boude en 'n skone riempens gehad. Kyk hoe bult sy nou uit. Nee, Selling, ek kan nie tot anderjaar wag nie, hulle moet vanjaar nog broei."

"Kollie van baas John Howell sê hulle gee die mannetjies goed in wat 'n oubaas op Oudtshoorn aanmaak. Dit bring hulle glo aan."

"Wat? Jy sal maak dat ek 'n emmer vol loop haal en vir hom injaag!"

"Hou maar net vir Pollie ook 'n beker vol oor," het Selling gemaan, "ek dink nie sy is al reg nie."

Toe was die onrus oor die volstruise van twee kante af in haar.

En dit was die dag daarna, toe sy en Kittie in die kombuis besig was met die kos, dat Benjamin al skreeuend oor die werf huis toe gehol kom.

"Ma! Ma! Ma!"

Die stuk vuurmaakhout het sommer uit haar hande geval van die skrik. Die eerste ding wat in haar opgekom het, was dat die twee opskrywers op pad is. Voor die agterdeur het die kind haar amper onderstebo gehol en sy hande het haar voorskoot beetgekry en begin pluk en pluk.

"Ma! Ma!"

"Wat is dit?" het sy geskree.

"Die wyfie, Ma. Sy dans!"

Die verligting was net so groot soos die helse skrik. "Die wyfie dans?"

"Ja, Ma."

"Selling, die wyfie dans! Dawid, Tollie! Kittie, Emma, die wyfie dans!"

Toe sy by die kamp kom, het dit week in haar geword. Die wyfie wás aan't dans. Met haar vlerke oopgesprei en pluime al golwend, het sy om en om op haar tone oor die goudgeel klawersurings getrippel: hovaardig, sierlik, langnek. Die vreemde dans van blyheid soos alleen 'n volstruis kan dans.

Die wyfie was óf gelukkig óf sy was kloeks.

En Benjamin was veilig.

5

So wragtig, hy hou van die plan. Hy hou al hoe meer van die plan.

Elias van Rooyen het op die stomp voor die agterdeur

gaan sit sodat hy kan dink. 'n Man kan nie sy kop by sy werk hou as daar groot dinge in sy kop woel nie.

"Gaan jy nie die balk klaarmaak nie, Elias?" het Barta versigtig in die agterdeur kom vra.

"Dis darem jammer dat jy nie net vir een minuut kon voel hoe voel my rug nie," het hy verwytend gesê en gedink: Hoe moet 'n man nou sy planne bedink as 'n vrou in jou nek kom staan neul? Hoe ouer Barta word, hoe meer kom sy in die gewoonte om te kerm. Hy kon sweer sy tel gereeld die balke om te sien hoeveel klaarkom. Dit moes end kry. Hy had twee seuns wat help kos inbring, dit was nie langer vir hom nodig om hom dood te werk nie. Willem had hy by Martiens Willemse in die span en Kristoffel by Soois Cronje van Klein-Skuinsbos. Volgens Martiens en Soois was die kinders fluks en was dit nie vir hom nodig om hom oor hulle te kwel nie. En hy was nie van plan om die balke te los nie, dis net dat 'n man dit ligter het as hy eers die dag seunskinders het wat kan help om iets in te bring. Hy lewer nou wel nie meer die aantal balke wat hy vroeër gelewer het nie, want 'n man raak moeg van balke maak. Johannes Carelse, deeskant Bokbaard-se-draai, het mos ook begin balke maak. Kosyne ook. En die wa uit die Lange Kloof loop laai nou eerste Johannes se goed en laaste syne. Nie dat hy hom daardeur sou laat mismaak nie, dit was húlle wat verleë was oor balke.

Barta het agter hom in die agterdeur bly staan.

"Is daar dan nie 'n bietjie koffie nie, vrou?"

"Die koffie is op. Dalk kom Willem of Kristoffel vanaand huis toe en bring 'n trekseltjie. Het Kristoffel dan nie gesê hulle ry vandag die hout uit dorp toe nie?" Sy het langbeen op die drumpel in die son gaan sit en weer balke toe geneul: "Kom haal die wa dan nie aankomende week weer 'n vrag nie, Elias?"

"Het jy nie werk nie, Barta? Moes jy nie vandag gespit het nie?"

"Ek het gister klaar gespit. Malie het gesê sy sal later vir my 'n paar pampoenpitte bring om in die grond te sit."

"Nou hou jou kop by die pampoenpitte en laat ek myne op mý dinge hou. Ek moet 'n groot ding bedink."

Dawid Olwage het die week tevore met die ding uit die Bos gekom. Al Barnard-se-eiland se houtkappers was vir die Sondag by die huis.

"Mense," het Dawid die aand vertel, "ek het Vrydag 'n ding gesien wat ek nie gedink het my oë sien reg nie. Ons kom van Gouna se kant af dikbos deur en ek sê vir die ander om vooruit te loop, ek wil net 'n deurstap deur Stinkhoutkloof maak om te kyk wat daar te kap is. Die houtkoper neuk nou weer oor stinkhout. Kap jy stinkhout, neuk hy oor geelhout; kap jy geelhout, neuk hy oor kamassie … Ewenwel, daar's mos 'n voetpad onder in Stinkhoutkloof langs en een bo teen die kop langs oor na Brown-se-kloof toe."

"Ek sien daardie voetpad daar bo," sê Martiens. "Hy is nou wel kortpad oor na Brown-se-kloof toe, maar hy kan gevaarlik wees in nat weer."

"Dis waar," sê Dawid, "maar ek vat toe die onderste voet-pad. En net toe ek mooi onderkant die regop kranse by die watergat is, verbeel ek my ek hoor grootvoete, maar ek weet voor my siel 'n grootvoet kom nie onder in Stinkhoutkloof teen dáárdie steiltes af nie, en iets sê vir my ek moet opkyk. En ek kyk op. En net mooi waar die boonste voetpad voor teen die steilte en op die afgrond loop voor hy wegknak om af te gaan in Brown-se-kloof, kom 'n stuk of ses grootvoete die steilte uit."

"In dáárdie voetpad?" wou Koos stry. "Kan nie wees nie."

"Ek sê vir julle, julle kan loop kyk, die spore sal daar lê. Maar dis nie al nie. Ek staan nog ewe by myself en dink: Vandag is die dag wat grootvoet se kinders hulle in hierdie bos lelik gaat vasloop. Die knakdraai op die afgrond lê voor en geen grootvoet sal daar kan om nie. Ek sien al hoe duiwel die voorste een daar teen die kranse af en ek sê vir myself: As hy hom tog net goed vrek val sodat ek vir my die tande kan uitkap. Omdraaiplek is daar nie daar bo vir 'n grootvoetlyf nie."

"En toe?"

"Toe kom die voorste een by die knak en staan ek ewe eenkant toe vir die afstort, maar sal hy nie sowaar as wat ek leef sy slurp uitsteek en om die kershoutboom krul wat reg op die draai staan, sy gatkant omgooi afgrond toe en vashou-vashou omskuifel en netjies om die knak kom nie!"

"Jy lieg seker!" sê hulle omtrent almal gelyk.

"Ek lieg nie, ek het julle gesê die spore sal daar lê as julle wil gaan kyk. Een vir een is hulle so om daardie kort draai en veilig anderkant af. Soos wat elkeen se beurt kom, is dit slurp om die boom, gatkant afgrond toe en skuifel-skuifel om."

"Nee, sowaar," erken Martiens met respekte, "ek het altyd geweet die verbrande goed is slim, maar ek het nie geweet hulle is só slim nie."

Koos van Sofie het gelag. "Wat? Ek het eendag bo in Meulbos gesien hoe 'n trop deur die modder teen 'n skuinste uit is. Eers het hulle die voorste een van agter af gestoot tot hy anderkant vastrapplek het, en toe draai hy om en gee so wragtig slurp aan vir die tweede een en trek hom deur die pappery. Elkeen wat anderkant was, het omgedraai en die volgende een aan die slurp deurgehelp."

"Ek het gesien," het Martiens vertel, "dat hulle onderbos uittrek om te vreet en die grond eers netjies teen 'n boomstam afkap voor hulle dit in hulle bekke steek. Vreet nie grond nie."

Die aand toe Elias in die kooi lê, was dit nie Martiens of Koos se storie wat saam met hom kom lê het nie, dit was die ding wat Dawid bokant Stinkhoutkloof sien gebeur het. Want sê nou 'n man sou die boom daar bo op die draai net so 'n entjie bokant die grond loop afsaag sodat daar net genoeg hout en bas bly om hom regop te hou? Hoe langer hy daaroor lê en dink het, hoe meer het hy van die plan gehou. Wanneer hy eendag in sy lewe 'n geweer sou kon bekostig, kon hy nie sien nie. As 'n man dan op so 'n manier 'n gelukkie met 'n paar tande kan kry, moet hy dit gryp.

"Barta!" het hy geroep en geskrik toe sy agter hom in die deur antwoord gee. Hy het vergeet dat sy daar sit. "Jy moet Maandag vir my kos inpak vir so vier of vyf dae. Ek wil 'n bietjie onder in Gouna se bos gaat kyk na die hout."

"Hoekom dan daar?"

"Hulle sê daar's nog baie jong geelhout."

"Jy moet groter bome kap, Elias."

"Groter bome?" Hy het hom sommer vervies. "Wat ek hóé uitgesleep moet kry tot hier? Ek het net my eie twee hande en die twee stokou osse."

"Maar jy praat dan nou asof jy kans sien om ure ver en deur hoeveel klowe en driwwe te loop jonghout aanhaal?"

Barta is ook nie aldag ewe dom nie, het hy gedink en gesê: "Ek het nie gepraat van hout loop aanhaal nie, ek het net gesê ek wil gaan kyk."

Nina het van die oorkant van die eiland af aangedraal gekom. In haar een hand het sy 'n leë bottel aan die nek gedra en in die ander hand 'n stok waarmee sy elke paar treë teen die bottel kap. Hy het haar dopgehou. Dit was of daar 'n speletjie tussen haar voete en die geklieng van die bottel aan die gang is.

"Barta, kan jy nie die kind se hare afsny nie? Kyk hoe lyk sy. Nes 'n wilde ding. Of vleg die goed vas."

"Sy wil nie."

"Van wanneer af het 'n maaksel 'n wil?"

"Die skêr wil ook nie meer knip nie."

In die Bos moes 'n man liewerster nie meisiekinders gehad het nie. Hulle kon nou wel hulle ma in die huis of in die tuin help, maar kos kon hulle nie help win nie. Net bekommernis. En die Vader weet wat van dié een gaan word. Maer en tingerig en nes 'n bok wat gedurig moet klim en spring. As sy die dag 'n pak slae moet kry, moet jy vir haar fyn bekruip met die osriem, want as sy eers kans kry om weg te hardloop, vang jy haar nie gou weer nie. En teen die tyd wat jy haar gevang het, is jy te flou om haar behoorlik uit te neuk. Barta was te vrot om die kind in te toom.

"Nina!" roep hy oor die oopte. "Loop vra daar vir tant Anna 'n trekseltjie koffie tot môre toe."

Sy het eers haar treë en haar klienge klaargemaak voor sy hom antwoord gee. "Tant Anna wil nie meer leen nie, sy sê ons gee nie terug nie."

"Dit lieg sy!" Sover hy weet, het hulle Anna nog net die laaste treksel geskuld. "Loop vra dan by tant Malie. Sê ons is Kristoffel te wagte, dan gee ons terug."

Een, twee, drie. Klieng teen die bottel. Een, twee, drie. Klieng teen die bottel. As hy 'n gooiing had, het hy haar sowaar aan die draf gegooi!

Daar was dae wat hy sommer lus had om huis op te breek en op 'n ander eiland te loop woon. As 'n man nie meer houtkapper in die Bos is nie, skuif die ander jou eenkant. Sê sommer jy gee nie terug wat jy leen nie. Ewe min in almal se hande, almal ewe nooddruftig, maar hy het aldag meer die gevoel gekry dat die houtkappers van bo af op hom afkyk en onder mekaar bereken hoeveel hy uit die balke maak. Jaloers. Bang hy maak iets meer as hulle. Maar hy sou hulle nog wys. As die geluk hom bystaan en dit was nie 'n storie wat Dawid vertel het nie, sou hy een van die dae met 'n klomp geld in sy sak sit. Dan kon hulle maar bereken waar hy daaraan gekom het. Hy sou hulle nie sê nie.

"Hoe oud word Nina nou, Barta?"

Barta was nie meer in die deur nie. Die kind was seker al tien of elf.

Iemand het eendag gesê daar is van die Engelse op die dorp wat wit meisiekinders invat om kinders op te pas. Hang af van wat hulle betaal.

Die Maandag, driekwartdag, was hy bokant Stinkhoutkloof in die boonste voetpad. Oor sy rug het hy die kort treksaag gedra, die handbyl, osrieme en 'n kombers; in die knapsak was genoeg kos vir 'n week. Kristoffel het toe wel die Vrydag-aand huis toe gekom en koffie en suiker en meel gebring. Die kind was gedaan. Hulle het drie weke lank by Kalanderdraai gekap en toe breek die arme Soois se wa ook nog met die uitry. Op die dorp was die houtkoper soos gewoonlik on-tevrede met die hout en hy het Soois maar min kos in ruil laat kry by sy winkel. Dalk sou Willem darem ook in die week huis toe kom en weer iets bring.

Die olifantmis in die voetpad was 'n week oud en hy het geweet hy sou nie te lank onder in die kloof vir sy geluk hoef te wag nie. Die stinkhoutbome was aan die bessies afgooi in Brown-se-kloof; dis olifante se lekkergoed, hulle sou nie lank daar wegbly nie.

Die enigste neukery wat hy vorentoe kon sien, was dat hy dalk sou moes osse byleen vir die uitsleep van die tande. Die houtkappers leen onder mekaar osse sonder om mekaar iets te vra, maar Elias van Rooyen sou moes tand afgee en daarvoor het hy nie kans gesien nie. Dan moes Willem of Kristoffel liewers 'n ruk by die huis bly sodat hulle stuk-stuk kon uitsleep.

Die boom was presies waar Dawid gesê het hy is. Soos 'n helse hoekpaal het die ou kershout bo-op die knak gestaan en op 'n beter plek kon hy nooit kom wortelskiet het nie. Net mooi slurphoogte was die bas glad gevat van baie jare se vashou om die boom en die lekker soort roering van verwagting was skielik in Elias se lyf. Geen olifant wat dáár afduiwel, sou lewendig onder aankom nie. Vabonde! Seker gedink geen mens sal ooit op hulle triek afkom nie.

Maar hy sou versigtig moes werk. Hy sou moes sorg dat daar nie 'n hand of 'n skouer aan die boom raak wat 'n mensreuk kon laat sit nie. Olifante is fyn van snuffel. Na 'n dag of twee sou enige mensreuk in elk geval af wees, maar ingeval sy geluk dalk korter op sy spoor was as wat hy gehoop het, het hy sy lyf weggehou van die boom af.

En hy het netjies gesaag. Van die agterkant af. So kuit-hoogte van die grond af en totdat daar aan die voorkant net genoeg hout en bas oor was om die boom goed regop te hou en 'n olifant gerus te maak. Wanneer die voorste een sy slurp om die boom het en sy gatkant afgrond toe skuif, sou sy volle gewig die res losskeur. Al waarop Elias van Rooyen dan nog kon hoop, was dat die tweede olifant vorentoe sou storm om die voorste een te help sodat hulle albei daar afduiwel.

Sononder was hy onder in Stinkhoutkloof. Hy het vir hom 'n plek langs die spruit uitgekyk van waar hy die boonste voetpad goed sou kon dophou, en daar vir hom 'n takskerm gepak. Die eerste nag het hy vrot geslaap. Sy lyf was nie meer gewoond om op die aarde te lê soos 'n houtkapper s'n nie; hoe langer hy gelê het, hoe meer knobbels het daar in al wat 'n sagte plek aan sy lyf was, ingebult.

Die Dinsdag het hy Draaikloof se kant toe olifante hoor breek. Die Woensdag het sonder 'n teken van 'n olifant verbygegaan, net 'n pragtige bosbokram het klipgooi van sy skerm af water toe gewei, maar hy het niks by hom gehad om 'n strik mee te stel nie.

Die Donderdag, so teen halfdag, het hy 'n bietjie gaan skuinslê om die tyd om te wag, en wakker geword toe hy stemme hoor. Hy het eers gedink hy droom, maar toe hy hom oplig, het Freek Botha se span vlak by sy skerm verbygetou. Hy het alle verwagting uit hom uit geskrik. As hulle in Stinkhoutkloof kom kap, was al sy moeite verniet. Hy het nog ewe gekoes sodat hulle hom nie moes sien nie, maar Freek het hom gewaar en vasgesteek.

"Genade, Elias, wat maak jý hier?"

"Ek kyk sommer die geelhout deur," lieg hy en hou hom ongeërg toe hy onder die skerm uitkruip.

Freek het sy swaargelaaide span laat afpak om te rus en te rook. Genadiglik het dit uitgekom dat hulle op pad was na Michiel-se-kruis om daar te kap, toe steek hulle sommer kortpad deur Stinkhoutkloof.

"Aan jou vuurmaakplek lyk dit of jy al 'n hele paar dae hier is, Elias?"

"Ja. Julle het nie miskien grootvoete langs die pad gekry nie?"

"Ons is sonop duskant Rooihout by 'n trop verby. Maar jy's veilig hier onder, hulle kom nie maklik hier af nie."

"Ek het maar net gevra, ek wou miskien agtermiddag in daardie rigting loop."

"Hoe gaan dit by die balke, oom?" het een van Freek se skoonseuns gevra.

"Goed."

"Ek sien een van oom se seuns is by Martiens Willemse in die span."

"Ja."

Daar was agt man in Freek se span en hy het die gevoel gekry dat hulle hom sit en aankyk soos goed wat iets nie vertrou nie. "Maar daar's mos volop geelhout by julle in Kom-se-bos, Elias," het Freek bly bodder.

"Ou bome, ja. Ek soek jonghout."

"Ek sou nou weer gereken het groter bome is beter, gee jou darem ten minste vier balke uit 'n blok. Vir wat sal jy hiervandaan hout aansleep vir een ou balkie?"

"Moenie van dinge praat waarvan jy nie weet nie, Freek." Hy het hom sommer vererg.

"Ek sien jou ander seun is by Soois in die span."

"Ja."

"Hoekom vat jy nie jou seuns by jou in en lewer behoorlik balke nie?"

"Dit help nie almal kook in dieselfde pot nie."

"Die dag as ek by die houtkoper uit die skuld kom, loop maak ek ook balke of goed. Maar ek wil nie slegter af wees as wat ek nou is nie. Ons is sleg genoeg af."

Toe hulle opstaan en begin pype uitkap, was hy bly. En hulle het seker gedink hy sien nie hoe hulle onder sy skerm inspaai na wie weet wat nie. Aan die ander kant was dit seker beter dat hulle dink hy steek dáár iets weg.

Die Vrydag het hy begin moeg word van die wag. Hy kon maklik huis toe gaan en 'n dag of twee later weer kom, maar sê nou sy geluk kom duiwel die kranse af terwyl hy weg is? In die Bos is optelgoed vatgoed. Wie sou hom glo as hy sê dit was sý plan om die boom halfpad af te saag en dat die olifant syne is? Geen houtkapper sou 'n tand los as hy eers sy vat aan hom gekry het nie.

'n Roersel aan die oorkant teen die kop het sy oog getrek. Toe hy opkyk, het dit gevoel of sy hart 'n paar keer oorslaan. In die voetpad het drie olifante uitgekom. Stadig en lewensgroot, en dit was kompleet of hy 'n wens voor sy oë sien gebeur. Toe hulle vol in die son staan, het hy geweet dat die geluk nie vir hom drie mooier olifante kon uitgesoek het nie. Yslike goed. Selfs op daardie afstand kon hy die dik, geelwit tande langs hulle koppe sien boogstaan en dit het gelyk of daar nie van een 'n punt of 'n splint afgebreek was nie.

Hy het versigtig onder die skerm uitgekruip en stadig orent gekom. Tydsaam en ewe gerus het hulle in die al steiler voetpad opgeloop. Sy kakebeen was later stram van die byt op sy tande. Sy asem het teen die slym in sy bors vasgehyg, maar hy het nie durf hoes nie. Nie 'n geluid sou onder uit die kloof boontoe trek om hul gang te stop nie. Niks. Dit was sý geluk. Die voorste een was die grootste van die drie; as net hy val, sou al die moeite en die wag beloon wees. Voor donker sou hy nog die tande uitgekap en weggesteek kon hê. As twee val, kon hy nog altyd voor donker klaar wees as hy vinnig werk. As al drie val, sou hy nie voor die volgende môre kon klaar uitkap nie, dan sou hy eers moes huis toe om die slee en die osse te loop aanhaal.

Voet vir voet het hulle daar uitgeloop. Dit was of hulle geen haas ken nie en asof dit net in hom was wat die haastigheid wou kook. Dit het later gevoel of hy hulle van onder af kon aanjaag. Hoe steiler en smaller die voetpad word, hoe stadiger en hoe nader aan mekaar het hulle geloop: kop teen gat. Kop teen gat.

Darem 'n jammerte, het hy gedink, dat 'n man nie elke week 'n ander boom op daardie draai kan loop staan maak nie. Dan sal Elias van Rooyen nooit weer sy hande aan 'n balk hoef te sit nie. Maar sê nou een val hom nie heeltemal vrek nie? Sê nou die olifant breek net sy bene of sy rug? Daar was 'n veilige afstand tussen hom en die plek waar die olifant moes val, maar 'n halfdooie olifant is die gevaarlikste ding op die aarde, selfs al het 'n man 'n sware geweer.

Hy het die afgrond weer van bo tot onder bekyk en geweet hy staan homself en bang dink; geen olifant sou daar afduiwel sonder om hom goed vrek te val nie.

Omtrent honderd treë van die boom af, op die plek waar die voetpad die nouste en gevaarlikste was, het dit gelyk of hulle mekaar stoot. Dertig treë van die boom af. Twintig. Sy asem het al vinniger in sy bors geroggel; hy het afgebuk en die handbyl opgetel asof dit 'n wapen was wat hom moed moes gee. Tien treë. Soos ou mense het hulle die laaste treë gegee. Toe die voorste een se slurp begin opkom vir die strek en die vat om die boom, het die agterste twee bly staan. Toe die voorste een se slurp om die boom begin krul, het dit vir Elias gevoel of sy bors toetrek van die slym, maar toe laat die olifant skielik weer sy slurp sak en bly net so staan. Soos een wat dink. Of soos 'n ding wat bid.

"Loop! Vat hom!" het hy in sy hart geskree. "Vat hom!"

Maar al drie het net daar bo in die voetpad gestaan. Doodstil. Een keer het dit gelyk of die voorste een weer sy slurp wou lig om te probeer, maar dit toe ewe moedeloos los.

"Wag julle nou dat die bliksemse boom weer moet aangroei?" wou hy vir hulle skree. Geen mensreuk kon nog êrens om daardie boom hang nie. Van onder uit die kloof kon nie 'n asem boontoe trek nie, want die wind was in sý gesig. Nie 'n loerie het iewers gegorrel of gesis om hulle te waarsku nie. Daarom kon hy nie verstaan waarom die olifant nie sy slurp om die boom wou sit nie. Die vloeksel kon nie geweet het dat die boom gesaag is nie, só netjies was dit gedoen.

Hulle het seker 'n uur lank daar bo in die voetpad bly staan voordat hulle stadig agteruit begin trap het. 'n Man met 'n geweer sou hulle op sy tyd daar kon afgeskiet het, maar Elias van Rooyen het nie die geluk van 'n geweer gehad nie, hy moes kragteloos staan en toekyk hoe alles verbrui. Al wat hy kon doen, was om die handbyl diep in die stam van die vlier langs hom in te moker. Vloeksels!

Dit het hulle tot donker geneem om te kom tot waar hulle lywe kon omdraai. Vir hom was dit te laat om nog Barnard-se-eiland toe te loop; hy sou nog 'n nag met sy sere lyf en sy bittere neerlaag onder die takskerm moes lê.

Die volgende môre, toe hy by die bopunt van Stinkhout-kloof die laaste steilte uitklim om die sleeppad huis toe te vat, was dit godsgenade alleen of hy was morsdood. Katvoet het hulle in die ruigtes geskuil en die eerste wat hy gewaar het, was die flap van die ore tussen die takke. Hy moes alles net so neergooi en vir sy lewe vlug. Hoeveel daar was, het hy nie geweet nie, en hy het ook nie omgegee nie; hy moes hardloop om terug te kom in Stinkhoutkloof waar hulle hom nie sou kon inhaal nie. Of dit dieselfde olifante was, kon hy ook nie sê nie. Hy het net geweet die bosse breek kort agter sy lyf en die dood blaas in sy nek.

Dit het hom 'n dag se stap met 'n ompad huis toe gekos.

Barta het geskrik toe hy die agterdeur oopstoot. "Elias, kyk hoe lyk jy! Het die grootvoete jou gejaag?"

"Jy vra nog? Hulle het my op 'n haar na fyngetrap gehad!" Hy was 'n geknakte man. 'n Bitter man. Alles was verniet. "Maar ek sal hulle kry, sê ek julle. Elias van Rooyen sal hulle kry!"

Willem was by die huis. "Moes Pa neergooi?" het hy met ontsag gevra.

"Die laaste ding. Die handbyl, die kortsaag, die osrieme, alles. Jy moet môre loop kyk of jy nie iets kry nie. Ek sal jou beduie waar hulle my staan en inwag het. Bogghers."

"Wat van die kombers, Elias?" het Barta onrustig gevra.

"As die grootvoete jou skraap, kies jy nie wat jy wil los en wat jy wil hou nie, vrou!"

"Dis net lat ons so kort van komberse is, Elias."

Nina het soos 'n skaduwee uit die skemerte in die deur kom staan. "Wat raas julle so?" het sy gekla. "Daar sit die mooiste uil op die afdak en hy maak hoot-hoot-hoot in sy krop. Netnou vlieg hy weg."

"Loop jaag hom!" het Barta beangs gesê. "Hy bring on- geluk!"

Die volgende dag het hy saam met die son al om die huis geskuif en sy lyf kans gegee om reg te kom. As hy net kon verstaan hoe dit moontlik was dat sy plan só kon verfoes het. Hoe die bliksemse olifant geweet het?

"Van Rooyen?"

Toe hy opkyk, staan Diepwalle se boswagter 'n entjie

van hom af. Hy het geskrik. As 'n boswagter jou die dag op die naam kom noem, was dit moeilikheid se tyd. Maar sy kapliksens was betaal en hy had nêrens 'n strik gestel nie. Goed, die geelhout wat gekap lê, het nie die boswagter se merk opgehad nie, maar wie in die Bos kon bekostig om te kap waar 'n wagter gesê het hy kan? Dié ou storie was al muf.

"Meneer, as meneer kom moeilikheid wegbring het, het meneer na die verkeerde man toe gekom," het hy sommer reguit gepraat. "Ek is 'n vernielde man, ek was op niks na nie onder die grootvoete vertrap. Kyk hoe lyk ek."

"Ek kom nie moeilikheid wegbring nie, ek bring net vir jou 'n boodskap van die magistraat op Knysna af."

Magistráát? Dit kon net groter moeilikheid as gewone moeilikheid beteken.

"Boodskap van die magistraat af?"

"Ja. Daar bestaan 'n groot moontlikheid dat jou seun wat die slag weggeraak het, gevind is. Lewend gevind is."

Nee.

Nee, dit kon nie waar wees nie. Die man het geyl.

Elias het probeer opstaan, maar die skrik het hom terug- gedruk op die stomp.

"Wat sê meneer daar?"

"Hulle het hom agter die berg in die Lange Kloof gekry."

"Meneer, jy praat 'n ding wat my kop nie wil vat nie, ek sit bedol."

"Jy beter maar eers bedaard bly, Van Rooyen. Die ding het 'n bietjie gesloer omdat dit destyds mister Blake was wat met die wegraak van jou seun gewerk het. Die nuwe magistraat moes nou eers weer alles opleer en so aan. Baie dinge dui daarop dat dit jou kind kan wees, maar die saak is nog nie uitgemaak nie. Dis hoekom die magistraat jou en jou vrou Vrydag op die dorp in die hof wil sien."

"Jy sê hulle het die kind in die Lange Kloof gekry?"

"Ja. By bruin mense. Hy is glo al nege jaar lank daar."

"Jy sê hulle het onse Lukas gekry?"

"Die moontlikheid lyk groot."

Dit kon nie wees nie. "Waar's hy nou, meneer?"

"Nog daar agter in die Kloof. Hulle laat hom môre haal."

6

Toe Fiela die môre die agterdeur oopmaak, het sy geweet daar sou nie op daardie dag aalwee getap word nie. Die noordwestewind het gewaai. Al sou jy die vetste blare sny en onderstebo pak en dan self op jou kop gaan staan, sou hulle jou nie 'n lepel vol sap gee nie. Kom die noordwestewind, hou die aalwee sy sap in hom vas.

Agter haar in die skemer kombuis het Kittie dunhout gebreek om die vuur op te maak.

Bokant die huis by die klein kraaltjie was Dawid besig om die bok te melk.

"Blaas maar dood die kers, Kittie," het sy oor haar skouer gesê en buitetoe geloop.

Die nag se laaste donkerte het nog oor die aarde gelê: oorkant die Kloof, aan die voete van die koppe en die kranse, was dit sommer nog swart. Die maan was ver gekrimp en het blinkwit in die weste gesit. Bo by die varkhok het die rooi haan gekraai asof hy wou seker maak hy kry die dag gebreek.

Sy het die dag se pad vooruit geloop en dink. Tollie moes in die huis bly. Die wyfie het hom die vorige dag geskop. Deur die Here se genade net 'n lang bloedskraap teen die bobeen af tot by die knie, maar dit kon 'n lelike ding gewees het. Kinders dink mos jy praat wind as jy praat. Luister nie voordat hulle nie seergekry het nie. Sy het die Here sommer agter die varkhok op haar knieë gaan dank nadat sy klaar geskel het. Die kind kon dood gewees het. Maar dis omdat hulle nie weet wat dit is as 'n volstruis 'n regte skop skop nie. Sy weet. Sy was al uitgegroei toe die wilde volstruis die slag vir Nicolaas Dannhauser onder op Diepkloof oopgeskop het. Die Dannhausers was vreemde wit mense wat kom intrek het, en toe loop sukkel die man deur die veld waar die wilde voëls aan't broei was. Hulle moes hom met die perdekar loop optel en met hom injaag dorp toe. Een moes langsaan sit om die derms bymekaar te hou. Ou dokter Avis het hom darem toegewerk en deurgehaal gekry, maar Dannhauser was agterna nooit weer 'n gesonde man nie. En dan dink die kinders jy praat wind.

Sy het na die wyfie se kamp toe geloop.

"Jy's omgemoer, nè?" skel sy oor die takheining. "As jy gister my kind oopgeskop het, het ek jou nek vir jou afgeknak!"

Die voël het pik-pik gewei. Agter oor die koppe het die son uitgekom en die Kloof vol strepe warmte kom gooi. Dit was toe sy wou omdraai dat die gedagte by haar opkom, eers versigtig maar toe al hoe astranter, totdat sy vir haarself moes walle gooi. Sê nou sy maak 'n fout? Sê nou sy beduiwel alles?

Die ding wou nie los nie. Dit was die dag waarop die wyfie by Skopper in die kamp moes kom en klaar. Maar sonder bedenking was sy nie toe sy voor die huis om na die mannetjie se kamp toe loop nie.

"Skopper, jy moet nou mooi vir my kom luister," het sy met hom gepraat. Hy het sy nek regop getrek en haar aangekyk asof hy weet sy het gekom om 'n groot ding te sê. "Ek gaan Pollie vandag by jou injaag en ek waarsku jou van twee kante af: sy's beneuk en jy moet ligloop vir haar. Aan die ander kant wil ek hê jy moet haar goed aankyk sodat jy bekwaam kan raak vir haar. Moenie dat die skande oor jou kom en daar van Wolwekraal se mannetjie gesê word hy was te sleg nie. Mooiste mannetjie in die Kloof met slapte in die swingel, hoe sal dít klink?" Hy wás mooi. Sy lyfvere was roetswart en blink teen die spierwit pluime van sy vlerke. "Pollie is vet en pragtig en jy moet haar vat, want ek het nie vir jou 'n ander wyfie nie. Jy baklei haar nie vandag hier uit nie, ek vra jou mooi."

Die huis het na oggend geruik toe sy terugkom in die kombuis; die renosterhoutvuur het lustig onder die koffie-water geskiet en Kittie was besig om van die varsgebrande koffie in die sak te skep.

Almal behalwe Selling was op.

"Ons sal nie vandag veld toe gaan nie, die aalwee sal nie tap nie," het sy gesê.

"Noordwestewind, ek het ook so gedink," stem Dawid saam.

"En jy lyk verniet so bly, Benjamin, jy sal eers die werf vee en die hoenderhok help skoonmaak voor jy loop speel."

"Ja, Ma."

Sy het self die brood gesny en die melkwit varkvet opgesmeer en elkeen s'n uitgedeel. Oor die volstruise het sy eers stilgebly.

"Maak die koffie en skink vir ons, Kittie. Emma, jy moet later in die dag kruis toe loop en vir miss Baby en vir antie Maria elkeen 'n stukkie seep loop wegbring. Sê vir hulle die seep is nie hierdie keer so mooi soos miss Baby s'n laas was nie, maar Ma maak weer volgende keer reg."

"Sê dis Benjamin se skuld," snip Kittie. Sy en Benjamin was die hele week al haaks in die aalweekoppe. "Sê dis hy wat in die seeppot gestaan en roei het in plaas van roer."

"Jy jok! Dis jy wat nie jou beurt kom roer het nie!"

"Skei uit, kinders! Skink die koffie, Kittie. Emma, jy moet sommer by die winkel ook aangaan en vir ons 'n emmer meel saambring. Benjamin, loop sê jou pa moet opstaan. Ons moet klaarkry, die wyfie gaan vandag by Skopper in die kamp kom." Sy het geweet hulle sou stom staan. "Julle het my reg gehoor."

"Ma speel seker," sê Dawid.

"Ek speel nie. Vandag is die dag. Tollie moet in die huis bly met sy been, ons ander sal haar injaag."

"My been is reg, Ma!"

"Reg lyk nie so nie – loop sê jou pa moet opstaan, Benjamin!"

"Sê nou Skopper wil haar nie hê nie, Ma?" vra Kittie onrustig.

"Dan weet ek nie so mooi nie."

Benjamin het teruggekom van die kamer af en nog brood

gevra. "Baas Koos het die ander dag by die winkel gesê ek moet vir Ma sê hy ruil Ma twee mannetjies vir Skopper."

"As hy dink ek sal Skopper vir twee van sy ou motgevrete mannetjies verruil, kan hy weer loop dink. Ek is nie onnooslik nie."

"Ek het vir hom gesê Ma is nie onnooslik nie."

"Benjamin!" Sy het sommer 'n hou met die nat doek na hom gepiets. "Van wanneer af praat jy met grootmense asof hulle jou maters is?"

"Die oubaas het nie gehoor nie, Ma, mens moet skree om hom te laat hoor."

"Eet ordentlik, moenie jou mond so vol prop nie."

"Dis die brood wat so lekker is, Ma."

Toe Selling die kombuis inkom, het sy hom net een kyk gegee en geweet die noordwestewind is nie net in die aalwyne in nie.

"Skink jou pa se koffie, Kittie."

"Gee eers vir my 'n slukkie van die bakbossietreksel, Fiela, die wêreld draai vanmôre met my."

"Die wêreld kan nie vanmôre met jou draai nie, Selling. Rossinski kom anderweek en die karwatse en die velle moet klaar." Sy het vir hom 'n groot dop van die treksel ingegooi en twee lepels suiker ingeroer. "My oorle ma het altyd gesê as die wêreld met jou draai, is dit 'n teken jou maag staan stil. Ek sal agtermiddag vir jou laat gansies pluk en trek, maar vanmôre kan dit nie. Ek het al die hande nodig, want ek gaan die wyfie by Skopper injaag."

"Fiela?"

"Vandag."

"Jy maak 'n fout, Fiela, wag nog 'n week of twee."

"Nee. Ek het hulle lank genoeg uitmekaar gehou. Ek het hulle weke lank in die veld gehad, ek het lampolie in hulle ore gegooi sodat daar nie 'n bosluis moet wees om hulle te hinder nie, ek het Skopper uitgehonger – ek wag nie langer nie."

Die dou het nog nat oor die werf gelê toe sy elkeen se tak uitdeel. Tollie wou nie hoor nie, hy wou help.

"Asseblief, Ma."

"Nou goed, keer jy dan dat Skopper nie uitkom nie. Staan binne die opening en maak jou klein as ons haar injaag sodat sy jou nie sien nie."

By die wyfie se kamp het sy Kittie en Emma aangesê om onder te keer; sy en Benjamin sou bokant keer en hulle sou met haar bo om die huis gaan en dan af tot by die ander kamp.

Selling het op die hoek van die huis kom staan en haar 'n laaste keer probeer omhaal om te wag. "Fiela, jy's te haastig, die mannetjie se skene verkleur nog nie eers nie."

"Dalk verkleur hulle as sy by hom in die kamp is, Selling." Vir die kinders het sy geskree om reg te staan. "As sy weghol, laat haar hol. Ons kan haar altyd weer aankeer, maar moenie haar verwilder nie." Sy is alleen in die kamp in om die wyfie uit te keer. "Jy los nou jou beneuktigheid," het sy paaiend met haar gepraat en die witdoringtak tussen haar en die volstruis gehou. "Dis die mooiste mannetjie in die Kloof en hy sal hom nie ophou met 'n beduiwelde wyfie nie." In haar hart het sy gesê: Here, as ek vandag 'n fout maak, kyk tog net dat hulle mekaar nie tot niet baklei nie. Dit raak veretyd; as hulle die pluime verniel, kry ek niks daarvoor nie. Vir die wyfie het sy vermakerig bygevoeg: "As hy jou nie aanstaan nie, loop kry ek vir hom 'n ander een." Toe het sy haar suutjies al nader na die opening toe gekeer en haar met die tweede probeerslag netjies uitgejaag en die kinders beduie om nader te kom en te kom help.

"Fiela!" Dit was Selling wat van die huis se kant af roep, maar Selling moes wag; die wyfie het langnek getrippel soos 'n perd wat lus het om te hol.

"Stadig!" het sy die kinders teëgehou. "Laat sak die takke effens en keer aan die kante."

"Fiela!"

Die verbrande wyfie wou haar nie om die huis laat jaag nie en hulle moes teen die skuinste met haar uit en bo om die varkhok met haar gaan draai.

Sy weet goed dis nie vanmôre veld toe se jaag nie, het Fiela gedink. Die wyfie se kop het die hele tyd heen en weer op die lang nek gedraai asof die groot swart oë oral en alles wou sien. Nes 'n hoender wat uitgekeer word vir die slag en wantrouig begin raak.

"Pollie!" het Benjamin vir die wyfie geskree, "as jy met Skopper trou, bak Ma vir julle 'n geelkoek!"

"Lig jou tak, Benjamin, as die wyfie vandag omspring, gaan sy skop om raak te skop! Sy't lus vir neuk."

Toe hulle bo om die varkhok met haar draai en begin afkom na Skopper se kamp toe, het die perdekar onderkant die huis opgekom. Die skrik het Fiela se verstand uit haar kop uit geruk, maar haar lyf het bly draf en keer. Here, dit kan nie waar wees nie, nie na al die weke nie!

Hulle was amper by Skopper se kamp toe die wyfie skielik wegswenk en weer met hulle bo om die varkhok gaan draai. Met die tweede afkom het Kittie rats langs haar ingespring en haar ingekeer gekry.

Dit was dieselfde twee mans.

Die lange en die dikke.

Haar kop het skielik op twee plekke gelyk begin dink. "Kom uit daar uit die kamp, Tollie. Pak toe die opening!"

Die wyfie het al langs die binnekant van die heining af begin hol; onder het sy gedraai dat die klippers spat en weer tot bo gehol. Af. Op. Sy was vasgekeer en het uitkomplek gesoek.

Die twee mans het die perde vasgemaak en na Selling toe aangestap. Benjamin het 'n entjie van haar af gestaan met sy doringtak voor hom uitgehou, en sy het geweet hy weet dis die dag wat sy gesê het vir hulle mag aanbreek.

Die wyfie het al vinniger gehol, op en af teen die heining. Skopper het in die middel van die kamp gestaan asof hy nie kon besluit of hy self ook aan die hol moes gaan en of hy haar daar uit moes baklei nie.

Fiela het skielik nie omgegee wat hy doen nie. Sy wou vir Benjamin skree om die koppe in te hol en weg te kruip, maar haar mond wou nie oop nie en haar hart wou nie bedaar nie.

Benjamin het haar eendag in die aalweekoppe na die dinge gevra. Hulle was aan 't aalwee tap en hy moes help blare sny en in die rondte opmekaar pak: snykante ondertoe sodat die taai, bitter geel sap oor die stuk plaat kon drup.

"Ma?"

"Pak nog 'n laag, Benjamin."

"Ma, Ma sê altyd ek is Ma se hanskind."

"Ja – moenie dat die dorings jou so skraap nie, kind. Vat die blaar soos jy 'n pofadder sal vat, bly weg van die sye af waar die dorings sit." Sy het geweet waarheen hy wou praat en probeer uitstel soek. "Ons moet opskud. Emma en Kittie het al twee hope wat tap. Môre sal ons weer 'n slag kan uit-kook."

Benjamin het van die tap gehou, maar as hulle die dag die bymekaargemaakte sap in die drom op die buitevuur moes uitkook tot dit dik en swart en glaserig is, het hy altyd 'n plan gemaak om weg te kom.

"Alles proe bitter, Ma, tot die lug ook! Die rook maak 'n mens se klere en 'n mens se lyf en alles bitter. Ek sal vir Ma iets anders doen."

Sy het hom maar altyd laat wegkom, by die tap was hy darem so fluks.

Maar sy kon nie van sy vrae af wegkom daardie dag nie.

"Hoekom was Ma so bang toe hulle die dag die mense kom tel het?"

"Ek was g'n bang nie."

"Ma was bang. Ek het gesien."

"As 'n mens met 'n adder te doen het, is dit nie te sê jy's bang as jy jou klippe vir hom regkry nie."

Hulle het saam die kwylende blare om en om op die hoop gepak. Na 'n ruk het sy gedink hy het die ding gelos, maar toe begin hy weer torring.

"Hoekom is 'n mens wit of bruin, Ma?"

"Vra jy my nou na die Here se geheim? Hoekom is 'n spreeu swart en 'n vink geel?"

"Hoekom is ek wit en Ma-hulle bruin?"

"Omdat jy 'n hanskind is. Pak vorentoe daardie blaar, hy drup mis."

"Hoekom het Ma die dag gesê hulle sal Ma eers moet keelaf sny voor hulle my kan vat? Wou hulle my vat?"

"Dit was wind se praat. Waar kan jy 'n ander mens se kind sommer kom staan vat?"

Sy het van haar hurke af opgestaan, maar Benjamin het bly sit.

"Ma?"

Daar was onrus in die kind. Sy het weggekyk na die verte toe, tot onder waar die vaalblou bergspitse die Kloof sluit, en sy het geweet die kind gaan 'n ding vra waaroor sy nie vir hom sou kon lieg nie.

"Ja, Benjamin?"

"Gaan hulle my kom vat, Ma?"

Die kind het 'n manier gehad om na jou te kyk asof hy uit sy hart in jóúne in kyk. "Ma sal jou nie laat vat nie, Benjamin. Maar êrens wag daar vir ons 'n dag waarop net die Here ons sal kan help."

"Gaan hulle terugkom?"

"Ek weet nie. As hulle nie kom nie, sal 'n ander adder op 'n ander dag kom. Ons sal maar moet wag en sien. Maar Ma sal jou nie laat vat nie."

"Hoekom tap die aalwee nie as die noordwestewind waai nie, Ma?"

"Dis die aalwee se geheim."

Benjamin het die doringtak laat sak en omgekyk na haar toe.

Here, het sy in haar binneste gedink, hoekom kry ek skielik so 'n aardige gevoel?

"Fiela!" het Selling benoud geroep.

Die wyfie het nog steeds gehol en Skopper het nog steeds in die middel van die kamp rondgetrippel. Dawid en Tollie en die twee meisiekinders was besig om die opening toe te pak, maar hulle oë het bly huis toe draai.

"Fiela, kom hier!"

Sy het haar tak teen die heining gesmyt en met elke tree wat sy gee, gevoel soos een wat aan die leeg bloei is.

"Môre!" Die lange het mildelik gegroet. "Ek sien julle is nog altyd doenig met die volstruise. Gaan julle laat broei?" Sy het hom nie antwoord gegee nie. "Ek hoor vere se pryse gaan sak."

Dit was 'n lieg, maar sy het hom dit nie gesê nie. Hy kon staan en praatjies maak tot hy van sy eie praatjies moeg is. Sy sou hom ook nie vra wat hulle kom soek het nie.

Die dikke het skuldigweg nader gestaan. "Ek sien julle het darem 'n bietjie reën gehad ... Ons het laas nag agter in De Vlugt geslaap, by die Standers. Ons is gisteroggend 'n bietjie laat weg op Knysna."

Die wyfie se pote het egalig grond geraak en 'n hoender het bo by die varkhok aan die kekkel gegaan.

"Mister Goldsbury, die nuwe magistraat op Knysna, het ons gestuur," het die lange gesê, maar hy het haar nie in die gesig gekyk nie. "Hy wil die kind sien."

Sy het nie haar stem verhef nie. "Ek het daar niks op teë nie, hy kan kom kyk."

"Hy wil die kind op Knysna sien."

"Hy kan hom hier kom sien."

Die lange het hom opgeruk. "Luister, atta, ek is moeg en jy moenie vandag moeilik raak nie. Ons het ver gekom. Die magistraat is nie 'n man met wie 'n mens sukkel nie. Hy wil die kind op Knysna hê en dis klaar."

"Oormôre," het die dikke bygevoeg. "Vrydag. Mister Goldsbury wil net die saak van die kind wat die slag in die Bos weggeraak het, opklaar. Dis al. Die ding sluit. Die ma van die kind sal ook Vrydag in die hof op Knysna wees. Sy moet kom kyk of dit haar kind is."

"Dis nie haar kind nie."

"Dan moet ons soveel te meer sorg dat sy en mister Goldsbury dit self ook vasstel," het die lange gesê. "Laat die saak dan afgehandel kom."

Hulle was haar aan die vaskeer. Sy het dit geweet. "Hoekom kom kyk die bosvrou dan nie hier as sy wil kyk nie?"

"Dis groot sake hierdie, atta, dis dinge wat voor 'n magistraat gesê en gedoen moet word. As sy hiernatoe kom, kan julle praat soos julle wil, maar voor die magistraat staan jy onder eed en moet jy reg praat. Daarby is die bosmense baie sku. Die boswagter sê juis hy weet nie hoe hulle Vrydag die vrou op die dorp gaan kry nie, wat nog te sê van in die hof."

Hulle het jou klaar omgejaag, Fiela Komoetie, het sy vir haarself gesê, hulle pak nog net die opening toe. Sy het Selling se swakte deur haar lyf voel trek. Spartel en skree sou haar nie help nie, al wat oorgebly het, was om nie voor hulle te loop lê nie. "Ek sal hom self Knysna toe vat."

"Waarvan praat jy nou, atta?" Die lange se ongeduld het lelik begin deurslaan. "Die magistraat wil hom Vrydag in die hof sien, dis oormôre! Nie anderweek nie. Dit sal jou minstens twee dae te voet neem om daar te kom, en met die kind by jou nog langer! Dis te ver om met hom te loop."

"Nou verstaan ek baas nie. Volgens baas het hy, toe hy maar drie jaar oud was, alleen oor die berge gekom tot hier, en nou dink baas dis ver vir hom om te loop?"

"Ek het nie gesê dit is die kind nie, ek het gesê die magistraat wil die kind sien om die saak op te klaar."

"Ek sê vir baas julle mors julle tyd, dis nie daardie kind nie."

"As jy dan so seker daarvan is, steek jy nie dalk vir ons iets weg nie?" het die lange agterdogtig gevra.

"Ek het niks om weg te steek nie, ek sê net vir baas-hulle dis nie daardie kind nie. Hy't nie van die Bos af gekom tot hier nie. Iemand het hom hier kom neersit toe dit nag was sodat niemand moes sien nie. Maar ek is gewillig om die kind Maandag op Knysna vir die magistraat en vir die bosvrou te loop wys sodat hierdie ding kan end kry."

Toe het die dikke se geduld ook begin lol. "Jy kan nie die magistraat voorsê nie. As hy gesê het Vrydag, is dit Vrydag of hy skryf vir jou aan die verkeerde kant van die wet in en jy staan Maandag vir minagting in die hof!"

"Dan ry ek saam met julle met die kar."

"Daar's nie plek op die kar nie," het die lange gekeer. "Jy weet self hoe ellendig die pad hier agter oor die berg is. Die poskar had verlede maand nog weer 'n ongeluk, op dieselfde plek waar mister MacPherson met die poskar verongeluk het."

"Nou wil julle mý kind loop staan en verongeluk?"

"Maar dis dan hoekom ons sê ons kan jou nie ook oplaai nie; ons wil nie die kar te swaar hê nie." Die lange was ergerlik. "Môre vroeg kom laai ons die kind op, môreaand slaap hy by my in my huis op Knysna, Vrydagoggend neem ek hom vir mister Goldsbury hof toe en die bosvrou kom kyk of dit haar kind is."

"Dis nie haar kind nie!"

"As dit nie haar kind is nie, bring ons hom Saterdag terug."

Sy het geweet hoe die kloekhen voel as die valk in die lug kom hang en daar is geen skuilte vir haar om heen te vlug nie.

Al wat vir háár oorgebly het, was om te pleit.

"Here, baas, ek het die kind belowe dat ek hom nie sal laat vat nie. Hy's so vas aan my, baas. Hy's maar nog net 'n kind en hy't min wil. Ons is sy wil en God kyk op ons af en Hy skryf iedere traan op wat 'n kind deur onse wil stort. Het baas dan nie 'n hart nie? Al wat ek vra, is dat baas my saam met die kind vat. Ons sal terugloop."

"Ons kan nie," het die dikke gesê. "Maar ons sal mooi na hom kyk, jy hoef nie bang te wees nie."

Sy wás bang. Hulle het met 'n ding gekom waarteen sy nie langer kon baklei nie.

Hulle had die wet aan hulle kant en die wet is baas. As die magistraat net die kind vir die bosvrou wou wys, was daar niks te vrees nie, maar daar was so baie ander redes wat hulle in hulle koppe kon wegsteek en waarvan sy nie kon weet nie. Dít was die vrees wat haar in wanhoop laat staan het en die woede in haar laat kom het.

"As baas-hulle nie loop sê het van die kind nie, as julle

julle bekke gehou het, het hierdie ding nie nou oor ons gelê nie!"

"Jy kon tog nie die kind vir ewig weggesteek het nie!" het die lange haar uitgedaag.

"Ek het hom nie weggesteek nie!" het sy gestry.

"Die mense sê die kind kom nie in die kerk nie, hy verheiden."

Sy het van voor af geskrik. "Met ander woorde, julle het by andere oor die kind loop praat? My agter my rug loop verskinder?"

"Hulle sê die kind is nie saam met jou ander kinders skool toe nie."

"Ek leer hom van die Here. Tollie en Dawid het hom geleer soos hulle in die skool geleer het. Iedere middag. Miss Baby Stewart, onder op die kruis langs die winkel, het hom twee middae in die week somme geleer omdat Tollie en Dawid self nie die somme altyd verstaan het nie. Benjamin kon húlle later van somme leer. Nee, baas, ek het hom nie weggesteek nie, ek het hom net uitgespaar waar ek kon omdat hy wit is. Ek het hom maar net weggehou van adders soos julle!"

"Fiela!" Selling het haar geken as sy duiwel vat. "Die baas sê mos hulle sal hom Saterdag terugbring."

"Hoe weet ek hulle staan nie en lieg nie?" het sy vir Selling geskree.

"Baas, lieg baas-hulle?" het Selling bedremmeld en reguit vir die lange gevra.

"Ons lieg nie, maar as die magistraat van jou vrou se houding moet verneem, gaan dinge sleg lyk vir julle. Die magistraat wil net die kind vir die bosvrou wys, maar nou moet ek my van 'n bruinvel laat staan en beledig. Ek het nou genoeg gehad. Môre voordag kom laai ek die kind op. As hy nie regstaan nie, ry ek sonder hom en kan die magistraat die konstabel stuur om hom te haal. Dié sal nie kom staan en verduidelik soos ek nie, hy sal hom kom vat en klaar. Hy's 'n Ier."

Toe hulle wegry, het Wolwekraal agter hulle tot 'n verslae stilstand gekom. Alles, behalwe die wyfie.

En Fiela se kop het na elke kant toe uitkoms gesoek. Sy moes die kind vat en bo in die fonteinkloof met hom gaan wegkruip. Nee, sy moes kruis toe loop, na miss Baby toe, en hom daar gaan wegsteek. Of by antie Maria. Maar antie Maria was kok by Petrus Zondagh-hulle en het in die werk gestaan. Sy moes na Petrus toe, hy sou weet wat om te doen. Nee, fonteinkloof toe sou die beste wees.

Selling het inmekaar op sy bankie langs die huis gaan sit. Kittie en Emma het by die peerboom gestaan en huil, en Dawid en Tollie het rantjiesveld toe geloop.

Benjamin het sy skuite op die water gaan sit.

Here wat op die mens neersien, wat moet ek doen?

Sy het varkhok toe geloop. Na die bok toe. Kamp toe. Vangdam toe. Veld toe. Terug. Net soos die wyfie kon sy nie tot ruste kom nie. Varkhok toe. Kombuis toe. Vangdam toe.

"Ma?"

"Bly stil, Benjamin, Ma dink."

"Wat dink Ma?"

"Alles."

Veld toe. Kamp toe. Varkhok toe. Here, watter kant toe? Lieg hulle of praat hulle die waarheid?

Teen die middag was daar twee kante oor: Die kind moes alleen in die fonteinkloof loop wegkruip en almal moes sweer dat hy verdwyn het soos hy gekom het. Weggeloop. Of sy moes klaarmaak en hom saamstuur Knysna toe en op haar knieë bly tot Saterdag toe en glo dat hulle hom sal terugbring. Die bosvrou se kind was hy nie, daarvoor sou sy sonder sien haar hand op die Bybel lê.

"Ma, die wyfie het bedaar, sy wei nou. Skopper ook." Dit was of Benjamin haar daarmee wou troos.

"Loop speel, Benjamin, Ma is nog nie klaar gedink nie."

Die kind het geweet hulle is vas, dit was in sy oë geskryf. En hy het nie teruggegaan sloot toe nie, hy het by Selling teen die muur gaan sit.

Nee, die kind kon nie alleen fonteinkloof toe nie. Dit was 'n bang dwaas se uitkoms. Daarby het 'n tier skaars 'n maand gelede weer daar deurgekom en een van die Laghaans se ou slingermaer skape kom vang.

Dawid en Tollie het agter die huis op die nabank gesit. Kittie en Emma het op die hoek van die huis gestaan. Sy het geweet hulle wag dat dit tot klaarte in haar moet kom, dat sy moet sê na watter kant toe.

Daar was net een kant oor.

"Dawid!" Sy het loop staan waar hulle haar almal kon sien en hoor. "Kry reg jou voete, jy moet dorp toe. Tollie, breek dunhout en pak 'n buitevuur aan vir warm water se maak. Emma, maak kleinvuur in die huis en hang vir ons kos oor. Kittie, loop haal die blik met die naaldegoed." Hulle het haar net aangestaar. Sy sou moes reguit praat. "Benjamin gaan Knysna toe," sê sy en sien Selling se hand uitgaan om oor Benjamin se kop te gaan lê. "Dit kan nie anders nie. Ek het oral gedink en ek kry nie 'n ander pad nie. Maar Saterdag sal hulle hom terugbring, sê ek vir julle. Hoor jy my, Benjamin? Saterdag sal hulle jou terugbring, en die Here help hulle as hulle ooit weer hulle pote op hierdie werf sit! Ma stuur jou saam sodat die magistraat en die bosvrou jou kan bekyk en klaar kyk. En Ma belowe jou, jy sal nie nodig hê om jou kop anderkant daardie berg te laat sak omdat jy as 'n Komoetie ingeskryf staan in die Goewerment se boek nie. Dawid gaan kortpad vat oor Jan Koles se kop dorp toe met die skaapvelle en 'n paar karwatse, en hy gaan vir mister Pace sê hy moet vir my daarvoor vir jou 'n mooie hemp en 'n paar winkelskoene stuur. Selling, trek af die kind se voet op 'n stukkie vel. Tollie, maak die vuur. Kittie, bring die naaldegoed, daar's 'n naat los aan Benjamin se beste broek." Die skrik was nog nie uit hulle uit nie, want hulle het haar nog steeds net bly aanstaar. "Haal asem! Ons moet die kind regkry, hy sal hom nie loop skaam nie!"

Skemer was Dawid terug van die dorp af. Die hemp was 'n bietjie groot, maar dit was beter as te klein. 'n Mooi hemp. 'n Bloue.

Die skoene was net reg.

En die kinders was nie meer so verskrik nie. Dit was amper soos Oujaarsdag se regmaak om na antie Rosie onder op Haarlem te gaan.

"Jy moet vir ons iets moois van Knysna saambring, hoor?"

"Hulle sê daar's olifante in die Bos, dalk sien jy een."

"Dink net hoe lekker gaan jy perdekar ry!"

"Moenie huil nie, Benjamin, miskien kan jy nog vir ons 'n lekker vis loop vang!"

Sy het hulle laat begaan. Dit het Benjamin beter laat voel en 'n bietjie belangrik daarby, en dit het gehelp dat hulle nie agterkom hoe bekommerd sy is nie. Net Selling het haar onrustig bly dophou.

Daar was baie vir haar eie hande te doen. Die wit haan moes geslag kom, sy moes vetkoek knie en bak. Die kind moes genoeg kos saamkry om na Saterdag toe te hou. Sy het sy hare gesny, sy naels geknip, sy voete met lampolie en kersvet ingesmeer sodat daar nie 'n skurftetjie aan hulle moes agterbly nie.

Sy wou haar nie skaam nie. Daar sou nie 'n vinger na 'n Komoetie gewys word nie.

Sy het die kinders laat terg en praat. Háár praat sou sy praat wanneer sy hom in die kamer in die bad het vir die groot skrop. Sy voete moes net eers saf word.

Kort na Dawid gekom het, het hulle geëet. Die kos wou in haar keel bly sit, maar sy het aangehou met eet, want Benjamin het haar dopgehou asof hy wou seker maak dat sy nie bang is nie.

Solank Kittie en Emma die skottelgoed was, het sy buitetoe gevlug.

Dawid was by die vuur.

"Die water is reg, Ma."

"Ek wag dat die meisiekinders klaarkry in die kombuis." Dawid was besig om man te word. Daar was grootmensonrus op sy gesig in die gloed van die vuur. "Ma loop sommer 'n bietjie na die volstruise toe."

"Sê nou hy is die kind wat agter in die Bos weggeraak het, Ma?" het Dawid haar gekeer.

"Hy is nie. Wag tot jy gesien het hoe dit hier agter oor die berge lyk en jy sal ook weet dat dit nie hy kan wees nie. Jy ken die wêreld maar net kortpad deur Besemgoedkloof tot agter in De Vlugt. Ek ken hom padlangs. En De Vlugt is maar agter die eerste berg. Nee, Dawid, dis al troos wat ons vanaand het, die bosvrou se kind is hy nie. En Vrydag sal sy dit ook weet. 'n Ooi ken haar lam."

Sy het weggedraai en die donker in geloop. Die sterre het blink bo die Kloof gehang, rustig, asof daar geen sorge bokant die aarde is nie. Gaan saam met Benjamin, Here, het sy loop en bid. Bly by hom, hy's safter as ons, want hy's wit. Staan langs hom as hy voor die magistraat moet verskyn. Kyk dat hy netjies en skoon daar staan en kyk dat sy skoene vas is. By die volstruise se kamp het sy oor die heining gesoek tot waar sy die wyfie sien sit.

"Gedink jou gô sal uit wees," sê sy vir haar en loop tot waar Skopper onder in die hoek staan. "En as jy nou só staan? Dink jy nou of jy haar sal vat of uitbaklei? Jy neuk net nie môre of oormôre of die dag daarna nie, ek sê jou. Hier's genoeg hartseer op Wolwekraal."

Bo in die rante het die naguiltjie sy droewige roep gegee. Toe Benjamin klein was en die naguil het naby die huis kom torre soek en sy roep kom roep, het dit altyd die kind tussen haar en Selling in die kooi gejaag.

"Wat maak so, Pa?"

"Naguiltjie." Selling het maar sleg geslaap en van gesels in die nag gehou.

"Dit klink dan nie soos 'n uil nie."

"Lyk ook nie soos een nie. Jy sal in die kliprantjies loop en bo-oor hom trap en hom nie raaksien nie. Hy lyk nes die klippe en hy hou sy lyf plat as jy aankom."

"Tollie sê dis 'n spook wat so maak."

"Tollie lieg."

Selling se stories oor die veld en die diere – party ook maar dik liegstories – kon die kind soms ure lank laat rieme vashou as daar langsweep gevleg moes word. Daar was tye wat dit vir haar gelyk het of Benjamin meer geduld met sy pa se swakte het as die ander kinders.

Sy het omgedraai huis toe.

"Bring die water, Dawid."

Hulle moes vir haar die sinkbad vol water dra. Sy het van die bêreseep uitgehaal, 'n nuwe wasdoek en 'n skoon stuk flennie vir die afdroog.

Toe die kind uitgetrek staan, het die nood haar van nog 'n kant af kom druk: Was hy nie te maer nie? Was hy nie te bleek nie? Wat van die skrape aan sy arms en sy bene? Aalweetyd was almal vol skrape, dis net dat die kind se witte vel die skrape so wys.

"Ma …"

"Klim in, Benjamin!"

"Ma, die water is te warm."

"Hy's nie te warm nie, ek het hom gevoel."

"Ek het vir Ma gesê ek sal by die sloot gaan was. Ek is nie 'n baby nie."

"Jy kan nie met die sloot se was voor die magistraat loop staan nie. Sit!"

"Ma, ek is bang."

"Jaag weg die bang. En onthou om nie vir die magistraat baas te sê nie. Jy sê vir hom: my heer."

"Is hy die Here?"

"Moenie jou aspris onnooslik hou nie, Benjamin! Hy's die magistraat, die grootman van die wet. Die een wat voor hom loop staan en lieg, sit sommer met sy gat binne-in die tronk."

"Ma moet saamgaan."

"Daar's nie plek op die kar nie."

"Eina! Ma was my ore van my kop af."

"Sit stil! Sê vir Ma, hoe het Ma gesê moet jy sê as die magistraat jou vra wat jou naam is?"

"Benjamin Komoetie."

"Wie's jou ma?"

"Fiela Komoetie."

"Wie's jou pa?"

"Selling Komoetie."

"Waar woon jy?"

"Wolwekraal in die Lange Kloof. Ons eie grond."

"Hoe't jy Ma se kind gekom?"

"Hoe't Ma nou weer gesê moet ek sê?"

"Die Here het jou aan Ma toebetrou."

"Die Here het my aan Ma toebetrou."

"Weer."

"Die Here het my aan Ma toebetrou."

"As hy jou laat skryf, dan skryf jy op jou mooiste. As hy jou laat lees, dan lees jy op jou mooiste, soos jy altyd vir Ma die Bybel lees. Oor die somme is Ma nie bekommerd nie."

"Ek ken nie meer die nege-maal-tafel nie, Ma."

"Hy sal dit nie vra nie."

"Wie sê vir Ma?"

"Hy sal nie tafels vra nie."

"Ek is bang, Ma."

"Jaag weg die bang." Here, het sy in haar hart gesê, vat weg my eie bang.

"Ma, sê nou hulle bring my nie weer terug nie?"

"Die magistraat sal kyk dat hulle jou terugbring. Saterdag, soos hulle gesê het. Die magistraat se woord is wet. Gee aan jou voet."

Selling het op die kooi kom sit en in die kers in vasgekyk asof sy kop ver van sy lyf af was.

"Ma …"

"Hou stil jou voet, Benjamin! Ma het jou goed in die klein trommel gepak; jou slaaphemp onder, dan jou ander goed en bo-op jou beste broek en jou nuwe hemp. Die hemp trek jy Vrydag aan, en jy trek dit weer uit as jy klaar voor die magistraat was en sit dit netjies terug in die trommel. Moenie hom opfrommel nie."

"Nee, Ma."

"En Dawid leen vir jou sy beste baadjie. Maar jy trek nie Vrydag die baadjie aan nie, jy trek jou ou hemp onder die nuwe een aan, en as dit koud is, trek jy jou flenniehemp ook onder aan."

"Ja, Ma."

"Die vyf sjielings wat Ma in die lap knoop, los jy net so in die trommel. Dis vir ingeval."

"Watse ingeval?"

"Vir ingeval die magistraat vra of jy geld het. Sodat hy kan sien die Komoeties is nie kaalgat nie."

"En as Ma die geld nodig kry?"

"Ma sal dit nie na Saterdag toe nodig kry nie. Maar jy loop gee nie die geld uit nie, jy bring dit net so weer terug. Jou kos sal hou."

"Sê nou ek verloor die geld?"

"Dan foeter ek jou."

"Sê nou hulle vat dit?"

"Dan maak jy maar liewers nie moeilikheid nie."

Langsaan in die ander kamer het sy Kittie hoor snuif. Sy het geweet die ander kinders luister na elke woord wat daar gepraat word. Selling se hande het om en om inmekaar bly woel.

"Fiela …"

"Ja, Selling?"

"Ek wonder of dit nie beter sal wees as hy liewerster vir die magistraat 'weledele heer' sê nie?"

Weledele heer. Dit het mooi geklink.

"Was Pa al voor die magistraat?" het Benjamin gevra. Sy het Selling sien skrik en self ook geskrik. "Tollie sê Pa was in die tronk."

Sy dog haar hart gaan staan.

"As jy voor die magistraat loop sê jou pa was in die tronk, kom daar moeilikheid!"

"Ek het mos nie gesê ek sal sê nie, Ma."

"Jissus!"

"Ek sal nie sê nie, Ma."

Sy het voordag opgestaan, die vuur opgemaak, koffiewater oorgehang, brood gesmeer, seker gemaak dat die kind se goed reg is.

Haar kop was lig, sy het nie geslaap nie. Sy het vir die Here gesê as Hy kyk dat haar kind veilig terugkom, vat sy Augustusmaand die helfte van Skopper se pluksel en loop gee dit net so vir die kerk op die dorp. As die volstruise broei, vat sy die drie sterkste kuikens en verkoop hulle en loop gee dié geld ook.

Die Here ken haar, Hy sal weet sy sal nie in benoudheid lieg nie.

Die ander het opgestaan en kombuis toe gekom en hulle het min gepraat.

Benjamin het sy koffie gedrink en sy brood geëet en sy oë was bang en vol trane. Toe Selling begin huil, het sy buite gaan staan tot die lig van die perdekar se lantern onder in die Kloof uitslaan. Toe het sy binne gaan wag.

Die lange het nie gegroet nie, hy was stuurs. Tollie en Dawid moes Benjamin op die kar tel, want hy wou nie self opklim nie.

7

Waar die nou kronkelpad oor die nek van Avontuur se berg loop, het hulle die perde vir die eerste keer laat rus. Die dikke het afgeklim om die lantern dood te blaas.

"Wil jy nie ook 'n bietjie afklim nie, boet?"

Hy het die trommel langs hom op die agterste sitplek neergesit en versigtig oor die voorste bankie getrap en afgeklim.

Dit was bibberkoud.

Ver agter hulle, noord, het die Kloof se koppe swartblou in die vroeë oggend gelê, en waar die son wou uitkom, het die lug rooi geword.

Soms, op 'n Sondag, as dit 'n baie helder dag is, het hulle napad teen die koppe langs tot op Avontuur se berg gekom om na die see in die verte te kom kyk. As dit effens dynserig is, kan jy nie die see sien nie. As dit baie stil is en die luggie stoot van die oostekant af, kan jy die see hoor. Tollie het altyd gesê dis die wind deur die besembosse wat hulle hoor, maar sy ma het gesê dit is die see. Alhoewel die eintlike see, waar die skepe deur 'n groot gat in die koppe in die Knysnarivier op kom, suid lê. Dit is swaar om te glo. Suid is daar net berge. Wes ook.

"Waar begin die Bos dan?" wou Dawid altyd weet.

"Anderkant die berge."

Hulle het weer begin ry.

Solank die twee mans nie met hom praat nie, het dit nie te sleg gegaan nie.

"Is jy warm genoeg, boet?" het die dikke gevra.

"Ja, baas." Dit was koud. Hulle het 'n dik kombers oor hulle bene gehad en hy het Dawid se baadjie om syne gevou.

"Jy sal moet afleer om baas te sê, jy's nou tussen wit mense."

"Ja, baas."

Hulle het aan mekaar gestamp en gelag. Sy ma het gesê

hy moenie vir die magistraat baas sê nie; sy het niks van die ander gesê nie.

Hy was onrustig oor die volstruiswyfie. As sy nie haar streke los nie, sou Skopper haar nie vat nie en dan broei hulle nie. Sy ma het gesê as die volstruise eers broei, gaan baie dinge reguit kom wat krom is.

Die pad het 'n lang ruk op die rug van die berg langs geloop en die perde het gemaklik met die kar gedraf. Toe Tollie en Dawid hom op die kar getel het, het hy geskop en geskree, maar toe sy ma begin huil, het hy opgehou. Die lange was dikbek. Seker oor sy ma vir hom gesê het dis helwaarts met hom as haar kind nie Saterdag in die huis is nie.

Hy kon nie eintlik om hom sien nie; die kar se kap was opgeslaan en die twee mans voor hom het die ander bankie goed vol gesit.

Die magistraat moes hom tog net nie die nege-maal-tafel vra nie. Een maal nege is nege. Twee maal nege is agttien. Die bang vir die magistraat het soos naarwees in hom opgekom; dit het nie gehelp hy sluk nie, dit het net weer gekom. Drie maal nege … Hy het die antwoord op sy vingers begin aftel: negentien, twintig, een-en-twintig. Maar hy het nie verder gekom nie. Anderkant die perde se koppe het die wêreld skielik vorentoe gekantel en met 'n slingerpad teen die berg afgefoeter en gunter onder met 'n wye draai weggeraak. Hy het weerskante van hom aan die sitplek vasgegryp en benoud geskree: "Moet ons dáár af, baas?" Dit was seker waar die poskar verongeluk het.

Hulle het weer aan mekaar gestamp en gelag en die dikke het omgekyk.

"Hoe het jy dan gedink?"

Sou die kar 'n briek hê? Hy het nie 'n briek gesien nie. Die smous se wa het 'n briek gehad.

"Het die kar 'n briek, baas?"

"Waar het jy van 'n perdekar met 'n briek gehoor?" het die dikke gevra en na die perde gewys. "Dáár is sy brieke."

Dit het gelyk of die perde die kar met hulle boude teëhou, of hulle in die tuie gaan sit soos hulle keer om nie met kar en al die afgrond af te duiwel nie.

"Ek wil afklim, baas."

"Sit!" het die lange geraas.

Hy het met sy een hand die sitplek gelos en die trommel begin oopvroetel. Die beste sou wees dat hy die vyf sjielings in sy sak kry, dan het hy immers dit as alles anders verongeluk.

"Baas, ek wil afklim!"

Die dikke het omgedraai. "Moenie so skree nie, boet, jy maak die perde bang."

Hy het op sy tande gebyt, maar die bang het aanmekaar geluide gemaak in sy keel. Hy moes na Dawid geluister het en weggehol het. Maar toe sê sy ma die beste sou wees dat die magistraat en die bosvrou hom sien en klaarkry sodat hy weer kan huis toe kom.

Een maal nege is nege. Twee maal nege is agttien. Drie maal nege is – negentien, twintig, een-en-twintig, twee-en-twintig. Hy tel nege vingers af. Drie maal nege is sewe-en-twintig. Hoe ver is dit na die magistraat toe? Sy pa het gesê dis tot donker toe met 'n perdekar.

Die pad het geleidelik witter geword. Later was die stof soos droë, wit kalk, en die wind het die stof teen die bosse vasgewaai en dit het soos as oor alles gelê. Drie maal nege is sewe-en-twintig.

Op die volgende draai was dit of die perde se pote in die lug trap, só na aan die afgrond is hulle om die draai.

"Asseblief, baas, ek wil afklim! Ek wil huis toe gaan!" Hulle het hulle nie aan hom gesteur nie, net gelag. "Asseblief, baas!" Hy kon napad oor die berg huis toe hol. "Asseblief, baas!"

Die lange het hom omgeruk. "Kry end!" het hy vir hom gesê. "Ons wil nie heelpad met jou sukkel nie, ons het groot moeite gehad om jou te haal. As die konstabel jou kom haal het, sou jy lankal 'n oorveeg gekry het. Jy bly nou stil en jy sit stil. Hou op om so heen en weer te skuif."

"Baas, ek wil huis toe gaan, asseblief, baas."

"Hou op met kerm!"

Hy moes weggehol het soos Dawid gesê het.

Onder die berg het hulle die perde in 'n smal, bosserige klofie laat rus en net die dikke het afgeklim. Hy het gekyk of die perde nog vas is en die kar se kap laat sak. Toe het die wêreld oop om hulle gelê en die pad waarlangs hulle afgekom het, was oral teen die berg met klipmure vasgepak. Moerse klippe. Net die Here kon die klippe so gepak het.

Hulle het al in die klofie op gery. Lank en gelykpad. Maar voor hulle was 'n ander berg en dit het kompleet gelyk of die pad reguit in die berg vasloop. Miskien was daar 'n gat deur die berg. Drie maal nege is sewe-en-twintig. Vier maal nege … Hy het weer nege vingers afgetel. Vier maal nege is ses-en-dertig. Hoe nader hulle aan die berg kom, hoe skurwer en kaler het dit gelyk.

"Hou die pad daar voor op, baas?"

"Nee. Sit stil!" Die lange was nog altyd dikbek.

Een maal nege is nege. Twee maal nege is agttien. Die pad het begin draai. Hoe verder die pad draai, hoe oper het die berg voor hulle geskeur. Hoe nader hulle aan die skeur kom, hoe meer het dit gelyk of dit twee berge is wat perdekar-ver uitmekaar staan.

Toe die pad in die skeur indraai, was hulle tussen die vreeslikste aasvoëlkranse en die pad het weer reg voor die perde se koppe teen 'n hoogte afgeduiwel. Dáár sou hulle nooit sonder brieke afkom nie, hulle sou morsdood ver-ongeluk!

"Baas, ek wil afklim!"

Hulle het nie meer gelag nie, ook nie omgekyk nie. Toe die kar die eerste kort draai vat, het die dikke sy lyf na die middel toe gegooi en so bly lê tot hulle om was.

"Baas, ek wil afklim!"

Om die volgende draai het die lange weer sý lyf middel toe gegooi.

Dit was nie twee berge nie, dit was een berg wat deurgeskeur het, en hoe dieper hulle in die skeur in afdaal, hoe bruiner en hoër het die kranse aan weerskante geword. Saam met die pad het 'n stroom water gehol. Met rukke was hulle hoog bo die water en dan weer onder langs die water, en die hele tyd was die helse klipmure oral opgestapel om die pad teen die kranse vas te druk.

Ná elke paar draaie was daar 'n houtbruggie oor die water waaroor die perde se pote en die kar se wiele anders geraas het. Later het dit vir hom gevoel hulle is diep binne-in die berg se pens en die pad is 'n rooibruin slang wat uitkomplek soek en dit nie kry nie.

"Baas, as daar vandag 'n kar van voor af kom, is ons dood!"

Op party van die draaie was die pad so nou dat hy kon sweer die kar is met een wiel in die lug daar om. Wit, skuimerige sweet het op die perde begin uitslaan; alles om hulle het dieselfde rooibruin kleur geword: die pad, die kranse, die klipmure, die stof. Regop en onderstebo was dieselfde ding. Net die streep lug bokant die kranse was nog blou. Sy kop was dronk toe die pad uiteindelik uitkomplek kry. Anderkant die berg was 'n breë drif waar die perde hulle proes-proes deurgetrek het, en anderkant die drif het hulle die perde uitgespan. Hulle was weer in 'n kloof en voor het weer 'n berg gelê. 'n Hoër een.

"Jirlikheid, baas," het hy vir die dikke gesê, "dis dan nog altyd net berge waar jy kyk!"

"Dis De Vlugt dié, en die berg wat daar voor lê, is De Vlugt se berg. Hy's kwaai."

Die twee mans het geëet. Hy was nie honger nie. Hy wou huil en hy wou huis toe gaan. Emma het gesê hy moet op die grond gaan lê as hulle hom kom oplaai en maak of hy dood is, maar toe was hy bang hulle kielie hom en sien hy lieg. Hy moes gemaak het soos Dawid gesê het. Weggehol het. Nou was dit te laat.

Toe hulle weer begin ry, het die pad geleidelik steiler geword en die klipmure het weer aan die onderkant begin vashou en saam met die pad al hoër geword. Die perde se lywe het onder die tuie gerem en hulle pote het al stadiger vasgetrap vir die trek. Nie lank nie, toe moes die lange stilhou om hulle te laat rus.

"Boet," het die dikke gesê, "dis nou De Vlugt se berg waarvan ek gepraat het. Voor ons hom uit is, lê daar nog baie steiltes vir die perde voor. Hulle kry swaar. Jy sal moet afklim en loop, want hoe ligter die kar is, hoe beter. Sodra ons begin sak, kan jy weer opklim."

Hy het die trommel gevat om af te klim, maar die lange het sommer op hom begin skel. "Waar die duiwel wil jy nou met die trommel heen?"

"Ek dog dan die ander baas sê die kar moet ligter kom?"

"Sit neer die ding!"

Hy het agter die kar ingeval en maklik bygehou. Dit was beter om te loop. Dit was net dat hy so vol huil was dat sy keel en sy neus en sy oë gebrand het daarvan. Dawid het gesê hy moenie huil nie. Nie voor wit mense nie.

Een maal nege is nege. Twee maal nege is agttien.

Die pad was vol klein ronde ysterklippers en hier en daar was 'n skerpe tussenin. Drie maal nege is sewe-en-twintig. Hoe lank nog voor dit Saterdag is? Twee keer se slaap. As hulle terugkom, sal elke opdraand 'n afdraand wees en elke afdraand 'n opdraand. Hy sal baie moet loop. Hulle kan hom maar net tot by De Vlugt bring, hy sal alleen regkom daarvandaan. Vier maal nege is ses-en-dertig.

Die magistraat wil net sien wie se kind hy is, of hy die bosvrou se kind is. Hy is Fiela Komoetie se kind. Al wat hy moet doen, is om dit vir die magistraat te loop sê. Kittie het gesê baas Petrus of miss Baby kon 'n brief vir die magistraat geskryf het om te sê hy is Fiela Komoetie se kind. Sy pa het gesê die brief sou te lank vat om daar te kom. Die poskar loop maar elke tweede week.

Hy het die huil nie meer ingehou gekry nie. Sy voete het soos kole vuur in die skoene gebrand, want die skoene het nie meer gepas nie. Hulle het gekrimp of iets.

Elke keer as een van die mans op die perdekar omkyk, het hy sy kop laat sak sodat hulle nie moes agterkom hy huil nie. Hy wou nie huil nie, maar hy kon nie anders nie. Hy het al verder agter geraak omdat sy voete in sy skoene brand; hy was seker die bloed loop al uit hulle uit. Tollie het gesê as hy terugkom, wil hy die skoene by hom leen; hy wil op Avontuur gaan dans met Siena van oompie Jakoos-hulle. Sy ma slaan Tollie dood. Sy sê altyd die Komoeties kyk eers wáár hulle inkruip voor hulle inkruip, en hulle kruip nie by oompie Jakoos-hulle in nie. Tollie kon die skoene in elk geval maar vat.

"Jy moenie te ver agter raak nie, boet!"

"Gaan bars!" wou hy vir hulle terugskree.

Toe die lange die perde weer 'n slag laat rus, het hy gaan sit en die skoene uitgetrek. Gelukkig het sy voete darem nog nie gebloei nie, hulle was net baie rooi. Sy ma het gesê hy moet die skoene aanhou sodat die mense kan sien hy is uit ordentlike mense wat winkelskoene dra. Sy pa het net die werfskoene self gemaak.

"Hoe lyk dit dan vir my of jy gehuil het?" het die dikke gevra.

"Nee, baas. Hoe ver is dit nog, baas?"

"Waarheen?"

"Knysna toe, baas."

"Ons is nog nie halfpad nie, man!"

"Hoe laat is dit al, baas?"

"Twaalfuur."

Een maal nege is nege. Twee maal nege is agttien.

Toe die perde weer begin loop, het die huil in strome uit hom uit geloop en hy moes sy gesig aan Dawid se baadjie afvee om te kon sien waar hy trap.

Sy voete sonder die skoene was net so erg as met die skoene aan. Erger. Sy ma het al die harde velle van sy voete af geskrop en die klippe was skerp. En Dawid gaan kwaad wees oor die snot aan sy baadjie, hy sou Dawid se baadjie moes was.

En die dikke het gesê hulle was nog nie eers halfpad nie. Hoe sou hy ooit halfpad haal?

Hy is op die kante van sy voete uit tot bo waar hulle hom weer laat opklim het.

"Ek het gedink daardie skoene gaan vir jou druk," het die lange gesê en gelag.

Agter die volgende berg het hulle weer uitgespan. Hy was nog nie honger nie.

"Is ons nou al halfpad, baas?"

"Ja. Net so oor die halfpad en ons behoort so oor drie uur in die Bos te wees. Kan jy iets van die Bos onthou?"

"Nee, baas, ek ken nie die Bos nie."

Voor hulle in die Bos was, moes hy nog twee keer afklim om die kar ligter te kry. Maar die pad was nie meer so erg vol ysterklippers nie en het weer witter geword. As hy mooi trap, kon hy al langs die kant in die wit stof langs vir sy voete sagte plekke soek. Die klippe van die mure wat die pad moes vashou, het ook witter geword.

Teen vieruur het dit darem gelyk of hulle die ergste berge oor was, want die berge agter hulle was hoër as die berge vorentoe.

"Wat snuif jy so?" het die lange gevra nadat hy die laaste keer moes loop.

"Ek weet nie, baas."

"En ek weet nie hoe hulle jou ooit weer gaan wit kry nie. Jy moet leer om 'oom' te sê! Jy's wit, jy's nie bruin nie."

Hy het niks van die lange gehou nie. Die dikke was beter. Sy ma het gesê die Here help hulle as hulle weer ná Saterdag hulle pote op Wolwekraal se werf sit.

Die son was al flou toe die pad in die groen tonnel van bome en bosse inloop.

"Is dit die Bos, baas?" Sy sitvlak was seer gesit.

"Dis sy begin." Die dikke het onrustig geklink.

Alles was skielik anders. Die lug het na die modder in die fonteinkloof geruik. Net natter. Die asem in sy neus was kouer. "Is dit die Bos?" het hy gevra om seker te maak.

"Ja."

Dit was mooi. Oral tussen die bome het die geilste varings gestaan. Sy arme ma moes so sukkel om die varing in die blik voor die agterdeur aan die groei te hou en hier het die goed sommer onder die bome gegroei. Nie eens in blikke nie.

"Woon hier mense, baas?"

"Meeste houtkappers."

"En die olifante?"

"Hulle is ook hier."

Alles het sagter geklink: die perde se pote, die kar se wiele. Daar was nie meer stof nie, dit was of die stof klam was en bly lê het.

Hulle het ver so deur die Bos gery. Die bome het al dikker opmekaar begin staan en al hoër geword. Hy wou nie die een wees wat 'n volstruis moes soek wat in dáárdie ruigtes weggeraak het nie. Op plekke sou 'n volstruis nie eens kon in nie, sy bene en sy nek sou net daar knoop en afknak. Om nie eens te dink aan hoe die vere sou lyk nie. Rossinski sou hulle niks gee daarvoor nie.

Wanneer hulle stilgehou het om die perde te laat rus, het hy voëls gehoor. Maar hy kon hulle nie sien nie. Bokant die pad het die bome van weerskante af deurmekaar geraak en hy kon net stukkies van die lug sien. As hy net een van die bome vir sy pa kon uittrek en langs die huis gaan staan maak om onder te sit, en een vir sy ma vir die varing om onder te staan.

"Waar's die olifante dan, baas?" Hulle het hom nie geantwoord nie. Nêrens was huise nie, daar was nie plek tussen die bome en die boskasie wat onder die bome gegroei het vir huise nie."Waar woon die mense dan, baas?" Weer het hulle hom nie antwoord gegee nie. Dit het gelyk of hulle stokstyf regop sit en die hele tyd op die uitkyk is vir iets wat uit die Bos moet kom.

Eers toe hulle stilhou om die lantern op te steek, het die dikke weer met hom gepraat: "Boet, van hier af moet jy albei jou oë oophou en ons help uitkyk vir die olifante."

"Ja, baas."

Maar hy moes in die ry aan die slaap geraak het, want toe hy wakker word, het die perde se pote weer anders geklink. Hulle was in 'n straat tussen huise. Die dikke het voor een van die huise afgeklim en hy en die lange is alleen verder tot by 'n ander huis waar 'n vrou met 'n lantern op die stoep gestaan het.

"Ek dog julle het verongeluk!" Sy het nader gekom en die lantern opgelig om beter te kan sien. "Is dít die kind?" het sy gevra en hom aangekyk soos een wat nog nooit 'n mens gesien het nie.

"Ja," het die lange gesê, "dis hy."

Die bang het hom weer begin naar maak.

Die huis se mure was wit van binne en die vrou het bly staar na hom.

"Sit neer jou trommel, boet. Is jy honger?"

"Ek het kos."

"Wil jy 'n bietjie koffie hê?"

"Nee, mies."

Toe die lange van buite af inkom, het sy geskinder: "Dis te vreeslik, Ebenezer, hy noem my mies. Nes 'n bruin mens."

Iemand het die perde op en af voor die venster koudgelei. Die vrou het hom buitetoe geneem en gewys waar die waterhuis is waar hy hom moes was en die plek waar hy moes pie. Sy het die lantern vir hom gelos en is weer die huis in. Die een wat die perde koudgelei het, het anderkant die waterhuis omgekom en gesê: "Naand, kleinbaas." Dit het snaaks geklink. Hy het geweet hy is wit, maar niemand het nog ooit vir hom kleinbaas gesê nie. As Dawid en Tollie daar was, sou hulle hulle slap gelag het.

Toe het die vrou vir hom gewys waar hy moes slaap en vir hom 'n kers gegee. Hy het van die kos in die trommel geëet en die vyfsjielingstuk weer in die lap geknoop. Die Komoeties was nie kaalgat nie.

Die volgende môre was die bang sy hele lyf vol, maar een nag se slaap was verby en net een het oorgebly. Hy het opgestaan en die nuwe hemp aangetrek, soos sy ma gesê het. Net nie die skoene nie. Sy voete was te seer. Die hemp se moue was te lank en het aangehou om oor sy hande te skuif as hy sy arms langs sy sye laat hang.

Die vrou het vir hom brood en koffie in die kombuis gegee en hy moes dit langs die tafel staan en eet. Daar was stoele. Sy het in die deur kom staan en na hom bly kyk, en later het die lange agter haar kom staan en hulle het Engels gepraat met mekaar.

"Die hale oor jou bene, boet," het die vrou gevra, "het hulle jou so geslaan?"

"Nee, mies." Sy was seker laf. "Ons tap aalwee. Ons moet nog tot andermaand toe tap. Dis die dorings wat 'n mens se bene so skraap. Mies moet sien hoe lyk my twee broers en susters s'n."

Die vrou het weggedraai en haar kop geskud.

Hy het sy hande buite gaan was en voor die agterdeur gebly. Dit was beter buite. Toe het die man hom kom roep. Dit was tyd om te begin aanstap magistraat toe.

Een maal nege is nege. Twee maal nege is agttien.

Die huise van die dorpie het ook maar rietdakke en sinkdakke gehad nes Uniondale s'n, en die strate was ook maar gaterig. Toe hulle in die bo-straat kom, het 'n wa met koponderstebo osse in die straat af gekom en dit was vol houtstompe gelaai. By die wa was snaakse mense; wit mense, maar hulle was baie arm.

Aan die voet van die dorp het die grootste dam wat hy in sy lewe gesien het, gelê. Dit was nie die see nie.

"Waar's die see dan?" het hy gevra en onthou om die baas uit te los.

"As jy mooi kyk, sal jy hom daar agter die meer deur die koppe sien." Die lange was nie meer dikbek nie. "Maar hou nou op om om te kyk, ek wil met jou praat. Ek wil hê jy moet weet dat jou hele lewe op hierdie dag kan verander. Jy moet jou mooi gedra. As die magistraat vir jou 'n ding vra, antwoord hom ordentlik en moenie obsternaat wees nie."

"Gaan ek môre huis toe?"

"Dit hang af van wat vandag in die hof gebeur. Jou … ee … die mense daar agter in die Lange Kloof het jou seker gesê van die kind wat destyds hier in die Bos weggeraak het, en dat die ma van die kind vandag moet kom kyk of jy dalk daardie kind kan wees …"

"Ek is nie haar kind nie."

"Dis nie vir jou om te besluit nie," het die lange hom weer opgeruk en vinniger geloop.

Die plek van die magistraat was soos 'n groot skool, met baie vensters en baie klaskamers. 'n Man het uit een van die klaskamers gekom en Engels gepraat met die lange. Onder in die gang was 'n konstabel; sy knope baie blinker as die perdkonstabel s'n wat altyd kom rondte doen het in die Kloof. As die perdkonstabel in die pad opkom, moes hy onder sy ma-hulle se kooi loop lê, en dan drink die konstabel lekker koffie in die kombuis en weet van niks. Net vir ingeval, het sy ma altyd gesê.

Hy het sy oë op die ander man gehou ingeval dit die magistraat was. Die konstabel het nader gekom en na hom staan en kyk tot die ander man gesê het hulle moet solank in een van die klaskamers gaan wag.

Sy kakebene wou bewe van die bang en die huil het in sy keel gewurg. Dit was 'n groot kamer met baie houtbanke in, nes 'n kerk, en met 'n preekstoel ook.

"Is dit 'n kerk?" het hy vir die lange gevra.

"Nee. Dis die hofsaal. Sit daar op die bank en sit stil."

"Was dit die magistraat?" Die huil het ál boontoe gekom.

"Nee, dit was sy klerk. Die magistraat is met ander dinge besig. Hulle wag nog vir die bosmense om te kom. Jy kan nie nou huil nie! Jy kan nie voor die magistraat kom staan en huil nie!"

"Sal baas my môre huis toe vat?"

"Nie as jy huil nie."

Dit het die huil laat ophou en hy het op die punt van die voorste bank gaan sit.

"Is die magistraat kwaai?"

"Nee. Hy's 'n goeie man en 'n baie slim man. En jy moet nou stil sit, ek gaan solank buite gesels."

Dit was koud in die kamer. Die koue het in sy voete opgetrek en hy het gewens hy het Dawid se baadjie, want hy het vergeet om sy ou hemp of sy flenniehemp onder sy nuwe hemp aan te trek.

Een maal nege is nege. Twee maal nege is agttien.

Miss Baby was kwaai oor tafels ken. Sy het hom eendag

voor in sy sommeboek netjies laat uitskryf: "Laat u het leer-
ren van deez tafel niet verdrieten. Gij zult voor uwe vlijt het
zoetste loon genieten."

8

"Genade, Barta, kan jy nie vinniger loop nie?"

"Ek kom mos, Elias."

Hulle was maar kort anderkant Jim Reid-se-draai toe die
son uitkom, en tienuur moes hulle voor die magistraat staan.
Nee kyk, het hy geloop en dink, vandat die boswagter met
die tyding gekom het dat hulle die kind gekry het, het Barta
se verstand heeltemal gaan staan. Die Vader weet, dit wás
tyding om van te skrik, maar skrik droog darem weer op en
jou kop begin darem weer te dink ook. Maar skynbaar nie
Barta s'n nie.

Hy het vir die boswagter gesê dit sou die beste wees as
hy liewers alleen magistraat toe gaan, Barta kom nie eintlik
op die dorp nie. Vir Barta om voor die magistraat te moet
verskyn, is net so goed sy word geroep om in die vlees voor
die Troon te loop staan. Maar die boswagter het gesê die
magistraat wil vir Barta in die hof hê. Vir hom ook, maar
eintlik vir Barta.

Hy wou die vorige dag al begin stap het en die nag op
Knysna geslaap het; van Barnard-se-eiland af dorp toe is 'n
goeie halfdag se stap en die dae is kort. Om teen tienuur voor
die magistraat te kan staan, het beteken dat hulle vieruur die

môre moes begin en waar loop jy nie daardie tyd van die nag in 'n olifant vas nie? Maar Barta het wragtig kans gesien vir die olifante, maar nie vir slaap op die dorp nie.

"Nee, Elias, ek lê nie op 'n vreemde katel nie. Die dorp is nie my plek nie; ek ken nie die mense nie."

"Maar vrou, ek sê jou dan my neef Stefaans wat destyds hier uit die Bos padgegee het, werk op die dorp by die plek waar hulle eers party van die hout in die teer druk voorlat hulle dit op die skippe laai. Ek verneem net daar rond en loop soek hom op, hy sal vir ons lêplek hê."

Sy wou nie. Dit het hom gekos daardie tyd van die nag opstaan en in die koue in die pad val. Voetpad tot by die sleeppad, sleeppad tot by die hardepad by Diepwalle, en was dit nie vir die lantern nie, sou 'n mens nie jou hand voor jou oë kon gesien het nie so donker was dit. Hy kon dit nie waag om napad deur die Bos te vat tot by Bokbaard-se-draai nie; 'n olifant voor jou in die donker is net so goed jou dood staan voor jou en wag. In 'n sleeppad het jy darem kans om te hardloop of om in 'n boom te kom. Hy het Barta gesê sy smyt net nie die lantern neer as iets gebeur en steek die hele wêreld aan die brand nie.

Hy was nog glad nie gerus oor die ding wat by Stinkhoutkloof gebeur het nie. Wie sê daardie bogghers wag hom nie nog altyd iewers in nie? Hulle sê as 'n olifant eers sy oog op jou het, hou hy hom vir altyd op jou. Hulle kon darem nie 'n oog op hóm hê nie; hulle het nie gesien wie die boom gesaag het nie.

Barta het weer begin agter raak. "Vrou, jy moet vinniger aankom!" Hoe nader hulle aan die dorp kom, hoe swaarder het sy haar voete opgelig. "Ek kan nie vir die magistraat loop sê ons is laat omlat jy nie na my wou geluister het lat ons laas nag op die dorp moes loop slaap het nie!"

"Elias, sê nou dis nie Lukas nie?"

Dit was die honderdste keer dat sy dit vra.

"Maar dis dan hoekom ons hier loop, Barta, om te gaan kyk of dit hy is!"

"Sal ek hom nog ken?"

"Jy staat eers net doodstil en jy kyk hom goed deur. Ek sal saam met jou kyk. Die magistraat sal ons genoeg tyd gee vir die deurkyk."

Om ná nege jaar te hoor hulle het 'n kind gekry wat dalk joune kan wees, is nie tyding wat suutjies op 'n mens val nie. Dis so goed 'n graf gaan oop en een staan voor jou daaruit op; jy kry 'n skrik in jou wat nie van hierdie aarde is nie. Hulle moes Barta lawe. Anna en Malie moes kom help. Malie sê sy het nog al die jare met die gevoelentheid geloop dat die kind nie dood is nie.

En as dit die kind is wat hulle gekry het, sal net die Vader in die hemel weet hoe hy agter die berg in die Lange Kloof gekom het. Hy self was maar een keer daar. Nog saam met Gert Oog se wa om 'n vrag stinkhout vir 'n Zondagh-man te neem, en op niks na nie saam met Gert in die moeilikheid ook. Want toe kom die houtkoper op Knysna, waar Gert altyd lewer, van die vrag hout te hore en laat haal hy vir Gert uit die Bos uit om te kom please explain. Die houtkoper vra toe vir Gert waar sy smousliksens is en Gert wys hom ewe sy houtliksens. Dis vir kap, sê die houtkoper, nie vir handel dryf nie! Gert het dit ook geweet, maar domhou was toe al uitkoms, anders was hy voor die magistraat en sy houtliksens kwyt.

Hy wat Elias is, het nog agterna gesê die mense praat van agter die berg in die Lange Kloof, hulle moet liewers praat van agter die gopse en die klowe. Dis hoekom hy vir Barta gesê het om bedaard te bly en te wag totdat hulle eers die kind gesien het.

Maar as dit dalk die kind is, sou dit 'n aardigheid wees om skielik weer drie seuns te hê. Barta het nooit weer gedra ná die kind weggeraak het nie; tant Gertjie sê dis die skrik wat so maak. Martiens het kom sê as dit dalk Lukas is, sal hy vir hom ook plek maak in die span; hulle kort een vir die loswerk om die byle te kap. Hy het vir Martiens gesê hulle moet maar eers wag en sien. As dit Lukas is, wou hy hom nie sommer in 'n houtkapperspan sit nie. Willem en Kristoffel is klaar houtkappers, dalk moet hy Lukas by die balke sit.

"Jy moet aankom, Barta!" roep hy weer 'n slag oor sy skouer.

"Elias, sal jy nie maar alleen vooruit nie en vir die magistraat loop sê lat ek toe nie kon kom nie? Dit voel al vir my of ek weer die floute wil kry."

Dis nou ritteltit omdat die dorp al nader kom, dink hy by homself. "Barta, dis jou maag wat leeg is. Ons kan 'n stukkie eet voorlat ons die dorp ingaan. Die magistraat gaat bitter ontevrede wees as ek alleen daar aankom, en dis nou die een man op die aarde wat 'n mens nie omkrap nie."

"Dis hoekom ek so sonder krag is, Elias. Van die ontsteltenis omlat ek voor hom moet gaat verskyn. Dis nie onse klas dinge nie."

"Ek weet, Barta, maar dis mos nou darem nie loop staan vir moeilikheid nie."

"Jy kan alleen gaan, jy sal die kind sonder my kan uitken. Ek sal my hier iewers verskuil en vir jou wag."

"Jy kan maar praat, Barta, jy sal nie vandag loskom nie."

Een ding sal hy van die houtkappers sê, al kry hy baie dae die gevoel dat hulle op hom afkyk; hy sal van hulle sê: as daar 'n donkerte oor jou huis kom, kom staan hulle in jou deur en kom maak dit vir jou ligter.

Koos het gekom en die balke met sy span kom klaarmaak en Diepwalle toe gesleep ook nog. Martiens het gekom en die patats uitgehaal, en Dawid het dit onder die afdak in gedra. 'n Man se hande kan nie werk as daar 'n ding oor jou huis gekom het nie.

Anna het aangebied om 'n oog oor Nina te hou en Malie het vir Barta 'n paar skoene geleen.

"Kom, Barta!"

Dit was darem seker nog nie tienuur op 'n horlosie nie, die son het so by nege-uur se kant gesit.

"Elias …" Barta het hom ingehaal, die lantern in die een hand en die skoene in die ander. "Dink jy ek sal hom herken, Elias?"

"Jy sal."

"En as dit nie hy is nie?"

"Dan sê jy dit vir die edelagbare en ons gaat huis toe en ons vat dit soos ons dit destyds moes vat toe hy weggeraak het."

"Hoe kon 'n kleine kind dit tot agter in die Lange Kloof gemaak het?"

"Niks is onmoontlik in die hande van die Vader nie, Barta."

"Hoe sou hy deur die klowe en die waterstrome gekom het?"

"Die Bos was droog daardie jaar, die strome was laag."

"Hulle kon die kind hier na die Bos toe gebring het, ek kon hom hier gekyk het."

"Hou nou op met mor, Barta, dis nie hoe die magistraat se wil staat nie, en bowendien, jy weet die dorpnaars is maar skrikkerig om dieper as die rand in die Bos in te kom. Vandag moet ons maak soos dit die wil van die magistraat is, want sy wil is die wet. En jy moenie loop staan en sku raak voor die man nie, Barta. Jy kan partykeer so binne-in jou mond praat as jy sku is. Praat voor in jou mond as hy jou iets vra. Hy moet 'n goeie impressie van ons kry; mens weet nooit wanneer jy vorentoe weer voor hom moet gaat staan nie."

"Wat meen jy?" vra sy en steek vas.

"Moenie jou so vir alles tot stilstand skrik nie, Barta! Kom! Ek sê maar net omlat 'n mens nooit weet wanneer die boswagter jou beloer as jy 'n ou strikkie stel nie. Almal stel strikke, want wie kan sonder vleis leef? Maar daar's dae wat ek met die spesmaas sit lat net Elias van Rooyen dopgehou word."

"Dis darem nie waar nie. Hulle het jou nog nooit gevang nie, en eintlik is dit maar net die bloubokkies wat hulle nie wil hê julle moet vang nie. Ek dink nie hulle sal sommer moeilikheid loop maak oor die bosbokke nie."

"Ek wil nog altyd hê lat jy 'n goeie impressie moet maak, Barta, 'n mens weet nooit."

Hy het dit naby tienuur geskat toe hulle oos van die dorp op die kruis kom waar die hardepad dorp toe swaai en die voetpad oor die voorste koppe Noetzie toe draai. Hy het Barta laat sit om te rus en hulle het van die patats en die askoek in die knapsak geëet. Toe hulle klaar was, het hy die sak en die lantern onder 'n kanferbos weggesteek, want dit sou sleg lyk om met die goed in die teenwoordigheid van die magistraat te loop staan. Hy sou dit weer kry as hulle terugkom.

"Trek nou aan die skoene, Barta, ons moet loop."

"Elias?"

"Moenie so beangs lyk nie, vrou! As dit die kind is, is dit die kind, en as dit nie hy is nie, is dit nie hy nie!"

"Hy't bloue oë gehad. Nes Nina. Nie donker soos joune en Willem en Kristoffel s'n nie."

"Jy sal hom ken as dit hy is. Kom."

Malie se skoene was te groot vir Barta. Met elke tree wat sy gee, het die goed aan haar voete geflap en sy gestel kon dit later nie uithou nie.

Barta kon nie so by die magistraat instap nie. Hy sou 'n plan moes maak.

"Nee wragtig, Barta, jy klink nes 'n os. Trek uit!"

"Hoe gaan dit lyk as ek met kale voete voor die magistraat loop staan, Elias?"

"Jy sal nie kaalvoet voor die magistraat staan nie, maar jy sal ook nie so loop klink nie. Trek uit! Ek sal 'n plan maak."

Hy het van die gras langs die kant van die pad gepluk en dit voor in die skoene geprop tot hulle vaster aan haar voete sit, en toe het dit beter gegaan.

9

Hy het gewag en gewag en gewag.

As die huil te erg in sy neus opstoot, het die opsê van die tafels gehelp, of hy het sy oë wyd oopgerek en die planke teen die dak getel: sewe-en-twintig. Daar was een-en-twintig banke.

Mense het in die gang verbygeloop, maar niemand het by die kamer ingekom nie. Die lange het ook nie teruggekom nie. Daar het iemand met lang, stadige treë verbygeloop en sy een skoen het gekraak. Seker die konstabel. Miskien het hulle van hom vergeet. As hy die pad uit die dorp uit tot in die Bos kon kry, sou hy sommer huis toe loop.

Miskien het Pollie al 'n eier gelê. Vier-en-twintig hoendereiers in een volstruis se eier. Hy wou nog altyd weet wie het die hoendereiers ingeprop en getel? Vir geelkoek bak moet jy volstruiseiers hê, glo sy ma. Hy en Dawid moes eendag die wilde volstruise dae lank bo uit die dassiekranse in die aalweekoppe dophou om te sien waar hulle lê. Sy ma wou 'n volstruiseier hê. Op die vierde dag, en sommer net daar onder op die kaalte tussen die klippe, het die onnooslike wyfie loop sit en nesskrop met haar lyf en begin lê. Toe sy opstaan, kon hulle die spierwitte eier van daar bo af sien. Sy het haar vere reggeskud; weer gaan sit, en toe sy opstaan, was daar twee eiers.

"Ons kan maar huis toe gaan," het Dawid gesê, "ons weet nou waar haar nes is."

"Hoekom vat ons nie vir Ma die eier saam nie?"

"Jy't gehoor Ma sê sy sal self die eier in die hande kom kry, ons moet net die nes kom uitkyk."

Hy het mooigepraat. "Ag, Dawid man, môre is daar dalk nie weer so 'n lekker kans nie. Kyk daar waar wei die ander voëls, hulle is nie eers naby die nes nie."

"Dit lyk my nie jy het al gesien hoe vinnig 'n volstruis kan hol nie."

Dit was nog voor hulle vir Skopper gehad het en voordat hy eintlik van volstruise geweet het. Die mense het partykeer van die wilde voëls kom skiet om die vere in die hande te kry, want 'n wilde volstruis kan jy nie tussen vaskeerpale injaag en sak oor die kop trek om sy vere te knip nie. Hulle is te gevaarlik.

Hy het Dawid weer probeer omrokkel. "Netnou kom skiet iemand die volstruise, of die Laghaans kom steel die eiers."

"Daardie wyfie is nog lank nie klaar gelê nie, sy sal nie ophou voor sy nie ten minste twaalf onder haar het nie."

"Tel sy die eiers?"

"Ja."

Dawid wou huis toe gaan, maar hy wou vir sy ma 'n eier hê. "Asseblief, Dawid, ek sal die doringtak vat en haar van die nes af jaag en wegkeer, en jy gryp die eier en hol."

"Ag so?" het Dawid hom eenkant geruk. "En dan jaag die volstruise die een wat die eier het, en dis vir my?"

"Nou goed dan, vat jy die tak en jaag haar af en ek sal die eier gryp," het hy aangebied en Dawid sien dink. "Ons kan twee takke vat."

"Die een wat die eier gryp, het al twee sy hande nodig, ou broer. Hy's te glad en te swaar vir een hand."

"Ek sal die eier gryp. Dink net hoe bly gaan Ma wees."

"Nou goed. Maar ek sê jou, jy vat self ook 'n tak vir ingeval en jy gooi hom eers op die laaste neer voor jy die eier gryp. As iets gebeur en die volstruise jaag jou, val jy plat op jou maag en hou jou kop vas sodat hulle jou liewers trap in plaas van oopskop. Moenie probeer weghol nie."

Sy pa het altyd gesê solank daar 'n witdoringtak tussen jou en 'n volstruis is, is jy veilig. Hulle het van die takke wat hulle van die huis af gebring het, gevat en skuil-skuil agter die takke teen die rantjie begin kruip.

"Die volstruis sal dink ons is bome wat loop," het hy nog vir Dawid gefluister.

Die een met die kraakskoen het weer in die gang af gekom en reg voor die deur kom staan. Drie maal nege is sewe-en-twintig. Vier maal nege is ses-en-dertig. Die bang en die koue was saam deur sy lyf. Vyf maal nege is vyf-en-veertig … Die kraakskoen het weer geloop.

Hy en Dawid was so vyf aalweebome van die wyfie af toe sy langnek maak.

"Hol, Dawid, jaag haar!" het hy geskree en sy tak neergegooi. "Maak haar skrik en jaag haar op!" Toe Dawid storm, vlieg die wyfie van die nes af op en begin bakvlerk oor die eiers trippel. "Jaag haar!" Dawid het begin lawaai en met die tak op die wyfie afgestorm. Sy het nog eers 'n paar trappe in die lug gegee voor sy anderkant die aalwyne loop staan het. "Hou haar dop, Dawid!" Hy het vorentoe gespring en die naaste eier gegryp. Maar hy het die eier net mooi in sy hande gehad, toe Dawid vir hom skree: "Hol, Benjamin, daar kom die mannetjie!"

Die eier was warm en glad, maar hy het hom teen sy maag vasgedruk en dassiekranse toe begin hol. Daar was nie tyd vir tak gryp of omkyk hoe ver Dawid en die mannetjie agter is nie. Nog minder was daar tyd vir kyk waar sy klere haak en skeur of die velle van sy bene bly sit. Platval en gaan lê sodat die volstruis hom kon trap, sou hy nie, want wat van die eier?

Niemand kon ooit vir Tollie wen met hol nie, maar daardie dag sou hy Tollie ver gewen het, en hy het nie gestop voor hy nie bo-op die eerste krans gestaan het nie.

Toe hy omkyk, het Dawid onderkant gestaan en gekrul soos hy lag. Die lê-wyfie was terug op die nes en die ander voëls het rustig in die laagte gewei.

Dawid het hom belieg.

"Jou bliksem!" het hy vir Dawid geskree. Sy arms en sy bene het soos vuur gebrand van die skrape en sy klere was verniel. Hy het die eier neergesit en klippe opgetel en Dawid gegooi tot hy opgehou het met lag.

Dit was al laat toe hulle by die huis kom. Sy ma het die eier net een keer gekyk en die riem agter die deur afgehaal en hulle gatte goed warm geslaan.

Die volgende dag het sy geelkoek van die eier gebak.

"Ma kan nie stry nie, Ma wás bly oor die eier," het hy gesê toe hy die bak uitlek.

"Julle kon dood gewees het."

"Ma het my meer houe gegee as vir Dawid. Dis nie reg nie."

"Jy't die eier gegryp, jou dood was naaste."

"Kittie sê Ma bak die koek vir my. Is dit waar?"

"Ja."

"Hoekom bak Ma vir my 'n koek?"

"Omdat jy môre gaan verjaar."

"Hoe weet Ma?"

"Die swartkraai het kom sê."

Altyd as sy ma nie wou sê nie of nie geweet het nie, het sy gesê die swartkraai het kom sê.

Hy was seker hulle het hom vergeet. Hy het later versigtig opgestaan en een bank agtertoe gaan sit. Ná 'n rukkie het hy nog een agtertoe geskuif. Later was hy heel agter teen die muur en dit was baie beter. Hy sou vir sy ma sê hy was in 'n plek nes 'n kerk. Toe Dawid en Tollie aangeneem is in die kerk op Uniondale, was hy die dag saam kerk toe, maar sy ma wou hom daarna nooit weer saamvat nie. Sy het gesê hy het te veel omgekyk. Toe sê Emma dis nie waar nie, dis omdat hy wit is en die mense te veel na hóm gekyk het. Toe moes Emma die hoenderhok alleen skoonmaak vir haar straf.

As hulle van hom vergeet het en die deure sluit, sal hy deur die venster klim. Die moeilikheid is die trommel. Hy kan nie sonder die trommel teruggaan nie, want Dawid se baadjie en die ander goed is daarin. Gelukkig het hy die vyf sjielings in sy sak gesit. Dit het geklink of daar skielik meer mense in die gang is en meer deure oop- en toegaan. Toe was dit weer stil. Lank. Toe die deur van die kamer skielik oopgaan, het hy geruk soos hy skrik. 'n Man met 'n swart pak klere en 'n stywe borshemp het binnegekom.

"Waarom so agter teen die muur, seun?" het die man gevra en voor die preekstoel gaan staan. "Kom hier."

Dit het gevoel of die bang om sy bene vasslaan. Hy was seker dis die magistraat.

"Kom vorentoe, kom sê vir my wat jou naam is." Die man het oor sy bril geloer; hy was nie kwaai nie en ook nie vriendelik nie.

"Benjamin Komoetie," het hy halfpad in die paadjie af gesê.

"Kom nader, ek kan nie hoor nie."

Hy het tot voor geloop, gehoes, en dit weer gesê. "Benjamin Komoetie."

Die konstabel het ook binnegekom en by die voorste bank gaan staan en teen die dak vasgekyk.

"Kry jy koud?" het die magistraat gevra.

"Nee." Hy het gewonder wanneer hy "weledele heer" moes sê.

"Nou goed, Benjamin, ek gaan vir jou 'n paar maklike vrae vra wat ek wil hê jy baie mooi vir my moet beantwoord."

Die koue het in sy knieë opgetrek en sy bene het begin bewe dat hy amper nie kon stilstaan nie, en toe die magistraat na sy kaal voete kyk, het hy geweet sy ma gaan bitter kwaad wees as sy hoor dat hy sonder sy winkelskoene daar gestaan het.

"Is jy seker jy kry nie koud nie?"

"Dis niks, weledele heer."

Die magistraat se wange het aan die kante ingesuig en weer uitgebult voor hy praat. "Kan jy onthou of jy, toe jy baie klein was, eers 'n ander naam gehad het?"

"My naam was maar altyd Benjamin Komoetie."

"Goed. Kan jy enigiets onthou voordat jy by die mense in die Lange Kloof beland het? Enigiets."

Sy knieë wou knak. "Nee, weledele heer." Hy het sy oë op die man se gesig gehou, soos sy ma gesê het.

"Miskien kan jy iets anders onthou. Miskien kan jy onthou of julle 'n hond of 'n kat gehad het. Dis nou toe jy baie klein was. Miskien kan jy julle hond se naam onthou, of hoe hy gelyk het."

"Ons het 'n hond gehad, maar die tierkat het hom doodgebyt. Die tier het ons bok gevang en toe het baas Petrus Zondagh 'n yster kom stel, en toe die tierkat in die yster sit, was hy nie dood nie en toe byt hy ons hond se gorrel af." Die magistraat het gesug nes een wat moedeloos is, en ook dak toe gekyk. Miskien het hy nie reg geantwoord nie. "Nou wil my ma nie weer 'n hond op die werf hê nie, sy's bang hy verwilder die volstruise."

"Kom ons los maar die hond. Ek wil hê jy moet nou vir my so ver as moontlik terugdink en dan moet jy vir my alles sê wat jy dink."

"Ek kan nie so lekker dink as ek bang is nie, baas." Die woorde het vanself gekom. En die magistraat se wange het weer in- en uitbeweeg nes 'n toktokkie se boeprug as jy hom so 'n bietjie ingedruk het. Hy kon nie verstaan wat die magistraat wou hê hy moes onthou nie; hy was ook nie meer lus om daar te staan nie, hy wou huis toe gaan. Miskien was die magistraat vies omdat hy vergeet het om "weledele heer" te sê.

"Jy hoef vir niks bang te wees nie, seun, ek wou maar net

seker maak of jy enigiets kan onthou. Dit maak nie saak as jy niks onthou nie. Kom staan nou vir my nog 'n klein entjie vorentoe en dan bly staan jy net so doodstil."

Die konstabel het die deur oopgemaak en iets in die gang af gesê. Die magistraat het op die preekstoel gaan sit en sy hande voor hom gevou. Toe kom vier seunskinders by die deur in en hulle stamp aan mekaar en lag en kom weerskante van hom staan. Almal het skoene aangehad en hulle was net so groot soos hy.

Hy het skielik gewens sy hemp se moue was nie so lank nie en het nie so oor sy hande gehang nie; hulle kon dalk dink hy het nie hande nie. En hy kon nie verstaan wat aan die gang is nie. Sy ma het gesê die bosvrou sou na hom kom kyk en hy moes stilstaan sodat sy kan kyk en klaarkry en hy weer kan huis toe kom. Niemand het iets gesê van 'n klomp ander kinders nie.

"Stilte asseblief!" het die magistraat met hulle geraas. "Julle weet waarom julle hier is en ek dink nie dis vir my nodig om weer vir julle te sê dat dit 'n ernstige saak is nie. Julle sal julle gedra en stilstaan totdat ek julle verdaag."

Die magistraat het iets vir die konstabel beduie en dié het weer by die deur uitgeloop. Onder in die gang het 'n deur oopgegaan, voete het stadig in die gang afgekom en toe het 'n snaakse vrou met die konstabel saam teruggekom. 'n Wit vrou. Haar rok was vaalswart en die meeste van haar hare was onder 'n skewe kopdoek ingedruk en sy was baie bang. 'n Mens kon dit sien. Eers het sy net binne die deur bly staan en nie opgekyk nie.

Toe praat die magistraat mooi met haar. "Kom nader,

mevrou Van Rooyen, kom tot by hulle en moenie haastig wees nie. Kyk net so lank as wat u wil."

Toe sy opkyk, het sy die ander net so vinnig gekyk en toe het sy nader gekom en met haar vinger reguit na hom gewys. Toe het sy omgedraai en begin huil.

Baie mense het in die deur saamgedrom en deurmekaar gepraat en gefluister. 'n Man met arm klere aan het tussen hulle deurgekom en by die vrou kom staan. Sy het weer na hom gewys en die man het hom aangestaar soos een wat skrik. Die lange wat hom gebring het, het ook binnegekom en iets vir die magistraat kom sê. Die magistraat het die konstabel geroep en met hom gepraat, en toe het die konstabel al die mense aangesê om uit die kamer te loop. Toe was hy en die magistraat weer alleen.

"Seun …" Die magistraat het sy bril afgehaal en vorentoe geleun. "Begryp jy wat so pas hier gebeur het?"

"Kan ek nou huis toe gaan, weledele heer?" Die bang was skielik weer baie erg. "Het die bosvrou nou klaar gekyk?"

Die wange het weer ingesuig en uitgebult. "Ek dink nie jy verstaan nie. Baie jare gelede het hier 'n kind in die Bos weggeraak. Dit was die vrou wat so pas hier was, se kind, en die moontlikheid dat jy daardie kind kon wees, was groot. Maar ek moes eers baie seker maak. Ek het nie alleen die vrou hierheen laat kom nie, ek het jou ook laat kom en jou tussen vier ander seuns gesit sodat dit vir haar moeilik moes wees om haar kind uit te ken. Maar sy het jou sonder om te twyfel herken en uitgewys. Verstaan jy wat dit beteken?"

"Ek is Fiela Komoetie se kind," het hy vinnig gesê. Daar was êrens 'n verskriklike verkeerde ding.

"Wag nou, seun, dit is nie vir my 'n maklike taak hierdie nie. Aan die begin sal dit vir jou vreemd wees om weer onder jou eie mense terug te wees, maar jy sal gou daaraan gewoond raak. Ek is baie ontevrede dat niemand jou teenwoordigheid by die bruin mense in die Lange Kloof aanhangig gemaak het nie."

"Ek is Fiela Komoetie se hanskind."

"Ekskuus?"

"Ek is haar hanskind. Die Here het my aan my ma toebetrou." Hy was skielik net so bang soos die dag toe sy skuit te diep in die vangdam ingedryf het en hy hom wou uithaal en daar net water bo sy kop en onder sy voete was. Elke keer as sy kop uitkom, het die water hom weer afgetrek, maar toe was Tollie by hom en Tollie het hom gehelp tot waar sy voete weer kon grond raak. "Ek is Fiela Komoetie se kind, weledele heer. Ek sweer, baas. Die bosvrou lieg as sy sê ek is haar kind."

Die magistraat het van die preekstoel afgeklim en reg voor hom kom staan. "Jy is nie Fiela Komoetie se kind nie. Ek dink jy is groot genoeg om dit te besef en daarom wil ek nie hê dat jy onnodig moeilik moet wees nie. Hiervandaan gaan jy saam met jou ouers huis toe en ek sal gereeld laat verneem hoe dit met jou gaan. Eendag, wanneer jy groot is, sal jy my kom opsoek om my te bedank vir hierdie dag."

"Ek is Fiela Komoetie se kind, baas, ons is nie kaalgatte nie, baas, ek sweer. Ek het vyf sjielings om dit te wys." Hy het alles verkeerd gesê omdat hy so vinnig moes praat, want die magistraat was op pad deur toe. "Baas, asseblief."

"Ek wil nooit weer hoor dat jy daardie woord baas

gebruik nie! Jy is 'n wit kind en jy sal leer om soos 'n wit kind te praat."

"Asseblief, weledele heer, ek is Fiela Komoetie se kind en my pa is Selling Komoetie."

Maar die magistraat het hom nie geglo nie.

10

Vrydag.

Die noordwestewind het gaan lê, die aalwee het getap asof dit water is. Haar hande het gewerk, maar haar hart was agter die berg by die kind. As hulle hom net nie verskrik nie, het sy die hele tyd gehoop. Hy was nie 'n kind wat hom maklik laat verskrik het nie, dis net dat hy nie vreemdes gewoond was nie. Sy het altyd vir miss Baby gesê, as sy dalk iets oorkom, moet miss Baby hom vat en verder grootbring. Miss Baby het haar dit belowe. Antie Maria sou hom ook vat, maar miss Baby sou die beste een wees.

Hulle het vroeg begin tap. Die sinkplaatholtes het geil gedam van die taai geel sap en die bitter walms het tot in haar neusgate getrek. Soos die bitterheid deur haar lyf.

Sy kon hulle nie gekeer gekry het nie, het sy vir haarself gesê. Die dikke het die ding begin en die lange het agterna geloop en die ding agter die berg loop oopkrap sodat haar kind moes loop staan om soos 'n slagbok bekyk te word. Die bitterste was om die tyd na Saterdag toe om te wag en die toorn weg te hou.

"Hulle wei nog die hele dag rustig in die kamp," het Selling gesê toe sy en die kinders teen sononder uit die aalweekoppe kom.

Hy moes die volstruise oppas, al sou hy nie veel kon doen as hulle aanmekaarspring nie. Eintlik moes die voëls net weet daar is 'n oog wat kyk.

Selling se hande het min verrig die dag. Sy het niks gesê nie. Hy kon vir jare nie meer teëspoed staan wat van sy kragte vra nie.

Hulle het vroeg geëet en vroeg gaan lê. Eers teen die nanag het sy ingesluimer, en toe sy wakker word, was dit ligter in haar, want dit was Saterdag.

Simpel sou sy nie wees om heeldag op die hoek van die huis te loop staan en die pad dop te hou nie. 'n Mens se bloed sak alles in jou voete in van net so staan; jou kop word sommer dom-onnosel. Daar sou gewerk word om die dag om te kry. Knysna het ver gelê; hulle sou hom nie voor donker bring nie.

Die kinders was traag en Selling vol swakte.

"Ons kan nie nou gaan staan vashaak nie, ons moet op ons voete bly!"

"Die aalwee het ons gister klaargemaak, Ma."

"Vir my ook. Dawid, haal af die luike. Tollie, jy en Emma kan solank begin uitdra. Alles in hierdie huis gaan vandag son toe en skoon kom. Daar moet kos gehaal word vir die volstruise, daar moet geslag kom en die hoenders se pote moet vol lampolie kom." Selling het met slap skouers langs die tafel gesit. Hóm moes sy nooit te lank laat sit as hy so lyk nie, want dan het sy die swakte weer swaar uit sy hande gekry. "Selling, jy kan maar solank buitetoe, die son skyn helder en die karwatse moet klaarkom."

"My nek wil nie eers vanmôre aan sy senings orent bly nie, Fiela, wat nog te sê van my hande?"

"Jou nek sal regkom as hy son kry. Jou hande ook. Ons moet ons teësit vandag!"

Die drif om te werk en om almal om haar aan die werk te hou, was soos die opstand in haar. Met rukke het sy sommer op die volstruise ook loop skel.

"Sleggoed! Vreet net. Pleks dat julle iets doen om julle kos te verdien!" Skopper was mooier as ooit. "Ek wil ten minste twaalf eiers van julle hê en ek draai julle nekke om as julle soveel soos een stukkend trap. Twaalf kuikens wil ek oor hierdie werf sien draf. Bedags sit Pollie op die nes en snags Skopper, ingeval julle nie weet hoe julle moet broei nie."

Sy het haar dinge ver vooruit bedink gehad.

Die Laghaans kon nie meer te lank hou nie. Drank tel jou tyd vir jou bottel vir bottel af. Hulle sou moes huur opsê. Wanneer daardie dag aanbreek, moes daar geld in Wolwekraal se trommel wees sodat sy voor Koos Wehmeyer kon gaan staan vir kaart en transport. Die grond moes op Benjamin se naam kom.

Die volstruise moes net eers broei. Petrus het twaalf pond vir twee uitgegroeide kuikens op Oudtshoorn betaal. Dit was om van haastig te raak. En Petrus het vir Selling gesê hy sal al die kuikens koop waarvan Skopper die pa is en wat hulle self nie wou hê nie. Die eerste drie kuikens is die Here s'n, daarna sal sy vir haarself uitsoek en die ander kan Petrus kry. Vyf pond 'n kuiken.

Teen die middag het sy vuur in die bakoond gemaak en geelkoek aangemaak.

Toe sy omkyk, het Selling agter haar gestaan.

"Is die karwats klaar?"

"Amper. Ek laat net my bene 'n bietjie roer."

"Die werk moet klaarkom, Selling."

"Ja, Fiela – Fiela, ek het uitgereken, as hulle voordag daar weg is, behoort hulle so net na donker hier te wees met hom."

"Ek het dit ook so uitgereken, Selling."

"Dis nou te sê as hulle woord hou."

"Moenie staan en jok nie, Selling! Ons moet glo."

"Ja, Fiela."

Sy het nie van Selling se staan gehou nie, van die manier waarop sy hande sommer net langs sy sye gehang het nie. "Wat staan jy so, Selling? Loop werk en hou op spooksels maak met jou kop."

"Dis net dat daar oor my so 'n twyfelmoedigheid is, Fiela."

"Dink jy ek het dit nie ook nie? Dink jy die duiwel het nie hierdie dag opsy gesit om ons te kom tempteer nie? Hy wag mos vir die dag waarop jy net jou geloof het om aan te klou, om sy werk te kom doen. En hoe lediger hy vir jou kry, hoe lekkerder kan hy vir jou wurg. Loop maak klaar die karwats en skop die duiwel onder sy gat."

"Jy sê altyd jy kry 'n gevoelte oor 'n ding, Fiela. Ek wou jou gevra het wat jou gevoelte vandag vir jou oor Benjamin sê."

"Ek kan nie vandag na my gevoelte luister nie, Selling, die duiwel kom praat in sy maai in al tussendeur!"

Toe die geelkoek op die kombuistafel uitgekeer lê, het die

son in die weste gesak en het sy vir die eerste keer die dag nie keer aan haar vrees gehad nie.

Here, het sy op pad rantjiesveld toe gebid, nou neuk dit sleg hier in my. Die een oomblik sien ek in my verbelentheid die perdekar De Vlugt se poort deurkom en die volgende oomblik sien ek niks. Nie eens 'n stoffie nie. Dan kom sê die duiwel vir my hulle is nie eens op pad nie. Here, dis nie die eerste keer dat ek en jy hier op Wolwekraal die diepwater moet deur nie, dis net dat ek hierdie keer nie meer 'n jong-meid is nie en dat dit hierdie keer om Benjamin gaan. Wolwekraal is kaal sonder hom, Here.

Die krieke het begin tjir en onder by die vangdam het die eerste padda gebrul. Hoeveel keer het die kind nie probeer om 'n padda in die hande te kry om vir 'n roeier op sy skuit te sit nie.

"Dan sal Ma sien hoe roei ons die hel uit die toktokkies uit!"

"Moenie nes 'n Laghaan praat nie, Benjamin!"

Die eerste sterre het uitgekom. Onder in die huis het een van die kinders 'n kers opgesteek en die geel skynsel was soos warmte in die oop deur.

Here, het sy gebid, as hulle in hierdie donkerte met hom op pad is, bewaar hulle oor die berge, veral oor De Vlugt se berg en deur die poort.

In desperaatheid het sy bygevoeg: Bewaar die ou dikke en die lange ook.

"Gaan ons wag of gaan ons maar solank eet, Ma?" het Kittie gevra toe sy terugkom onder by die huis.

"Ons wag."

Hulle was soos hoenders wat op 'n steier klim en al stiller word. Later het hulle net gesit. Selling se kop het stadigaan al laer vooroor gesak. Die naguil het om die huis geroep en die kiewiete het onderkant die volstruise se kamp al skreeuend in die nag opgevlieg.

"Dan eet ons maar 'n stukkie," het sy gesê toe die tyd vir eet verbygaan. "Ons eet maar en ons sit sy kos op die kastrol."

Dit het nag geword. Die ander het een vir een loop lê, maar sy het by die kombuistafel bly sit. Dit was of sy haar lyf wou kasty en haarself só moeg maak dat daar nie krag vir die vrees sou wees om aan te hang nie. Sy het later nie meer hout op die vuur gesit nie. Toe die kerspit in die laaste vet versuip, het sy nie opgestaan en 'n ander kers opgesteek nie, maar net so in die donker bly sit tot die rooi haan sy eerste kraai gegee het.

Toe het sy geweet dat hulle gelieg het.

"Miskien het hulle weer by De Vlugt geslaap soos laas," het Selling gesê toe hy opstaan.

"Miskien."

"Dan sal hulle vroeg hier wees, Fiela." Hy het op die hoek van die huis gaan staan en die pad dopgehou soos een wat op hoop wag.

Maar Saterdag het verbygegaan en Sondag ook.

Maandag, voordag, het sy opgestaan en begin klaarmaak.

"Ma?" Emma was die eerste wat in die middeldeur kom staan het. "Wat maak Ma nou?"

"Ek smeer solank die brood. Loop maak die ander wakker, daar's baie wat gesê moet word."

"Ma?" Emma het vol onrus bly talm.

"Loop sê hulle moet opstaan!" Dit was soos 'n somersdag in haar, wanneer die wêreld stil word onder die son se skroei en die wolke agter Potberg kom uitbol vir die storm wat moet kom.

Hulle het soos verskrikte goed om die kers kom staan. Selling agter.

"Ek gaan Knysna toe," sê sy vir hulle.

"Ma?"

"Fiela?"

"Hoe gaan Ma daar kom?" vra Dawid.

"Ek het voete."

"Ma kan nie alleen gaan nie, ek sal saamgaan," sê Tollie.

"Niemand gaan saam nie, ek gaan alleen. Tollie en Emma moet gaan aalwee tap; Dawid, jy en Kittie moet begin spit aan die akker vir die koring. Die volstruise se kamp moet skoon kom en hulle moet elke tweede dag groenkos kry. Van môre af gooi julle die kos net op een plek sodat hulle kan leer om van een hoop af te vreet."

"Fiela ..." Selling was kortasem. "Fiela, ek het oor die ding nagedink, hulle sal die kind vandag terugbring. Hulle kon seker nie oor die naweek nie."

"Dan kry ek hulle langs die pad en dan draai ek om, Selling. Maar hier sit ek nie tot vanaand toe om weer agter te kom dat hulle hom nie gebring het nie."

"Wag net tot môre toe, Fiela."

"Nee. Voor die son uitkom, is my voete in die pad." Sy het geweet hulle weet hulle het nie stry teen haar nie. "Moenie die bok saans te vroeg melk nie, Dawid. Selling, jy moet regmaak vir Rossinski. Kittie, kyk dat mister Rossinski iets te ete kry voor hy ry. Ek vat die twee sjielings in die blik, julle sal uitkom tot Rossinski kom."

Emma het begin huil. "Wanneer kom Ma terug?"

"Vannag wil ek by Knoetskraal slaap, miskien verder. Teen môreaand wil ek op Knysna wees."

"Wat kan Ma daar loop uitrig, Ma?" vra Tollie.

"Uitrig? Ek gaan om vir Benjamin te haal, dis wat ek gaan uitrig."

"Sê nou ..."

"Sê nou se moer!"

"Maar, Ma, sê nou dit is Benjamin wat daar weggeraak het?"

"Dan vreet ek hierdie tafel met pote en al op."

Selling se hande het om en om inmekaar bly draai.

"Fiela, as ek net die krag had om saam met jou te gaan ..."

"Toe maar, Selling, ek sal regkom."

11

Die man het die trommel op sy skouer gedra. Die vrou het die skoene gedra, en 'n ent buite die dorp het hulle 'n lantern en 'n knapsak onder 'n bos uitgehaal en die vrou het dit ook verder gedra.

Hulle het eers nie met hom gepraat nie, hom net geloop en kyk en kyk asof hulle vir hom bang is. Hy het ook nie met hulle gepraat nie, ook nie gehuil nie, net geloop.

Toe die konstabel kom sê het hy moet uit die kamer kom,

het die lange in die gang gestaan met die trommel. Die man en die vrou en die magistraat het uit 'n ander kamer gekom, die lange het die trommel vir die man gegee en toe hulle wou loop en hom saamneem, het hy sy rug teen die muur gegooi en geskree. Die magistraat het hom vererg en hom aan sy skouer van die muur af weggetrek en gesê hy wil geen moeilikheid hê nie.

Toe het hulle begin stap.

Sy ma het uitdruklik gesê dis 'n lieg, hy is nié die bosvrou se kind nie, en nou het hulle kom sê hy ís die kind en die ander vrou is sy ma en die man is sy pa. Hulle sê sy naam is Lukas. Sy naam is nie Lukas nie. Sy naam is Benjamin Komoetie. Hy het dit vir die magistraat gesê, hy het dit vir hulle geskree toe hy in die gang gestaan het, maar niemand het na hom geluister nie.

Niemand wou hom glo nie.

Hulle het geloop en geloop en geloop met 'n pad wat al dieper die Bos insukkel. Hy wou vra waar die olifante is, maar hy wou nie met hulle praat nie.

"Elias …" Die vrou het nog altyd verskrik gelyk. "Dink jy nie hy's moeg nie?"

"Is jy moeg, Lukas?"

Hy het net voor sy voete bly kyk. Hy is nie Lukas nie. Sy ma het gesê dis helwaarts met die lange as hy hom nie Saterdag huis toe bring nie. Hoe gaan hy by die huis kom?

"Was die mense daar agter in die Lange Kloof darem goed vir jou?" het die man gevra.

Hy het nie geantwoord nie, net vinniger geloop. Maar die man het hom ingehaal.

"Ek sien jy het 'n mooie hemp aan. Wat is alles in die trommel?"

"My goed." Gelukkig was die vyf sjielings in sy sak.

Die vrou het agter geraak en die man moes haar kort-kort roep. Haar molbruin hare het in toutjies onder haar kopdoek uit begin hang. Hy was later moeg, want die pad wou nie ophou nie, maar hy wou nie sê hy's moeg nie. Die man het die trommel van die een na die ander skouer verskuif.

"Ek dink hy's moeg, Elias."

"Ons kan by Bokbaard-se-draai rus."

Sy ma het gesê die dag sal kom waarop net die Here hulle kan help. Hy het geweet dis daardie dag, al het hy nie geweet waar die Here is nie, maar sy ma sou weet. Hy het geweet hy is wit en sy ma en sy pa en Dawid en Tollie en Emma en Kittie is bruin. Hy is die hanskind en daarom is hy wit.

"Hoekom is die kind so sonder tong, Elias?"

"Hy's nog vreemd, hy sal regkom."

Hulle het gepraat asof hulle dink hy kan hulle nie hoor nie.

"Mooie kind, Elias."

"Ja."

"Is hy nie 'n bietjie maer nie?"

"Aard na Nina."

Die magistraat het gesê hy is van nou af weer wit. Hy was nog altyd wit. En hulle hoef nie te dink hy sou in daardie bos bly nie; hy is nie 'n olifant nie. Hy sou uitvind met watter pad hulle gekom het en hy sou huis toe loop al neem dit hom 'n week om daar te kom.

"Vra vir hom of hy nie moeg is nie, Elias."

"Is jy moeg, Lukas?"

Sy naam is nie Lukas nie.

"Ons sal maar weer moet padlangs hou, Barta, ons gaan dit nie voor donker maak nie."

"Jy moet die kind laat rus, hy's moeg. Ek kan sien."

"Dan kon hy gesê het hy's moeg."

Hulle het geloop tot by 'n stuk oopte langs die pad. Die man het die trommel op 'n boomstomp neergesit en hy en die vrou het ook gaan sit.

"Kom, Lukas, kom sit hier by ons," het die man hom geroep.

Hy het nie by hulle gaan sit nie; hy het op sy hurke langs die pad gaan sit, met sy rug na hulle toe, en gewonder of dit nie dalk die pad Lange Kloof toe is nie.

"Kom sit hier, Lukas!"

"Los hom, Elias, hy's seker nog skaam."

Die man het agter hom kom staan. "Jy moet iets kom eet," het hy gesê.

Hy het sy kop geskud sodat die man kon loop. Hy sou nooit weer eet nie. Nie voor hy by die huis is nie.

Hy het onder sy arms deur geloer en die man se voete sien wegstap. Hulle het sy trommel oopgemaak en van die kos wat sy ma ingepak het, geëet.

Die huis was van planke gemaak. Die tafel was vier boompote met gladde planke oor. Daar was 'n stoel en hy het daarop gaan sit omdat hy te moeg was om te bly staan. Hulle was êrens diep in die Bos. Dit was donker en hy was baie bang, want hy het nie geweet hoe hy ooit weer daar sou uitkom nie.

Dit was soos wanneer jy in die dassiekranse in die skeure inkruip om die dassies diep in hulle wegkruipplekke by te kom met die stok, en dit word so nou om jou dat jy begin sweet van die bang.

Daar het ander mense gekom, mense wat soos die man en die vrou lyk. Die plek het vol gesigte geword met oë wat in die kerslig blink. Kinders het met oop monde na hom staan en kyk. 'n Vrou het aanhou huil en bly sê sy het al die jare geweet hy is nie dood nie. 'n Ou vrou sonder tande, met 'n tuitkappie op, het in die hoek by die vuurmaakplek gestaan en sy het anders as die ander na hom gekyk, asof sy vir hom jammer is. Hy sou vir haar vra hoe om uit die Bos te kom.

Van die kinders het aan hom geraak en hy het hulle geskop.

"Los hom!" het die ou vrou met die kappie op hulle geskel. "Kan julle nie sien hy is gedaan en hy's bang nie?"

Die ou vrou sou hom wys waar die pad Lange Kloof toe is. Hy wou net eers slaap.

"Lukas," het die man gesê en oor hom gebuk, "kyk op en groet jou broer Willem en jou suster Nina."

Hy het nie opgekyk nie.

"Los hom, Elias," het iemand gesê.

Maar die man het ongeduldig geword. Hy het op die pad al begin ongeduldig raak. "Groet jou broer en jou suster, Lukas!"

"Los die kind, Elias!" het die ou vrou geraas. "Hy's ver-wilder. Hy moet eers gewoond word om weer by die huis te wees."

Dit was soos 'n deur wat toeklap. Die ou vrou het ook

gedink hy is Lukas; sy sou hom nie die pad wys nie. En die huil het sonder keer by sy neus en sy oë begin uitstroom.

12

Toe sy eers in die pad val, het die opgekroptheid bedaar, want sy was soos 'n pot wat te vol is en eers moet oorkook. Sy sou padlangs hou ingeval hulle met Benjamin aan die terugkom was.

As sy wou draf, het sy haar voete vermaan, want daar het twee dae se stap vir hulle voorgelê. Goliat Petro het in 'n bietjie meer as 'n dag Knysna toe gestap, maar Goliat Petro het 'n muil flou gedraf en sy was nie hy nie. Sy sou haar aan die begin moes spaar.

Nie dat sy bang was vir die stap nie, nie Fiela Komoetie nie. Dit sou ook nie die eerste keer wees dat sy daardie berge en klowe moes oor en deur nie – daar was 'n tyd dat sy elke napad in die donker sou kry en van elke klip in haar pad vooruit geweet het. Maar dit was 'n ander tyd, 'n tyd wat sy in haar binneste afgekamp het. Wys jou net, het sy gedink, 'n mens moet nooit sê: paadjie, met jou loop ek nie weer nie. Sy was die een wat gesweer het sy sal nooit weer haar voete op daardie pad sit nie.

Die loop was beter as die wag. Die wag was genoeg om haar van haar verstand af te kry.

Selling was bang, hy het al om haar gedraai solank sy klaargemaak het.

"Fiela, luister na my vanmôre! Moenie daar agter op Knysna loop moeilikheid maak nie. Jy ken jou mond as jy kwaad word. Ek sê vir jou, as jy voor 'n wit mens verleë staan, moet jy laag buk. Seil soos 'n slang deur die stof en jy maak dit vir jouselwers makliker, en jy kan jou altyd agterna weer afstof. Maar as jy eers parmantig geraak het en húlle moet jou stof toe stamp, is jou saak verknoei."

Selling had reg. Sy sou die Here vra om haar te help.

Nee, sy was kwaad vir die Here. Dit het nie gehelp om vir haarself te sê sy doen sonde nie, sy was nog altyd kwaad vir die Here. Sterfling kan nie met die Here prys maak nie, en tog wou sy weet hoe die Here die drie volstruiskuikens en die helfte van Skopper se pluksel, wat sy hom belowe het as Benjamin veilig huis toe kom, sommerso kon wegstoot as die kerk op die dorp gedurig by bankrotskap staan.

Ekskuus, Here.

Selling had reg. Sy sou by die magistraat gaan begin, en as dit nodig is, sou sy gaan lê dat hy kan trap as hy wil. Waar anders kon sy begin soek? Die kind moes voor hom verskyn het en die bosvrou moes voor hom kom sê het.

As die duiwel net nie so aan haar bly torring nie! Hy het goed geweet sy is kwaad vir die Here en sy kans gegryp. Die een oomblik kom sê hy vir haar die kind het al met die soontoe gaan verongeluk. Dan weer: die kind het van die kar afgespring en weggehol. Of: die kind het siek geword. Maar die ding waarmee hy haar die meeste kom treiter het, was dat iemand die ding van Selling loop vertel het en dat dit nooit was om die kind vir die bosvrou te loop wys dat hulle hom kom haal het nie. Waar het die twee vredestoorders gehoor dat die kind nie skoolgegaan het nie? Dat hy nie kerk toe gaan nie? Wie anders as die Laghaans sou hulle gesê het? Wat het hulle nog gesê? Hoeveel jare was dit nie dat sy tussen Wolwekraal en die wêreld van die Kloof moes staan met net die tong wat die liewe Here haar gegee het nie? Hoeveel jare het sy nie haar kop moes regop hou toe sy hom onder die grond wou ingesteek het nie? En hoekom? Omdat Fiela Komoetie gesweer het niemand sou haar en haar kinders sien val nie. En toe het sy gerus geraak. Sy het gedink die mense sou vergeet en begrawe, maar die mense het nie. Toe die twee opskrywers die Kloof binnekom, toe was hulle reg om te sê die kind gaan nie skool toe nie, hy gaan nie kerk toe nie. Sou hulle die ander ding uitgelos het? Nee. En dit was die ding wat besig was om haar van binne af op te vreet. Vir die magistraat was sy nie bang nie, vir die bosvrou nog minder. Dit was die ding van Selling wat teen hulle gelê het.

Want Selling het mos gemoor.

Die tyd toe sy met Emma in die lyf geloop het. Selling het in die Desember van 1859 gemoor en Emma is die Februarie van '60 gebore.

Sy was 'n jongmeid en mooi toe Selling Komoetie agter van die Swartberge se kant af Kloof toe kom trek het en by Petrus Zondagh op Avontuur as tuiemaker kom staan het. Daar was nie 'n jongetjie in die Kloof wat eers soos sy skaduwee kon lyk of wees nie; hy had sy eie perd, sy eie saal, en wit en bruin in die Kloof het van dié half-baster met sy mooie manier gehou. Al wat 'n jongmeid was, het bedags by die winkel op die kruis loop drentel in die hoop dat hy hulle sal raaksien as hy van die ou Zondagh-opstal af verbykom na sy blyplek toe. Maar dit was vir haar, Fiela Apools, wat Selling gekies het.

Eers is Kittie gebore en toe Dawid. Die mense het gepraat; haar ma het tot by Petrus in die huis geskel en gesê sy moker Selling Komoetie se kop vir hom inmekaar. Maar Selling het hom nie laat wegkeer nie. Hy was aan't opspaar om te laat huisgoed maak, maar die reën het drie jaar ná mekaar wydsbeen oor die Kloof kom val en almal het swaar gekry.

Daar was nie geld vir trou nie. Toe Tollie gebore is, het Petrus self kom praat, en die Januarie is sy en Selling getroud. Petrus het self die troukar gery en hulle vyf pond vir 'n begin gegee. Dit was baie geld. Maar eintlik het Petrus ook maar verleë gestaan, want Selling het boodskap gekry van ene Barrington agter in die omgewing van die Knysnarivier wat op soek was na 'n goeie tuiemaker. Nie dat Selling van sy afgod, Petrus Zondagh, sou weggaan nie; dit was maar net dat hy 'n slag vir Petrus wou wys dat ander hom ook wou hê. Op dié manier kan jy 'n wit man lank verleë hou. Veral 'n goeie wit man.

Dit het goed gegaan met haar en Selling. Daardie tyd het haar ma nog geleef en Selling het by hulle op Wolwekraal ingetrek en in sy los tye gehelp om die grond te bewerk. Hy was later sleuteldraer vir Petrus en voorman as die Zondaghs nagmaal toe gegaan het of end van die jaar oor die berg gaan vakansie hou het by Plettenberg-se-baai. Selling het Petrus se derde hand geword en sy was trots op hom.

Dit was die dag voor Kersfees en Petrus-hulle was agter by die see. Selling het vroeg onder by die opstal toegesluit, want hy moes nog vir haar die skaap kom slag. En die skaap het die oggend nog saam met die twee melkbokke in die rantjiesveld gewei, maar toe Selling by die huis kom, sê hy hy sien net die bokke, waar's die skaap?

Hoe moes sý weet? Die skaap was die oggend nog daar. Dit was juis 'n lam wat Petrus hom Junie gegee het om vir Kersfees vet te maak, en min het sy geweet dat die duiwel van daardie lam slagyster sou maak.

Selling het die mes gevat en weer die veld in geloop. Dit was bloedig warm.

Hy het lank weggebly, en toe hy terugkom, was dit sonder die skaap. Sy het nog ewe gevra: Waar's die mes? Kry nie gedagte nie. Selling het sy hande by die sloot gaan was en sy gaan vra nog vir hom: Het die skaap nie oorgeloop na Petrus se skape toe nie? Toe kyk Selling om en sy gesig was styfgetrek, en toe kom dit uit dat hy bo in die Besemgoedkloof 'n roering gesien het en gedink het dis dalk die skaap. Toe hy daar kom, het hy twee van die Laghaans gekry, besig om die skaap keelaf te sny.

Haar pa het altyd gesê as 'n geslag eers sleg is, word hulle later vrotsleg.

Sy het 'n gans gevang en keelaf gesny om vleis vir die Kersfees te hê. En sy het vir Selling gesê hy moet dorp toe loop en vir die konstabel gaan sê van die skaapstelery, die ding kon nie daar gelos word nie. Maar Selling het nes 'n vasgekeerde ding bly dwaal en later het dit gelyk of hy die mure wou uitskop. Sy was kwaad genoeg om hom te help; sy dink toe mos nog dis oor die skaap.

Die volgende môre, op die heilige Kersfees, kom die twee perdkonstabels daar aan, en toe kom dit uit dat Selling vir

Kies Laghaan met die mes gesteek het toe dié hom wou opstry dat dit 'n Laghaan-skaap is. En Kies is die nag dood.

Die wêreld het swart geword om haar daardie môre. Pikswart.

As dit 'n wit man was wat Selling gemoor het, as dit Petrus Zondagh was, as Selling Avontuur se opstal tot op die grond toe afgebrand het – maar hy is vir 'n Laghaan daardie môre geboei en voor die perde uitgejaag soos 'n bees.

En Petrus was by die see, daar was niemand wat Selling kon gaan vrypleit nie. In die Kloof het almal in stomheid gaan staan omdat Selling Komoetie kon gemoor het. Die nuus is soos 'n been van hond tot hond aangegee om kaler en kaler geknaag te word.

Die dag daarna het die klomp Laghaans begrafnis gehou asof dit Nuwejaar is. Hulle sê net die predikant was nugter.

En sy het 'n voetpad oopgetrap dorp toe oor Jan Koles se kop om vir Selling te gaan praat, maar dit was verniet. Dit was moord. Selling sou voor die halsregter op Oudtshoorn moes verskyn. Dit was so goed die strop was om háár nek en is elke dag 'n bietjie stywer getrek. Sy was later so verwurg dat slaap en wakker dieselfde ding geword het; by die een was haar oë net toe en by die ander oop.

Kort ná Nuwejaar het hulle Selling Oudtshoorn toe gevat. Sy was in haar agtste maand met Emma. Die week daarna het Petrus en sy mense van die see af gekom en die eerste woord van die moord kom hoor. Hy het dieselfde middag nog op sy perd geklim en amper nagdeur gery om op Oudtshoorn te kom. Wat hy daar loop sê het, weet net hy. Want Selling het nie die tou gekry nie, hy het lewenslank gekry.

Dit was die einde van Januarie. Die begin van Februarie is Emma gebore en dit was al kind van haar vir wie hulle dokter Avis op die dorp moes gaan roep om te kom help. Daar was nie krag in haar om die kind self uit te kry nie, en diep in Maart kon sy eers uit die kooi uit op. Petrus se vrou, Margaretha, het elke tweede dag kom kyk hoe dit gaan, miss Baby ook. Aan die begin van April het Petrus een oggend self gekom.

"Ek bring vir jou nuus van Selling, Fiela," het hy gesê en langs die kombuistafel gaan sit.

Sy moes vashou om op haar voete te bly. Daar was nie 'n dag of 'n nag dat Selling se gesig nie voor haar gebly het nie, dat sy nie gewonder het waar hy is, wat van hom sou word, wat van haar en die kinders moes word nie.

"Nuus van Selling?"

"Ja, hy's agter die berg by die maak van die pas. Na ek verneem, is hy in een van die spanne wat in die poort werk."

Dit was so goed Petrus kom sê Selling is by die huis. Die melk het in haar borste geskiet en hulle het vir die eerste keer ná Emma se geboorte vol geword.

"By die pad se maak?"

"Ja, Fiela."

Almal het geweet van die pad wat hulle aan die maak was Knysna toe. Hulle het gesê dit sou die Kloof en die hele land noord laat uitdy van voorspoed, want dit was napad see toe, na die skepe by die Knysnarivier toe. Maar die pad het nooit klaargekom nie; die mense het begin glo dat dit nooit sou gebeur nie.

Al pad oor die berge was die pad myle verder wes oor

Duiwelskop, en nie die duiwel self kon vir sy naam 'n beter plek gekies het nie.

Toe kom sê Petrus Selling was by die nuwe pad se maak.

"Ek moet na hom toe gaan, baas Petrus!"

"Jy kan nie, Fiela. Ek sal af en toe probeer vasstel hoe dit met hom gaan."

"Ek móét na hom toe gaan!"

"Fiela, hoe moeilik dit ook al is om te aanvaar, Selling is 'n bandiet daar agter die berg. Dis net spanne bandiete met hulle wagte, dis nie plek vir 'n vroumens nie."

"Ek moet Selling sien."

"As ek geweet het jy sou so dom wees, sou ek jou nooit kom sê het nie."

Sy het Petrus se koffie geskink en hom met ander dinge gerus gepraat. Sommer gesê van die bietjie koring wat hulle wou saai. Sy en haar ma. Haar mond het die dinge afgerammel, maar haar lyf het vooruit die berge oor geloop.

Ná Petrus weg is, het haar ma tussen haar en die berg kom staan.

"Jy kan dit nie doen nie, Fiela!"

Sy het deeg geknie en brood gebak. 'n Hoender geslag. Koffie en suiker en varkvet ingepak en haar ma laat praat.

"Wat van die kind, Fiela? Die kind moet drink."

"Die kind gaan saam, hy moet haar sien."

"Wat van die tiere in die berge?"

"Tier is bang vir mens. Jy moet net nie tussen 'n tierwyfie en haar kleintjie loop bodder nie."

"Daar het laas jaar van die bandiete ontsnap. Sê nou hulle is nog hier agter in die klowe?"

"Hulle sal nie nou nog daar wees nie." Niks sou haar keer nie.

Sy is vroeg die volgende môre weg met die kind agter haar rug vasgemaak en die knapsak met Selling se kos in haar hand.

Die eerste span bandiete het sy agter Avontuur se berg gekry en ompad verby gehou. Selling was nie onder hulle nie. Die veld was mooi en die heide nog dik in die blom; hier en daar het die rietpypies in pienk plate teen die hange gestaan en die suikerbekkies het met warrelvlerke tussen hulle in die lug gehang om die soet sap by te kom. Met die terugkom, het sy haar voorgeneem, sou sy 'n arm vol pluk vir die huis. Daar was lank laas blomme in die huis.

Jare gelede, nog voor haar troue met Selling, het mister Andrew Bain die pad oor die berge en deur die Bos van Knysna af tot in die Lange Kloof afgesteek. Dit was 'n groot ding vir die Kloof. Toe hy op Avontuur kom, het hulle vir hom 'n party gereël soos hulle nog vir min gereël het. Haar ma moes by Avontuur se opstal gaan help met die kos. Daardie jare het haar pa nog geleef. Die aand ná die party, toe haar ma by die huis kom met van die lekker goed wat oorgebly het, het sy baie te vertel gehad. Van die mense wat daar was, van die toesprake wat gehou is om die slimme mister Bain te loof en te prys vir die wonderwerk wat hy verrig het om die pad tot in die Kloof afgesteek te kry.

"En wat is dit nou so danig?" het haar pa gevra. "Ek sou dit net so goed vir hulle gedoen het."

"Hoe kan jy so sê?" het haar ma gestry. "Oubaas Kerneels

sê dit lyk soos die hel hier agter. Hy sê hy weet nie hoe mister Bain deur die Bos gekom het sonder om met pad en al te verdwaal nie. En van De Vlugt af tot by Avontuur se berg het hy nie die pad oor die Besemgoedkloof afgesteek nie – g'n wa sal daar kan oor nie – hy het die pad deur die poort gebring waar hulle sê die berg in twee gesplits is."

"Ek sou hom presies net so vir hulle afgesteek het," het haar pa volgehou. "Vir my sou hulle net nie 'n party gegee het nie."

"En hoe sou jy dit miskien gedoen het?" Haar ma het aan mister Bain se kant bly staan.

"Presies soos die geleerde mister Bain dit reggekry het. Want hy het net so min daardie pad afgesteek as wat ek hom afgesteek het. Die olifante het hom honderde jare gelede al afgesteek."

"Wat sê jy?"

"Andrew Bain mog die penne loop inkap het, betaling daarvoor gekry het en boonop nog 'n party ook, maar afgesteek het hý die pad nie. Hoe dink jy het al Jakobus Wehmeyer se vrugtebome en wingerdstokke en roosbome tot hier in die Kloof gekom? Gevlieg? Ek en my broer Apie het hulle in nat sakke agter van die Knysna van die skepe af aangedra tot hier, en ons is nie onder by Duiwelskop oor nie, ons is reguit hier agter met die olifantpad saam oor. Oorle Jakobus het ons tot op Avontuur se berg geneem en gewys waar die pad is en gesê ons sal nie verdwaal solank ons ons voete in hom hou nie. Dag en 'n half toe was ons half dood maar agter by die see en sien my oë vir die eerste keer 'n skip. Kompleet met spierwit seile nes vlerke."

"Nou verstaan ek dit nie," het haar ma gesê. "As daar dan klaar 'n pad is, vir wat wil hulle hom dan staan oormaak?"

"Ek het nie gesê dis 'n wapad nie, en ek het nie gesê baas Bain is nie 'n man wat 'n pad kan uitlê en vir jou netjies laat maak nie. Ek het gesê dis 'n olifantpad," het haar pa geantwoord. "Hoe hulle van hom 'n wapad gemaak gaan kry, weet ek nie, veral daar deur die splits in die berg waarvan jy gepraat het. Maar een ding weet ek: die olifante het daardie pad slim afgesteek, nie 'n draai te kort of 'n kloof te diep nie. Voorjare, toe die Kloof nog wild was, en as die Bos wintertyd te nat geword het, het die olifante die kleintjies Kloof toe gebring, son toe. Die pad wat hulle oopgetrap het, het nie weer toegegroei nie. Mý voete het hom geloop."

Kort daarna het hulle gehoor dat daar met die maak van die pad begin is. Die jare het verbygegaan, maar van klaarkom is daar nie gepraat nie.

Sy het in die olifantpad langs gebly tot die son reg bo haar kop gesit het. Toe het sy weer 'n slag gerus, die kind laat drink en die wêreld om haar bespied. Sy kon nie te ver van die poort af wees nie. Petrus het gesê Selling is in een van die spanne wat in die poort werk; haar kop het vir haar gesê sy sal nie sommer in die poort kan in en hom begin soek nie. Wat van die wagte en die ander bandiete? Sy sou self moes pad ooptrap teen die voorste berg uit tot bo, dan oos draai en al op die rug langs loop tot by die splits, waar sy van bo af sou kon kyk waar hy is.

Sy het die kind van haar bors afgehaal en weer op haar rug vasgebind en begin klim.

Voor sy halfpad teen die berg uit was, het sy geweet dat sy 'n kwaai ding aangepak het; dit was steiler as wat dit van onder af gelyk het. Maar sy kon nie omdraai nie, want waarlangs dan? Op plekke was dit te gevaarlik en moes sy ompad klim. Die haas het haar voete laat struikel, want die son was besig om afdraand te loop. Hoe ver wes was sy van die splits af? 'n Myl? Twee? Drie? Voor sy bo was, het sy geleidelik oos begin klim in die rigting waar die splits moes wees, en so probeer tyd en afstand wen. Die bosse het haar halflyf gevat; dit was ruig en die bosluise het aan haar afgeskuur. Kort-kort moes sy stop om hulle van haar rok af te trek sodat hulle nie by die kind kom nie.

Dit was toe sy weer moes stop om bosluise af te haal dat sy in die verte die gekap van pikke of hamers hoor. Suid, nie oos waar sy dit verwag het nie. Sy sou hoër moes klim. Hoe verder sy op die rug van die berg langs gevorder het, hoe duideliker het sy die splits voor haar in die berg gesien: die berg het nie soos 'n oorryp waatlemoen gebars om poort te maak nie, die berg was oop geskeur.

Hoe nader sy aan die skeur gekom het, hoe dieper uit die aarde het die geluid van die pikke geklink. Die laaste ent het sy op haar hande en knieë gekruip omdat sy bang was vir die afgrond wat voor haar oopgegaap het, en omdat sy bang was iemand sien haar van onder af.

Toe sy op die rand van die afgrond kom, het sy skielik afgekyk op 'n prent wat jare gelede in meester Hood se klaskamer op Avontuur gehang het. Die prent van Daniël se leeukuil. Die vreeslikste kranse het weerskante van die skeur opgeskiet; geen voet wat wou vlug, sou teen hulle vastrapplek kry nie, en die bodem van die skeur was 'n nes van deurmekaar klippe en rotse, party so groot soos huise. Al wat nie in Daniël se kuil was nie, was die klipstroom blink, swart water wat onder die oorkantste kranse langs geloop het. En die bandiete.

Haar oë het Selling tussen hulle gesoek terwyl haar hande die kermende kind van haar rug afhaal en aan haar bors kry. Onder in die warboel was die netjiesste stukke gepakte klipmuur waarmee die pad teen die kranse vasgedruk is, mure van yslike klip, en oral was beurende lywe besig om nog klippe uit te breek en aan te rol of reg te kap. Ander het weer net klippe stukkend gekap. Die lawaai van yster op klip het boontoe getrek en teen haar ore kom hamer tot dit gevoel het dit kap binne-in haar kop.

Die wagte het groen klere aangehad. Hulle het net aan die bo- en onderkante van die kuil gewaak, want niemand sou teen die kante kon uit nie. Teen 'n leeu sou die bandiete nog 'n kans gehad het, maar nie teen dáárdie hel daar onder nie.

Toe het haar oë hom gekry. Vir Selling. Vasgeketting aan die een langs hom. Hulle was van die losbrekers en het met hulle voete in die water gewerk. Iets in haar het losgeruk en sy het vir die eerste keer werklik geweet dat hy bandiet is. Haar mooie Selling. Lewenslank vir een wetterse skaap – een simpele Laghaan. Lewenslank. Here in die hemel, hoe lank was lewenslank? Lewenslank was nooit. Haar hande wou die bosse om haar uit die aarde ruk en aanhou tot die vrees uit haar uit is. Lewenslank. Was dood dan nie beter nie? Haar mooie Selling. Haar hart se man. Haar lyf se man. Lewenslank was háár straf ook.

Hoe kon sy onder by hom kom? Here, sy moes by hom kom! Sy het die kind van haar bors afgetrek, die knapsak gevat en al op die rand van die kranse langs na afkomplek begin soek.

"Maak vir my voete afkomplek," het sy gebid. "Maak vir my 'n pad om by hom te kom."

Waar die berg 'n dwars skeur gebars het, anderkant die kuil en verby die wagte aan die onderkant, het sy 'n plek gekry waar sy sou kon af, maar nie met die kind by haar nie. Die kind sou bo moes bly.

Haar hande het vinnig gewerk; sy het takke gepluk om onder die lyfie te sit, haar in die kombers toegedraai en versigtig neergelê en die ruggie gevryf tot die ogies begin toeval het. Toe het sy in die skeur af geklim en probeer om nie te dink nie, want dink sou haar omjaag en sy moes by Selling kom. As sy aan die oorkant langs opkruip in die ruigte wat saam met die water loop, sou sy by die wagte verby tot by Selling kon kom. Niemand sou haar bo die lawaai van die gekap hoor nie, en as sy plat op haar maag kruip, sou niemand haar sien nie.

Tot onderkant die wagte het dit vinnig gegaan. Daarvandaan stadiger, want sy moes haar met haar elmboë vorentoe trek deur die ruigte en die knapsak wou nie agter haar rug bly nie. Op plekke het sy deur die water geseil, dan weer oor die klippe. Haar knieë en elmboë het eerste deurgeskuur, toe haar rok en haar maag, maar dit was alles niks solank Selling net op die plek bly waar sy hom gesien het. Hoe dieper sy in die kuil in opgekruip het, hoe hewiger het die lawaai geword. Dit was of elke pik en koevoet en hamerslag eers tussen die kranse weerklink voor dit bo kon uit.

Vrees het die krag van haar lyf geword. Sê nou hulle sien die bosse om haar roer? Sê nou die kind word wakker? Hoe ver was sy al? Wanneer kon sy dit waag om op te kyk? Sê nou sy kyk in 'n wag se gesig vas?

Die volgende oomblik het iemand hard en dringend op 'n beuel geblaas en haar in 'n weerligbos tot stilstand laat ruk. Was dit 'n waarskuwing? Here, het hulle haar gesien? Sy het haar kop op haar arms laat sak en net so bly lê en wag. Maar daar het niks gebeur nie. Dit was net skielik baie stiller … Toe het sy ineens geweet dat die beuel die teken was dat hulle klaar is vir die dag. Sy was te laat. Al die bandiete is saans by De Vlugt toegesluit en kosgegee. Sy het die takke versigtig voor haar weggestoot en Selling minder as twintig treë van haar af sien staan, maar tussen hom en sy kettingmaat was twee ander bandiete en die wag wat almal bymekaar help skel het. Sy was te laat.

Al die bandiete wat twee-twee in die kettings vas was, is in 'n lang string aan mekaar vasgemaak en eerste laat loop. Selling is treë van haar af verby en hy het dit nie geweet nie. Haar hart het sy naam uitgeskree terwyl haar verstand haar mond gekeer het. Selling was toe nog sterk. Nog man. Al wat aan hom stukkend was, was sy enkels waar die kettings hom geskaaf het.

Sy het in die bos bly lê en gebid dat die kind nie moet wakker word en begin huil nie; dat die miere die kind nie aanpak nie en die aasvoëls haar ogies nie uitpik nie.

Toe die laastes met hulle wagte verby en weg was, het

sy opgestaan en geloop tot waar sy moes uitklim boontoe. Die kind was veilig, die groot rooimiere was nog aan die kombersie. En eers toe sy die kind op haar rug had en begin huis toe loop, het sy gehuil tot haar lyf leeg was en sy weer onder die berg die olifantpad in die skemer gekry het.

'n Week later het sy dit reggekry om tot by hom te kruip. En vier jaar lank het sy so vir hom kos aangesmokkel. Vier jaar waarin sy soos 'n roofdier leer kruip het om by haar prooi te kom. Elke napad het sy leer ken. Sy het die pad met sy klipmure sien groei en Selling onder die klip sien breek. Die kos kon hom nie red nie; daarby moes hy elke krummel deel met wie ook al by hom in die kettings was.

In die tweede jaar is haar ma dood en het sy alleen met die kinders op Wolwekraal agtergebly. November is haar ma dood, en die Februarie van die jaar daarna het sy die nag wakker geword en die kind buite hoor huil.

Toe sy weer vir Selling moes kos neem, het sy 'n briefie tussen twee snye brood gesit waarin sy van die kind sê, en gehoop die een wat saam met hom in die kettings was, sou kon lees. Sy het nie gesê dis 'n wit kind nie.

Die laaste paar maande voor die pad klaar was, het die klip Selling só ingebreek gehad dat hulle hom nie meer werd geag het om te werk nie. Vars spanne bandiete is van ver af aangebring, want die pad moes dringend klaar sodat die binneland kon ophou wurg agter die ongoddelike berge.

Ou mister Andrew Bain se seun, Thomas, het die pad op die ou end klaargemaak. Thomas was goed vir die bandiete, maar sy bandietwagters was 'n ander saak. Hoeveel bandiete daar dood is, sal niemand weet nie. Wat van party van die dooies geword het, ook nie. Veral dié wat in die poort dood is, want daar wou die aarde nie in hom laat graf graaf nie. 'n Bandiet wat dood neergeslaan het, is sommer teen 'n krans staan gemaak en met klippe toegepak.

Toe die tyding kom dat die pad klaar is en dat die eerste waens met hout uit die Bos op pad is, is daar weer op Avontuur klaargemaak om fees te vier. Klein Koos Wehmeyer se vrou het laat weet dat sy wat Fiela is, ook moes kom help. Sy het vir hulle laat weet om in hulle moer te vlieg met pad en al.

Die dag daarna het Petrus kom sê dat hy agter by die plek was waar hulle die bandiete snags opsluit en verneem het dat Selling nog leef.

"Jy meen seker hy haal nog asem, baas Petrus," het sy bitter gesê.

"Hulle begin binnekort om die bandiete na ander plekke toe te stuur; ek sal probeer om hom te sien voordat hulle hom wegvat."

Sy het Petrus Zondagh nie antwoord gegee nie. In haar hart was sy besig om Selling te begrawe. Haar voete sou sy so lank as wat sy leef nie weer op daardie pad sit nie, en 'n Laghaan sou sy haat solank húlle leef. Vir die res sou sy vir haar en die vyf kinders 'n heining met haar tong om Wolwekraal bou. Veral om Benjamin.

Sy was die dag aan't klei trap om varkhok te bou, toe sy opkyk en Selling bo deur die rantjiesveld sien afsukkel huis toe. Net so in die bandietklere.

Here, het sy geskrik, is sy van haar verstand af of is dit Selling se gees? Is hy dood? Haar voete het uit die pappery geslurp en begin hol.

Toe sy by hom kom, het sy geweet hy is nie dood nie, en dit het net een ander ding beteken: Selling het uitgebreek. Hy het ontsnap. Sy sou hom moes wegsteek. Waar? Nie in die huis nie. Bo in die fonteinkloof.

"Fiela?"

"Here, Selling, hoe't jy hier gekom?"

"Dag, Fiela." Soos 'n hond wat plek soek.

"Selling?" Dit was net sy dop met sy eie oë daarin. Van haar mooie Selling was niks oor nie. "Selling?"

"Ek het ticket of leave gekry, Fiela."

Selling het nie ontsnap nie. Die waarheid het stadig uitgekom.

Hy was een van die gelukkiges wat ticket of leave van die prins gekry het. Prins Alfred. Queen Victoria se seun wat agter in die Bos vir hom twee olifante kom skiet het. En omdat die pad oor die berg net mooi klaar was en omdat die mense graag die Prins wou vereer, het hulle die pad sy naam gegee: Prins Alfred se Pas. En die Prins het die pas self gedoop en ope verklaar, en om dit te vier is daar aan hom 'n lys name van bandiete gegee om vry te skeld. Selling se naam was onderaan die lys en Petrus was ook daar.

Selling het geskrik toe hy sien die kind is wit.

13

Hy het op sy hurke langs die huis gesit en nie meer gehuil nie, want dit het nie gehelp nie. Hy het ook nie meer geskop en geskree as hulle naby hom kom nie, want iets het hom gewaarsku dat die man se geduld al minder raak.

Dit was vyf dae vandat hulle hom die oggend op Wolwekraal kom oplaai het. Drie vandat hulle hom Bos toe gebring het. Elke oggend het hy wakker geword en vir homself gesê: Vandag sal my ma my kom haal en gaan daar groot moeilikheid wees. Want die Willem-seun het met Dawid se baadjie aan iewers gaan houtkap, die trommel was kombuiskas en sitding, en sy slaaphemp is vir die meisiekind gegee wat dit soos 'n rok dra. Wat van sy skoene geword het, weet hy nie. Net die vyf sjielings het hulle nie in die hande gekry nie. Hy het dit weggesteek deur 'n gat in die bossiegoedmatras van die katel in die kombuis waarop hy moes slaap.

Die meisiekind het agter hom uit die huis gekom. "Wil jy 'n patat hê, Lukas?"

"Nee."

Dit het nie meer gehelp om stil te bly as hulle hom Lukas noem nie. Dit het die man net kwater gemaak en die vrou al banger. Hy was ook nie meer seker of die vrou bang of simpel is nie. Sy was een van die twee.

Die meisiekind het langs hom kom sit en 'n patat geëet. "Kan jy 'n geheim hou?" het sy gevra.

"Watse geheim?" Sý was definitief simpel. En as sy Fiela Komoetie se kind was, was haar bos hare lankal afgeknip.

"As jy saam met my kom, gaan wys ek jou die geheim."

"Ek gaan nêrens heen nie."

"Jy gaan bobbejaanboude kry van heeldag net so sit en sit."

"Ek wag vir my ma."

"Pa sê hy gee jou nog net vandag om uit jou nuk te kom. Van môre af gaat hy vir jou lekker kortvat."

"Ek is nie julle kind nie."

"Is, jy is."

"My ma gaan my kom haal, jy gaan sien."

"Jy's Lukas wat weggeraak het, man!"

"Ek is Benjamin Komoetie."

"Sjuut!" het sy hom stilgemaak en haar kop skeef gehou soos een wat luister. "Hoor jy dit?"

"Wat?"

"Is jy doof? Dis 'n bosduif en 'n bosloerie tesame."

Die meisiekind was nie reg nie. Die meeste van die tyd het sy geraas gemaak en gesê sy maak musiek. As dit nie 'n stok was wat sy teen 'n blik loop en kap nie, was dit teen 'n bottel of 'n stuk hout.

Maar daar was 'n ding wat hy haar wou vra. "Meisiekind, weet jy miskien hoe ver ons van die pad af is wat Lange Kloof toe loop?"

"Die hardepad?"

"Ek weet nie, dis die pad wat deur die Bos loop en waarlangs hulle my Knysna toe geneem het."

"Dis Diepwalle se pad. Die ander paaie in die Bos is net sleeppaaie waarlangs die hout uitgesleep word, en voetpaaie."

"Hoe ver is ons van die hardepad af?"

"Lank se loop."

"Weet jy hoe om daar te kom?"

"Ja."

"Sal jy my wys om daar te kom?"

"Die geheim wat ek jou wil wys, is op pad daarheen," het

sy slu gesê. "Miskien kan ons tot in Kom-se-bos se sleeppad hardloop. Om van daar af tot by die hardepad by Diepwalle te kom sonder verdwaal, is niks."

Sy het die patatskil bo-op die afdak gegooi en opgestaan. Toe sy wegstap, het hy opgespring en vol hoop agterna gedraf. As hy net tot by die pad kon kom, sou hy huis toe loop, en miskien kry hy nog sy ma langs die pad.

Die meisiekind is met 'n voetpad aan die suidekant van die eiland die Bos in. Die ruie onderbos aan die voete van die bome was vol swart skaduwees en dit het hom skrikkerig gemaak. "Waar's die olifante?" het hy gevra.

"Ek weet nie, kom!"

"Sal hulle ons nie jaag nie?"

"Sorg net dat jy 'n dik boom kies om te klim."

Hy het haar nie vertrou nie. Die slaaphemp was bondels te groot vir haar en het tot onder haar knieë gehang; die een mou was hoog opgerol en die ander een amper niks. En haar voete was so rats soos 'n klipbok s'n. Waar die syferwater die voetpad modderig maak, het sy netjies hier en daar getrap asof sy elke boomwortel en trapklip vooruit ken. Sy het al vinniger geloop, later gedraf, en eers toe die voetpad teen 'n steilte af begin val, het sy gaan staan en vir hom gesê: "Trap kant langs, dis glad tot onder."

"Waarheen gaan ons?"

"Onder na die bosspruit toe."

"Hoe ver is ons van die pad wat Lange Kloof toe gaan?"

"Ver. Kom!"

Die Bos het na modder en ou blare geruik. Die voetpad was 'n nou tonnel deur die Bos met duisende trillende stukke son oral in die bome en onder in die bosse. Op plekke het die bome so ruig gestaan dat 'n man se lyf beswaarlik tussen hulle sou kon deur, en party se stamme was soos reuse so dik.

Sy het eerste gegly en half op haar sy in die modder beland.

"Kyk hoe lyk my slaaphemp nou!" het hy sommer op haar geskel. "As my ma dit sien, gaan sy jou nek omdraai!" Maar die simpel ding het net gelag en boonop haar hande aan die hemp afgevee toe sy opstaan. "Hoe dink jy moet my ma weer die hemp skoon kry?"

"Ma sal hom maklik skoon kry."

"Ek praat van mý ma!"

"Jy's Lukas wat weggeraak het, man!" het sy half ongeduldig gestry. "My ma is jou ma en my pa is jou pa."

"Dis nie waar nie. Ek is Fiela Komoetie se kind."

"Hulle sê dan sy's bruin. Waar kan 'n bruin mens 'n wit kind hê? Jy's onse Lukas wat weggeraak het."

"Ek sê jou dis 'n lieg!"

"Pa sê Ma het jou dadelik uitgeken."

"Jou pa kan sê wat hy wil, ek sê vir jou ek is nie julle kind nie."

"Nou wie se kind is jy dan miskien?" het sy hom snipperig uitgedaag.

"Ek weet nie." Hy het gevoel soos een wat vasgebind is, en dit het hom bang gemaak. Sê nou sy ma het hom kom soek terwyl hy saam met die meisiekind in die Bos was? "Ons moet omdraai," het hy gesê. "Neem my terug na julle huis toe."

Sy wou nie. Sy het soos 'n wilde ding weggespring en sonder omkyk verder teen die helling af gehol. "Meisiekind, stop!" het hy agterna geskree. "Meisiekind! Nina!" Sy slaaphemp het onder om 'n kronkel in die voetpad verdwyn en toe het hy skielik godsielsalig alleen daar bo in die voetpad in die nimmereindigende bosgasie gestaan. "Nina!" 'n Voël het hoog bokant sy kop antwoord gegee; êrens het 'n boom gekraak asof 'n groot hand dit stadig aan die loswikkel was. Soos 'n tand. "Nina, wag vir my!"

Hy het agter haar aan begin draf. Kant langs van die voetpad was die bosvloer sponserig onder sy voete en hy was bang die aarde kon insak. In die middel langs moes hy weer heeltyd sy lyf styf hou om nie te gly nie. Waar hy sy hemp sien verdwyn het, swaai die voetpad links die ruigtes in en by die volgende kronkel val die pad oor 'n helse rotsbank.

"Nina?"

Sy was nêrens nie, 'n Kol fyn blou blommetjies het langs die voetpad in die onderbos geblom; 'n bosvoël het vlak agter die blommetjies in die ruigte geroep – stilgebly – weer geroep. Hoog bo die Bos moes die son agter die wolke ingetrek het, want om hom het die skaduwees skielik nog swarter geword.

"Nina!" het hy geskree. Weer en weer tot hy brandkeel was, maar sy was nie daar nie. Dalk het sy vir hom weggekruip; sy was simpel genoeg om dit te doen. Of dalk was sy al onder by die spruit ... Hy het vinnig teen die skuinste af begin loop. Om hom het die varings so hoog soos mense geword en enige ding kon agter hulle wegkruip en sommer voor jou uitspring. Agter hom, hoog teen die helling, het die bosvoël nog steeds sy temerige roep geroep asof hy wou sê: Kom terug! Kom terug! Maar omdraai het hom banger gemaak as aanhou. Êrens móés hy die meisiekind kry. Waar dit skuins word, het iemand houtstompe in die pad gepak om vastrapplek te maak, en onderkant die houtstompplek het die voetpad weer regs gedraai.

En dis waar hy besef het dat sy nie so ver vooruit kon wees nie, dat hy haar iewers verbygegaan het. Hy het omgespring en al klouterend teen die skuinste uit begin sukkel terwyl sy hart al vinniger klop. Sê nou 'n ding het haar gevang en in die onderbos ingesleep? Hulle sê 'n tier het eendag 'n vrou se kind langs haar in die fonteinkloof weggesleep en opgevreet. Tollie sê net die kind se een hand het oorgebly. Baas Koos se pa het twee dae lank met die honde op die tier se spoor gebly en toe hulle hom skiet, was daar nie 'n tand in sy bek wat nie tot op die wortels afgeslyt was van ouderdom nie. Hy kon nie meer taai vleis vang nie. Sê nou die ding het die meisiekind se kop afgevreet? Hy wou tog asseblief nooit 'n afkopmens sien nie. By Avontuur se kruis, anderkant die winkel, het 'n afkopman gespook en hy wou nooit in die aand saamloop na antie Maria toe nie.

Die wêreld het al meer eners om hom gelyk. Hy kon nie onthou waar hy haar laas gesien het nie, of hy die plek al verby was nie. Die meisiekind kon tog nie in die lug opgevlieg het nie! Miskien het hy te gou omgedraai … Hulle sê hý het in die Bos in 'n oogknip se tyd weggeraak toe hy klein was … Dit was nie hy nie!

In sy haas en in sy angs het hy hom met sy trap misgis en op sy hande en knieë in die modder beland. Toe hy orent kom, was die blou blommetjies langs hom en die bosvoël het 'n lang, uitgerekte roep gegee en toe skielik stilgebly asof iemand sy keelgorrel toedruk.

"Nina?" het hy benoud geroep. Hy kon die bang nie meer teëhou nie; sy hele lyf het aan die bewe gegaan, want hy was seker iets hou hom uit die onderbos dop: die ding wat die voël verwurg het. Hy moes wegkom van die plek af, maar sy voete het weer onder hom uitgegly. Die voël het helder en naby 'n roep gegee, maar hy't anders geklink, asof hy vol lag is.

"Nina!"

Toe sy uit die onderbos bars, het hy geweet dat sý die voël was, dat dit vir hom is dat sy haar wou slap lag.

"Jou blerrie simpel ding!" het hy woedend gesnou.

"Jy was tog lekker bang, lekker bang, lekker bang!"

"Onbeskofte ding!"

"Jy't tog lekker gesoek na my!"

"Simpel ding!" Hy het gewens hy kon die vreeslikste woord wat hy ken, vir haar skree, maar die woord wou nie kom nie en sy het weer teen die skuinste af begin loop asof sy hom nie gehoor het nie. Hy kon nie anders as agterna nie.

Onder by die bosspruit het sy eers oor die opdrifsels geloop om hulle te laat kraak en toe het sy agter 'n ou boom vol droë, skurwe mos, wat omgeval lê, begin graaf.

"Onthou, Lukas, jy't belowe om nie te loop sê nie."

Hy het niks belowe nie en hy kon nie traak nie. Hy wou die pad uit die Bos uit kry en dit was al wat hy van haar wou hê.

"Meisiekind, hoe ver is ons van die hardepad af?"

Sy het vier leë bottels agter die boom uitgegraaf en sonder 'n woord daarmee water toe geloop en hulle tydsaam blink gewas. Daar was twee maer, blou bottels van die kasterolie-soort, een groenerige bottel en 'n boepenskraffie met patroontjies op, van die soort waarin miss Baby se drinkwater op haar eetkamertafel staan.

"En dié goed?" het hy kortaf gevra.

"Jy sal nou sien."

Sy het hulle op 'n ry op 'n groot, plat klip gepak, haar hande aan sy slaaphemp afgedroog en toe wydsbeen om die bottels gaan sit.

"Wie se bottels is dit?"

"Myne."

"Hoekom steek jy hulle hier weg?"

"Sommer."

"Waar het jy hulle gekry?"

"Die soetoliebottel en die twee blou bottels het ek opgetel, en die kraffie het ek by tant Gertjie gesteel," het sy ewe luiters erken.

"Vir wat het jy dit gedoen?"

"Omdat die kraffie die mooiste klank maak."

Sy het die bottels een vir een opgetel en liggies oor die bekke geblaas om diep op elkeen se boom 'n ander klank te laat tril. Die kraffie het sy vir laaste laat staan, en die klank wat sy uit hom gehaal het, was sagter en holler as die ander s'n.

"Wat is nou so snaaks aan bottelblaas?" het hy ergerlik gevra. Die meisiekind was nie reg in haar kop nie. En skelm daarby.

"Dis my musiek!" het sy gespog. "En ek kan 'n piet-my-vrou na-aap, ek kan soos 'n muisvoël sing, ek kan soos 'n bosduif koer, ek kan die groot loerie én die bosloerie namaak, en nog baie ander. Net die lawaaimakertjies sukkel ek mee."

"Jy's simpel. Julle is almal simpel."

"Oom Koos van tant Sofie het 'n kitaar sonder snare, maar nes hy geld het, gaan hy snare koop en dan gaan ek die kitaar ook steel. 'n Mens kan baie klanke met 'n kitaar maak. Klanke wat by mekaar pas. Het jy al gehoor hoe pas die kokkewietmannetjie se roep by die wyfie s'n?"

"Jy het gesê jy sal my wys hoe om uit die Bos te kom."

"Ek het gesê ek sal jou wys hoe om in Kom-se-pad te kom; daarvandaan is dit nog lank se loop om uit die Bos te kom."

"Wys my dan hoe om in Kom-se-pad te kom."

"Hoekom?"

"Ek wil huis toe gaan. Asseblief."

"Jy moet ophou neuk. As Pa kwaad word en die osriem vat, gaat hy vir jou slat lat jy pis."

"Ek het vyf sjielings."

Sy wou net weer op 'n bottel begin blaas, maar het dit gelos.

"Wat jy waar kry?" het sy agterdogtig gevra.

"Wat my ma vir my gegee het vir ingeval."

"Jy lieg. Pa het al die goed in die trommel uitgeskud om te kyk of daar geld is."

"Dit was nie in die trommel nie."

"Waar was dit dan?"

"Partykeer in my sak, partykeer in my mond."

"Waar's dit nou?"

"Waar ek dit weggesteek het. As jy my wys hoe om uit die Bos te kom, sal ek jou sê waar dit is."

"Nou sê dan."

"Nie voor jy my nie die pad gewys het nie."

"Dan wys ek jou en dan hardloop jy weg en jy het die hele tyd gelieg?"

"Ek sweer."

Sy het met haar voorvinger om en om in die gesteelde kraffie se nek gesit en boor. "Hoeveel is 'n halfkroon?"

"Die helfte van vyf sjielings."

"By Peuter-se-brand woon 'n oom wat vir 'n halfkroon 'n mondfluitjie op die dorp gekoop het."

"Jy kan vir jou twee koop!" sê hy en voel die hoop in hom opskiet.

"Vir wat wil ek twee koop? Ek het net een mond. Miskien koop ek vir my 'n kombers. Die grootvoete het my kombers vertrap toe Pa moes neergooi om te hardloop."

"Watse goed is grootvoete?"

"Weet jy nie dit nie?" vra sy geskok. "Die goed met die slurpe, olifante. Maar eintlik mag 'n mens nie hulle name hardop sê nie, want dan hoor hulle jou en hulle dink jy roep hulle en dan jaag hulle jou … As jy vir my jou vyf sjielings gee, koop ek vir my 'n mondfluitjie en 'n kombers en ek wys vir jou om by die pad te kom."

"Koop liewer vir jou 'n kam." Die meisiekind se gesig was nie lelik nie, net vuil en so onder die hare. "Dan kam jy jou hare 'n slag."

"Ons het 'n kam gehad, maar sy tande het uitgeval." Sy

het een blou bottel opgetel en na hom uitgehou. "Blaas jy op hierdie een, dan blaas ek op die kraffie."

"Maar jy het dan gesê jy sal my na die pad toe neem!"

"Ek sal jou môre neem."

"Hoekom nie nou nie?"

"Dis ver se loop hardepad toe, jy kan nie in die middel van die dag begin nie. As die donker jou inhaal, gaat jy weer verdwaal."

"Sweer jy sal my môre neem."

"Sweer jy sal my die vyf sjielings gee."

"Ek sweer."

"As jy lieg, wys ek jou die verkeerde pad en kan die grootvoete jou maar pap trap."

"Sweer jy sal my wys."

"Ek sweer. Hoe ek op die dorp gaat kom om die fluitjie te koop, weet ek nie, maar ek sweer."

Dit was of die Bos om hom oopgaan en die son skielik oop en bloot op hom neerskyn. Hy sou heelpad hol om net eers by die hardepad te kom en daarvandaan sou hy loop en loop om by die huis te kom.

Hy het die meisiekind haar sin gegee en op die bottel geblaas tot sy lippe stram was. Eers het hy verkeerd geblaas, maar gou geleer om skuins af en sag te blaas en die klank onder in die bottel te laat rol. Sy het op die kraffie geblaas.

"Blaas jy nou een blaas alleen, dan blaas ek een alleen en dan blaas ons een tesame." Hy het aanhou vergeet wanneer dit sy beurt is, want sy kop was op pad Wolwekraal toe. Die meisiekind het kwaad geword en gesê hy's onnosel en dat dit in elk geval beter sou wees as hy liewer weer wegraak, want dan het hulle weer die katel vir Willem en is dit nie nodig dat hulle drie so beknop op die ander katel moet slaap wanneer almal by die huis is nie.

Nee kyk, het Elias die ding sit en bedink, dis nou alles goed en wel, maar daar moet gekeer word voor dit heeltemal neuk. Die kind is so steeks soos 'n beduiwelde muil, en 'n muil is 'n ding wat vir jou baie sonde kan aandoen.

Barta het in die agterdeur gestaan en êrens voor haar vasgestaar soos een van wie die kop botstil gaan staan het.

"Moet jy nie patats uit die as haal nie, Barta? Jy weet ek hou nie van 'n drooggebakte patat nie. Barta!"

"Ek hoor, Elias. Ek was nou by die patats, hulle is nog nie sag nie." Haar oë het stokstyf bly staan.

"Hou op om jou so te verknies, vrou. Van môre af gaat ek hom by die balke sit en hom leer om 'n byl vas te hou sodat hy sy nuk kan uitsweet."

"Moenie aan hom slaan nie, Elias."

"Ek sal hom nie slaan as hy na my luister nie."

"Die magistraat het gesê hy sal gereeld laat verneem."

Vandat hulle die kind loop haal het, het Barta die magistraat op die brein. Dis soos 'n vrees in haar. "Hy kan maar laat verneem, dis in mý vuur wat die kaiing lê. As Lukas nog een keer skop en skree of op 'n hoop loop sit, gaat ek vir hom foeter. Ek laat my nie van 'n kind tamteer nie."

"Tant Gertjie sê hy sal nog gewoond raak."

"Ek sê vir jou, hy was te lank onder die bruingoed. Dis wat dit is. Om darem jou eie vlees en bloed te hoor 'baas' sê vir 'n ander wit man is nie lekker nie."

"Hy't dit darem nog nie weer gedoen nie."

"Skink vir my koffie."

Die ding wat hom die meeste hinder, is dat die kind nie praat tensy jy dit uit hom uit trek nie, en dan sonder om pa of ma te sê, asof dit nie uit sy mond wil kom nie. Die magistraat het gesê dit mag 'n rukkie vat voor die kind weer aanpas in die Bos. Hý sê aanpas se voet. Die Bos vra nie of jy pas of nie pas nie; in die Bos bars jy en klaar. Dis nie die Lange Kloof waar jy heeldag in die son kan sit nie. Hy het klaar besluit, Lukas gaan balke toe. Toe hý twaalf jaar oud was, het hy lankal vir sy pa help kap. As hy Lukas by die balke leer en dit gaan goed, kan daar dalk weer 'n slag 'n ekstra oulap in 'n sak val.

Die Vader weet, die kind was onverwags en Barta sal nie ophou neul oor 'n ekstra katel en kombers voor hy dit nie iewers vandaan gehaal het nie. Hy sê nog altyd: skuif die twee katels in die voorvertrek teenmekaar en al vier die kinders kan gemaklik kop-en-punt lê wanneer Willem en Kristoffel by die huis is.

Maar toe gaan die verbrande Lukas so te kere dat Malie glad van oorkant af kom kyk wat aangaan. Daar kan mos niks privaats in 'n man se huis gebeur op hierdie eiland nie. Op die ou end het Barta vir die kind se sin gestaan en soebat totdat hy moes toegee en die kind alleen op die een katel kon lê. Maar hy't nou genoeg gehad. Barta is mos bang vir die kind. Goed en wel, die kind was nege jaar agter die berg en hy is soos 'n vreemde in die huis, maar dit kan nie so voortgaan nie. Hy moet balke toe.

Barta het die koffie gebring en weer in die deur kom

staan. "Ek sien hy's darem vanoggend saam met Nina Bos toe."

"Ek het gesien, ja. Hy moet nou net nie dink hy sal elke dag met haar saam gaan leeglê nie. Ek het jou al hoeveel keer gesê om haar in die werk te steek, sy loop net vir kwaaddoen rond."

"Sy't laas week heelweek geskoffel, Elias."

"Jy meen seker: met die skoffel gedans."

"Sy't darem geskoffel."

Wragtig, oor Willem en Kristoffel het hy min bekommernis.

Tot die dag wat die boswagter kom sê het van Lukas, het hy gedink dis net oor Nina wat hy hom hoef te kwel; min geweet die tweede kommer is op pad.

Maar Lukas kan hy immers by die balke sit; dis oor Nina wat daar 'n ding gedink moet word. As hy weer op die dorp kom, wil hy gaan verneem of daar nie iemand is wat 'n kinderwag soek nie. Verniet sal hy haar nie staan uitverhuur nie, sy prys sal hy maak.

"Elias, miskien moet jy hom maar nie nou al by die balke sit nie. Die magistraat het gesê ons moet hom kans gee om gewoond te raak."

"Maar ons hét hom mos 'n kans gegee! En dis nie oor Lukas wat ek my nou laat sit en opvreet nie, dis oor Nina. Jy moet kyk dat sy uitbly uit die Bos uit, dis nie 'n plek vir 'n meisiekind alleen nie."

"Jy sal haar nie uit die Bos hou nie."

"Ek sal vir haar vasmaak soos jy 'n wegloop-os vasmaak. Ek sê vir jou daar's fout met daardie kind; sy slaan vir my alte veel terug na jou suster Nonnie wat die slag in die Kaap loop antwoord gee het."

"Nina is nog 'n kind, sy sal regkom."

"Hoekom speel sy nie met Bet en Gertruida van Malie nie? Of met Liesbet van Sofie nie?"

"Hulle wil nie met haar speel nie."

"En hoekom nie? Ek sê vir jou daar's fout met haar. Het sy nie wurms nie?"

"Ek weet nie."

Nee, Barta sal nie weet nie, het hy in sy binneste gesug. Hý moet na alles lyk. Dinge in sý hande neem. As hy Lukas eers by die balke geleer het en Nina op die dorp verhuur het, en miskien 'n gelukkie met 'n olifant kry, kan dinge dalk 'n slag lelik omswaai blink kant toe.

En Lukas was beter toe hy en Nina uit die Bos kom. Gepraat het hy wel nog weinig, maar die ergste noorsheid was uit hom uit.

Die aand het Elias gewag tot Barta gaan lê het en toe het hy hom by die kers aangespreek.

"Al twee jou broers is vandag kêreltjies wat hulle eie monde se kos verdien. Oom Martiens het gesê hy sal vir jou ook plek maak in sy span, maar vir eers wil ek jou liewerster hier by my by die balke invat." Die kind het hom in die gesig gesit en kyk, maar hy het al die gevoel gekry dat sy ore nie 'n woord hoor van wat hy sê nie. "Ek gaat vir jou leer balke maak, sê ek. Toe ek so groot soos jy was, het ek lankal byl geswaai. Hoor jy wat ek sê, Lukas?"

"Ja."

Die kind was definitief nie meer so verskrik nie. Nina het eenkant op die katel sit en fluit en terselfdertyd met 'n lepel op die koffieblik rumoer.

"Het ek jou nie gesê om op te hou met raas nie?" Nee kyk, hy sou êrens moet granaatwortels in die hande kry en trek en vir haar ingee, daar's niks beter vir wurms nie.

"Wanneer gaat Pa weer dorp toe?" vra sy en gaan sit die lepel en die blik weg.

"Wanneer ek iets op die dorp te soek het."

"Sal Pa my saamneem?"

"Ek het jou een keer saamgevat en jy weet ek het gesê ek vat jou nie weer saam nie. Loop lê nou."

"Ek sal nie weer wegloop nie, Pa. Hierdie keer sal ek by Pa bly."

"Loop lê, het ek gesê!"

"Net een keer, Pa. Net een keer."

"Nina, ek praat nie weer nie!" Uit die hoek van sy oog het hy Lukas versigtig sien retireer van die tafel af. "Ek is nog nie klaar met jou nie!" het hy hom gekeer. Die kind het vasgesteek en half pleitend na Nina se kant toe geloer. "Wat is julle twee nes goed wat kwaad gedoen het?" kry hy sommer gedagte.

"Ons het niks gemaak nie, Pa."

"Nina, jy weet jy's een wat vinnig kan lieg! Wat's hier aan die konkel?"

"Niks, Pa. Dis maar lat ek so graag op die dorp wil kom."

"Sy wil graag op die dorp kom," het Lukas verskrik beaam.

"Om wat te loop maak?" Iets was nie na sy sin nie.

"Sommer om 'n slag op die dorp te kom, Pa."

"Oppas! Jy's dalk gouer op die dorp as wat jy dink, en vir ander redes as wat in jou kop mag wees."

"Ek het niks in my kop nie, Pa."

"Ek sê jou maar net."

En die Dinsdag was nie 'n dag te vroeg om Lukas aan die werk te kry nie. Sommer met die opstaan wou hy weer begin dwars neuk en weet waar sy skoene is.

"Jy't nie skoene nodig om balke te werk nie. Kom!" Buite by die steier agter die afdak het hy hom heel eerste die verskil tussen 'n regsbyl en 'n linksbyl probeer leer. "Die linksbyl is die byl waarmee jy omkap wat jy omgekap wil hê en waarmee jy die blok rofweg regkap. En die een waarmee jy jou tone afkap as jy anderpad staan kyk." Die kind het aanhou huis se kant toe draai asof hy onrustig was oor iets. "Jy moet luister wat ek sê, Lukas! Hierdie ander byl is die regsbyl en met hom staan 'n man wat weet wat hy doen langs 'n ronde hout en kap vir hom netjies kantig en glad soos 'n tafel se blad. Verstaan jy, Lukas?"

"Ja."

"Toe ek so groot soos jy was, was daar nie 'n stuk ge-reedskap in hierdie bos wat ek nie kon gebruik nie. Behoorlik kon gebruik nie. Jy sal moet inhaal, jy sal vinnig moet leer. Die waens wil kom balke laai, want die mense bou al meer huise, en waar anders dink jy moet hulle hout kry as dit nie uit hierdie bos uit kom nie? Kort voor lank sal ons dikker bome moet kap sodat ons meer as een balk uit 'n blok kan haal, maar tot dan toe kap ons nog jong bome en leer ek jou eers net hoe om een balk uit 'n blok te kap." Nee wragtig, die kind had net so min erg as 'n klip. Dit was kompleet hy staan soos een wat nie 'n skerf se sin het vir die werk nie. "Jy moet ag gee op wat ek sê, Lukas! Ek gaat nie honderd keer praat nie. Ek gaat vir jou 'n blok op die steier rol en jy gaat leer om met 'n krom byl reguit te kap, al vat dit jou tot donker toe en môre weer van ligdag af."

Nina het van die huis se kant af aangedrentel gekom en agter die steier op die stomp gaan sit.

"Loop help jou ma!"

"Ek het klaar gehelp. Ma het gesê ek kan maar gaat speel."

"Daar's nie tyd vir speel nie; gee aan die oprolhout daar agter jou, ek wil die blok op die steier rol."

Sy het opgestaan en die stuk hout met die een skerp punt begin nader sleep. "Die ding is swaar, Pa!"

"Hy's g'n swaar nie! Bring hom aan en loop haal nog een." Toe sy by Lukas verbykom, het sy iets onderlangs gesê en die hout laat los. "Buk, Lukas!" sê hy. "Buk en sleep hom tot hier by my sodat jou hande kan voel hoe voel hout. Nina, bring die ander oprolhout!"

As haar ma haar dan nie uit die kwaad kan hou nie, kom die plan skielik by hom op, dan sou hý dit doen. Hoekom kan sy nie ook by die balke help tot tyd en wyl hy haar verhuur kry nie? Al kap sy net rofweg.

Toe sy met die tweede oprolhout aankom, sê sy weer vir Lukas iets uit die hoek van haar mond.

"Wat konkel julle?"

"Niks, Pa. Ek sê sommer vir Lukas hy moet my help."

"Ek dink dis tyd lat ek julle al twee in die werk steek! Vat die oprolhoute en gaan haal die blok daar anderkant aan tot hier en kry hom op die steier." Sy het hom aangekyk asof hy gesê het hulle moet die Bos loop uitkap. "Kry voete! Dis die blok daar anderkant by die ashoop."

Hy het op sy hurke gaan sit en tydsaam 'n stokkie begin breek.

En een ding moes hy ná 'n ruk erken: hulle het nie sleg reggekom nie. Vir Lukas se ongewoondheid en Nina se maerte het hulle die blok glad nie vrot aangerol nie.

"Kry hom nou in die lengte voor die steier by die dwars-houte." Die blok wou aanmekaar gat omgooi, maar hy het hulle laat sukkel. Niks so goed soos sukkel om jou te leer nie. Toe die blok reg lê vir die oprol, het hy hulle kans gegee om 'n bietjie te rus en hande te spoeg.

"Pa, ons gaat hierdie ding nooit hier opkry nie!"

"Wat's 'n ou entjie skuinste tot op 'n steier? Wag tot julle gehelp het om 'n blok so dik soos drie osse saam op 'n staankuil te rol, dán kan julle kom kla." Hy moes lankal die plan gekry het om Nina ook by die hout te sit. Barta kon maklik die tuin en die huis alleen werk; sy had in elk geval nie genoeg wil oor die kind nie.

"Pa, ons gaat die ding nie hier opkry nie!"

"Hy's g'n so swaar nie. Steek die oprolhoute soos levers onder hom in en lig met julle skouers. As die blok begin klim, klim agterna en woel die oprolhoute grondlangs tot julle die blok bo het."

"En as hy terugrol?" wou Nina weet.

"Dan's dit julle eie slegtigheid en kan hy julle vir my part onderstebo rol!"

"Hoekom kom rol Pa nie die ding self hier op nie?"

"Jy praat te veel." Lukas het sonder tong gestaan en sy oprolhout opgetel. "Vat die ander hout en begin!"

In sy binneste het hy al meer van die plan gehou: twee ekstra hande by die balke kon baie dinge verander. Hy sou moes gaan mikhoute en sparre kap om nog 'n steier te maak, nog oprolhoute ook.

En die twee kinders het weer nie sleg reggekom nie. Die balk het net een keer teruggerol en hulle lelik laat skrik, maar met die tweede probeer had hulle hom bo.

"Soek nou wîe en steek weerskante van hom in sodat hy kan vas lê!"

Oorkant by die houtkappershuise het die rook luiweg uit die skoorstene getrek, Sofie en haar meisiekinders het in die tuin gespit en dit het gelyk of Malie en tant Gertjie sit en matrasslope toewerk of iets, die oë van nuuskierigheid natuurlik kort-kort op Elias van Rooyen se plek.

"Kan ons nou maar gaat speel, Pa? Die blok is op die steier," het Nina gevra.

"Speel? Julle sal nie gou weer speel nie." Hy het opgestaan en met die linksbyl in sy hand op die steier geklim. "Ek gaat nou vir julle wys hoe om die bas rofweg weg te kap en as ek klaar gewys het, gaat julle beurte maak om dit self te doen en dan sal ons sien hoeveel julle geluister het."

"Dis maklik vir Pa om dit te doen," het Nina gesê en nes 'n vasgekeerde ding gestaan.

"Dis lankal nie meer vir my maklik om dit te doen met my sere rug wat elke keer kraak as hy moet buk nie," het hy ergerlik gesê en die eerste spaanders laat waai. "Onthou, dis 'n stuk boom wat rond is en wat vierkantig gekap moet word.

Eers die een sy en dan die ander sy, dan word hy omgedraai en die twee ander sye gekap. Voor julle met die regsbyl inval, sal ek vir julle wys hoe om 'n streep met 'n bloklyn te maak sodat julle 'n merk het om reguit langs te kap."

Toe hy van die steier af klim, staan Malie by die afdak.

"Môre, Malie," groet hy botweg. "Barta is in die huis."

"Môre, Elias. Ek sien jy het nou sowaar vir Nina ook op die balke."

"Ja. Dit hou haar uit die kwaad."

"Dit sal meer vat om háár uit die kwaad te hou," sê Malie smalend. "Hoe gaan dit nou met Lukas?"

"Beter van gister af. Nog onhandig by die hout, maar dit sal ook regkom. Barta is in die huis." Hy en Malie het nie saam uit een bord geëet nie; sy was lief vir skoor met hom en hy had nie vir haar tyd nie. Regte ou snaterbek, sy. En hy moes die regsbyle skerpmaak, nie gesels nie. Hy had nou wel net die een linksbyl, maar gelukkig twee van die ander. "Kap meer skrams, Lukas!" praat hy steier se kant toe. "Dis nie vuurhout wat jy kap nie. En gee netnou weer vir Nina ook 'n beurt!"

"Hy lyk my maar nog altyd stuurs, Elias," merk Malie op. "Nege jaar is lank – praat hy van die mense agter in die Kloof?"

"Nie juis nie." Hy het verby haar omgeloop afdak toe en die slypgoed reggekry. Maar sy het agterna gekom.

"Dit moet maar aardig wees om tussen bruingoed groot te geword het en dan skielik weer te moet wit wees."

Malie het gesukkel dat hy hom moes erg. "Kan ek dit miskien gehelp het? Was dit mý wil?"

"Gaat jy hom by die balke leer?"

"Ja."

"Dan sal jy nou seker weer 'n slag meer balke ook kan lewer."

"Júlle tel mos hoeveel ek klaarmaak."

"Dis nie nodig om te tel nie, enigeen kan sien jy sleep al hoe minder weg Diepwalle toe."

Hy het die byl met die platvyl begin regmaak en homself gemaan om die vrousmens nie 'n ding te sê wat hy nie sou kon terugroep nie. Willem was in Martiens se span en 'n stryery met Malie kon neuk. Die kind het wel maar min meer as koffie en suiker en meel verdien, maar dit was ver beter as niks.

"As ek Lukas eers geleer het, sal dit weer beter gaan. My rug wil nie meer nie."

Malie het onder die afdak ingekom en op die hoop klaar balke gaan sit. Sy had nie plan om te loop nie. "Mens sou nooit gedink het dat hy so 'n mooi seun sou wees nie, nè?"

"Wie?"

"Lukas. Behalwe lat hy Barta se bloue oë het en iets van jou neus, trek hy nie 'n druppel na jou Willem of Kristoffel nie. Martiens sê as dié ding buite die Bos gebeur het, was dit in 'n koerant geskryf. Die ding lat Lukas ná nege jaar weer gevonde is. Maar niks wat in hierdie bos gebeur, kom mos buite nie. Dit voel vir my party dae ons kon net so wel nie op die aarde gewees het nie."

"Die houtkopers op die dorp sou darem agtergekom het as julle nie meer op die aarde is nie. En die wa wat die balke kom laai." Eintlik het hy met een oor na Malie geluister. Dit was al vir hom of daar iewers iets skort, maar hy kon nie agterkom wat dit is nie.

"Ek is 'n vrou van by die veertig, Elias, en ek was twee keer in my lewe uit die Bos uit en op die dorp. Daar oorkant staan Sofie en sy was so ver as Diepwalle toe die predikant die slag kom kinders doop het. Tant Gertjie is al ouhout en wil nie eers meer verder as hierdie eiland nie. Ek sê weer: as ons almal van 'n pes uitsterf, sal min dit agterkom. Seker darem die boswagters ook."

"Seker." Sy kop het vorentoe gedink: as hy elke drie maande veertig balke kan lewer teen vier en 'n sikspens, soos die wa uit die Lange Kloof die laaste ruk betaal het, kan dinge goed begin lyk …

Maar Malie was nog nie klaar nie. "Die vreemdes weet nie van ons nie, Elias. As daar die slag een van hulle kom grootvoete skiet of iets, en hulle loop ons raak, kyk hulle jou aan asof jy snaaks is. Of hulle staan jou en invra asof hulle moet besluit of dit 'n pampoen of 'n kop is wat op jou nek sit. En dan kan hulle vir hulle nog kom slim hou ook hier in die Bos. Soos die slag toe die anderlander amper 'n week lank by ons langs die huis in sy tent gewoon het. Ek praat nou van voor my troue, toe ons nog onderkant Platboskop gewoon het. Die snaartjie kom mos met sy doekklere en potlode en boeke en goed daar by ons aan en Pa kon hom net so hier en daar verstaan. Victorin was sy van. Ek onthou sy gesig so goed asof hy nou hier voor my staan. Hy't papiere vol geskryf en geteken van al wat 'n groeiding in die rondte is, van 'n perdepisbossie tot die dikste, hoogste kalander, en as 'n voël net pê sê, moet ons kom sê wat sy naam is en hom help soek sodat hy hom kan sien. As Pa nie by was nie, het ons sommer partykeer vir hom gelieg. En wanneer 'n swerm loeries naby kom sit, het hy so aan die kloek gegaan en geteken dat jy sou sweer hý het hulle uitgebroei. Dit was vir hom die wonderlikste ding met vlerke op die aarde. Een Vrydagaand kom Pa by die huis met 'n klompie loeries wat hy geskiet het, en mister Victorin kom amper iets oor. Ons is toe sommer barbare omdat ons dié pragtige groen voël met sy mooie rooi vlerke eet. Pa sê nog vir hom ons eet nie die vere nie, net die vleis, maar mister Victorin was klaar opgeruk, en die volgende môre toe ons wakker word, was hy weg. Twee maande later kry Pa hom en sy tent agter in Peerbos, en wat hang netjies potklaar onder die boom? Vier loeries en drie muisvoëls. En Pa vra vir hom: En nou dié? Toe kom dit uit dat hy nie meer van brood en heuning alleen kon leef nie. Slim is toe ook nie meer slim nie."

Hy het Malie al tevore die storie hoor vertel. En êrens het nog altyd iets geskort wat hy nie kon bykom nie, soos 'n stuk vleis wat in jou tand sit, maar wat jy net nie met jou tong kan kry nie.

"Loop skep daar vir my 'n blik water vir die slypsteen, Malie. Hierdie byl kan nou op die steen kom."

"Jy kan jou eie water loop skep."

Hy wou eers huis se kant toe roep dat Barta vir hom die water loop haal, maar dan sou Malie weer daaroor ook iets te sê hê, toe staan hy maar self op. Dit was toe hy onder die afdak uitkom en omloop dat hy skielik weet wat skort. Die kap van die byl op die steier was stil. Nog erger, daar was nie 'n teken van die twee vervloekste kinders nie.

"Nina! Lukas!" Die byl het onder die steier gelê en aan die blok was daar skaars 'n splinter afgekap. "Lukas! Nina!"

Malie het om die afdak gekom en kom staan en lag. "Ek het gedink jy praat 'n bietjie vinnig toe jy sê die balke sal Nina uit die kwaad hou."

"Dis van jóú gepratery dat ek nie agtergekom het hulle raak stil nie!" Barta het van die huis se kant af aangekom en beangs kom vra wat gebeur het. "Die twee maaksels het die werk net so gelos en aangeloop! As ek geweet het watter kant toe hulle is, het ek hulle daar loop uithaal en die laaste bas van hulle lywe afgetrek!"

"Hulle het seker loop speel, Elias."

"Dan sal dit vandag hulle laaste speel wees. Ek gaat hulle inwag en ék gaat nie met hulle speel nie!"

"Elias …"

"Stil, vrou!"

Hy het op die steier geklim en hulle op die blok gaan sit en inwag en die ergernis in hom laat ophoop. Die son het stadig oor die eiland getrek en die skaduwees kom kort maak. Blikskottels! het hy hulle in sy binneste geskel, julle sal vir mý byl neergooi en aanloop! Vabonde.

Toe die son te kwaai agter sy nek begin steek, het hy van die steier afgeklim en onder die afdak gaan wag.

Dit was 'n ou ding van Nina om sommer die Bos in te loop en wie weet wanneer weer daar uit te kom. Nou wou sy natuurlik vir Lukas ook haar streke leer. Hy moes die meisiekind lankal onder haar ma se lering uitgehaal het.

Halfdag het Barta sy kos afdak toe gebring en onrustig bly rondstaan asof sy iets wou sê, maar versigtig was.

"Elias …"

"Moenie kom neul nie, vrou, my bloed is warm gewag."

"Jy kan Nina 'n pak slae gee, ek sal help om haar vir jou vas te keer, maar moenie vir Lukas slaan nie. Die magistraat kan enige dag 'n boswagter stuur om te kom kyk hoe dit met hom gaan en dan's hy vol merke."

"Barta," het hy haar gewaarsku, "moenie lat ek vandag tot kook kom nie. Moet ek nou elke keer dorp toe loop om die magistraat se tjap te kry voorlat ek my vaderplig kan nakom?"

"Ek het nie so bedoel nie."

"Nou hou dan op om elke keer die magistraat voor my te kom sleep as ek 'n vinger na die kind wil lig. As daardie twee maaksels vandag uit die Bos kom, gaat hulle by mý verbykom. Hulle sal bylkap tot hulle lê. En as hulle klaar gelê het, sal hulle opstaan en weer begin, en hulle sal kap tot hulle 'n balk uit 'n blok kan haal waarmee ék tevrede is."

"Sofie se kinders was weg om te gaan vuurhout kap, ek sal gaan hoor of hulle nie vir Nina en Lukas gesien het nie."

"Leen sommer daar by haar 'n trekseltjie koffie. Sê ons is Willem of Kristoffel môre te wagte en sal dit teruggee."

"Maar Willem het dan gesê hulle sal nie onder die drie weke aan die waenhout kap nie, en Kristoffel-hulle kap dan stinkhout agter in Loeriebos. Hoe kan ons hulle môre te wagte wees?"

"Moenie onnosel wees nie, Barta! Loop leen 'n treksel koffie!"

Barta was nie halfpad oor die eiland nie, toe sien hy Nina soos 'n skelm om die huis sluip en by die agterdeur inglip.

"Blikskottel, kom hier!" het hy geskree en opgespring.

In die kombuis het hy haar op Lukas se katel gekry waar sy besig was om in die matras te graaf en hy het haar sommer aan die been beetgekry en haar daar afgetrek.

"Jou klein blikskottel! Gedink julle kan byl neergooi en wegraak, nè? Gedink my oë is toe! Gedink ek slaap! Maar hiervoor sal julle bars tot ék sê dis genoeg. Hoor jy my, maaksel?"

"Eina, Pa!"

Hy het haar sommer aan die bos hare rondgetrek. "Vreksel! Julle het gedink julle kan met my mors, nè?"

"Nee, Pa."

"Waar's Lukas?"

"Ek weet nie, Pa. Ek het hom gaan soek, Pa."

"Wat lieg jy daar?" Dit was 'n kind wat so gladdebek soos 'n houtkoper kon lieg.

"Ek het hom gaan soek, Pa. Eina, Pa!"

Daarby kon sy soos 'n slagvark skree as jy haar vas het. "Waar's Lukas, vra ek!"

"Hy't weggeloop. Pa. Ek het mooigepraat, maar hy wou nie omdraai nie."

Hy het hom besimpel geskrik.

As Lukas aangeloop het, was daar moeilikheid. As die magistraat se ore dit moes hoor, was dit please explain vir Elias van Rooyen, en as die kind weer loop staan en verdwaal het, was dit 'n groot gemors.

Hy het Nina aan die skouers beetgekry en geskud dat haar tande klap.

"Watter kant toe is hy?"

"Diepwalle se kant toe, Pa."

Barta en Sofie en Malie het soos verskrikte goed by die agterdeur ingebondel en die wêreld kom donker staan.

"Waar het jy hom laas gesien?"

"In Kom-se-bos, Pa."

"Hoe't hy geweet om tot daar te kom?"

"Hy ... hy ..." Sy't woorde gesoek. "Hy't gesê hy ken die pad. Dis hoe langs julle met hom gekom het."

"Dit was donker!"

"Elias ..."

"Stil, Barta! Nina, as jy vandag vir my staan en lieg, maak ek jou vrek!"

"Hy gaat Lange Kloof toe loop, Pa. Ek sweer."

Daar was net een ding te doen en hy moes dit gou doen. Toe hy die osriem van die spyker afruk, het Barta hom aan die arm beetgekry.

"Elias, wat maak jy nou?"

"Ek moet hom inhaal, Barta. Wat anders? Kry reg die lantern en gee my baadjie. Ek wil die klein vloek vang voor hy sy voete in die hardepad sit, en dit mag eers teen donker wees!"

14

Sy het skemeraand op Knysna aangekom. In haar kop en in haar bolyf was nog krag; dit was in haar voete en haar bene dat die twee dae se stap soos brandyster gevreet het.

Die laaste twee, drie uur het sy hulle gemoor om aan te hou sodat sy voor donker uit die Bos kon wees. Nie dat sy 'n mens vir banggeit was nie; dis net dat dit later voel daar kom nie 'n einde aan die oerte nie. Gelyktes vir haar voete tussen boskloof en boskloof was daar min. Waar die pad nie hol gekalwer was van jare en jare se boswaens nie, het die afloopwater of die spruite die pad verspoel.

En die straat deur die dorp was min beter as die wapad deur die Bos. Die dorp was kleiner as wat sy gedink het dit sou wees; vir 'n plek waar skepe kom anker het, het die huise maar yl gestaan. Oral het die skynsel van 'n lamp of 'n kers teen 'n venster geval en haar sonder plek laat voel.

By 'n dubbelverdiepinghuis teen die straat was 'n huiskneg besig om die luike toe te maak.

"Naand," het sy die vrou gegroet.

"Naand."

"Kan jy my miskien sê waar die plek van die magistraat is? Die plek waar hulle hof hou."

"Die plek is lankal toe. Dis amper aand."

"Ek weet. Ek wil net weet wáár die plek is."

"Nog ver af in die straat."

Die mens was nie juis barmhartig nie. Sy wou nog gevra het of daar nie iewers 'n agterkamer was waar 'n moeë lyf kon lê nie, maar het dit gelos. 'n Komoetie lê liewer agter 'n bos met sy kop op 'n klip as verleë op 'n ander se kooi.

Die vorige nag het sy anderkant Buffelsnek onder 'n bakkrans skuilte gekry en voor sy haar kop neergelê het, vrede met die Here gemaak. Sy het reguit vir Hom gesê sy is skaam omdat sy gedink het Hy sou verleë wees oor 'n bos vere en 'n paar ou piepgat-kuikentjies. Met die Here kan jy nie in onvrede leef nie. Die Laghaans was 'n ander saak. En wie moes agter die berg sy hand oor Selling en die kinders en die volstruise hou? Net die Here. En voor die berg oor Benjamin en oor haar.

Voordag het sy onder die krans uitgekruip, 'n stukkie geëet en weer in die pad geval. Toe die wêreld om haar begin toerank, het sy sommer hardop geloop en bid en mooi vir die Here gevra om te kyk dat haar voete in die pad bly en die olifante in die ruigtes, want waarheen vlug 'n sterfling in daardie onhebbelike bos?

Sy het nie gerus of geëet voor dit middag was nie. En haar sit was kort, want die vervlakste Bos was nes die nag: hoor jy een ding, dan hoor jy twee, en jy hou aan met hoor totdat jy later op elke kriewel en kraak 'n oor het. Solank sy aan die loop gebly het, het haar eie voetval immers tussen haar en die Bos gebly.

Die magistraat se plek het aan die bokant van die stofstraat gestaan. Vaal en stroef. Soos die wet. Dit het gevoel of die dooie vensters haar aangluur omdat sy voor hulle durf talm. Die kwaad wat sy heelpad so versigtig teëgehou het, het skielik in haar geroer.

Êrens agter daardie vensters het hulle haar Benjamin soos 'n slagbok laat staan om bekyk te word vir ander se malligheid. Sy wou omdraai en tussen die huise in skree: Waar is hy? Waar's die kind? Onder watter dak kruip die twee vredestoorders weg?

"Soek antie iemand?"

Toe sy omkyk, staan die oorlamse skepsel sonder voor-tande teen die tralieheining. Haar pa het altyd gesê as 'n skepsel só geel van vel is, is hy heuningdraer se kind. Outenie-kwa. Wildetyd se mense en maar anderdag eers makgemaak.

"Ek mog 'n antie wees maar ek is nie jóú antie nie," sê sy vir hom en wys hom sy plek.

"Die antie is omgekrap." Hy het met sy een hakskeen en sy agterwêreld teen die heining staan en ry. "Het antie ver gekom?"

"Ja. Ken jy hierdie plek?"

"As antie die Magistrate's Court bedoel, ja, ek ken hom. Sy Honour het my laas vier houe laat kry vir dronk en lawaai. Ek mind nie, dis net lat dit Nuwejaar was."

"Ek bedoel die dorp self."

"Hier gebore, antie. Volbloed-Outeniekwa." Hy het trots geklink daarop.

"Ek soek twee wit mans: een is lank en een is kort en dik. Hulle het 'n perdekar."

"Hier's baie langes en baie dikkes, en die meeste het 'n perdekar of 'n ding."

"Hulle had twee skimmels voor."

"Baie skimmelperde hier rond. Hulle sê hier was vroeër omtrent net wit perde gewees; grootbaas Rex had glo 'n oog vir 'n wit perd."

Aan die oorkant van die straat het 'n vensterraam oop-gegaan en 'n man het vir die Outeniekwa geskree om op te hou met ry op die heining voor hy die konstabel laat roep.

"Dis oubaas Jones," sê die skepsel toe die venster weer toegaan. "Hy's lekker dik en hy het self twee skimmels."

"Dis nie hy nie."

"Dan weet ek nie wie antie soek nie. En ek beter nou loop, want dit word donker. Ons mag nie na donker op straat wees nie. Antie beter ook maar af."

"Ek moet nog slaapplek kry."

"Loop nog 'n ent opper in die straat en antie sal die skool kry. My oompie, wat in die Bos woon, slaap altyd agter die skool as die donker hom op die dorp vaskeer. Dis veilig daar."

"Is daar water?"

"Ja. Ek kan antie nou ongelukkig nie plek gee nie; ek is staljong by baas Stewart en ons mag nie ander op die premises bring nie."

"Dis reg so."

Toe sy wegstap, het sy nog altyd gehoop om een van haar eie soort raak te loop en eerbaar plek vir die nag te kry. Maar dit was te laat. Teen die tyd dat sy die skool gekry het, het die sterre al geskyn. Sy kon nie anders nie, sy sou soos 'n skelm daar moes slaap. En sy moes eers 'n ent verbyhou, want twee deftige vroue in lang fluweelklere en twee ewe deftige mans het in die straat af gekom met 'n lakei al vooruit om die lantern te dra. Engelse mense.

Dit was nie lekker om plek te steel nie. En geslaap het sy nie om van te praat daar agter die skooltjie op die stoep nie. Die wêreld was te vreemd om haar. As sy 'n oomblik insluimer, het sy nog altyd die waak oor haarself gehou, dan maar weer wakker geword en lê en dink. Haar bekommernis oor die kind was meer as wat vlees kon verduur, en daarby moes sy aanhou keer dat die bitterheid nie te dik in haar ophoop en haat word nie. Selling het gesê sy moet seil soos 'n slang. Sy sou soos 'n slang waarvan die rugstring vermorsel is, krul as dit moes. Maar wat maak sy as die magistraat voorgesê is oor Selling? Hoeveel baklei lê dan vir haar voor?

Wat het hulle met die kind gemaak? Waar is hy? Hy sou weet dat sy sal kom, maar hoeveel onrus is daar nie in sy hart solank hy moet wag nie? Wat gaan in sy binneste om? As die magistraat 'n man met 'n wit hart is, sal hy verstaan en sal sy soos 'n slang voor hom loop krul!

In die nanag het die wind gedraai en die seeruik oor die dorp gestoot. Sy het haar jas stywer om haar gevou en troos gesoek in die wete dat die magistraat 'n man van die wet is en dat die wet reg en geregtig is; jy kan nie sommer die wet omstamp nie, al is jy wie of al is jy niks.

Toe Pace, die winkelier op Uniondale, die slag met die kerk Hooggeregshof toe is in die Kaap oor sy erwe, het almal hom uitgelag en gesê die regter sal hom opkerf. 'n Man staan nie teen die kerk op nie; die kerk stry jy nie op nie, want die kerk sal nie lieg nie. Maar Pace het volgehou dat die blok erwe wat die kerk wou laat opveil, die erwe was wat hy van die Gombert-Jode gekoop het. Die kerk het dorpskaart uitgehaal en gewys dat die erwe kerkeiendom is, Pace beter oppas wat hy sê. Pace het gesê die dorpskaart lieg. Landmeter Melvill was bedwelm toe hy daardie blok T gemerk het. Dit moes J gewees het. Die beskrywing van die grenslyne en die lê van die erwe was uitdruklik vir J. En J was sý erwe. Maar die kerk het gesê Pace lieg en vendusie gehou van die erwe. Petrus was self daar en hy was een van dié wat moes keer dat Pace en die predikant aan't vuisslaan gaan. Die gemeente het soos brommers om die spektakel saamgedrom, die meeste natuurlik aan die kerk se kant geskaar. Dit het Pace gekos hof toe gaan vir sy reg. Die kerk moes verdedig en agterna Kaap toe. Hooggeregshof toe. Toe Petrus die middag vir Selling van die ding kom vertel, het sy wat Fiela is, self ook gesê Pace gaan om sleg te gaan verloor; die wet sou by die kerk staan.

Pace en sy getuies is te perd Kaap toe. Die predikant en die kerkgetuies met die seilskip saam van Knysna af. En die skip was die oop see skaars in, toe staan daar 'n storm op asof hy vir hulle gewag het. Die naaste skuilte was Mosselbaai, en dié het hulle teen die aand net-net en verniel gehaal. Maar die kerk se vernaamste getuie het gewete gekry in die storm, en toe die skip anker gooi, het hy afgeklim en te voet huis toe geloop.

Pace het die saak gewen. Die regter het reguit gesê die kerk het skandelik opgetree. Wet is wet. Ook vir die kerk.

Sonder die kind sou sy nie huis toe gaan nie, al kos dit háár te voet Kaap toe gaan om te loop baklei.

Voordag het sy opgestaan, haar gewas, 'n skoon rok aangetrek en 'n skoon kopdoek omgesit. Sy was seker elke sening in haar bene had gekrimp; hoe sy tot by die magistraat moes kom sonder om haar voete te sleep, het sy nie geweet nie.

Die dorp het nog stil en verkluim gelê toe sy in die straat kom. Hier en daar was 'n kneg besig om 'n luik oop te maak, of 'n stoep te vee, versigtig, asof hulle bang was om die slapendes te steur. Na die see se kant toe het 'n streep yl mis soos rook oor die meer gelê.

Sy was amper by die magistraat se plek toe die klap van 'n sweep skielik deur die stilte kloof en haar laat opkyk.

Houthakkers, het sy in haar binneste geraai en doodstil gaan staan.

Sestien beurende osse het stadig met die swaargelaaide, krakende wa nader gekom soos goed op 'n tog sonder begin of einde. Die osse was oud, die wa was oud. Die vier mans om die wa was moeilik te skat na oud of jonk, en hulle het met dieselfde trae maat as die osse geloop – al verskil was dat hulle nie jukke oor die skowwe had nie. Hulle klere was dik gelap, die skoene aan hulle voete opgekrul van versletenheid. Net die hout op die wa was netjies gewerk en netjies gelaai en vasgemaak. Dan is dít hoe hulle lyk, het sy gedink, en die jammerte gekeer wat in haar opkom.

Nie een het opgekyk toe hulle verbykom nie.

Dit was nog stil by die magistraat se plek. 'n Hond het op en af gesnuffeldraf en sy been teen die voordeur gelig.

"Siejy!" het sy hom verwilder. Waar kan jy jou been teen die wet staan lig?

Kinders in warm klere het verbygekom en in die rigting van die skool geloop. 'n Stuk of ses mooie jong meisies het te perd verbygegalop, gemaklik dwars in die saals met lang ryklere aan. Rykmanskinders, kon jy sien. Rykmansperde. Blink en geleerd soos Petrus Zondagh se perde. Elke perdekar wat verbykom, het sy goed deurgekyk in die hoop dat dit die twee vredestoorders sou wees. Nog 'n boswa vol hout het in die straat af gekom.

Toe het die man met die sleutels gekom en oopgesluit. Kort na hom het nog drie mans en 'n konstabel gekom, en sy kon nie besluit watter een van die mans die magistraat is nie. Sy moes haar bedwing om hulle nie voor te keer en te vra waar die kind is nie. Jy kan nie sommer voor 'n magistraat inloop nie, het sy vir haarself gesê, wag jou beurt af!

Agter op die meer het die son die mis opgedroog en 'n skip met 'n seil het dorpkant toe in die meer opgekom.

Toe kon sy nie langer wag nie.

Haar bene het haar lyf beswaarlik die kliptrap na die deur toe opgekry. Die deur was oop, maar sy het geklop en ver teruggestaan om te wag. Nader gegaan en weer geklop. Teruggestaan. Sy het in 'n breë gang af gekyk en daar was deure aan weerskante van die gang. Here, staan langs my, het sy in haar hart gesê.

Die man wat oopgesluit het, het by een van die deure uitgekom en haar gesien.

"Yes?"

"Ek soek die magistraat, my baas. Ek het my twee dae lank kortasem geloop om hier te kom, om hom te sien. Asseblief, my baas."

"Go to the side door."

Side door. Side door? Dit was seker die sydeur. Sy moes by die sydeur gaan praat. Goed. Sy is die trap af, om die hoek, en by die sydeur het sy weer geklop. Dieselfde man het oopgemaak en haar aangekyk asof hy haar nog nooit tevore gesien het nie.

"Yes?"

"Ek moet met die magistraat praat, baas. Dis dringend. Ek het twee dae geloop om hier te kom."

"Could you repeat that in English?"

Sy het elke druppel moed uit haar geskrik. As sy Engels vir die kind moes praat, was sy in haar moer!

"Here, baas, roep vir my iemand wat Hollands kan praat," het sy beangs gevra. "Ek moet die magistraat sien."

Hy het iets gemompel en weggestap. Sy het nie geweet of hy gesê het sy moet wag of agterna kom nie. Die beste sou wees om te wag.

Die vertrek waarin sy was, was klein en kaal met net 'n kerkbank teen die muur. Iewers het mense gepraat, maar sy kon nie uitmaak wat hulle sê nie. Deure het oop- en toegegaan, maar niemand het gekom om haar te sê van die magistraat nie.

En hoe langer sy so moes staan, hoe minder wou die toorn in haar bly lê. Seil soos 'n slang, Fiela! As jy voor 'n wit mens verleë staan, moet jy laag buk. Sy sou op haar knieë in die gang af kruip tot by die magistraat, solank hulle haar net nie so sonder weet los nie.

Toe die buitedeur agter haar oopgaan, het sy omgeruk en terselfdertyd uitkoms gesien in die ou bruin man wat binnegekom het. Hy had 'n besem en 'n emmer en skropgoed in die hand en sy het dadelik geweet dat hy die een sou wees wat die plek moet skoonhou.

"Mens," het sy verlig gesê, "ek kan jou amper met die hand groet. Waar's die magistraat?"

"Oppie bank, antie."

"Loop sê vir hom Fiela Komoetie van die Lange Kloof is te voet hier om hom te sien." Hy het soos 'n stomme gestaan. "Loop sê vir hom ek wil hom sien."

"Weet mister Goldsbury van antie?"

"Hoe sal hy weet as niemand hom loop sê nie? Kan hy Hollands praat?"

"Ja."

Dit was genade. "Nou loop sê vir hom ek is hier."

"Waarvoor wil antie die magistraat sien?"

"Dis nie jou saak nie." Sy het haar sommer geërg.

"Die magistraat is besig, antie."

"Hy sal ophou besig wees as hy hoor dat ek 'n ernstige klag te lê het," sê sy op 'n ingewing. "Hy sal alles los waarmee hy besig is as hy hoor watse klag dit is."

"Ek sal gaan sê, maar ek weet nie so mooi vir antie se part nie."

Toe hy uit is, het sy op die bank gaan sit om haar bene onder haar lyf uit te kry en die duiseligheid in haar kop kans te gee om te bedaar. Oor een ding was sy gerus: die magistraat kon Hollands praat. Hulle sou mekaar verstaan. Die Here weet, sy was bang vir wat voorlê, maar sonder moed en geloof was sy nie. Sy sou wag.

Iemand met een kraakskoen aan het in die gang af gekom en toe sy opkyk, staan die konstabel in die deur en die skoonmaakkneg agter hom.

"Is dit sý?" vra die konstabel oor sy skouer.

"Ja. Sy sê sy wil 'n klag lê teen die magistraat."

"Hoor hoe lieg so 'n man, baas!" Sy het verontwaardig opgestaan. "Ek het nooit so iets gesê nie. Ek wil 'n klag lê oor 'n besigheid waarvan net die magistraat weet."

"Watse besigheid?"

"Twee wit mans het my kind agter in die Lange Kloof kom vat en gesê die magistraat van Knysna het hulle gestuur. Hulle sou die kind Saterdag teruggebring het en ek wag nou nog vir hulle." Seil, Fiela, seil! het sy haarself gemaan. "Nou staan ek hier op my knieë voor baas en ek vra vir baas om vir die magistraat te loop sê dat Fiela Komoetie van die Lange Kloof hier is om hom te sien en die klag te lê."

"Praat jy nou van die wit kind wat agter die berg gehaal is?"

"Ag Here, baas, ek het op jou gesig gesien jy's 'n wit man wat van dinge sal weet. Dis van einste hom wat ek praat. Van Benjamin Komoetie, die hanskind wat ek soos my eie grootgebring het." Seil, Fiela, seil! "As baas my net kan help om by die magistraat uit te kom, sal ek daarvandaan self regkom."

"Wag net 'n oomblik." Hy het omgedraai en weggestap. Die skoonmaker het nuuskierig bly staan en haar met nuwe belangstelling aangekyk,

"Word jy gehuur om die besem krom te lê?" het sy hom sommer ingevlieg.

"Ek staan maar sommer die wêreld en deurkyk, antie. Dit lyk my hy gaat vandag verkeerdekant draai."

"Pas op dat ek jóú nie van die verkeerde kant af bykom nie! Ek sal die magistraat sê jy staan en aas na 'n ander se besigheid!" Hy het met 'n snork in die gang af begin vee. Die son het 'n breë streep deur die venster gegooi en oor die vloer by haar voete kom lê. Daar was stof in die nate tussen die planke.

Die groot praat het voorgelê en sy het vir haar hart gesê om te bedaar; sy sou praat soos sy in haar lewe nog nooit gepraat het nie en sy sou seil soos sy in haar lewe nog nooit geseil het nie.

Toe die konstabel terugkom, was dit of sy nek styfgetrek

het, of sy oë nie mooi op een plek wou bly nie, en die skepsel met die besem het ook weer kom loer.

"Baas staan soos een wat moed skraap." Waarom het sy so 'n aardige gevoel gekry?

"Luister, atta …" Tot sy stem was anders. Baserig. "Die magistraat sê die saak is afgehandel. Die kind is aan sy ouers terugbesorg."

Dit was of al haar bloed in 'n oogwink na haar kop toe skiet en die man se lyf voor haar kantel en weer regop kom. "Here, baas, wat sê jy daar?"

"Ek was by toe die bosvrou kom kyk het of dit haar kind is of nie. Sy het hom onmiddellik uitgeken. Dit is hy."

Nee, sy het dit nie gehoor nie, hy het dit nie gesê nie. "Nee, baas, dit kan nie waar wees nie."

"Ek was by. Dis waar."

As hy kom sê het hulle het die kind weggevat omdat Selling gemoor het, omdat sy hom nie goed genoeg grootgebring het nie, omdat hy wit is en hulle bruin, omdat sy hom nie kerk toe gevat het nie, het sy 'n muur gehad waarteen sy kon baklei tot haar vuiste flenters is of die muur inmekaar duiwel. Maar as die kind die bosvrou s'n was, was daar niks waarteen sy kon baklei nie.

"Baas, ek staan voor jou en dit voel vir my jy het 'n vonnis oor my uitgespreek, maar dit vlam in my, want dit kan nie waar wees nie."

"Die magistraat het hom tussen vier ander kinders van sy eie grootte laat staan en die vrou het hom nogtans sonder 'n oomblik se twyfel uitgeken. Ek was by."

"Dit kan nie wees nie," hou sy verslae vol. "Dit kan net

nie wees nie. Laat ek self met die magistraat praat, baas. Asseblief."

"Die magistraat is besig, jy kan hom nie sien nie en die saak is afgehandel."

Net so. Afgehandel. Verby. Soos afsterf sonder groet.

Sy het geloop tot dit donker was en sy móés gaan sit. Nie vir 'n oomblik, ooit, het sy die bosvrou gevrees nie. Nie vir 'n oomblik het sy verwag dat sy Benjamin só sou verloor nie. Dat haar hande só leeg sou huis toe gaan nie. Nie dít nie.

Sy het nie skuilte gesoek vir die nag nie. Sy het die sak met haar goed in onder haar kop gesit en met haar jas om haar gevou in die sagte dryfsand langs die bospad gaan lê.

Diep die ruigtes in het 'n tak geskeur. Nog een. Olifante? Haar verstand was te voos om vir vrees plek te maak. Êrens in die grote Bos het Benjamin gelê om te slaap. Waar? Here, waar? Wat gaan in sy hart om? Hoe moet hy verstaan? Jy bind 'n naelstring af voor jy hom knip, Here, jy ruk hom nie los nie!

Benjamin was altyd die een wat onder by die pad loop staan het as sy net 'n bietjie lank by antie Maria of miss Baby gekuier het. Hy was die een wat nooit saam met die ander kinders droompraatjies gemaak het oor waar hulle eendag wou huismaak of gaan werk nie; hy was die een wat altyd gesê het: ek bly maar by Ma.

Haat het in haar opgeskiet teen die vrou sonder lyf of gesig wat hom ná nege jaar loop eien het. Houthakkersvrou, bosvrou, wit vrou. Het sý by hom gewaak toe die masels se koors nie wou breek nie? Het sy hom getroos as sy skuit weggedryf het of die muishond sy broeihen se eiers opgevreet het? Het sy hom sien lag, sien huil, uit sy klere sien groei?

Here, hoe is dit moontlik?

Sy het later van moegheid aan die slaap geraak. Teen die voordag, toe sy wakker word, het sy die dood in haar gevoel en geweet haar lyf sou sukkel om die huis te haal en dat sy elke kortpad sou moes vat om daar te kom.

Net voor die middag van die volgende dag het sy haar voete bo van die Besemgoedkloof se kant af die laaste ent huis toe gesleep.

Hulle was haar van die onderkant af te wagte. Selling het langs die huis gesit met sy oë onder in die Kloof op die pad en met die vlegrieme slap tussen sy hande. Kittie het agter hom gestaan. Emma het met die lap-en-stopgoed gesit. In die volstruiskamp het Tollie met die doringtak wag gestaan terwyl Dawid die mis in die sinkemmer optel.

Selling het eerste omgekyk. Toe was hulle almal om haar. Selling met hande wat om en om inmekaar bly wring en woorde in sy mond wat nie kan uit nie.

"Ma, hoekom lyk Ma só?" het Dawid verskrik gevra. Iemand het die sak by haar gevat, iemand het die bankie nader gesleep sodat sy kon sit, iemand het die beker water in haar hande gesit, iemand het haar kopdoek afgehaal.

En Selling het die vraag gevra: "Waar's Benjamin, Fiela?"

Sy het hulle nie in die oë gekyk nie, sy het grond toe gekyk.

"Hy's die bosvrou se kind."

Toe sy opkyk, het die trane oor Selling se gesig geloop en die kinders het verslae gestaan. Agter hulle, oor die kampheining, het Skopper langnek en reguit na haar toe gekyk. Aan sy skene of bek was nie 'n teken van rooiigheid nie. Die wyfie het agter hom gewei.

15

Teen die Vrydag het dinge beter begin lyk. Dit was drie dae vandat hy die klein blikskottel van 'n kind duskant Diepwalle moes loop inloop en terugbring, en dinge was klaar besig om vorentoe te gaan.

Die tweede steier was klaar; Lukas was op die een en Nina op die ander een. Nie dat sý veel beteken het nie. Die blok wat hy haar gegee het om op te oefen, het soos 'n uitgeknaagde ding gelyk terwyl Lukas se blok mooi kantig begin kom het. Die mannetjie had kop. As die res van sy nukke ook eers uit hom uit was, sou hy 'n bruikbare seun wees. Dalk nog meer as Willem en Kristoffel. Sodra Nina geleer het om rofweg reg te kap, wou hy 'n derde steier maak; sy kap bas af en hy en Lukas kap kantig en reg. Dan nog so 'n paar weke en hy sou balke uitsleep Diepwalle toe wat beswaarlik op een wa gelaai sou kon word.

"Hou op om die blok so te versplinter, Nina!" Hy het eenkant op 'n stomp gesit en hulle dopgehou. "Kap net die bas af en werk kantig!"

"Die byl is stoets, Pa."

"Dit lieg jy!"

"Hoe lank moet ek nog kap, Pa?"

"Tot jy kap soos ek jou gewys het jy moet kap." Sy het iets gebrom wat hy nie kon hoor nie. "Wat sê jy daar?"

"Tant Gertjie sê dis sonde voor die Here lat Pa my soos 'n seunskind op die steier sit."

"Loop sê jy vir tant Gertjie sy moet haar bek daar bo op haar eie werf hou! As ek jou op die steier sit, is dit my saak en om jou uit die kwaad te hou." Hy het afgebuk om 'n stokkie op te tel en toe hy weer orent kom, was sy besig om van die steier af te klim. "Waar dink jy gaat jy miskien heen?"

"Vir tant Gertjie sê Pa sê sy moet haar bek op haar eie werf hou."

"Klim terug op daardie steier voorlat ek kwaad word en hier opstaan!" Dit was 'n meisiekind wat 'n man se geduld tot op die laaste kon treiter.

"Pa het dan gesê ek moet so loop sê."

"Jy soek my!"

Nee kyk, het hy hom voorgeneem, Lukas het sy pak slae gehad, maar hare was naby. En as dit nie help nie, vat hy haar dorp toe en loop verhuur haar, maar 'n plan moes met haar gemaak word. Hy was ook nie lus om vir die res van sy lewe soos 'n bandietwagter te sit om haar op die steier te hou nie; die hele tyd was dit of haar een oog op die byl is en die ander een op 'n wegkomkans.

"Nina, ek gaat nie weer vir jou sê om skrams te kap nie!"

"Ek sê vir Pa, die byl is stoets!"

"Hy's g'n stoets nie, ek het hom vanmôre geslyp. Dis jý wat stoets is!" Hy het hom tot Lukas gewend. "Oppas vir te veel wegkap, bly op die bloklynmerk langs, meet hom heeltyd met die oog."

Lukas het nie opgekyk nie; die nukke was nog nie almal uit hom nie. Maar wegloop sou hy nie weer nie, daarvan was Elias van Rooyen seker. Hy het geweet dit sou nie help om te kom streke uithaal nie.

Hier sou hy weer wit gemaak word en leer om te luister. Dit was nie die Lange Kloof nie.

En wragtig, hy moes lóóp om die klein vloek ingehaal te kry. Gelukkig dat hy sy kop gebruik het om kortpad deur Loeriesbos te steek sodat hy anderkant die heuningkrans in Kom-se-pad kon uitkom. Maklik 'n uur gewen op dié manier. En dit was nie honderd treë nie, toe kry hy sy spoor. En as Elias van Rooyen 'n spoor het, maak nie saak of dit 'n bloubokkie se spoor of 'n bosbokspoor of 'n bosvarkspoor is nie, as hy hom eers het, sal hy presies sê of daardie bok geloop en vreet het, of hy op die vlug is, of hy vet of maer of ram of ooi is.

Hy was nie ver op Lukas se spoor nie, toe weet hy die klein vabond is bang: al in die middel van die sleeppad langs en elke paar honderd treë wys die spore duidelik dat hy eers weer gestaan en rondtrap het soos een wat die ritteltit het en goete hoor. En kwaad soos hy was, kon hy nie help om by homself te lag nie. Die Bos het baie geluide en dit was maar sy manier om vreemdes se moed gou vir hulle af te bas.

Ver ente het die kind gedraf, dan het hy weer geloop. Nie ver van Gouna se drif af nie het hy 'n slag reg in sy spore omgespring en teruggehardloop. Iets moes hom laat skrik het. 'n Bosvark of 'n ding. Dalk 'n olifant. Die bogghers kon vir jou lekker uit die ruigtes staan en dophou as dit die dag nie hulle sin was om jou te jaag nie; jy sien hulle miskien per toeval raak.

Hoe ver die kind teruggehardloop het, het hom nie geskeel nie. Daar was nie tyd te mors nie, dit was besig om laat te word. Toe het hy die spoor gesoek wat weer teruggekom het en op dié gebly.

By die drif het hy geweet hy is besig om hom in te haal; die spore aan die ander kant van die drif in die modder was so goed as net getrap. Maar toe moes die duiwel ook nog eers sy draai kom maak, want nie ver daarvandaan nie, toe skrik hy self. Die kind se spoor het skielik noord gedraai met Die Kruis se sleeppad saam; die rigting was reg Lange Kloof toe, maar dit was die verkeerde pad en 'n gevaarlike een daarby, waar 'n man in die donker moes uitbly. Dit was waar Martiens Botha se wa die slag remketting gebreek het en met osse en vrag en skoonseun en al verongeluk het. Min houtkappers het nog kans gesien om daarlangs hout uit te bring.

Hy kon geen spoor kry dat die kind aan die terugkom was nie; dit was te donker onder in die Bos en hy moes op die een bly wat hy had. Gelukkig was hy nie ver van 'n stuk kruppelbos af nie; daar was die lig weer beter en het hy die spoor wat aan die terugkom was, gekry. Maar toe het dit hom kos draf om weer in te haal.

En wragtig, in Kom-se-pad, seker nie vyfhonderd treë van die hardepad af nie, toe sien hy die blou hemp 'n ent voor hom in die skemerte, ewe flink op pad.

Net so onbegryplik suutjies as wat 'n olifant deur die Bos kan loop as hy lus het, kon Elias van Rooyen dit doen as hy moes. Hy het hom ingehaal sonder dat 'n takkie onder sy voete gekraak het, en toe die kind omkyk, was hy reg agter hom.

"Jou klein blikskottel!" het hy gesê. "Waar de hel dink jy is jy op pad heen?"

Eers skrik die kind hom oorhoeks, toe spring hy om en begin hardloop, en dit kos hom die klein vloek agternasit. Maar sommer in die hardloop het hy die osriem van sy skouer afgehaal en afgerol en 'n punt in elke hand gevat sodat daar 'n lekker lang stuk slapte in die middel was. Toe die vabond die derde keer omkyk, gooi hy die lus netjies om sy bolyf en sy arms en trek hom plat soos jy 'n vangkalf plattrek.

"Jou klein angel!" Hy het sommer half bo-op hom gaan sit om asem te kry. "Probeer nou weer weghardloop dat ek sien!"

"Asseblief, baas! Asseblief, baas!"

"Wat?" Dit was meer as wat 'n man kan staan. Dat jou eie vlees en bloed jou soos 'n bruinvel baas noem! Die Vader weet, hy was in jare nie so kwaad nie. Hy het sommer die een punt van die osriem om die krullende lyf vasgewoel en hom met die ander punt bygekom. "Wat het jy daar gesê?"

"Asseblief tog! Eina!"

"Asseblief tog wíé?" Met elke hou het die vabond harder geskree en gespook. "Asseblief wie?"

"Asseblief, oom!"

"Oom?" 'n Man kon dit net so min staan. Hy sou dit uit hom slaan al was dit die laaste ding wat hy vir hom doen. "Asseblief wíé?" Die punt van die riem waarmee hy hom moes vashou, het soos vuur in sy hand ingebrand, maar verdomp of die mannetjie wou ophou wurm of kopgee. "Ek slat jou vrek, sê!"

"Asseblief! Asseblief!"

"Wie's ek?"

"Ek weet nie."

"Jy weet nie?"

"Ek weet nie." Maar sy kopgee was naby, hy't begin tjank.

"Ek is jou pa! Dis wie ek is! Sê dit! Sê wie ek is!" Hy was so taai soos 'n stuk ysterhout. "Sê wie ek is!"

"Pa."

"Wie's jou ma?"

"Ma."

"Wie's jou broers?"

"Willem en Kristoffel."

"Wie's jou suster?"

"Die meisiekind."

"Wat's haar naam?"

"Nina."

Vir elke antwoord het hy hom 'n hou gegee. "En wie's jy?"

"Benja ... Lukas."

"Lukas wie?"

"Ek weet nie."

"Lukas van Rooyen. Sê dit!"

"Lukas van Rooyen."

"Sal jy nou end kry met jou stront?"

"Ja."

"Ja wie?"

"Ja, Pa."

Wragtig, die kind had hom gedaan. Laat los kon hy hom

nie, want waar sou hy hom weer in die donker ingehaal kry? Hy het hom met die osriem vasgemaak en net genoeg riem tussen sy bene gelaat om klein treë mee te gee. Toe het hy die lantern opgesteek en met die vabond al voor hom uit huis toe geloop. Barta wou die horriesstuipe kry.

"Daar was nie tyd om te kyk waar ek slaan nie, vrou! Die blikskottel was so astrant soos die duiwel self!"

"Maar die bloedhaal oor sy gesig, Elias?" het sy verskrik gevra. "As die boswagter dit sien en dit vir die magistraat loop sê, is jy in die moeilikheid."

"Moes ek hom laat aanloop het en laat staan en verdwaal het om dit vir die magistraat te loop sê?"

"Nee, Elias, ek het nie so gesê nie."

Die Vader weet waar 'n vrousmens se verstand sit.

En die nuk was glad nie uit Lukas uit toe hulle by die huis kom nie. Nina het ewe soet op die een katel agter die deur gesit en nie eers opgekyk nie, maar hy het voor haar loop staan en haar gekyk en gekyk tot sy opgekyk het, en toe het hy haar so wragtig in die gesig gespoeg. As Barta nie gekeer het nie, het hy sy tweede drag slae net daar op die daad gehad. En Barta wou hê hy moes die osriem om hom losmaak, maar wie sou heelnag waak en kyk dat hy nie weer wegloop nie? Jy kon hom nie vertrou nie. Hy moes hom net so vasgebind laat slaap.

Vir elke dag wat verbygegaan het, het hy 'n keep in een van die dwarspale van die steier gekap. Die dag van die sestiende keep moes Nina hom help om die tweede blok op die steier te rol. Die man het die orders gegee.

Dit was beter op die steier as in die huis. Solank hy aanhou kap, het die man hom op 'n manier uitgelos. Die meisiekind ook. Met haar sou hy in elk geval nooit weer praat nie, want dit was sy wat hom uitgebring het. Hoe anders het die man geweet waar om hom te kry? Daarby was hy die vyf sjielings ook kwyt. Sy ma het altyd gesê een wat lieg, hy steel ook. En een wat steel, hy lieg ook. Dis nes die meisiekind is. En sy het nog steeds aan haar eerste blok gekap, maar dit het hom nie getraak nie; sy kon vrek op haar steier en by die blok.

As hy net kon weet waar sy ma so lank wegbly. Kom sou sy, dit het hy geweet, dis net dat die wag so lank geword het. Elke aand was hy vol huil wat hy nie gehuil het nie. Hoe sy ma die pad tot daar sou kry, het hy nie geweet nie, maar sy sou op die een of ander manier daar uitkom. Sý is die een wat gesê het net 'n dronk mens en 'n dooi mens gaan lê voor 'n opdraand. Nie 'n Komoetie nie.

"Lukas, ek wil die blok wat jy nou daar aanvoor, kan verkoop, hoor?"

Hy het gemaak of hy nie hoor nie. Miskien het sy ma nog gewag om te kyk of hulle hom nie terugbring nie.

"Het jy my gehoor, Lukas?"

"Ja."

"Ja wie?"

"Ja, Pa."

"Moenie lat ek jou dit weer moet vra nie."

Op die dae van die agttiende en negentiende en twintigste en een-en-twintigste kepe het dit gereën en kon hulle nie hout werk nie. Kristoffel het eerste huis toe gekom. Toe Willem. Nes nat hoenders. Dit was beknop in die huis. Almal het net gesit. Die vrou het baie gesug en die man het aangehou met bas van die vuurhout aftrek en dit in fyn stukkies gesit en breek. Party het hy gekou en weer uitgespoeg. Kristoffel het sy verlore skoene aangehad en Willem het nog steeds Dawid se baadjie gedra. Willem en Kristoffel had al baard.

Die een wat aanhou moeilikheid maak het, was die meisiekind, want sy kon nie stilsit nie. Op en af nes 'n bobbejaan aan 'n tou. Honderd keer op 'n dag het die man gesê, "Nina, kry end met woel!"

"Ek wil buitetoe gaan."

"Sit op jou gat en sit stil!"

Die vrou het kos gemaak. Dit was nie lekker kos nie. Willem en Kristoffel het meel en suiker en koffie gebring, en Kristoffel het 'n stuk bosbokvleis ook gebring. Die rook van die vuur het die huis blou gemaak en almal se oë laat brand.

Elke dag wat hulle so moes omsit, het langer gevoel. Hy het later begin wonder of sy ma nie dalk na hom kom soek het en verdwaal het nie. Hoe meer hy daaraan gedink het, hoe sekerder het hy geword dit is waarom sy nie kom nie. Die onrustigheid wou hom later soos Nina laat pleit om buitetoe te kon gaan. Elke keer as hy wou gaan pie, het Willem of Kristoffel saamgeloop, asof hulle moes kyk dat hy nie weer wegloop nie. Hy sou nie weer wegloop nie. Nie uit daardie bos uit nie, want jy kom nie uit hom uit nie. As sy ma êrens dood lê in die Bos, sou hy vir die res van sy lewe daar moes bly, tensy sy pa vir Dawid of Tollie stuur om hom te soek.

"Nina, kry end met woel!"

"Pa, ek wil gaan pie!"

"Nou sê jou ma moet saamgaan."

Elke keer as Nina moes gaan, het die vrou saamgeloop. Maar die vrou het daardie keer skynbaar nie gehoor nie, want Nina is alleen buitetoe. En toe het sy nie weer teruggekom nie. Die man het later kwaad geword en die osriem agter die deur afgehaal, dit oor sy knieë gelê en weer begin bas breek.

Die vrou het gesug en gesê: "Sy was te lank op die steier, Elias. Sy was gewoond om elke dag Bos toe te loop om te speel."

"En ek het jou gesê dit gaat end kry! Die Bos is nie 'n plek vir 'n meisiekind alleen nie."

"Ek sal haar gaan soek." Hy weet nie waarom hy dit gesê het nie; dit was die vaal plankmure wat skielik te nou om hom geword het. Almal het gelyk opgekyk toe hy dit sê.

"Sodat ek jóú weer moet loop soek?" het die man ergerlik gevra. Toe het almal weer voor hulle vasgekyk.

Dit was al amper donker toe hulle haar buite in die reën hoor fluit. Die man het opgestaan en agter die deur gaan wag en die osriem driedubbel in sy hand gevou. Toe sy die deur oopstoot, het sy nog altyd gefluit en sy het hom nie sien staan nie. Haar hare was papnat en teen haar kop gekoek, sy slaaphemp het aan haar lyf en aan haar bene gekleef en haar oë was blink asof die reën binne-in hulle geval het.

Die man het gewag tot sy goed binne was voor hy die deur toegeskop het. En voor die eerste hou val, het sy al begin skree en aangehou met skree terwyl sy om die stoele en oor die tafel en oor die kooie en onder die kooie deur probeer wegkom. Willem het by die deur gekeer en Kristoffel by die venster dat sy nie kon uit nie. Die vrou het vir die kers en die skottel op die tafel gekeer. Dit was later of die meisiekind se geskree nie meer deur die plankmure wou trek nie en die hele huis daarvan bewe. Hy het sy hande oor sy ore gedruk en sy oë toegeknyp, maar dit het aangehou en aangehou. Soos die houe.

Toe het haar pa opgehou.

Hy het sy oë oopgemaak en haar langs die tafel op die vloer sien sit. 'n Nat kol het onder haar uitgeloop en al groter geword. Sy het nie meer geskree nie. Net gehuil.

"Bring die skêr!" het die man geskree. Hy was uitasem en baie kwaad. "Vandag is die dag wat ek met hierdie maaksel klaarmaak!"

"Die skêr wil nie knip nie, Elias," het die vrou gesê.

"Gee my dan 'n mes!"

Kristoffel het die mes aangegee. Die man het boste hare gevat en opgelig en afgesny soos jy koring met 'n sekel sny. Party gerwe korter as party.

16

"Soek, Kittie, soek."

"Ek het die hele Bybel al deurgesoek, Ma, ek kry dit nie."

Elke kind wat ledig was, het sy die Bybel gegee om te soek waar dit staan van die twee vroue wat oor een kind gestry het. Sy wou weet wat daar staan.

"Om wat mee te maak, Fiela?" het Selling gevra.

"Dit weet ek nog nie. Hoeveel het Rossinski jou vir 'n dasvel gegee?"

"Twee oulap."

"Dis goed."

Haar kop en haar lyf het gedoen wat gedoen moes word, maar haar hart was agter die berg. Sy kon nie soos Selling en die kinders treur en berusting soek nie. Die ding wou haar nie los nie, en in haar het 'n wrewel by die dag gegroei en haar snags laat wakker lê. Die verlange na die kind het erger geword.

Sy het die Vrydag by die huis gekom; die Saterdag en die Sondag was dae van droefenis vir Wolwekraal. Sy kon nie haar kop van die kussing af opgelig kry nie en almal het saam met haar gaan lê. Die Maandag het sy opgestaan en hulle in die werk gesteek, al het sy self nie daarna gevoel nie. Bly lê kon die Komoeties nie; van bly lê raak jy blind en sien jy nie uitkoms nie.

Selling het sleg gelyk. Dit het moeite gekos om hom in die son te kry.

"Sit regop, Selling!" Sy moes haar eie hartseer agter harde woorde verberg. "Vat daardie vel en brei hom, jy kan nie vir die res van jou lewe net sit en asemhaal nie!"

"As ek die dinge net kon verstaan, Fiela."

"Laat werk jou hande, Selling, nie een van ons verstaan dit nie."

"Die kind sal doodgaan daar agter in die Bos."

"Moenie so sê nie!"

"Bosmense is anders; daar's nie oopte soos hier nie. Die kind ken nie van die Bos nie, hy sal siek word."

"Gee my bene kans om reg te kom, gee my kans om te dink na watter kant toe ek moet loop, en bid solank dat die kind dít wat oor hom gekom het, kan staan." Sy het weggedraai en na die volstruise toe geloop.

Here, het sy in haar binneste gevra, keer die opstand in my, want dit gaan my klaarmaak. Die bosvrou het hom uitgeken en niks kan dit verander nie.

Skopper het aan die bokant van die kamp by die koshoop staan en pik, die wyfie was in die onderste hoek.

"Dit sal nie help nie, Pollie," het sy oor die heining met die wyfie gepraat, moedeloos. "Hy sien jou nie raak nie."

Sy het Dawid en Tollie kruis toe gestuur om te gaan fluitjiesriet sny vir 'n skerm vir die voëls se nes.

"Maar hulle maak dan nie 'n plan om te broei nie, Ma," het Tollie vol swarigheid gesê. Die ding van Benjamin het die kinders sleg onder gehad.

"Dis nie te sê dat ons nie moet plan maak nie. Van môre af gooi julle die groenkos onder die skerm sodat sy aan hom gewoond kan raak."

Die kinders het sonder fut bly werk. Selling het sonder fut gebrei. Solank hulle aan die gang gebly het, was sy tevrede. Laatmiddag was die skerm klaar: tien voet lank, tien voet wyd op die grond langs, en hoog genoeg sodat die een wat op die nes moes sit, gemaklik sou sit. Die twee oop kante was na noord en suid, soos dit die beste is. Haar hande het gehelp, haar oë het die meetwerk gedoen, haar mond die praatwerk, en die hele tyd het die wrewel in haar opgedam.

Toe die skerm klaar was, het sy voor Selling gaan staan.

"Selling," het sy gesê, "ek gaan vir jou een vraag vra vandag en jy moet vir my 'n klaar antwoord gee. Nie 'n halwe een nie."

"Wat wil jy vra, Fiela?"

"Glo jy dat 'n kind van drie jaar oud agter uit die Bos tot hier kon gedwaal het, glo jy dit voor die Here?"

Selling het die vel op sy skoot laat sak en lank onder in die laagte vasgestaar. Toe hy sy oë na haar draai, het die trane weer in hulle gedam en stadig begin oorloop. "Nee, Fiela, ek glo dit nie. Maar …"

"Ek het jou gesê ek wil 'n klaar antwoord hê, nie een met 'n maar of 'n ding agterna nie!"

"Dan's my antwoord nee. Nie 'n kind van drie nie. Tensy …"

"Selling!"

"Nee, Fiela, nie 'n kind van drie nie."

Sy het teruggeloop kamp toe en die kinders aangesê om doringtakke te bring; die volstruise moes tussen die vaskeerpale ingejaag word en kous oor die kop kry sodat sy paraffien in hulle ore kon gooi vir die bosluise. Die winter was droog, die peste het nie tot ruste gekom nie. En gelukkig het die twee voëls seker aangevoel dat haar geduld dun was, want hulle het hulle met min gesukkel laat vaskeer.

Die aand het sy die Bybel afgehaal en by die kers begin soek na waar dit staan van die twee vroue en die een kind. Dit was soek na iets om teen op te staan. In die dae daarna het sy die kinders laat soek, en die Vrydag het Petrus daar aangekom om vir Selling die nuwe hings te kom wys en hý het geweet waar hulle moes soek.

"As ek reg onthou, staan dit êrens in Konings. Salomo het gesê hulle moet die kind deursny en aan elke vrou 'n helfte gee."

"Dis verskriklik!" het Emma gesê.

Petrus het gelag. "Toe maar, Emma, hulle het nie regtig die kind deurgesny nie; die werklike ma van die kind het gevra dat hulle sy lewe moet spaar en hom dan maar liewer vir die ander vrou gee. Hou julle 'n Bybelvraery of iets?"

Selling wou antwoord, maar sy het hom vinnig voorgespring: "Nee, baas Petrus, dis sommer ek wat wou weet. Emma, sit nou weg die Bybel en gaan maak vir baas Petrus 'n lekker bietjie koffie en sny van die vars brood by." Sy het verby die vrae in hulle oë gepraat, en toe Petrus later vra waar Benjamin is, het sy weer óm die waarheid gepraat: "Hy's iewers, speel seker. Hoe gaan dit met mies Margaretha?"

"Goed. Jy was lank nie onder by Maria of by miss Baby nie, Fiela?"

Hy was agterdogtig, sy kon dit hoor. "Hier by ons gaan dit op die oomblik bedruk. Ek het gedink die volstruise sou teen hierdie tyd al broei, maar daardie uitgemeste mannetjie vreet mos net."

"Die wyfie het regtig mooi geword. 'n Mens sal nooit sê dis dieselfde een wat ou Koos jou geruil het nie."

"Dis waar."

"Hoekom sê jy dit gaan bedruk?"

"Dis sommer my manier van sê. Ons kan doen met 'n bietjie reën, ek wil met nuwemaan die koring saai."

Toe Petrus loop, het sy saam uitgestap tot by die perd.

"Fiela, is jy seker hier is nie iets verkeerd nie? Selling lyk vir my baie agteruit."

"Ek het juis onder by die winkel vir hom laat lewensbalsem haal."

"Jy het nie laas week biduur toe gekom op Avontuur nie, gister ook nie."

Petrus was aan't torring. "Sit jý miskien elke Sondag in jou kerk, baas Petrus?" het sy sommer ergerlik gevra. Oor Benjamin sou sy die Kloof laat raai tot die dag dat dit nie meer anders kon nie. Petrus Zondagh ook. Al die jare is daar agteraf oor die wit kind in haar huis gepraat, en nou kon hulle agteraf wonder en raai tot hulle in hulle eie bedenksels stik.

Selling was ook ontevrede toe sy terugkom. "Jy moes vir Petrus die waarheid gesê het, Fiela. Hy kan vir ons uitvind waar die kind is."

"Petrus was die een wat destyds wou hê ek moet die kind vir hom en sy vrou gee om groot te maak. Groot te maak vir wat? vra ek jou. Vir 'n wit slaaf soos Jan Benade met sy oorle suster se een?"

"Petrus het dit nie so bedoel nie, hy't dit goed bedoel."

"Hy het dit kom voorstel nadat die kind meer as 'n jaar hier was. 'n Kind is nie 'n ding wat jy van die een na die ander staan aangee soos 'n hond wat jy nie meer wil hê nie. 'n Kind moet een plek ken."

"Petrus kon vir ons uitgevind het waar die kind is."

"Dis nie nodig nie, ek sal self gaan uitvind."

"Hoe?"

"Die Here sal uitwys. Daar is 'n ding wat my vandag in die volstruiskamp bygeval het en waarmee ek moet terug Knysna toe, magistraat toe."

"Watse ding, Fiela?"

"Moenie my nou vra nie, Selling. Gee my kans en ek sal

vir jou die antwoord daarop gaan haal, en vir al wat jy weet, bring ek Benjamin nog sommer saam terug. Want hierdie keer gaan ek om die magistraat van aangesig tot aangesig te sien, al moet ek hom soos 'n swerm bye daar loop uitrook!"

"Fiela!"

"Moenie so ontdaan lyk nie, Selling. Môre voordag val ek weer in die pad en hierdie keer gaan hulle my nie doodgooi met 'n skrik wat ek nie te wagte is nie. Hierdie keer loop ek die berg uit my pad uit as dit nie anders kan nie. Hulle het vir Pace Winkel ook die slag gesê hy kan nie wen nie, onthou jy?"

Die Maandag vroeg was sy terug op Knysna. Haar bene en haar voete was nog meer tot niet as die vorige keer, maar immers was niks twee keer vreemd nie en sy het sonder vrees aan die sydeur geklop. Mooi ordentlik. Soos 'n slang sou sy nie seil nie, dié het sy haar langs die pad al voorgeneem. Sy sou met haar kop regop op haar nek staan en oopkeel praat.

Sy het weer geklop.

Agter die skool het sy ook nie weer soos 'n skelm geslaap nie; sy het net buite die dorp in 'n klofie geslaap en haar woorde vir die magistraat goed bedink. As hy 'n man met 'n wit hart was, was sy die eerste drif droogvoet deur.

Sy moes weer klop. Ná 'n ruk weer. Sy het nie tyd gehad om die hele dag te staan en klop nie. Sy was moeg. En hulle het goed geweet sy is daar, want almal het haar voor die deur sien sit toe hulle gekom het. Die skoonmaker ook. Dié het haar nog ewe verbaas gegroet en gevra of sy al weer daar is. Vir wat het hulle dan nie kom oopmaak nie?

Se moer.

Sy het die nerwe aan haar kneukels afgeklop en die duiwel in haar voel loswikkel. Hulle het haar óf nie gehoor nie, óf gehoor en aspris nie kom oopmaak nie. Sy het haar hand uitgesteek en die groot koperknop versigtig gedraai. Die deur was gesluit. Snaaks, die deur aan die voorkant was oop. Was die deur vir háár gesluit? Was hulle dalk bang?

Sy het nog een keer geklop en toe het sy omgedraai straat toe.

Hulle het nie Fiela Komoetie geken as sy duiwel vat nie. By die voordeur het sy nie geklop nie, sy het ingestap. Of hy haar by die venster verby sien kom het, of in die gang hoor afstap het, wis sy nie, maar voor sy half pad was, het een van die deure oopgegaan en die man met die bymekaar oë, wat die oggend laaste opgedaag het, het uitgekom en haar kom staan en aankyk asof hy haar wou doodkyk.

"Wie is jy en wat soek jy hier?" het hy gevra.

"Ek is Fiela Komoetie van die Lange Kloof. Ek het die sydeur uit die kosyn geklop, maar niemand het my gehoor nie." Die toorn was soos Simsonskrag in haar. "Ek het gekom om Salomo te spreek."

"Ekskuus?"

"Salomo. Die een van die Bybel. Ek verneem julle hou hom hier iewers aan."

"Luister hier!"

"Ek wil by hom hoor waarom net die een vrou laat kom is toe die kind deurgesny moes word."

Sy oë was kil soos 'n adder s'n en sy lippe was dun en droog. Dit het gelyk of hy waardig probeer woedend wees.

"Ek dink nie jy besef waar jy jou bevind nie! Nog minder dat ek jou onmiddellik kan laat arresteer!"

"Vir wat? Omdat ek 'n tweede keer te voet van die Lange Kloof af moes kom om te kom hoor wat van my kind geword het?"

"Daar is die vorige keer aan jou verduidelik wat gebeur het, jy is ten volle ingelig."

"Dan weet baas dat ek die week voor laas ook hier was." Laer af in die gang het 'n deur oopgekraak, maar niemand het uitgekom nie.

"Ek het so verneem, ja."

"Dan het baas seker ook verneem dat ek net so weer moes omdraai sonder dat ek die magistraat met 'n oog te sien gekry het. Dat ek die konstabel se kooksel liegte moes staan opvreet van die kind wat konsuis aan sy regte ma gegee is."

"Besef jy met wie jy praat?"

"Nee, baas, maar die eintlike een met wie ek wil praat, die een wat sy lyf oor mý grootmaakkind staan Salomo hou het, is die magistraat." Dit het gelyk of sy lippe nog dunner word en sy nek nog langer, en sy het skielik geweet wat hy gaan sê.

"Jy staan voor die magistraat! Ek is die magistraat!"

Sy was soos een wat klaar oor 'n afgrond gespring het. Keer sou nie meer help nie, omdraai kon sy nie; al wat sy kon doen, was om na weerskante toe te gryp en haar val te probeer breek.

"Dan staan ek nou uiteindelik voor die regte man, wel-edele heer," het sy op haar eie waardigste gesê en sy wange sien insuig en uitbult. "Dan kan ons die ding nou uiteindelik van voor af praat."

"Die kind is aan sy ouers terugbesorg, die saak is af-gehandel."

"Dis nie die voorpunt van die saak nie, weledele heer." Nog 'n deur het oopgekraak, nog ore het kom luister. "Die voorpunt lê by hoe weledele heer uitgereken het 'n kleine kind van drie tot agter in die Lange Kloof gekom het?"

"Ek rig aan jou 'n laaste waarskuwing, die saak is afgehandel!"

"Was weledele heer al ooit hier agter deur die Bos en oor die berge?"

"Die moeder van die kind het hom onmiddellik tussen vier ander uitgeken!" Hy was besig om dik moer te trek. "Die feit dat die kind nege jaar lank wederregtelik in jou huis was, is 'n ernstige misstap en daar sal beslis oorweeg word om stappe teen jou te neem."

"Ek het die kind voor my agterdeur gekry en hom nege jaar soos my eie grootgebring! Toe kom die twee opskrywers en skielik het ek nie meer sê nie? Moet 'n ander toe al die sê vat? Wie sê die bosvrou het die kind nie per ongeluk reg uitgewys nie?"

"Sy het nie. Daar was 'n getuie by."

"Baas, ek het ver gekom, ek staan verkommer oor die kind. Ek staan nie vandag hier voor weledele heer vir myself nie, ek staan vir 'n kind. God vergewe ons baie, maar God vergewe ons nie die kwaad wat ons 'n kind aandoen nie. Ek staan vandag in baas se mag en ek vra baas: hoe weet baas dit was nie die bosvrou se geluk nie?"

"Ek het nou genoeg gehad van jou!"

"Baas kan nie nou met my staan haastig raak nie." Die

strikvraag, wat sy soos 'n stukkie goud onder haar kopdoek gebêre het, het soos vaste aarde onder haar gevoel en haar amper vreesloos daar laat staan. "Ek sal weledele heer glo, ek sal alles glo, ek sal by weledele heer se oordeel berus al sal dit soos 'n aalweepil vir die res van my lewe in my keel vassteek …"

"Sê wat jy wil sê, jy mors my tyd."

"Laat roep die bosvrou en laat sy hier voor baas kom sê wat haar kind die dag aangehad het toe hy weggeraak het. Watse klere. Ek sê vooruit en eenkant vir baas wat die een wat ek voor mý deur gekry het, aangehad het, en dan kan baas vir baas se eie sielerus besluit wie lieg." Sy een ooglid het heftig begin spring en sy het geweet sy sou moes vinnig praat. "Ek vra dit vir die kind se ontwil, baas. Hy ken nie ander ma as Fiela Komoetie nie. As die volstruise eers broei, gaan ek die ou spul Laghaans se huurgrond uitkoop en op sy naam laat sit. Ek bring vir baas ook 'n paar volstruiskuikens." Die oog het aangehou met spring.

"Die kind is by sy regte ouers," sê hy, en dit lyk of sy kakebene stram geword het. "Wat hy die dag toe hy weg-geraak het, aanhad, kan geen verskil maak nie. Jy kan hom enigiets kom staan aantrek en daarby sweer met die hoop dat ek jou sal glo. Jy kan selfs vir my kom sê jy het die klere gebêre en dit uithaal en wys en …"

"Die jaar met die kriekplaag in die Kloof is dit ongelukkig opgevreet, baas, maar ek sal nie vir baas lieg nie. Ek sal op die Grootboek sweer." Sy was onrustig. As hy sy rug op haar draai, was sy die afgrond af en flenters. Die enigste verweer wat sy had, was wat die kind aangehad het. Al hoop. Al getuienis. En hy het gestaan of dit niks is nie. "Ek vra baas net hierdie een goedheid: laat roep die bosvrou en laat haar kom sê."

"Dis genoeg. Jy kan besluit of jy self gaan loop en of ek die konstabel moet roep."

"Here, baas, jy kan my nie wegjaag nie."

"Konstabel!"

Die konstabel het by een van die deure uitgekom asof hy die hele tyd reggestaan het. Vrees het soos waansin deur haar gegaan: as hulle haar opsluit, was dit net so goed hulle kap haar twee hande af! Seil, Fiela, seil! het sy vir haarself gesê en na uitkoms gesoek. "Asseblief, weledele heer, ek sal loop, ek wou nie kom moeilikheid maak het nie!" Toe sy agteruit begin loop, het die magistraat iets met sy oë vir die konstabel gesê wat hom laat vassteek het. Here, help my! het sy in haar hart gesmeek en tot die laaste bly hoop dat hulle vir haar genade sou vind, dat die magistraat haar in die stof sou sien seil en jammer kry. Maar sy gesig het kliphard gebly en langs hom het die konstabel gestaan en wag vir die volgende bevel. "Ek sal loop, baas – ek loop," het sy hulle teëgehou. Toe haar rug die deur agter haar raak, het sy haar in wanhoop 'n laaste keer tot die magistraat gewend. "Sê my dan net waar die kind is, baas. Sê my net wie die mense is by wie hy is."

Maar sy het te laat stof toe gekoes. Die magistraat had gewen. Hy het 'n laaste waarskuwing agter haar aangegooi: "Ek verbied jou om naby die kind te kom! Ek sal vandag nog aan die magistraat op Uniondale skryf om jou te laat dophou, en om stappe teen jou te neem as jy enige moeilikheid veroorsaak!"

Eerste het die woorde haar getref, toe wat dit beteken, en toe die skrik en die verslaentheid en die magteloosheid.

Sy is huis toe.

Petrus het die Vrydag weer gekom en haar reguit en voor Selling gevra wat op Wolwekraal verkeerd is.

"Hoe meen jy, baas Petrus?" het sy gevra. Haar lyf was nog nie reg ná die loop nie, haar hart was so aan flarde dat sy nie geweet het hoe sy ooit weer sou regkom nie.

"Dis vir my baie duidelik dat hier iets verkeerd is en dat julle 'n kombers daaroor gooi. Het julle weer moeilikheid met die Laghaans?" Selling se kop het stadig vorentoe begin sak. Sy het Petrus nie geantwoord nie. "Is dit geld, Fiela? Los jou trots en praat uit." Sy het hom net bly aankyk. "Is een van die kinders in die moeilikheid?" Selling se kop het soos 'n dronk mens s'n oor sy bors gerol en sy wou vir hom skree: Kyk op! Moenie dat hulle sien ons is verslaan nie! "Fiela," Petrus het ongeduldig geraak, "moenie my hand wegklap as ek hom na jou toe uitsteek nie. Ek vra jou weer: is een van die kinders in die moeilikheid?"

Selling se kop het regop gekom. "Sê vir baas Petrus, Fiela, sê hom," het hy verby al haar keer en haar trots gebars.

"Dan is ek reg, hier ís iets verkeerd."

Sy kon dit nie meer toehou nie. As die mens eers aan 'n miernes begin karring het, hou hy nie op voordat alles wat toegemessel was, oop lê nie.

Sy het haar skouers regop geruk en Petrus dit reguit en bitter gesê: "Ja, Petrus Zondagh, hier is iets verkeerd. Die Komoeties is moer toe gestamp!"

"Fiela!"

"Bly stil, Selling!" Die wêreld het voor haar gebewe. "Loop sê vir die Kloof hulle kan nou maar begin praat en lekker kry; hulle het Benjamin kom vat."

Sy het Petrus se oë in sy kop sien verstar, hom stomgeslaan sien sit soos een wat 'n raaisel moet uitdink, en toe het sy hom begin vertel. Alles. Van die dag van die vredestoorders af. Dit het uit haar uit gekook totdat sy hees was en die skaduwees teen die muur begin rek het.

"Hoekom het jy my nie eerder gesê nie, Fiela?" het Petrus haar verwyt. "Wat kon jy gewen het deur dit weg te steek?"

"Hulle het gesê hulle sou hom die Saterdag terugbring. Ek, onnooslik, het hulle geglo omdat dit al was wat ek kon doen!" Selling se kop was weer op sy bors, sy hele lyf was slap. Onder in die laagte het die kiewiete geskree en bo by die klipkraal het die bok geblêr om gemelk te word.

"Fiela," daar was jammerte in Petrus se praat, "dis 'n harde ding dié. Ek sou alles gedoen het om te voorkom dat dit so moes gebeur. Maar daar is een ding wat ons nie vandag kan wegskel nie, en dit is dat dit die een of ander dag móés kom."

"Hoekom?" het sy hom uitgedaag.

"Benjamin was 'n optelkind."

"Nee, baas Petrus, nou praat jy mis. Praat die waarheid van jou hart en sê: omdat Benjamin 'n wit optelkind was. As hy bruin was soos ons, het g'n kraai sy bek daaroor gerek nie."

"Sou jy dit goedgekeur het as die Laghaans 'n wit optelkind grootgemaak het?" het Petrus haar in haar eie hoek gejaag. "Hulle is ook bruin."

"Jy kry bruin en bruin soos jy wit en wit kry, Petrus Zondagh. Moenie om die waarheid kom loop deur dit te vergeet nie." Sy was op haar voete van ontsteltenis, maar haar kop was te moeg om vir haar woorde te gee om mee voort te stry. "Ek sê vir julle, Fiela Komoetie sal nie gaan lê nie. Sy sal hom loop soek al moet sy agter elke boom in daardie bos loop soek. Die bosvrou sal in my gesig moet kom sê wat haar kind daardie dag aangehad het. Ek sal haar daar loop uithaal om dit te kom sê."

"Fiela," het Petrus haar gewaarsku, "uit daardie bos bly jy weg as jy hom nie ken nie; daar loop jy nie blindelings in tensy jy jou dood wil loop soek nie. En om van daardie vrou te wil weet wat haar kind nege jaar gelede op 'n sekere dag aangehad het, is onregverdig."

"Dit was nie 'n sekere dag nie! Dit was die dag waarop haar kind weggeraak het en sy sal weet. Ek sê dit vir julle!"

Petrus het vasgestaan. "Kan jy onthou wat Kittie of Emma of een van die seuns aangehad het toe jy Benjamin gekry het?"

"Ja! Hulle slaapklere."

"Natuurlik, dit was nag. Ek het vergeet. Maar dis nog altyd onregverdig om van die vrou te verwag om te onthou wat haar kind daardie dag aangehad het."

"Jy staan soos die magistraat, Petrus Zondagh! Ek kan julle nie roer nie, want julle staan met die wetboek in die hand en boggherôl in julle harte. Julle het die kind nie grootgebring nie, die seer sit nie in júlle nie. Maar ek sê vandag vir julle: as Benjamin soveel as 'n skraap oorkom, skeur ek die wêreld met julle en al uitmekaar! Benjamin is 'n taai kind, maar sy hart is van goud, en hulle sê goud is saf. Die oomblik wat my lyf reg is, gaan ek hom soek en gaan ek hom kry."

"Fiela, jy's te kwaad vir die wêreld om reguit te dink. Hoe meer jy aan hierdie ding peuter, hoe slegter gaan jy daarvan afkom. Vertrou my en gee my kans om te gaan kyk wat agter die berg aangaan."

"Hoe meen baas?"

"Ek was van plan om Maandag se week twee perde na Barrington toe agter by die Knysnarivier te stuur; nou sal ek self gaan en ek sal tot by die magistraat gaan."

Selling het soos een wat lewe kry, orent gekom. "As baas Petrus net vir ons kan uitvind waar hy is. Sodat ons net kan weet."

"Ek sal dit doen, Selling."

Sy het verleë gestaan voor Petrus. Hy was nie vir haar witgod soos vir Selling nie, maar hy was 'n man van woord en van aansien; hy was grootspyker van die Kloof en hy sou vir haar kon napad kry na Benjamin toe. Bestry kon sy dit nie. Dit sou ook nie die eerste keer wees dat hy vir haar uitkoms is nie. Sy was skaam omdat sy teen hom uitgevaar het en hóm ook skuldig wou kry, maar dis net dat daar deur die jare so 'n broersheid tussen Petrus en Selling was wat haar so eenkant laat voel het. Hulle was soos 'n huis waarvan die deur vir haar gesluit was.

Toe Petrus wegry, was dit ligter in haar. Sy was moeg gebaklei en sat van tob. Daar was weer hoop. Met Petrus Zondagh sou hulle nie kon mors soos met haar nie.

Die volgende dag het miss Baby gekom. Die middag het

antie Maria en Petrus se vrou, Margaretha, gekom. Die Kloof het 'n nuwe been gehad om aan te kou. Nie dat húlle kom kou het nie; hulle het gekom om haar by te staan. En miss Baby het haar belowe: as Petrus moes laat saak maak oor Benjamin en dinge val skeef vir Wolwekraal sou sy hom vat tot die gedruis end kry.

Daardie nag het sy vir die eerste keer vandat hulle Benjamin kom haal het, rus in haar lyf ingeslaap. Voordag het 'n geluid haar wakker gemaak. Sy het eers gedink sy het dit gedroom. Maar toe was dit weer daar. Die diep gesteun van 'n volstruismannetjie wat regmaak om wyfie te vat. Skopper.

17

Vanggat. Dis wat hy moet hê, het hy die Sondag die plan gekry. 'n Lekker groot vanggat. Die vooruitsig het lamte op sy blaas gemaak, want as dit een keer werk, kan dit weer werk as jy slim is. Olifante is goed wat vir hulle paaie deur die Bos loop. Van die ou mense sê dis paaie waarlangs hulle kan vlug as daar gevaar kom, of in geval van vuur. Nie dat Elias van Rooyen oor redes traak nie; al wat hy weet, is dat 'n olifant altyd weer op sy pad sal loop.

Party van hulle paaie is oopgetrap vir almal om te sien, ander is so versigtig oopgekneus dat jy sou sweer dis geheimenis se besigheid. En loop maak jy net skerm of huis of houthoop in hulle pad en hulle kom daarop af, trap hulle vir jou alles uitmekaar. Soos die slag toe Frans van Huysteen stry gekry het met sy skoonma agter by Groot Eiland en net daar besluit het om by Lelievlei-se-kruis te gaan huis opslaan. Die dag toe daar getrek moes word, het hy wat Elias is, nog gaan help aandra. Frans het 'n lekker bosbok gevang gehad en die aand het hulle die nuwe plek ingewy. Frans se skoonma was ook daar, want teen daardie tyd het hulle al weer vrede gemaak.

En Frans-hulle bly seker amper 'n maand ewe goed in die plek toe die olifante die nag so wragtig die een hoek van die huis in die verbyloop netjies kom saamvat. Nogal die slaapkamer se hoek, en daar lê Frans en sy vrou se voete buite in die dou. Dit kos Frans die dag daarna alles net so los om die hoek toe te timmer, want dit lyk toe nog na reën ook. Maar die nag kom die olifante terug en kom vat weer die hoek weg. Vyf keer het Frans daardie hoek heelgemaak, dat dit later soos 'n seer met vyf pleisters op gelyk het, en elke keer het die vervloekste olifante hom weer kom wegvat. Marais het kastig twee van die bogghers kom skiet, maar dit het ook nie gehelp nie. Eers toe Joram Barnard daar verbykom, sal hy vir Frans uitwys dat die hoek van die huis net mooi oorsteek in 'n olifantpad. Dit was een van daardie versigtig oopgetrapte paaie van geheimenis, en as Frans nie teruggetrek het Groot Eiland toe nie, het hy seker nou nog soggens met sy voete in die dou gelê.

Dit was een van daardie skelm olifantpaaie waarvoor hý moes uitkyk. Net jammer hy kon nie by die ou mense loop verneem of hulle van een weet wat al in daardie bos 'n olifanttrêp gegraaf het nie. Loop sê hy van sy plan, grawe almal netnou trêps. Hy moes net sorg dat die gat diep genoeg kom, en diep genoeg was ook glad nie diep nie. Olifant se lyf is te swaar om hoog te trap en uit te kom. Dit was met die toemaak wat hy liewers moes moeite doen. Eers lekker jong latte bo-oor, dan toepak met takke en blare, en bid vir 'n nag se reën om die mensreuk af te was. Dan kom olifant se kind lekker in die pad langs, trap die een oomblik nog die aarde raak en die volgende oomblik is daar niks onder hom nie. Bogghers, die ding kon werk! Lê mister Grootvoete eers binne-in die gat, kan hy maar sukkel, hy sal nie daar uitkom nie. Die ander kan maar kom help, hulle sal hom nie daar uitkry nie. Miskien is dit nog Oupoot, die grootbul van die Bos, wat in die gat loop duiwel, en vir sý tande sal 'n man baie kry. Dit sal nou wel 'n tydjie duur voordat hy vrek, en jy sal ook nie elke dag kan waag om te loop kyk hoe ver hy al van vrek af is nie; die beste sal wees om ver weg te bly en net so af en toe onderkant die wind te loop staan en te ruik of hy al stink.

Hy het die hele ding in duidelike prentjies langs die huis in die son gesit en sien. Solank die een in die een gat vrek, grou jy die volgende gat, en so hou jy aan tot jy 'n geweer het en dan loop skiet jy hom sommer in die gat vrek die oomblik wat hy lê. Al wat jy doen, is jy loop van gat tot gat ...

Agter hom in die huis het hy Barta hoor werskaf. Hy het haar aangesê om te kyk dat die huis skoon en aan die kant kom. Hy wou hom nie skaam nie. Kristoffel het die Vrydagaand huis toe gekom en kom sê die boswagter by Diepwalle het laat weet hy kom Sondag Barnard-se-eiland toe en dat hy hom wil sien.

Die boswagter kon maar kom. Dit was natuurlik oor Lukas. Hy kon maar kom inspek. Lukas was wie weet waar saam met Nina in die Bos. Vandat hy Nina ook by die balke gesit het, was sy Sondae nes 'n vasmaakding wat loskom; hy moes net keer of sy is donkerdag al weg Bos toe. Hy het Lukas vroeg opgejaag en hom aangesê om saam met haar te gaan. Die beste sou wees as die boswagter die kind nie by die huis kry nie; die mannetjie was die laaste paar dae weer glad te nukkerig. Wou weer nie praat nie en het net aan die kos gepeusel. By die balke het dit goed gegaan. Selfs Nina het begin regkom met die bas se afkap. Sy het gesien wat kom van nie luister nie, en moedswilligheid op die steier sou nie help nie. Kap sou sy kap. Goed of sleg. Nie dat hy die plan gelos het om op die dorp te gaan verneem vir hoeveel hy haar verhuur kon kry nie. 'n Oulap is 'n oulap.

Die boswagter het kort voor halfdag gekom.

"Die magistraat het gesê ek moet kom kyk hoe dit met die seun gaan."

"Kom sit, mister Kapp, die vrou bring vir ons koffie. Die seun is saam met sy suster Bos toe, hulle het loop speel. Mister kan maar sit, hulle kom gewoonlik darem nie te laat nie." Hy sou sy woorde mooi moes uitsoek. Té angstig om die man weg te kry, moes hy nie klink nie, en te lank wou hy hom ook nie daar hou nie. "Om die waarheid te sê, mister Kapp, ek sou graag dat jy vir jouself moet sien hoe dit met hom gaan. Ek het jou eintlik al vroeër verwag."

"Ek kon nie eerder kom nie, Van Rooyen. Twee van die ander wagters is weg George toe en soos dit is, is dit onmoontlik om die Bos behoorlik te patrolleer. Die magistraat wil weet of die kind tevrede is by julle en of hy aanpas."

Barta het met twee bekers koffie uitgekom. "Tevrede? Hoe sal die kind dan nie tevrede wees nie?" Hy het hard gepraat sodat Barta elke woord kon hoor. Sy was die laaste tyd alte veel nes 'n verskrikte ding. Hy het haar vooraf gesê om haar praat reg te praat voor die wagter. "Barta, mister Kapp vra of Lukas tevrede is?"

"Hy's gesond en tevrede, mister Kapp," het Barta skuweg gesê en weggekyk.

"Bring vir ons elkeen 'n patat ook, Barta! Mister Kapp het ver gekom." Toe sy wegstap, sê hy vir die boswagter: "Die vrou is nog daagliks aangedaan oor die kind se terugkeer; dit lyk vir my sy is bang dis dalk nie waar nie." Die man wou nie spraaksaam word nie en aan die koffie het hy ook maar effentjies geproe. "Ons het juis laas week eers agtergekom dat Lukas kan lees en skryf. Barta sê hy moet die meisiekind van ons ook leer. Sy's 'n slimme kind. Haar kop is nie stomp nie."

"Die magistraat wil weet of die seun aanpas."

"Aanpas? Mister Kapp, jy moet sien hoe handig hy by die hout is. My oorle pa het altyd gesê 'n man kan net een vat aan 'n byl voor hom vat en hy sal vir jou sê of hy hout in die bloed het of nie. Nee regtig, mister, die seun is aangepas vir hout. Ek laat hom nou bedags by die balke help en mister kan self daar anderkant loop kyk hoe dit lyk waar hy gekap het. Ons staat op die oomblik op drie steiers, en dis nou nie lat ek wil spog nie, maar ek het nie soggens nodig om te sukkel om hom op 'n steier te kry nie. Barta, bring die patats! Ek sal bly wees as mister wag tot die kinders kom solat mister self kan sien." In sy binneste het hy gehoop die kinders bly weg tot donker toe. Hy het niks so danig gehad om weg te steek nie, maar as Lukas in een van sy nukke was, kon hy net die verkeerde impressie kom staan gee. Hy wou juis nie die oggend opstaan om saam met Nina Bos toe te gaan nie, hy het gesê hy sal alleen gaan.

Barta het die patats gebring en eenkant bly staan.

"Van Rooyen, mister Goldsbury het gesê ek moet uitvind of die seun baie praat oor die mense in die Lange Kloof by wie hy gebly het."

"Nie 'n woord nie, mister," verseker hy die man. Maar toe loop staan val Barta uit haar beurt uit in en beduiwel op niks na nie alles.

"Die kind het darem in die begin aangehou sê hy wil huis toe gaan. Veral saans."

Hy moes hom bedwing om sag te praat. "Dit was maar 'n dag of twee toe alles nog vir hom vreemd was. Ná hy hier gewoond was, het hy nog nooit weer 'n woord oor hulle gesê nie." Hy het vinnig anderpad gepraat en gebid dat Barta haar bek moes hou oor die weglopery. Hy het sommer oor die weer begin praat en oor die prys van hout, en gesê hoe goed dit van die magistraat is om na die kind te laat verneem.

"Daar was glo moeilikheid met die meid by wie hy weggeneem is," sê die boswagter.

"Watse moeilikheid?" vra Barta onrustig.

"Ek weet nie, ek hoor maar die magistraat het haar glo belet om die kind te probeer opsoek."

"Opsoek?" Barta was weer heeltemal oorhoeks geskrik.

"Loop drink 'n bietjie water, vrou," keer hy vinnig en draai na die boswagter. "Mister Kapp, ek sê jou vandag hier langs my huis, en jy kan dit vir die magistraat ook loop sê: as sy hier by mý kom moeilikheid maak, gaat ek self moeilikheid maak. My vrou sal dit nie kan staan nie."

"Die magistraat het gesê julle moet praat as sy dalk hier kom lol."

"Dis reg, mister, ek sal so maak."

Toe die son wegtrek, was die boswagter moeg gewag.

"Wanneer verwag jy hulle, Van Rooyen?"

"Dis nou moeilik om te sê, mister. Hang af. Dié meisiekind van my is mos nes 'n bok oor die Bos. Daar's nie 'n voetpad of 'n sleeppad hier in Kom-se-bos wat sy nie ken nie. Nes 'n seunskind. Ek sê vir die vrou dis nie reg lat 'n meisiekind so moet wees nie, ons moet 'n plan maak met haar. Ek meen, sê mister nou vir my: wat is daar vorentoe vir haar hier in die Bos? 'n Seunskind is 'n ander ding. Mister kom mos dikwels op die dorp, mister moet tog vir my uitluister of daar nie van die Engelse is wat 'n kinderwagter soek nie. Sy's 'n flukse kind. Verniet wil ek haar nie graag verhuur nie, maar as hulle haar 'n stukkie klere en so aan gee, sal ons regkom met die prys."

"Ek sal verneem."

Sy gesels was later op, maar die man het soos 'n kwaallat bly sit. Oorkant by die ander huise was dit stil, net hier en daar 'n hoender of 'n kind, en Malie wat om die hoek bly loer. Natuurlik van nuuskierigheid oor die boswagter wat op die Sondag daar is. Solank sy net bly waar sy is, kon sy maar nuuskierig wees. Hy was moeg van Malie met haar slangbek.

As sy nie kom staan gorrel oor Nina wat moet bas afkap nie, is dit oor Lukas wat nie vir haar reg lyk nie. Plaas dat sy liewers na haar eie kinders kyk. Haar Bet-meisiekind het mos sin vir Lukas. Snotkinders. Barta het sy oë op die ding gesit, dat Bet bedags al meer hierdie kant toe bly draai.

"Van Rooyen, hoe lank skat jy gaan die kinders nog wegbly?"

"Moeilik om te sê, mister Kapp. Moeilik."

Nie dat Bet van Malie sy ergste bekommernis was nie. Dit was oor Gertruida, haar oudste dogter, wat hy nie gerus was nie. Daar was 'n ding tussen sy Willem en Gertruida aan die kom en Malie het self ook al 'n paar keer in daardie rigting geskimp. Hy het sommer gemaak of hy nie hoor nie. Willem en Kristoffel sou nog baie jare vir hom moes werk voor hulle klaar is. Wat help dit 'n man het seuns en dan trou hulle en loop staan vir vrou en skoonfamilie en werk?

"Van Rooyen, dit word laat, miskien moet ek maar loop."

"Hulle behoort darem nie te laat te kom nie." Hy het gesorg dat daar 'n goeie klompie twyfel in sy stem sit. Dit was tyd dat die boswagter ophou belowe dat hy sal loop en dit doen! Netnou kry Nina dit in haar kop om vroeg huis toe te kom en dan draai dinge verkeerd.

"Jy sê dit gaan goed met die seun, Van Rooyen?"

"Dit kan nie beter nie. Vra maar vir Barta hoe groot die kind geword het. Sommer skielik opgeskiet en die skouers begin al bult soos 'n man s'n. Is dit nie so nie, Barta?"

"Ja. Hy't groot geword. Dis nes hy amper nie meer kind is nie."

Hy kon nie dink vir wat Barta dit so bekneld moes staan

sê nie. Hý was die een wat hom sit en verrek het om vir die kind voor te praat, en al wat sy gedoen het, was om te staan en sug. Netnou loop staan Kapp met 'n skewe storie voor die magistraat. Dit het hom weer kos tyd mors deur anderpad te moet praat: "Ek hoor hulle skiet so kwaai onder die grootvoete, mister? Daar is glo 'n hele span wat agter in Gouna skiet."

"Ja."

"Ek hoor die Goewerment is nou so kwaai oor bloubokkies vang. Wat is dit dan met hulle?"

"Julle roei die goed uit."

"Mister moet tog nie my byreken nie. Ek sukkel nie met bloubokkies nie, hulle het te min vleis na my sin."

"Dit word laat, ek kan nie langer wag nie."

"Wanneer moet mister aan die magistraat loop rapport oor Lukas?"

"Môre."

"Mister kan die magistraat met 'n skoon gemoed loop sê lat dit goed gaan met hom. Ek meen, hy's mos nou darem onder sy eie mense."

"Dis waar, ja."

"En sê vir die magistraat ek en Barta stuur vir hom in eerbied groete en dank vir alles wat hy gedoen het. Ons was so verheug en verstom toe ons die dag daar weg is lat ek nie eers vir hom bedank het nie."

"Ek sal vir hom sê."

Toe die man uiteindelik opstaan en loop, het dit vir Elias kompleet gevoel of hy uit 'n paar skoene klim wat gedruk het dat dit bars.

Nie dat daar iets was om weg te steek nie; dis net dat die vervloekste kind vol nukke kon terugkom. Hy wou nie moeilikheid met die magistraat kry nie; sy naam was goed by die man en vorentoe sou hy dalk onder sy neus moes deur met 'n paar olifanttande.

"Barta, jy moet môre vir my kos inpak vir 'n week. Loop haal uit die vleis onder die katel en kry dit oor die vuur. Die wagter is weg." Hy het die dag tevore 'n gelukkie met 'n bosbok gehad.

"Waar wil jy dan heen, Elias?"

"Sommer loop kyk waar ek beter hout vir die balke kan kap." Barta het weer skoon sonder verstand gestaan. "Sê nou die boswagter draai om en hy kom ruik die vleis?"

"Hy sal nie omdraai nie; dit word laat en hy's nog banger vir die grootvoete as ons."

"As Lukas vandag hier was, was jy in die moeilikheid, Elias. Al die merke van die slae is nog nie van sy bene weg nie."

"Loop kry die vleis oor die vuur, sê ek!"

18

Die eerste winterreën het gekom, drie dae sonder ophou. Toe die son die vierde dag deurbreek, was dit of die geilte saam daarmee uit die aarde opskiet.

Op Wolwekraal was daar baie te doen. Skopper was soos 'n pronkperd so mooi; sy bek en sy skene het begin verkleur en al rooier geword. Daar het ook 'n hoogmoed oor hom gekom en soos 'n duiwel in hom geword. Die wyfie het ongeërg haar gang gegaan en tog was daar in haar ook iets wat anders was: 'n listigheid.

En Fiela het vir Wolwekraal se werf nuwe wette neergelê. Heel eerste is Selling se bankie na die westekant van die huis verskuif. Volstruise is nie goed wat aangekyk wil wees as dit sulke tyd word nie. Volstruise is nie soos honde en goed wat niks en niemand ontsien nie. Volstruise het eer in hulle. Sodra Skopper die wyfie begin jaag, het sy vir die kinders gesê, sou geeneen 'n voet onnodig aan die kamp se kant van die huis sit nie. As die mis die dag opgetel moes word, sou drie met die takke moes keer en die een wat optel, sou sy hande moes roer. 'n Bronstige volstruismannetjie is 'n vabondse ding, al is dit Skopper. En elke hoendereier se dop of vleisbeentjie moes by die volstruise se kos kom, want die wyfie moes dit inkry om harde eiers te kan lê. Nie safte doppe nie. En sou sy 'n geil eier lê vóór Skopper haar vat, moes die eier onder die skerm ingerol word sodat sy kon kop kry en die ander ook daar loop lê.

"Dink Ma hulle sal al broei teen die tyd wat Benjamin huis toe kom?" vra Kittie die oggend. Fiela het geweet die kind vra sommer om te hoor hoeveel moed in háár is dat hy saam met Petrus sou huis toe kom.

"Dit hang af of baas Petrus moet saak maak of nie."

Die reën het Petrus drie dae afgekeer en hy kon eers die Donderdag wegkom.

Teen die Sondag was die dae so lank soos jare en Selling het vir hulle die dae bereken: "Hy sal eers die perde by

Barrington op Portland loop besorg. Dis ver. Dan sal hy die nag daar oorbly en eers die volgende dag opsaal. Kom ons sê hy kom dan te laat op Knysna aan om nog die magistraat te sien en dat hy hom eers gister, Saterdag, gesien het, is dit nog nie te sê hy is op pad nie. Hy kan dalk nog wag dat hulle Benjamin uit die Bos moet loop haal. Ek dink nie ons kan hulle voor Dinsdag te wagte wees nie."

Hulle was twee dae kort. Petrus het die Donderdag teen die laatte in die Kloof opgery gekom. Alleen. In die kombuis het 'n geelkoek reggestaan.

"Ek het julle gesê hy sal eers moet saak maak!" het Fiela die teleurstelling uit hulle uit probeer praat. Waar Selling in die twee ekstra dae hoop begin verloor het, het sy moed gekry. Hulle moes natuurlik eers die kind loop haal en toe weer sy goed, het sy uitgereken. Oponthoud was 'n goeie teken.

Hulle het hom soos vier wagte op die hoek van die huis staan en inwag. Wegkant van die volstruise af, want sononder die vorige dag het die wyfie weer begin dans en die oggend het Skopper haar begin jaag.

"Ek het altyd geweet hy's 'n ordentlike mannetjie," het sy vir Selling gesê. "Hy jaag haar nie flou soos ek al gesien het 'n volstruis kan maak nie, hy jaag haar soos 'n gentleman."

In haar verbeelding het sy die wyfie sien wei met ten minste twaalf stekelrige kleintjies soos langbeen-kiewietjies om haar voete. Ses kuikens verkoop sy teen, sê, vyf pond stuk en die ander maak sy vir Wolwekraal groot. Oor 'n jaar het hulle ten minste agt voëls gepluk, oor twee jaar twintig, en teen daardie tyd moet die Laghaans se huurgrond op Benjamin se naam staan.

Toe kom Petrus in die pad op sonder hom en toe hy voor hulle staan, was daar 'n klarigheid aan hom asof hy geoefen het oor hoe hy sal staan: regop en seker en met die peits al pietsende teen sy dy.

"Naand, Selling. Naand, Fiela. Naand, kinders."

Sy woorde was houterig; sy het haar mond voel droog word en haar hart voel harder skop.

"Het jy toe vir Benjamin gesien, baas Petrus?" het sy gevra.

"Ek was by die magistraat."

"Watse antwoord is dit?"

"Ek was lank by die magistraat, Fiela, en ek wil hê julle moet vanaand baie mooi na my luister. Ek en mister Goldsbury het die hele saak uitgepraat en ek kan julle verseker, mister Goldsbury is 'n verstandige man."

"Se moer! 'n Verstandige man sou nie 'n perdekar gestuur het om sommer net die kind hier te laat kom oplaai nie!"

"Stadig nou, Fiela. Die belangrikste ding wat ek vir julle kom sê het, is dat dit goed gaan met Benjamin. Die moeilikste ding wat ek vir julle moet kom sê, is dat julle sal moet aanvaar dat hy nege jaar lank aan julle geleen was, maar dat hy nie terugkom nie."

"Se moer!" Dit het gevoel of 'n beswyming oor haar wou kom, of sy moes klou aan haar eie lyf.

"Jy móét eenvoudig vandag kalm bly, Fiela. Daar bestaan by my geen twyfel dat daardie bosmense sy regte ouers is nie. As daar by my twyfel was, sou ek nie die saak daar gelos het nie. Ek is jammer. Ek wens dit was anders. En hoe swaar dit ook al vir julle is, sal julle moet aanvaar dat hy terug is by sy eie mense en dat dit die beste is."

"Het jy hom gesien, baas Petrus?" het sy verwoed gevra. "Het jou *oë* hom gesien?"

"Dit sal nie help om kwaad te word nie, Fiela. Dis nie maklike tyding waarmee ek hier staan nie, maar julle sal oor hierdie ding berusting moet kry. Die magistraat het Sondag spesiaal een van die boswagters gestuur om te gaan kyk hoe dit met Benjamin gaan, en dit gaan goed met hom. Hy het heeltemal aangepas by sy nuwe omstandighede en dit sou wreed wees om hom nou weer deurmekaar te krap met allerhande dinge. Hy moet met rus gelaat word. 'n Kind is 'n wonderlike ding, hy leer gou om aan te pas."

"Nou praat jy kak, Petrus Zondagh!"

"Fiela!"

"Bly stil, Selling!" Sy was waansinnig van ontsteltenis. "Benjamin is nie meer 'n kleine kind nie; hy sal weet wat hom oorgekom het en ek sê vanaand vir julle, hy sal dit nie verstaan nie! Ek moet na hom toe gaan en hom gaan verduidelik hoe mal mense se koppe werk! Ek moet hom loop sê!"

"Dit sal nie reg wees as jy hom verder loop staan en verpluk nie, Fiela. Dit sal nie help om aan te hou torring oor 'n ding wat nie gaan rafel nie. Laat hom liewers toe om Wolwekraal met liefde te onthou."

"Voor God sal jy en jou magistraat loop staan, Petrus Zondagh!"

"Bly kalm, Fiela. Kyk liewers na Selling, hy lyk sleg."

Kittie en Emma het Selling aan weerskante beetgehad om hom regop te hou, maar vir een keer kon sy nie omgee of die swakte hom laat neersak en hy bly lê nie.

"As jy Benjamin met jou oë gesien het, baas Petrus, kon jy vanaand hier vir my kom sê het dit gaan goed met hom. Maar jy het hom nie gesien nie!"

"Dit sal nie help om die wêreld uitmekaar te skree nie, Fiela!" Petrus was self aan die kwaad word. "Die kind is terug by sy eie mense en jy sal aan die verkeerde kant van die wet beland as jy weer aan die ding probeer krap. Jy sou hom buitendien nie veel langer by jou kon gehou het nie."

"Hoekom nie?"

"Jy weet hoekom nie, Fiela! Hy's wit. Wat dink jy sou gebeur het as Benjamin die dag vir hom 'n vrou wou vat? Wie in die Kloof sou hom vat?"

"In die Kloof is nie een enkele wit een wat ék vir hom sou gekies het nie, Petrus Zondagh. Loop sê dit vir die hele Kloof en loop troos julle daarmee!"

"Fiela, asseblief, ons dink nie meer wat ons sê nie." Petrus se oë was skielik nie meer koud nie en sy stem ook nie. "Geen vrou kon Benjamin beter grootgemaak het as jy nie. 'n Beter huis kon daar nie vir hom gewees het nie. Eendag sal hy dit onthou en met respek vir sy kinders kom wys waar hy eers gewoon het. Wag op daardie dag, Fiela, en jy sal jou beloning kry. Maar moenie die kind probeer deursny nie, want jy sal nie 'n helfte kry nie."

Die Maandag daarna het die perdkonstabel kom sê die magistraat op Uniondale had skrywe van die magistraat op

Knysna; as sy weer oor die kind loop moeilikheid maak, is daar groter moeilikheid. Jammer, atta. Dis soos dit is.

19

Die oggend toe hy die een-en-veertigste keep in die steierpaal inbyl, het hy geweet sy ma sou nie meer kom nie. Hoe vas hy ook al geglo het dat sy sou kom, sy glo was skielik op. Hy was vir altyd in die Bos. Dit het hom bang gemaak. Hulle het eenkeer 'n ou oom, oom Peetjie, op Avontuur begrawe en net toe hulle die kis laat sak, toe hoor hulle iets, en toe hulle die kis oopmaak, toe sien hulle die ou man was nooit dood nie. Van die mense het omgeval van die skrik. Kittie ook. Hy het nie omgeval nie, net sy ore het begin suis. Maar nagte daarna, nes Dawid die kers doodgeblaas het, het dit vir hom gevoel hý lê vasgedruk in 'n doodkis en niemand hoor hom klop nie. Dieselfde angs van toe was skielik weer in hom. Al verskil was net dat hy nie meer kon huil soos toe nie. Iewers in die een-en-veertig dae het die huil in hom opgehou. In die plek daarvan het net die eienaardigste hol gevoel in sy lyf gekom.

Een-en-veertig kepe. Hoe bid 'n mens as jou ma nie daar is om jou voor te sê nie? Hoe bid jy vanself? Hy het langs die steier op sy hurke gaan sit en voor hom in die houtsplinters vasgestaar. Onse Vader wat in die hemel is, vergewe onse sonde en lei ons nie in versoeking nie en gee ons vandag ons daagliks brood. Wees by Skopper, laat hy vir Pollie sin kry.

Wees by Pa, maak hom sterk. Wees by Dawid en Tollie en by Kittie en by Emma. Wees by Ma. Wees by Ma. Wees by Ma.

"Lukas, hoekom sit jy só? Is jou maag seer?"

Op die middelste steier het Nina wydsbeen oor die balk gesit, sodat 'n mens haar vuil broek kon sien, en gesukkel om 'n voël na te aap wat iewers naby in die Bos geroep het. Die man was al dae lank iewers heen weg. Dat Nina weer 'n pak slae sou kry as hy terugkom, was klaar. Soggens het sy kastig op die steier geklim en begin bas afkap, maar net 'n rukkie, dan was sy weg Bos toe. Een ding sou hy van haar sê, sy was nie bang nie. Sy het geweet wat vir haar wag as haar pa terugkom, want hy het uitdruklike orders gegee oor wat moes klaar wees as hy terugkom.

Hoe lank is altyd? Hoeveel balke? Hoeveel bome se kap? Hoekom het die man hom nie liewers ook in 'n houtkapperspan gesit soos vir Willem en Kristoffel nie? Êrens moes hy uit die Bos kon kom as hy net eers die Bos ken. Onse Vader wat in die hemel is, Heiland is u naam. Een-en-veertig dae. 'n Volstruiseier neem twee-en-veertig dae om uit te broei. As hy sy onderlip oor sy bolip opstoot, was daar 'n harigheid wat nie een-en-veertig dae gelede daar was nie. Dawid het gelieg; hy het altyd gesê wit mense kry eers agter hulle ore baard en dan op die gesig. Daar was niks agter sy ore nie.

Hy is wit. Hulle bruin.

Is dit hoekom sy ma nie gekom het nie? Omdat hy wit is? Nee, hy kon dit nie glo nie. Sy het gesê daar is goeie wit mense en goeie bruin mense, maar hulle is almal ewe skaars. Sy het nooit gesê hy is sleg nie. Al wat sy gesê het, as sy vir hulle gepreek het, was dat daar baie is wat sleg is en min wat goed is. Dat goed partykeer kan afbuk na sleg toe, maar dat sleg nooit kan opbuk na goed toe nie. Nee, dit was nie oor hy wit is dat sy nie gekom het nie.

"Lukas?"

"Bly stil."

"Bid jy? Jou oë is dan toe?"

"Hou jou bek!"

Daar was dae dat hy Nina kon verdra. Simpel soos sy was, was sy immers al een in die huis wat lewendig is. Willem en Kristoffel was altyd moeg as hulle by die huis kom, want hulle het swaargekry by die hout. Die man was nes 'n kettinghond, altyd aan die knor en reg om na jou te hap. Die vrou was weer altyd bedruk. Hy het agtergekom dat sy soms lank en stip na hom kyk en nes hy opkyk, dan kyk sy weg. Die dag ná die man weg is, het sy uit die huis gekom en by die steier kom staan. Nina was weer die Bos in.

"Wil jy 'n bietjie koffie hê, Lukas?" het sy versigtig gevra.

"Nee." As die man nie naby was nie, kon hy nie vir haar ma sê nie.

"Daar's lekker patats ook gaar."

Hy het maar aangehou met kap. Die balk was amper klaar en hy wou nie moeilikheid hê as die man by die huis kom nie. Sy het aanhou staan.

"Sit neer die byl, Lukas, ek wil met jou praat." Sy het nooit eintlik met hom gepraat nie. "Klim af, ek wil met jou praat." Hy het die byl neergesit en afgeklim. Sy het met haar hand al oor haar arm staan en vryf, soos een wat nie seker is nie. "Ek wou jou net gevra het," het sy met moeite begin, "ek wou net gevra het of dit jou darem hier by ons geval. Ek meen nou, jou pa kan soms maar vinnig wees, dis beter om vir hom te luister. Ek weet jy luister, ek sê maar net." Sy het haar arm al vinniger gevryf. "Die lewe in die Bos is nie maklik nie, almal kry swaar, maar ons is gewoond daaraan. Ek wou eintlik geweet het of jy darem tevrede is by ons. Of jy aangepas is?" Hy het nie geweet wat om te sê nie, toe sê hy maar hy sal die koffie drink. En toe sy dit bring, was die beker tot bo vol geskink. Nie half soos altyd nie.

"Lukas, ek gaan Bos toe, kom jy saam?"

"Nee."

"Ag toe?"

"Nee. As jou pa terugkom, gaan hy vir jou foeter."

"Dan hardloop ek weg."

Sy het van die steier afgeklim en al fluitend weggedrentel in die rigting van die naaste voetpad. Hy het opgestaan en op die steier geklim.

Op die dag van die vier-en-veertigste keep het die man teruggekom. Hy het skaars gekyk na die balke wat klaar was en skynbaar nie eens die meisiekind se brouwerk raakgesien nie, ook nie gevra waar sy is nie. Toe sy skemerdonker by die huis kom, het hy haar niks gemaak nie. Hy was soos een wat iets weet wat niemand anders weet nie.

Die hele Saterdag en die hele Sondag het hy rusteloos gebly, en die Maandag het die vrou twee knapsakke kos ingepak. Asbrood en patats.

Toe hy wou steier toe loop, het die man hom gekeer:

"Daar sal nie vandag balke gewerk word nie, ons gaan Bos toe. Nina, jy ook."

Hulle is sonopkant die Bos in met twee grawe en 'n pik en die handbyl en die kortsaag. Ná omtrent 'n uur se stap het Nina ongeduldig geraak.

"Waar gaan ons heen, Pa?"

"Klaas-se-kloof toe. Jy moet jou twee oë oophou; daar sal dae wees wat julle dalk alleen sal moet kom. Ek kom nie verdwaalde maaksels soek nie."

"Wat moet ons gaan maak?"

"Jy sal sien."

Hulle het geloop en geloop en geloop. Hoe die man geweet het waar om te loop, was 'n raaisel. Partykeer was hulle nie eens in 'n voetpad of in 'n sleeppad nie; hoe Nina hulle alleen daarlangs sou kry, het hy nie geweet nie. En sy het aangehou om agter te raak van oral talm om die voëls te koggel, dan moes die man weer raas om haar by te kry.

Toe moes hulle stadiger en versigtiger loop en dit was of die man onrustig word en al meer ongeduldig met Nina as sy agter raak. Sommer met hom ook.

"Is jy weer dikbek, Lukas?"

"Nee … Pa."

Hulle het seker goed twee uur lank gestap voordat hulle by die plek gekom het waar 'n breë, ruie gang 'n ent ver tussen die bome deurkronkel. Bo die gang het die bome van weerskante af deurmekaar geraak en onder het die varings dik en menshoog gestaan.

Die man het beduie dat hulle die goed moes neersit en stilbly, toe het hy lank gestaan en net geluister.

"Wat hoor Pa?" het Nina gevra.

"Niks." Maar hy was bang vir iets, 'n mens kon sien. "Lukas, sien jy daardie stinkhoutboom daar anderkant?" Hy het na 'n donkerbruin boom 'n entjie weg gewys. Eintlik was dit 'n reuse ou stam vol mos waaruit drie dunner bome opgeskiet het, asof die boom afgekap was en toe weer begin groei het. "Sien jy hom?"

"Ja."

"Ja wie?"

"Ja, Pa."

"Loop klim hom."

Hy wou eers vra: vir wat?

Maar die man was in 'n klipperige bui en hy het hom bedink.

Dit sou in elk geval nie moeilik wees om die boom te klim nie, want dit het op wortels so dik soos bene gestaan. Maar hy het skynbaar nie na die man se sin geklim nie, want hy het hom halfpad teruggeroep.

"Jy's te stadig, man! Nina, loop wys vir hom hoe klim 'n mens 'n boom."

Sy is soos 'n kat daar uit. Bo, waar die drie stamme op die ou stam begin, het sy omgedraai en net so rats weer afgeklim.

"Nou weer jy, Lukas!"

Die tweede keer het dit makliker gegaan, en die man het vir hom geskree om bo te bly en Nina agterna gestuur. Daar was net genoeg plek vir hulle albei in die holte tussen die stamme as Nina haar maer lyf tussen twee van hulle ingeskuif het.

"Vir wat moes ons hier opklim?" het hy haar gevra.

"Ek weet nie. Maar dis beter as balke kap. Miskien wil Pa bloubokkiestrikke stel en moet ons dophou vir die wagter."

"Hoekom so ver van die huis af?"

"Ek weet nie."

Dit was nie vir bloubokkiestrikke nie.

"As julle 'n tak hoor kraak," het die man gesê toe hulle weer op die grond was, "kyk julle nie rond om uit te vind of dit grootvoete is nie, julle gooi alles neer en julle klim!"

"Wat meen Pa ons moet alles los?" het Nina agterdogtig gevra.

"Stil, jy sal sien."

"Maar die wit-els daar anderkant is 'n beter boom om te klim vir grootvoete, Pa!"

"Wat dink jy moet ék klim?" het die man ergerlik gevra.

"Hoe lank gaat ons dan hier bly?"

"Tot die gat klaar is."

"Watse gat?"

"Die gat wat hier gegraaf gaan word."

Hoe lank hulle aan die gat gegraaf het, het hy later nie meer geweet nie. Daar was nie meer tyd om kepe te kap vir die dae nie. Soms het Willem of Kristoffel bygekom en kom help, soms het die man die handbyl gegryp en begin boomwortels wegkap, of die graaf gevat en help graaf totdat die gedurige onrus hom weer in die wit-els opgejaag het.

As die grond om die gat te veel word, moes hulle dit eers weer op die beesvel laai en wegsleep. Dit moes 'n netjiese gat wees. Elke dag het hulle voordag opgestaan om ligdag by die gat te wees, en dit was soos Nina gesê het: dit was beter by die gat as by die balke. Veral die dae wat die man nie saamgekom het nie. Ná 'n ruk was dit ook nie meer vir hom nodig om vir Nina te wag as hulle die dag alleen moes gat toe en sy begin drentel en fluit en rumoer het nie. Hy het die "pad" na die gat toe gou leer ken. As haar pa nie by was nie, was sy lui om te werk; die dae as haar pa kom wag sit of kom help het, moes sy graaf tot sy ook maar moes sukkel om haar rug weer reguit te kry.

"Lukas, wat dink jy wil Pa met die helse gat maak?"

"Moenie vir my vra nie, loop vra vir jou pa."

"Miskien wil Pa iets plant," het sy probeer raai.

"Wat plant 'n mens in so 'n gat?"

"Oom Martiens het 'n gat langs sy huis gegraaf en 'n vyeboom geplant."

"'n Gat vir 'n boom is 'n molsgat teen hierdie een."

"Jy kry baard, Lukas."

"Los my uit."

"Ek weet tog iets wat jy nie weet nie …"

Nina was die dag lus vir moeilikheid soek. Haar pa was by die huis en as sy nie op die graaf kitaar gespeel het nie, het sy elke boom om die gat probeer klim om te kyk hoe hoog sy kon kom. Of sy het sommer net weggeraak.

"Jy moet die graaf vat en help, Nina!"

"Ek sê, ek weet iets wat jy nie weet nie."

"Ja, ek weet jy weet iets. Jy weet waar my vyf sjielings is."

"Gaan jy nooit ophou snater oor die ou blerrie vyf sjielings nie?"

"Nie voor jy my sê waar jy dit weggesteek het nie!"

"Ek hét jou gewys waar die pad is."

"Maar toe loop sê jy vir jou pa daarvan."

"Is nie."

"Hoe anders het hy geweet waar om my te loop soek?"

"Hoe moet ék weet? Pa ken hierdie bos net so goed soos die houtkappers; hy het geweet waar om jou te loop soek." Sy het vir 'n wonder 'n ruk lank kom werk sonder om te rumoer. Die eerste paar dae ná haar pa haar hare afgekerf het, het sy een van haar ma se doeke om haar kop gebind en was sy sku. Maar nie die doek of die skaamte het lank gehou nie. En toe haar hare eers weer begin groei, het hulle bondeltjies-bondeltjies omgevou en om haar kop gaan lê, en sy het beter gelyk as toe hulle nog so wild gestaan het. Bet van tant Malie het dit ook vir haar gesê. Maar sy het nog steeds sy slaaphemp vir 'n rok gedra en die ding was onherkenbaar vuil en op twee plekke geskeur.

"Lukas, ek sê, ek weet iets wat jy nie weet nie. Nie eers Pa of oom Martiens of oom Koos of Willem of Kristoffel of iemand op die eiland weet dit nie."

"Werk, Nina!" Hy wou haar nie haar sin gee om hom nuuskierig te kry nie. "Dis lankal diep genoeg aan daardie kant; loop graaf daar anderkant en meet gereeld met die spar wat jou pa vir die diepte gekap het."

"Ek weet tog waar 'n olifant se kleintjie vandaan kom."

"Wat is so snaaks daaraan?"

Sy het die graaf ergerlik in die grond gesteek en net so laat staan. "Onnosel! Ek sê jou, nie eers Pa of een van die ander weet dit nie. Net ek. Niemand weet waar die ou olifante doodgaan nie en niemand weet waar kom die kleintjies vandaan nie. Loop vra vir Pa as jy dink ek lieg."

"Werk, Nina! Môre kry ek weer al die raas alleen as daar nie genoeg na jou pa se sin gedoen is nie." Hy het die ding sommer probeer wegpraat. As sy so dom was om nie te weet dat dit die wyfiekatte en ooie en vroumense is wat die kleintjies kry nie, was hy nie van plan om haar dit te sê nie.

"Ek sweer niemand weet nie, Lukas, ek sweer."

"Jou sweer beteken soveel soos 'n skilpad se veer."

"As ek vir jou lieg, kan ek nou hier in hierdie gat mors-dood neerslaan en al die bome kan op my val. Onthou jy die oggend wat Ma my pak gegee het omdat ek die kooi natgemaak het? Dit was kort ná jy teruggekom het van die Lange Kloof af." Hy het dit goed onthou, maar dit nie gesê nie. "Ek is nie bang vir Ma se slaan nie; sy slaan die meeste houe mis, want ek is te vinnig vir haar. En toe sy daardie oggend nog dink sy het my vasgekeer, toe hardloop ek al. Ek het ver gehardloop daardie dag. Sommer dikbos in, en nie eers in 'n voetpad langs nie, want ek wou verdwaal soos jy toe jy klein was, sodat hulle my ook moes soek en my nie kry nie. Ek sê jou, ek het daardie dag ver gehardloop. Later het ek geloop. Seker amper tot by Oudebrand. Toe kom ek by 'n spruit waar die water op plekke diep is en dog ek ek sal myself maar versuip, dan kan hulle my lyf kry wanneer hulle eendag daar kom kap. Maar toe wou my kop nie onder bly nie en toe loop ek maar weer verder." Sy het al vinniger gepraat asof sy bang was hy sou ophou luister. "Toe kom ek by 'n groot kalander waarteen die wind 'n upright omgedruk het, en jy weet self dat 'n mens nie teen 'n kalander kan uit nie. Ek weet nie eers of die bobbejane hulle klim nie. Willem sê slim bye maak bo in 'n kalander nes. En toe sien ek as ek met die windval-upright langs opklim, sal ek bo in die kalander kom. Sien jy die kalander daar anderkant die kwar?"

"Ja."

"Hy's groot, nè?"

"Ja."

"Nou ek lieg nie vir jou as ek sê hy is 'n kers teen die een waarin ek daardie dag geklim het nie. Tot bo in die kroon. My binnebene was rou geskuur en toe ek sit, toe sit ek hoog. Ek is nie bang vir hoog nie, maar daardie dag het ek bang geword. As ek opkyk, was die hemel by my kop, en as ek afkyk, was die bosvloer donners ver. Toe sit ek maar, want ek was te bang om af te klim. Ek sit. My hare en my klere was later droog, maar ek was nog altyd te bang om daar af te klim. Die son is halfdag oor my kop en ek moes maar sit. Ek het al begin dink hoe hulle eendag my geraamte daar bo in die boom sou kry as hulle hom kom afkap – vir mý sou hulle nie agter in die Lange Kloof loop kry soos vir jou nie. Ek sit nog so, toe hoor ek onderbos kraak. Eers dog ek dis van die houtkappers, maar toe ek omkyk en afkyk, toe sien ek net boggelrugte. Olifante. 'n Hele trop. Seker tien van hulle. En nog drie staan 'n entjie anderkant die kalander in 'n oopte en hulle bly op een plek trap soos goed wat staan en dans. Hulle het daardie kol getrap tot die onderbos fyn en plat was soos gras. Toe gaan staan die ander olifante in 'n kring om die platgetrapte plek, gatkante binnetoe, en een loop staan in die middel en wieg. Toe loop lê hy half en ek dog nou gaat hy seker vrek, maar toe staan hy weer op en toe kom daar 'n ding agter by hom uit. Ek sweer. Ek kon eers nie mooi sien wat dit is nie, want 'n vlier se takke was ondertoe in die pad.

Ek dog dis 'n stuk van sy derms, maar toe ek weer sien, toe vroetel die olifant al met sy kop by die ding en toe sien ek dis 'n klein olifantjie. Dit was mooi 'n koei wat 'n kleintjie gekry het. Hoe die kleintjie by haar gat ingekom het, kan ek jou nie sê nie, maar ek kan dood neerslaan as ek vir jou lieg. En toe ek weer sien, toe staan die kleintjie op sy voetjies tussen sy ma se voorbene. Te oulik. Maar toe kom 'n swerm loeries en kom lawaai en gorrel en sis om my asof dit húlle boom is en beduiwel alles, want toe gaan staan al die olifante om die ma-olifant en begin stadig wegstap, met die kleintjie iewers tussen hulle waar ek hom nie kon sien nie. En jy's die eerste mens vir wie ek dit vertel. Ek sweer."

Hy het agtergekom dat hy self ook opgehou het met werk, want iets in haar oë het gesoebat dat hy haar moes glo.

"Hoe't jy uit die boom gekom?"

"Weer met die windvalboom langs."

Dit was al sterk skemer toe hulle daardie aand by die huis kom. Die man het buite gestaan en wag en gevra hoekom hulle so laat is, hoe ver die gat is, of hulle olifante gewaar het. Bosbokke? Bloubokkies? Houtkappers? Boswagters? Vreemdes?

Daar was 'n nydigheid in hom, iets wantrouigs, wat nie die oggend daar was nie. Toe hulle in die huis ingaan, het hy agter hulle aangekom en in die deur bly staan. Selfs Nina het versigtig rondgeloer; daar was iets verkeerd. Die vrou het nie opgekyk nie en by die vuur gestaan. Op die tafel het 'n stompiekers gebrand en die laaste lig van buite af het sy lig flou gemaak.

"Hulle het vandag jou goed gebring, Lukas." Die man het dit van die deur af gesê. Kortaf.

Dit het gevoel of hy skielik begin koud kry, van sy voete af al kouer en kouer. Sy oë het na die katel teen die agterste muur gedraai. Die dasvelkombers het op die onderpunt gelê, met sy baadjie, waarvan die moue langer gemaak was, sy ander flenniehemp, die velskoene wat sy pa die laaste vir hom gemaak het, die broek wat Tollie uitgegroei het en hy toe gekry het, die ander broek met die nuwe sitvlak, en nog 'n hemp. En tussen alles het 'n volstruiseier gelê.

"Wie het dit gebring?" het hy gevra. "Wie het my goed gebring?" Die mure wou saam met die kersvlam dans.

"Sy sê haar naam is Fiela Komoetie," het die man gesê. "As ek vandág 'n hond gehad het, het ek hom agter haar gesteek dat sy nou nog gehardloop het!"

Vreugde wou uit hom bars, maar vrees het dit gekeer. Hy wou verby die man uitbreek buitetoe, maar die man het hom gekeer.

"Waar's sy?" het hy geskree. "Waar's my ma?"

"Dáár staan jou ma, by die vuur!" het die man gesê. "Die bruinvel is weg en ek het vir haar en die een wat by haar was, gesê as hulle weer 'n voet op hierdie eiland sit, gaat ek magistraat toe en laat ek hulle vang. Elias van Rooyen laat nie met hom van 'n bruinvel mors nie!"

"Wie was by haar?"

"Opgeskote klong, net so blerrie uit sy pad as sy!"

Dit was seker Dawid, het dit deur sy kop geflits. Hy moes uitkom buitetoe, hy moes hulle agternasit en inhaal en nooit weer omdraai nie.

"Laat my verbykom!"

"Jy bly waar jy is! Ek loop soek nie weer 'n maaksel nie, ek sê jou!"

"Laat my verbykom, asseblief!"

"Jy moet op my kom staan en skree! En jy moet vanaand kom voor begin met jou nukke! Ek sal die osriem vir jou vat en nie ophou voor die laaste bruingeid nie uit jou uit is nie! Jy was net mooi op pad om weer wit mens te word en wit mens sal jy bly!"

Die vrou het in die kos geroer en oor haar skouer gesê: "Los hom, Elias. Die kinders is moeg, hulle moet iets eet."

Hy wou nie eet nie. "Wat het Fiela Komoetie gesê?" het hy gesoebat. "Wat het sy gesê?"

"Sy het niks hier te sê nie. Sy't jou goed gebring en klaar. Probeer jy net weer wegloop en ek sal lat die magistraat hierdie keer die konstabel stuur om jou te vang. Ek het genoeg sonde gedoen. Die magistraat het met sy mond aan my gesê, die dag toe ons jou loop haal het, dat die bruingoed wat jou gevat het, in die moeilikheid kan kom, maar dat ons dit vir vredesonthalwe maar moet los. Nou sê ek vanaand vir jou: as hier nie einde kom aan hierdie geneuk nie, gaat sien ek die magistraat persoonlik self en moet hý kom oorvat!"

Nina het die dasvelkombers opgetel en om haar gedraai.

"Los my goed!" het hy vir haar geskree en die kombers van haar afgeruk. "Jy sit nie jou pote aan my goed nie!"

Die deur het toegeklap en die man het die osriem van die spyker afgeruk, maar die vrou het hom gekeer en gesê hulle moet eet.

Die man en die vrou en Nina het geëet. Hy het bo-op die

goed gaan lê en so bly lê tot dit weer dag geword het. Toe het hy een ding geweet: jy loop gee nie iemand se goed vir hom as hy weer terugkom nie. Dis soos groet.

Van die volgende dag af het die man elke dag saamgegaan Bos toe tot die gat klaar was. Daarna was hy en Nina terug op die steiers by die balke en is die man vir 'n paar dae soggens alleen Bos toe.

Toe het hy weer bedags by die steiers kom sit om hulle dop te hou, en daar was die meeste van die tyd 'n snaakse lag op sy gesig. Elke derde, vierde dag is hy weer 'n ruk die Bos in en dan het hy maar weer kom sit. Hy het nie gewerk nie.

Toe het hulle die balke wat klaar was, op die slee gelaai en met die osse Diepwalle toe gesleep waar hulle 'n dag lank gewag het vir die wa om dit te kom haal. Dit was mense van onder in die Lange Kloof en hy het hulle nie geken nie. Die volgende dag is die man met die geld dorp toe om kos te koop. Nina het gehuil om saam te gaan, maar hy wou haar nie saamneem nie.

Die man het koffie en suiker en meel van die dorp af gebring. Dieselfde aand het Willem huis toe gekom en ook koffie en suiker en meel gebring.

"Julle sal sien, een van die dae is Elias van Rooyen 'n ryk man!" het die man die aand aan tafel gespog. "Ek sê vir julle dinge draai. Dinge draai. Julle hou net julle bekke oor die gat, soos ek vir julle gesê het."

"Watse gat is dit, Pa?" vra Nina.

"'n Gat."

Willem het die baadjie waarvan die moue langer gemaak

was, aangehad en die velskoene ook. Die man en die vrou het snags onder die dasvelkombers geslaap en van die klere is ook vir Kristoffel gegee.

Die Maandag, voordag, is Willem weer weg. Hy het gesê hulle sou drie tot vier weke wegbly, want die houtkoper op die dorp wou dringend baie stinkhout hê.

Maar Willem was dieselfde aand weer terug.

"Die grootvoete het mal geword, Pa," sê hy toe hy moeg en gehawend langs die tafel neersak. "Hulle het ons probeer trap. Ons was nog aan die skerm maak toe hulle kom; ons kos, ons trommels, ons goed is alles daarmee heen. Hulle gaat soos mal goed daar bo te kere, Pa. Oom Martiens sê daar moes iewers iets gebeur het."

"Waar?" het die man vinnig gevra.

"In die rigting van Klaas-se-kloof, Pa. Wragtig, Pa, ons was amper dood. Een ou koei het oom Martiens tot diep in die middag in 'n boom opgejaag gehou en hom die hele tyd daar probeer uitskud. Die oom sê hy het nog nooit groot-voete só beduiweld gesien nie. Pa dink nie dit kan miskien oor die gat wees nie? Ek bedoel …"

"Stil! Jy hou jou bek oor die gat! Hierdie ding het niks met die gat te make nie!"

"Oom Martiens sê hy gaan nie gou weer naby Klaas-se-kloof nie."

"Dit sal die beste wees," het die man gesê en weggekyk, maar hy het skelm gelag.

Die res van die week het maar soos al die ander verby-gesloer: van lig tot donker op die steier; van donker tot lig eet en slaap. Gelukkig was daar nie reëndae wat in die huis omgesit moes word nie. En buite by die balke het sy kop makliker koers gevat Wolwekraal toe. Was dit een van Pollie se eiers wat by sy goed was? Hy wou nie gehad het hulle moes die eier stukkend kap en gaarmaak nie, maar hulle het. Hy het nie daarvan geëet nie. Sou Skopper toe die wyfie gevat het? Was die bok nog in die melk? Het dit gereën? Is die veld mooi? Blom die bloutulpe al? Wat maak sy pa? Die dink aan sy ma was die swaarste. Hoekom het hulle sy goed gebring? Reg, dit was nie sy ma en pa en broers en susters nie, want hy was wit en hulle bruin, maar dit het nie saak gemaak nie.

"Jy kap weer lamhand vandag, Lukas!" Die man het die dag met valkoë by die steiers gesit. Vandat Willem kom sê het van die olifante, was hy heelweek rusteloos. En Nina was heelweek moedswillig. As sy nie op die steier geklim het met 'n blik waarop sy "musiek" maak nie, het sy "liede" opgemaak wat sy oor en oor en al harder sing. Tant Malie het al van oorkant af geskree dat sy 'n slag haar bek moes hou, maar Nina wou nie hoor voordat haar pa haar nie eers van die steier afgepluk en rondgeskud het nie.

Die Vrydag het die man vlak in die Bos twee bome loop kap en met die osse aangesleep. Die Saterdag het Kristoffel huis toe gekom en hulle moes treksaag trek om die stompe in die regte lengtes vir die balke te kry.

"Dit lyk my jy is nou Pa se regterhand hier by die balke, Lukas," het Kristoffel vir 'n wonder probeer gesels. Kristoffel was nie onaardig nie, net baie stil. "Jy kan bly wees jy's by die balke; in 'n houtspan bars jy jou vrek vir niks. Die enigste rykes is die houtkopers op die dorp."

"Ek wens net ek het die Bos so goed soos jy geken," het

hy vir Kristoffel gesê en skielik besef dat hy Kristoffel aan sy kant moes kry. "Ek is nou al hoe lank hier en eintlik weet ek nog niks van die Bos nie."

"'n Mens leer maar die Bos met die tyd saam ken."

"Jy ken seker al die paaie in die Bos."

"Ook maar net hierdie kant van die Bos en tot op die dorp. Die Bos is groot, daar's baie dele waar ek nog nooit eers was nie."

"Diepwalle, die plek waarheen ons die balke uitsleep, ek het gesien daar loop 'n hardepad … Is dit die pad wat oor die berge loop?" Kristoffel het nie opgekyk nie. "Die pad Lange Kloof toe?"

Kristoffel het opgehou met saag en stadig regop gekom. "Lukas, jy soek maar nog altyd die pad terug Lange Kloof toe, nè? Jy wil ons maar net nie vat nie. Dit lyk my dis waar wat Pa sê, jy's nog nie weer heeltemal wit nie." Die manier waarop Kristoffel dit gesê het, die afkeuring in hom, was soos 'n hou wat hom teruggestamp en eenkant laat val het. "Jy sal nog maak dat ons spyt kry dat jy nie liewerster gevrek het toe jy kleintyd verdwaal het nie."

Hulle het die stompe sonder praat klaar opgesaag.

Die Sondag was dit Nina se wegbreekdag en Bos-dag en is sy voordag al weg. Hy het anderkant die steiers gesit om die dag om te kry, toe sy vroegmiddag terugkom soos een wie se lyf nie wou loop nie. Sy het reguit na hom gekyk, maar haar oë het hom nie regtig gesien nie. Hy kon sweer sy het gehuil. Die een mou van die hemp wat sy aanhad, was halfpad uit-geskeur en haar gesig was vol skrape. Hy het geskrik. Iets of iemand moes haar seergemaak het, of beetgehad het …

"Nina?"

Sy het tot by die afdak geloop en met haar rug teen die sinkplaatmuur stadig afgegly totdat sy op haar hurke sit. Hy het die gevoel gekry dat al die fluit en die sing en die rumoer uit haar uit was en dat sy diep êrens in haarself sit en wegkruip.

"Nina, wat is dit met jou?" het hy gevra.

"Pa is 'n vark." Net dit.

"Hoekom sê jy so?"

"Dit was 'n olifanttrêp. Die gat."

"Hoe weet jy dit?"

"Ek was daar. Daar lê 'n dooie olifantkalf in die gat."

20

Eers teen Oktober het die winterreëns begin wegbly en was daar minder natweerdae wat in die huis omgesit moes word. Hy was soos 'n slang wat oor die maande heen uit 'n ou vel gewikkel het terwyl die nuwe een groei. Hy moes uit Benjamin Komoetie kruip en Lukas van Rooyen word. Die dae van opstand, wanneer hy sy wanhoop op die geelhoutbalk voor hom op die steier uitgekap het, het verder uitmekaar gaan staan, sodat die tye wat hy in Lukas se vel kon bly, langer geword het.

Hy het gewoond geraak daaraan dat Willem en Kristoffel sy broers is. Dat Nina sy suster is. Die moeilikste was om vir die man pa te sê en vir die vrou ma, maar ook dit het later makliker geword.

Dit was 'n stadige jaar. Kersfees het gekom. Nuwejaar. Soos hy uit Benjamin Komoetie se vel gegroei het, het hy ook uit sy klere gegroei en moes hy een van Willem se ou broeke kry en 'n hemp van sy pa.

Maar daar was nog dae dat die teësit hom bekruip het en dat hy moes spartel om weer daaruit te kom.

"Het die duiwel weer vandag in jou ingevaar, Lukas?"

"Nee, Pa."

"Nou vir wat staan kap jy daardie balk of jy kwaaivrinde met hom is?"

Die duiwel had eerder in Elias van Rooyen ingevaar. Die Maandag nadat Nina die kalf in die gat gekry het, is hy vroegoggend weg om te gaan kyk en laatmiddag het hy verniel en baie ontsteld voor die agterdeur kom neerstruikel.

"Die bliksems het my gestaan en inwag!" het hy gesê. "Ek is my lewe in hierdie bos nie 'n dag langer seker nie, ek sê julle! Gee vir my 'n bietjie water, Barta, wat staan jy so? Ek sê vir julle, die grootpote het die tjap op my gesit, hulle gaat my trap!"

"Waarvan praat jy, Elias?" het sy ma verskrik gevra en Nina gestuur om die water te haal. "Kyk hoe's jou klere geskeur!"

"Dit kom daarvan as ses bliksemse grootvoetkoeie jou jaag dat jy die voorste een se slurp agter jou blaaie voel blaas! Daar was nie tyd vir boom soek en klim nie!"

"Hulle moes Pa sommer vrek getrap het!" het Nina uit die huis geskree. Sy het skynbaar nog nie genoeg slae gehad nie. Die vorige aand het sy so te kere gegaan oor die kalf in die gat dat haar pa die osriem vir haar moes afhaal om haar stil te kry. "Pa het aspris die gat laat graaf," sê sy toe sy die water bring. "Pa het geweet waarvoor dit is, daarom het Pa die sparre en die takke alleen loop oorpak! Hoe moes die grootvoete geweet het daar's 'n gat?"

"As ek my sere lyf hier optel en weer die osriem vir jou vat, gaat jy 'n groter kol pis as gisteraand, meisiekind! Lukas, kom help my lat ek in die huis kom!"

Die week daarna, toe die balke uitgesleep moes word Diepwalle toe, het sy pa gehelp tot alles op die slee gelaai en die osse ingespan was, toe het hy hom eenkant geroep.

"Lukas," het hy gesê en grond toe gekyk, "ek voel glad nie wel nie; jy en Nina sal die balke vandag alleen moet pad toe vat. Span die osse uit as julle daar kom en laat hulle wei. Maar julle bly by die balke tot die wa kom en jy tel die geld en kyk dat dit reg is. Moenie lat hulle my verneuk omlat ek nie by is nie."

Die osse was oud en mak. Nina het gelei en hy het gedryf, en kort na die middag was hulle by Diepwalle en klaar afgelaai. Nina was die hele tyd stil. Langs die pad het sy nie eers een keer probeer om snaaks te wees of die voëls te koggel of te fluit of te sing nie. Dit was vreemd.

"Is jy ook siek, Nina?"

"Nee. Maar ek is bly lat Pa nie wel is nie, dalk gaan hy dood."

"Jy mag nie so sê nie, dis jou pa."

"Dis jóú pa ook." Sy het dit soos slegsê laat klink.

Hy het op die balke gaan sit en sy het al langs die kant van die pad oor die bymekaargewaaide droë blare geloop.

Eers aan die een kant van die pad en toe aan die ander kant, tot al die kraak uit die blare getrap was. Toe het sy op haar hurke langs hom kom sit en lusteloos met haar vingers in die sand gekrap.

"Ek wens ek kon skryf," het sy gesê. "Skryf my naam vir my, Lukas, ek wil sien hoe dit lyk."

Hy het afgebuk en haar naam vir haar in die stof geskryf.

"Is dit my hele naam?" het sy gevra.

"Dis *Nina.*"

"My hele naam is Christina."

Hy het *Nina* doodgevee en *Christina* in die stof geskryf. Maar sy was nog nie tevrede nie. "Ek hou meer van die kort een. Vee dood daardie een."

"Jy's lastig."

Sy het gesit en oefen om haar naam te skryf tot die hele pad voor hulle daarvan vol was. Toe was sy weer verveeld.

"Lukas, raai waar gaan hierdie pad heen?"

"Hoe moet ek weet?"

"As jy seekant toe loop, kom jy op die dorp uit en bergkant toe kom jy agter in die Lange Kloof uit." Dit was of sy die woorde tussen hulle neersit en wag dat hy hulle moet optel. "Dis die pad waarlangs hulle jou die slag gebring het."

"Wat daarvan?" Hy het geweet dis die pad Lange Kloof toe; die wa wat die balke kom laai het, het van daardie kant af gekom en die wa het van die Lange Kloof af gekom.

Sy het opgestaan en 'n ent weg in die koelte gaan sit en weer begin: "As jy nou opstaan en loop, kan jy ver wees teen die tyd wat Pa dit uitvind. Hy sal jou nie weer ingehaal kry nie."

Sy het aan 'n ding gesit en krap waaraan hy nie gekrap wou hê nie en waaroor hy nie wou praat nie. Hy het geweet sy doen dit aspris.

"Ek is nie dom nie, Nina."

"Jy ís dom! Hier is uiteindelik jou kans om weg te kom en jy sit net."

"Jy wil my maar net weer in die moeilikheid hê, maar jy sal dit nie regkry nie."

"Ek sal sê die man van die wa het gevra of jy nie vir hom wil kom werk nie en toe't jy opgeklim en saamgery."

"Jy praat kaf," het hy haar stilgemaak. "Jy weet net so goed soos ek dat Pa die magistraat op my sal sit as ek weer probeer wegloop. Loop keer liewers die osse, kyk waar wei Stompkop al!"

Sy het opgestaan en in die rigting van die osse gedraal. Toe sy terugkom, het sy ewe vermakerig voor hom kom staan. "Ek wou maar net gekyk het of jy regtig weer sal aanloop. Simpel!"

"Die dag as ek besluit om aan te loop, sal ek nie vir jóú wag om my die pad te wys nie. Ek sal hom self kry!"

"Willem sê jy't nou weer wit geword, jy sal nie weer dros nie."

Hy het weggekyk sodat sy nie moes sien dat sy hom raakgekap het nie. Dit was soos verloor as jy nie wou verloor het nie en ander staan vir jou en lag. Hy het geweet hy is Lukas van Rooyen, maar hy wou nie hê húlle moes weet hy weet nie.

Die wa het gekom, hulle het die balke gelaai, die geld uitgetel en toe hy en Nina huis toe stap, het hy nie met haar gepraat nie.

Gewoonlik het sy pa die dag nadat die balke verkoop is, dorp toe gegaan om kos te koop, maar hierdie keer het hy gesê hulle moes wag tot Willem of Kristoffel by die huis kom. Sy bene was te gedaan, hulle sou nie meer die dorp haal nie.

"Pa lieg," het Nina agteraf gesê. "Sy bene makeer niks. Hy's bang vir die olifante; hulle weet dis hy wat die gat laat graaf het."

"Hoe sal hulle dit weet?" het hy gestry. "Ons het dan die meeste van die uitgraaf gedoen, hoekom jaag hulle dan nie vir ons ook nie?"

"Hulle sal weet dit was Pa se dinge, nie ons s'n nie. Olifante is slim. Tant Gertjie sê hulle weet alles wat in die Bos aangaan."

Toe Kristoffel 'n week later by die huis opdaag, moes hy klaarmaak om dorp toe te loop en Nina het begin neul om saam te gaan. Sy het nog altyd die vyf sjielings gehad en hy het geweet waarom sy wou saam.

Vrydag, voordag, is hulle weg en sononder was hulle terug. Sy en Kristoffel. Sy het niks by haar gehad toe hulle terugkom nie, maar aan haar rusteloosheid het hy geweet sy steek iets weg. Die hele Saterdag het sy onder haar pa se oë uit probeer wegkom van die balke af en dit nie reggekry nie, en Sondagoggend vroeg het sy hóm wakker gemaak.

"Kom, ek gaan wys jou iets."

Hy het lankal uitgevind dat dit beter was om Sondae saam met haar Bos toe te gaan as om by die huis te sit. Veral as Bet van tant Malie so knaend kom rondstaan het.

"Sy't sin vir jou, Lukas," het Nina op 'n dag die hele saak vir hom uitgelê. "Jy gaan eendag met haar trou, Willem gaan met Gertruida trou en ek gaan met die boswagter se seun trou. Jy sal sien. Hy gaan op die dorp skool en ek het hom eendag by Diepwalle gesien. Hy't vir my gekyk. Hy't sin vir my."

Hy het haar maar laat praat. In die eerste plek sou hy nie met 'n bosmeisiekind trou nie, en in die tweede plek sou hy glad nie trou nie, want waar moes hy ooit twee pond trougeld kry? Altyd, as die mense in die Kloof wou trou en hulle het nie trougeld gehad nie, het baas Petrus – Petrus Zondagh – vir hulle die geld gegee. Toe Anna Petro wou trou, was die Zondaghs by die see en het sy ma – Fiela Komoetie – vir Anna trougeld gegee.

Die bekfluitjie was 'n ent van die eiland af in die onderbos langs die voetpad weggesteek. Hoe sy onthou het waar sy dit in die nimmereindigende ruigtes gesit het, kon hy hie verstaan nie. Ná meer as 'n jaar in die Bos het die wêreld nog altyd vir hom na 'n deurmekaarspul gelyk en sou hy dit nie uit 'n voetpad waag as hy alleen was nie.

Hy was vies oor sy geld. Toe sy onder die bos uitkruip en ewe trots met die mondfluitjie staan, was hy sommer lus en stamp dit uit haar hand uit.

"Dis net so goed jy het dit gesteel!"

"Ek het," het sy gelag. Toe sy haar ander hand oopmaak, het sy vyf sjielings ongeskonde daarin gelê. "Die man by die winkel het die laai met die mondfluitjies en die pype en goed op die toonbank neergesit en toe hy wegkyk, toe gryp ek een en steek hom in my broek en toe sê ek vir hom ek wil nie meer kyk nie."

Hy kon nie besluit of hy eers oor sy vyf sjielings moes bly wees of eers oor die mondfluitjie moes kwaad wees nie.

"Nina van Rooyen, jy gaan nog met jou gat in die tronk sit!" Hy het die geld gevat en verder geskel. "Die dag as die konstabel jou kom haal, sê ek vir hom ek ken jou nie, jy's nie mý suster nie! Vir wat het jy dit gedoen?"

"Die laai was so deurmekaar, die winkelman sal dit nie eers agterkom nie, man!" Maar sy was tog onseker toe sy byvoeg: "As jy jou bek hou, sal niemand weet nie. Jy het mos nou jou geld terug. Ek kon vir jou gelieg het en dit gehou het."

Dit was waar. "Weet Kristoffel dat jy die ding gesteel het?"

"Nee, hy't nie gesien nie. Hy't ook nie gesien toe ek dit hier wegsteek nie. Lukas, as jy loop klik, gaat Pa my doodslaan."

Dit was nie altemit nie. Maar hy het ook geweet dat hy uiteindelik 'n wapen teen haar het wat hy lankal wou hê. "Ek sal stilbly," het hy gesê, "maar as jy weer sê Bet het sin vir my, loop sê ek vir Pa."

"Ek sal nie weer so sê nie. Bet is in elk geval te lelik, ek dink nie jy moet meer vir haar sin kry nie. As Willem vir Gertruida vat, is dit genoeg."

"En as jy weer van die ander kinders op die eiland loop aansleep om mý halfklaar balk op jóú steier te help rol as ek my rug draai, loop sê ek Pa reguit van die fluitjie."

"Ek sal dit nooit weer doen nie, Lukas. Ek sweer."

"En ek blaas nie weer saam met jou op jou simpel bottels nie. Ek is nie mal nie."

"Lukas …"

"Jy hoef nie eers te soebat nie. Speel op jou gesteelde fluitjie en speel alleen."

'n Maand later, toe die balke weer uitgesleep moes word Diepwalle toe, is sy pa weer nie saam nie. En Willem moes dorp toe om die kosgoed te koop.

"Lukas," het Nina die Sondag daarna gevra, "het jy agtergekom dat Pa nou glad nie meer sy voete van die eiland af sit nie?"

"Ja." Hulle het op die klippe langs die spruit gesit, waar sy haar bottels en die mondfluitjie wegsteek. "Hy's seker maar lui."

"Pa was nooit só lui nie. Ek dink hy's regtig bang dat die olifante hom getjap het. Ek het gehoor hy sê vir Willem dat hy en Kristoffel jou sal moet leer om die hout vir die balke te kap."

"Pa het vir my ook so gesê, ja."

Sy het die spoeg uit die fluitjie gekap en 'n temerige deuntjie begin speel. Van die eerste dag af het sy die ding sommer net gespeel. Geblaas wanneer sy moes blaas en getrek wanneer sy moes trek. Dit was nie 'n halfuur nie, toe het sy 'n deuntjie reggekry wat sy oor en oor kon blaas.

Hy het opgestaan en langs die bosstroom op begin loop. Of liewer, langs die bosstroom op deur die ruigtes gesukkel. Uit die gesteelde fluitjie het ook goed gekom. Nina het nie meer Sondae gekerm dat hy by haar moes bly en help "musiek" maak of saam met haar in die Bos moes ronddool nie. Hy kon loop en kom soos hy wou en die Bos op sy eie leer verken. Daarby was dit of Nina deur die week minder moedswillig was met haar pa en langer sonder neul op die steier gebly het. Selfs die balke wat sy moes regkap, het beter begin lyk.

Dit was 'n mooi dag. Waar die bosstroom breed loop, het die Bos oopgemaak en die son laat deurkom op die water. Van alles in die Bos was die waterstrome vir hom die plekke waar hy Sondae die graagste sy eie loop gekry het.

Een baljarende bosstroom sou Wolwekraal se vangdam heeljaar vol gehou het, en uit die vangdam sou hulle die hele wêreld kon natlei. Sommer die veld ook.

Sondae was die dae dat hy na die Kloof se oopte verlang het. Of enige plek waar 'n mens ver kon sien. Die Bos se ooptes was klein.

Bosmense het nie ver gekyk nie; hulle het die ooptes nie gemis nie, want die ruigtes was hulle plek.

Dikwels, as Willem of Kristoffel moes dorp toe gaan, het hulle hom gevra om saam te gaan. Dan wou hy saamgaan om weer in die oopte te kom, maar hy wou nie Knysna toe gaan nie. Knysna was 'n hond wat hom gebyt het, en jy loop nie weer by 'n bythond verby nie.

Hy het ver langs die spruit op geloop daardie dag en teësinnig omgedraai. Nina het op haar rug gelê en fluitjie speel.

"Sit weg die goed, ons moet huis toe gaan."

"Dis nog vroeg."

"Ek het tant Gertjie beloof om voor donker vir haar te kom Bybel lees."

"Is jy miskien die predikant?"

"Nee. Maar sy't gesê sy sal vir my 'n broek maak as ek gereeld vir haar kom lees."

"Jy hét mos 'n broek."

Dit was altyd Sondae 'n gesukkel om Nina by die huis te

kry. As niemand keer nie, sou sy seker in die Bos geslaap het ook.

"Syt belowe om vir my 'n ordentlike broek te maak."

"Met lap wat sy waar gaan kry?"

"Sy sê sy het nog broeke van haar oorlede man wat sy kan lostorring."

"As jy klaar vir haar vir 'n broek gelees het, dan lees jy vir haar vir my vir 'n rok, hoor?"

"Ja. Maar dan moet jy nou kom dat ons kan loop."

Nina het orent gekom en eers nog weer een van haar selfgemaakte deuntjies begin speel. Sy was amper klaar toe sy skielik ophou en verwonder Bos in luister.

"Hoor daar," fluister sy vir hom, "dis 'n lawaaimakertjie. Hoor jy hom?"

"Ja."

Sy het hom tevore eendag amper 'n hele Sondag lank laat sit en wag tot daar iewers een van die skaam lawaaimakertjies begin sing het. 'n Mens sien hulle selde, jy hoor hulle net. En volgens Nina het hulle van elke ander voël in die Bos die mooiste noot gesteel en met hul eie aanmekaar gerank, en só sing hulle die mooiste in die Bos.

"Hoor jy, Lukas, hy probeer die mondfluitjie na-aap. Hy dink ek is 'n vreemde voël!"

"Jy verbeel jou. Kom nou!"

"Nee."

Sy het 'n speletjie met die voël begin: vir elke tooi-tooi wat hy gee, het sy 'n tooi-tooi van dieselfde soort op die mondfluitjie gesoek. Ná 'n ruk sou hy gesweer het die voël speel saam met haar.

Toe hulle by die huis kom, het 'n lang man met 'n streng gesig by hulle pa langs die huis gesit.

"Kom, kinders, kom! Ons wag al lank vir julle." Elias van Rooyen het opgespring en oordoenerig voor die vreemde man rondgetrap. "Kom groet die oom, Nina! Jy ook, Lukas. Gee die oom die hand. Dis onse boswagter van Diepwalle af, mister Kapp." Iets was weer nie reg nie. Nina het stokstyf gestaan soos een wat doodgeskrik is, en hulle pa het bly rondspring met geen teken van sy rug wat nie meer wou buig of sy bene wat nie meer wou loop nie. Elke woord was heuningsoet. "Lukas, tant Gertjie het al laat verneem wanneer jy vir haar kom voorlees." Hy het na die boswagter gedraai en met doodse erns gesê: "Ek vra jou, mister Kapp, waar kry jy vandag nog 'n jongeling wat vir 'n ou mens Sondae uit die Woord van God loop voorlees omdat sy self nie kan lees nie?"

"Is Pa dronk?" het Nina uit die hoek van haar mond ge-vra.

"Ek weet nie."

"Sê nou dis oor die mondfluitjie wat hy hier is?"

"Lukas, loop lees nou eers vir tant Gertjie, moenie haar laat wag nie. Mister Kapp wil met Nina praat."

Dit was skielik helder duidelik dat sy pa hom uit die pad wou hê. En Nina was bang, sy het haar vingers inmekaar staan en draai asof sy hulle wou afbreek.

Hy het self onrustig begin wonder of dit oor die fluitjie kon wees. Maar dan sou sy pa nie so oorrek gewees het van vriendelikheid nie.

"Toe loop nou, Lukas, tant Gertjie wag."

Dit was 'n lieg. Toe hy oorkant kom, had tant Gertjie maar pas eers opgestaan ná haar middagslaap. Hy het gehoop sy sou sê hy kon weer later kom, maar sy het die ou verrinneweerde Bybel uitgehaal, 'n skoon kappie opgesit, die hoenders uit die huis verwilder en stigtelik langs die tafel kom sit. Soos vir kerk.

Dit was Psalms se beurt die dag. Psalms en Spreuke en dele uit Matteüs was al wat die ou tante wou hoor. Hy het al die kortste Psalms uitgesoek en gehoop sy sou gou moeg word.

"Wat lees jy vandag so vinnig? Lees stadiger!"

"Ek is 'n bietjie haastig, tante."

"Vir wat?"

"Sommer, tante."

Hy het woorde oorgeslaan, versies oorgeslaan, stukke oorgeslaan, maar die ou vrou wou hom nie laat loskom nie. Tant Malie het 'n slag kom inloer en kom vra wat die boswagter op die Sondag daar oorkant by hulle soek.

"Ek weet nie, tant Malie."

"As dit oor die bosbokstrikke is, beter jou pa sy praat ken. Oom Martiens gaan nie langer vir jou pa sy strikke lê nie. Vir wat loop lê hy nie meer sy eie strikke nie?"

"Ek weet nie, tante."

Sy het tafel toe gekom en ook kom sit. "Lees. Lat ek ook 'n slag Gods Woord hoor. Ons sal seker al vergaan het teen die tyd wat hier weer eendag 'n predikant aankom."

Hy het tot skemer toe gelees. Bet het oopmond kom sit en die hoenders het een vir een teruggekom.

"Dit word donker, ek kan nie meer sien nie, tante."

"Steek op die kers, Bet."

"Ek moet nou regtig huis toe gaan. Ma het gesê ek moet sorg dat daar genoeg dunhout by die vuur kom, dit gaan reën."

"Reën wat waarvandaan gaan kom?"

"Die reënvoël het geroep."

"Ek het g'n reënvoël gehoor nie. Lees."

Hy het skaars die nuwe Psalm halfpad gelees gehad, toe tant Sofie van buite af kom en kom sê dit gaan weer woes daar oorkant by die Van Rooyens, Nina skree of sy vermoor word. Hy het die Bybel toegeklap en gehardloop. Dan wás dit oor die mondfluitjie, het hy gedink en by die rotsbanke die lawaai begin hoor en bang geword.

Iemand het die agterdeur van binne af toegedruk. "Dis ek, Lukas!" het hy geskree en teen die deur gehamer. Sy ma het die deur net genoeg laat skiet sodat hy kon inkom. 'n Stoel het omgestamp gelê. Die een katel was skeef gestamp. Nina het soos 'n deurmekaar mens te kere gegaan terwyl haar pa haar aanhou vaskeer en met die vuis probeer bykom.

"Nie so teen haar arms nie, Elias! Nie teen haar arms nie, dit sal merke maak."

Hy wou omdraai en weer buitetoe vlug, maar Nina het hom van agter af om die lyf beetgekry en al voor haar teen die houe gedraai. Die hele tyd het sy oor en oor geskree: "Ek sal nie gaan nie! Ek sal nie gaan nie!"

Haar pa het begin moeg word; sy asem het in sy bors begin fluit en niks wat hy geskree of gedoen het, kon haar stil kry nie. Toe dit te donker word, het hy die kers opgesteek, die osriem gevat en haar arms teen haar lyf vasgebind en met 'n tweede riem haar voete aanmekaar gebind. Maar sy het aangehou met skree en met rieme en al oor die vloer gewurm tot dit vir hom gevoel het hy gaan sy mond oopmaak en saam begin skree.

"Nina, asseblief, bly stil! Pa is klaar met jou, hy slaan jou nie meer nie!" Hy het langs haar gaan hurk en haar skouers probeer vasdruk.

Sy het haar vuil gesig teen die skurwe vloerplanke geskuur en met oë vol nood na hom gedraai: "Lukas, help my. Praat met Pa."

"Wat moet ek vir hom sê?"

"Sê vir hom ..."

Haar pa het haar voorgespring: "Sy's 'n ondankbare maaksel, dis wat sy is, Lukas! Die boswagter het kom sê dat hy vir haar werk op die dorp gekry het, vier sjielings die week en kos en klere daarby, en plaas dat sy op haar knieë gaan, gaat sy te kere soos 'n vark wat geslag word!"

Dit was hy, Lukas, wat haar die Maandag tot by Diepwalle by die hardepad moes neem waar die boswagter haar sou kom kry. "Vat die rieme saam en bind haar vas as sy wil weghardloop," het sy pa gesê. "Ek het nou meer as genoeg sonde met haar gehad. My hart kan dit nie meer staan nie, ek sal nie eers die hardepad met hom haal nie."

Maar Nina was ingebreek. Sy het sonder stryery voor hom uit geloop en by rukke moes hy draf om by te bly. Die rok wat sy aanhad, was by Gertruida geleen en dit het agter met 'n lang punt gehang. Haar hare was weer afgeknip, maar darem met 'n skêr wat hy by tant Gertjie moes gaan leen.

"Nina, loop 'n bietjie stadiger!"

"Hou jou bek!"

Sy was ingebreek, maar nog lank nie verslaan nie.

"Jy sal sien, dis lekker op die dorp," het hy haar probeer troos, en skielik onthou hoe Dawid en Tollie en Kittie en Emma hom probeer paai het toe hý moes Knysna toe. "Dink net, vier sjielings 'n week en wat jy alles vir jou daarmee kan koop! Jy gaan baie geld hê."

"Hou jou bek!"

"Ek weet nie vir wat jy my moet loop en uitskel nie, ek het jou niks gemaak nie."

"Julle kan almal hel toe loop!"

"Jy's dom. Ek woon liewerster sewehonderd keer weg uit hierdie bos uit waar daar ten minste bloute en son bo my kop is. Jy gaan nog sien hoe lekker woon jy op die dorp."

"Ek is nie ander se kindermeid nie!"

"Dis beter as balke werk."

"En die geld is nie myne nie, dis Pa s'n!"

Hy het dit nie geweet nie.

'n Tak het skielik regs van hulle in die Bos geskeur. Naby. Die volgende een het soos 'n geweerskoot geklap. Olifante! het hy instinktief geweet en geskrik. Voor hom het Nina se lyf tot waaksaamheid verstar. Hy het gesien hoe sy vinnig die wind se rigting in die boomtoppe soek en toe omdraai en beduie dat hy doodstil moes bly. 'n Loerie het hoog bokant hulle koppe begin kok-kok-kok, opgehou, weer begin. Nog 'n tak het gebreek en repe bas is met skeurgeluide afgetrek en afgeruk; dit was duidelik dat daar meer as een olifant was.

Nina het versigtig nader gekom en met haar mond teen

sy oor kom fluister: "As hulle hierdie kant toe kom, klim die wit-els daar anderkant en hou vas. Ek sal hardloop." Sy moes sy hart hoor klop het, want sy het gerusstellend bygevoeg: "Toe maar, die wind is aan ons kant."

Hulle het seker 'n halfuur so bly staan. Elke keer as hy net sy voete wou versit, het sy hom met 'n vinnige waarskuwende gebaar gekeer. Die takke het stadigaan verder gebreek en die loeries het stiller geword. Die eentonige, skril getjirp van die sonbesies het weer begin en die klik-klik van die paddas ook. Oral in die groen koeltes het droë blare speels grond toe gedwarrel en in die onderbos verdwyn.

"Lukas ..." Die gevaar was verby, sy het nie meer ge-fluister nie. "Jy kan nou maar omdraai en huis toe gaan. Die grootvoete wei rivier se kant toe, dis veilig. Ek sal alleen verder loop."

"Pa het gesê ek moet by jou bly tot die boswagter kom."

"Sê vir Pa die boswagter was al daar, jy kon dadelik omdraai. Asseblief, Lukas."

Hy het nie gehou van die manier waarop sy na hom kyk nie: pleitend en verward. Die osriem het sweterig in sy hand gevoel; as sy weghardloop, sou hy haar moes vang en hy het geweet hy sou nie die hart hê om haar vas te bind nie.

"As ek hier omdraai, sal jy nie regtig Diepwalle toe loop nie, Nina, ek ken jou. Jy sal gaan wegkruip, en môre-oormôre trap die grootvoete jou of jy gaan dood van honger of jy breek jou bene of iets, en dan slaan Pa mý dood."

"Ek wil nie op die dorp gaan werk nie, Lukas. Ek is bang."

Hy het haar jammer gekry. "Ek was ook bang toe hulle my die slag Knysna toe gevat het; dit was nie lekker nie.

Maar dis nie 'n slegte plek nie, ek lieg nie vir jou nie. Jy sal lekker daar bly."

"Ek wil hier in die Bos bly!" Sy was meteens so kwaai soos 'n geitjie.

"Nina, as jy nou neuk, sal ek nie weet wat om met jou te maak nie," het hy reguit gesê. "As jy weghardloop, gaat ek jou nie vang en vasbind nie, en al wat sal gebeur, sal wees lat Willem of Kristoffel jou volgende keer moet neem en hulle sal nie wag om jou vas te bind nie." Dit het gelyk of sy wou huil, maar te koppig is om dit te doen. "Kom nou." Hy het haar aan haar arm gevat en saam met hom begin trek. "Vir al wat jy weet is die boswagter se seun ook by die pad en dan kyk jy nie eers om om vir my te waai nie!"

"Gaan bars!"

"Jy sal nou moet leer om soos 'n lady te praat, ek sê jou. Jy gaan nou 'n dorpsmeisie word. Jy het self gehoor Willem-hulle sê hoe mooi en fyn die dorpsmeisies is."

"Die dorpenaars spot met ons bosmense."

"Dis niks. Hou net jou kop in die lug. Die vrou wat my grootgemaak het, het altyd gesê: solank jou kop nie sak nie, sak jou hart ook nie."

Waar die voetpad in die sleeppad uitkom, het hy haar arm gelos, en sy het nie weer gelol of gepraat voordat hulle nie amper by die hardepad was nie.

"Jy moet my mondfluitjie gaan haal en by jou hou," het sy gesê.

"Waar steek ek hom weg?"

"Miskien moet jy hom dan maar los waar hy is."

"Dit sal die beste wees."

"As iemand weer dorp toe kom, gaan haal hom en stuur hom vir my saam."

"Ek sal kyk wat ek kan doen."

"En jy sê nie vir Bet of vir een van die ander kinders van die uil se nes in die krans nie."

"Ek sal nie."

"En as ek wegloop van die dorp af, moet jy vir my keer as Pa my slaan."

"Ek sal. Ek meen, jy moenie wegloop nie, jy moet op die dorp bly."

Die boswagter het in die pad gestaan toe hulle daar aankom. Hy was omgekrap en haastig en wou weet waarom hulle so laat is en of die meisiekind dan nie 'n trommel of iets by haar het nie? Hulle kon tog sekerlik vir haar 'n skoon rok saamgegee het.

Dit het gelyk of Nina wou omspring en hardloop, maar die man het haar 'n kyk gegee wat haar verskrik laat vassteek het. Toe hulle wegstap, het sy net een keer omgekyk, asof sy met haar oë na uitkoms wou skree, toe het sy kop onderstebo agter die wagter aan geloop.

Hy het in die pad bly staan en gekyk tot hulle saam met die pad in die bos verdwyn het. Toe was hy skielik alleen. 'n Gevoel van verlatenheid het in hom opgekom, asof dit uit die grond uit in hom opstoot en stadig deur hom trek. Dit was beter dat Nina op die dorp gaan bly, want té veel moeilikheid op die eiland en in die huis het deur haar onhebbelikheid ontstaan. By die houtkappers was sy elke huis belet; elke kind op die eiland was gewaarsku om van haar af weg te bly. Sy het geen grootmens ontsien as sy 'n ding wou sê nie en geen hoender as sy 'n klip wou gooi nie. Nee, hy wou haar nie terug hê nie. Maar hy sou haar mis.

Voor hom het die pad afdraand dorp toe geloop, agter hom opdraand dieper die Bos in en berge toe, Lange Kloof toe. Dorpkant toe het niks vir hom gelê nie; eiland se kant toe, wes, het min gelê. Was die pad Lange Kloof toe nog vir hom oop? 'n Jaar en 'n half is lank. In die Bos nog langer. Het hulle hom al vergeet? Hoe lank onthou 'n mens 'n hanskind? Hoe kon hy uitvind? Wat, of wie, was daar om hom te keer om die pad Lange Kloof toe te vat? As hy aanhou loop sonder rus, kon hy voordag daar wees. Teen die tyd dat hulle uitvind waar hy is en hom weer laat haal, kon hy lank gekuier het en weet hoe dit met almal gaan. Met Skopper en Pollie en Petrus Zondagh en miss Baby en antie Maria.

Die klap van 'n sweep, hoër op in die Bos, het hom uit sy dwaal geruk en vinnig laat omdraai en die sleeppad huis toe, eiland toe, laat vat.

21

Nee wragtig, so kon dit nie aanhou nie. Die lewe was besig om Elias van Rooyen verby te loop en op te raak. Dit was oor die twee jaar dat hy op Barnard-se-eiland vasgekeer gesit het. Erger as tronk. By 'n tronkdeur kan jy immers uit sonder dat die bliksemse olifante jou staan en inwag om jou fyn te trap.

"Lukas, los eers daar en kom help my om hierdie balk van die steier af te kry."

"Ek kom, Pa."

Dit was ses maande vandat hy self weer aldag op die steier gestaan het. Daar was nie ander uitkoms nie. Hy sou 'n swaar geweer moes koop en leer skiet. Hy kon nie die res van sy lewe op die eiland bly sit nie. Toe Nina se eerste verdienste op die dorp gehaal moes word, het hy dit ná maande weer deur die Bos gewaag en so ver as die tweede kloof gekom. Toe moes hy baadjie neergooi en hardloop om voor te bly tot waar hy in 'n diepkloof kon af. Hoe daardie bliksemse koei geweet het hy sou daardie dag daarlangs kom, wou sy kop nie uitgedink kry nie. Iets sê vir hom dit was nie toeval nie. En sy het haar inwagplek slim uitgekyk gehad; hy was so te sê onder haar in voordat hy geweet het sy is daar. As hy 'n geweer gehad het, het haar harsings gespat, maar toe staan hy met niks.

"Jy sal later jou ma in die tuin moet gaan help, Lukas."

"Ja, Pa."

As daar twee kinders op die aarde was met wie 'n man min sonde had, was dit Lukas en Kristoffel. Lukas het wel in die begin sy nukke gehad, maar daarna was dit 'n kind wat op sy plek was. Stille kind. En Kristoffel het net altyd gewerk. Flukse kind. As Kristoffel sy eie wa en osse had, het hy een van die dae sy eie span houtkappers gehad en sy eie baas gestaan. Voorbeeldige kinders. Lukas en Kristoffel. Eksempel vir baie. Kort voor Kersfees het hulle vir hulle ma nog 'n vertrek aangetimmer en die dak ook 'n bietjie gelap. Januariemaand, toe Soois Cronje, in wie se span Kristoffel nog al die jare is, by die dood gelê het van die somerverkoue, het Kristoffel nie op sy gat by die huis kom sit soos Willem die keer toe Martiens met die maag gelê het nie. Kristoffel het vir Freek Terblans loop help ivoor uitsleep dorp toe en nie net amper 'n maand se kos huis toe gebring nie, maar vir homself 'n eie katel vir die agterste kamer ook. En wat Lukas betref, sou daar binnekort nie 'n man in die Bos wees wat saam met hom 'n balk uit 'n geelhoutblok kon kap nie. Slimme kind. Hy sou hom nog eendag sy sin gee en hom leer vloerplanke ook maak, soos sy begeerte was.

"Dit lyk vir my ons sal anderweek en Donderdag weer 'n vol vrag kan lewer, Lukas. Dis nie 'n wonder hulle kom nou se dae met twee waens laai nie."

"Willem sê daar kom nou elke derde maand 'n stuk of vier waens van Graaff-Reinet ook af om hout te kom koop. Daar's van die houtkappers wat skelm vir hulle by Ysternek in die hardepad lewer."

"Ja. Tot iemand hulle rapport. Jy kan nie by die houtkoper op die dorp ingeboek staan vir skuld en dan aan die houtsmouse loop verkoop nie. Die houtkopers het oral spaais. Vang hulle die manne, is daar moeilikheid; dan verloor hulle hulle houtliksense en moet hulle osse uitspan vir die skuld wat agterbly, en wat het hulle dan?"

Dit was die een lot wat Elias van Rooyen gespaar gebly het: by geen houtkoper is hý vir skuld ingeboek nie. Hy is 'n vrye man. Behalwe vir die bliksemse olifante. Almal kan mos olifante skiet: Freek Terblans, Marais, uitlanders, boswagters, Goewermentsmanne, net wie wil. Iemand sê hom jy hoef nie eens vir 'n skietliksens te betaal soos hom vertel is nie; jy moet net permissie op papier van die Goewerment kry, en dié kan enigiemand kry wat kan skryf. Maar Elias van

Rooyen, wat nie eers kan lees of skryf of 'n geweer besit nie, hý is getjap vir doodtrap. Hy moet vir al die ander betaal en hy moet gevange sit op die eiland. Bliksems. Darem 'n jammerte dat dit 'n kalf moes wees wat in die gat loop staan foeter het. Al die moeite en vooruitsig verniet, en dat hulle hóm sowaar die skuld kon gee! Die kinders het die meeste van die gat gegraaf, hoekom jaag hulle nie die kinders ook nie? Neukery is, hulle sê 'n olifant vergeet nooit. Veral nie oor 'n kalf nie. Agter by Karatara was voorjare 'n man wat 'n geweer geleen en 'n olifantkalf loop skiet het vir die vleis, en hulle sê die koei het hom drie jaar lank gesoek en op 'n Sondag bo in Streepbos gekry en morsdood getrap. Miskien was dit 'n storie. Miskien was dit nie eens dieselfde koei nie en was dit toeval. Al uitweg wat hy vir homself sien, is 'n geweer. Skiet Elias van Rooyen se prent uit hulle koppe uit as dit dan so is dat hulle nooit 'n ding vergeet nie. Vabonde.

Hy het die nuwe balk aangevoor en tot by Willem gedink. Oor Nina wou hy liewers nie dink nie. Net die liewe Vader bokant hulle koppe het geweet wat nog alles vir hom voorlê met daardie maaksel van hom. Oor Willem had hy darem nog sê al het dit al moeiliker geword. Dit was mos 'n mannetjie wat wou staan en lyf kry vir trou. Ingekruip tot wie weet waar oorkant by Martiens en Malie oor Gertruida. Wat help dit 'n man maak kinders groot sodat jy dit kan ligter hê en dan loop werk hulle vir 'n skoonpa? Willem kon vrou vat as hy die dag klaar aan sy eie kant gewerk het. Sy plig gedoen het. En dan nie met daardie maaksel van Malie nie; sy was alte veel nes haar ma.

"Jy moet nou eers jou ma loop help skoffel, Lukas."

"Ja, Pa."

En met daardie Bet van Malie wat so knaend kom staan geselskap soek waar Lukas werk, moes Barta ook 'n plan maak. Sy moes met Malie loop praat. Hy praat nie meer met Malie nie. Lukas kon nie uit sy werk gestaan hou word nie. Elke balk wat klaarkom, tel. 'n Geweer was 'n duur ding en daar moes nog koeëls ook gekoop word. Dinge het wel beter gegaan vandat Nina ook iets ingebring het, maar dit was nog lank nie te sê Elias van Rooyen is 'n ryk man nie!

As hy dit net eers weer kon waag om sy voete in die Bos te sit. Sy verskonings was besig om uitgetrap te raak oor waarom hy nie die balke kon help uitsleep of maandeindes Nina se geld self op die dorp kon gaan haal nie. Hy het maar beurte gemaak tussen sy rug wat te seer is en sy bene wat te inmekaargetrek is van die rumatiek.

Vervloekste Nina. 'n Man moet twaalf seuns hê voor jy daaraan dink om een meisiekind te hê. Die boswagter kry vir haar die werk op die dorp; vier sjielings die week vir help met die kinders en in die huis. By ryke Engelse mense. Maar voor die eerste week uit was, toe is sy terug by die huis. Natgereën en bedremmeld, en Barta en Lukas keer toe hy haar wil bykom. Dit kos hom die dag daarna vir Lukas stuur om Willem in Spruit-se-bos te loop roep sodat dié haar kon terugvat. Lukas is te sleg, hy kry te maklik jammer. Daarby is hy nes 'n ding wat steeks is vir die dorp.

Toe Willem terugkom van die dorp af, sal hulle eers hoor dat sy nie weggeloop het nie, maar dat die mense haar weggejaag het. Glo die een kind geklap en goed gesteel. Dié skande ook nog.

Willem sê hy het hom byna dood geskaam en haar sommer daar voor die vrou aan die hare rondgepluk sodat die vrou kon sien sy kom uit 'n huis waar daar afgereken word met dié klas dinge.

Toe stem die vrou in om haar 'n tweede kans te gee, maar dan teen drie sjielings die week.

En dit was nie drie maande nie, toe kom sê Lukas die Sondag hy het Nina in die Bos gekry. Glo op 'n plek waar hulle altyd Sondae gespeel het toe hulle klein was. En Lukas het dit ook nie vir hóm kom sê nie; hy het dit eers vir sy ma loop sê sodat sy eers kon kom mooipraat. Toe stuur hy Lukas om haar te haal, en toe sy haar voete in die huis sit, toe was dit of hy blind word so kwaad word hy. Hy het nie Barta óf die Sabbat daardie dag ontsien nie. Hy het die waarheid met die osriem uit haar uitgehaal. Sy was so wragtig al amper 'n week lank in die Bos nes 'n skelm; weer weggejaag op die dorp. Glo weer die kinders geklap en haar pote nie van die mense se goed af gehou nie.

Willem het reguit gesê hy vat haar nie weer terug nie; hy loop staan hom nie weer en vrek skaam nie.

Sy het meer as vier maande by die huis gesit voor die boswagter haar weer vir hom verhuur gekry het. Maar haar naam was klaar weggegooi: halfkroon die week en kos en klere was al wat die mense bereid was om te betaal.

Wat kon hy doen?

Niks. Hy moes dit so vat.

As hy net eers weer self op die dorp kon kom, wou hy darem gaan praat dat hulle haar prys opstoot na drie sjielings toe.

22

Op die tweede dag van April 1881 het hulle Dawid begrawe. Op Wolwekraal. Voetenent van haar oorlede ma en pa en langs haar broertjie wat klein gesterwe het.

Dit was 'n groot begrafnis. Eerwaarde Schumann het van die dorp af gekom om die rede te hou en Petrus Zondagh het die nawoord gespreek. Wit en bruin het saam om Dawid se graf geween, en in die agterste ry het die Laghaans nugter en versigtig gestaan. Dawid het nie vyande gehad nie.

Twee van Petrus se werksmense het Selling op 'n stoel tot by die graf gedra; sy het aan die een kant van hom gestaan en Petrus aan die ander kant.

En net God het geweet hoe flenters sy was. Haar mooie kind. Haar Dawid. Hy het die Woensdagoggend nog vir haar die koei gemelk, blymoedig soos altyd. Die aand was hy 'n lyk. Knopiespinnekop. Moes in die gerwe gewees het wat hy hoopgedra het. Sy het hom met haar eie hande op die donkiekar gelaai en met hom dorp toe gejaag, maar dit was te laat. Die gif was te sterk vir hom.

Sewe jaar gelede, toe sy Benjamin moes afgee, was Dawid die een wat haar baie dae moes help om regop te bly. Hy het nie soos die ander gesê sy moet berus en aanvaar nie; hy het altyd gesê: Ma, Ma moet leer om te wag. Benjamin sal eendag terugkom. Ma sal sien.

Benjamin het sy aan die bosmense afgegee, Dawid aan die dood. Daar was min verskil aan die bitterheid in haar. Haar vraag aan die Here was dieselfde: hoekom, Here, hoekom?

Wat het alles haar gebaat? As jy jou kinders moet afgee, is alles anders niks. Ses volstruiskampe. Twaalf broeivoëls: ses mannetjies, ses wyfies. Die mooiste, sterkste kuikens het sy nog altyd onder Skopper en Pollie uit gewen. Sestien pond 'n kuiken het die man van Oudtshoorn af haar vir die laaste sestig ses maande oue kuikens gegee. Amper 'n duisend pond. Die Laghaans se huurgrond het sy vier jaar gelede al uitgekoop en die sleggoed maar laat aanbly daar. Maar net in die huis. Die grond het sy saam met Wolwekraal laat inhein en self bewerk. En sy het vir hulle gesê: die dag as sy net 'n rokie uit 'n skoorsteen sien skeef trek, moet hulle uit. En was dit nie dat Koos Wehmeyer met almal in die Kloof stry gehad het oor kerksake nie, het sy seker nie die grond gekry nie.

Tollie was sy pa se kind. Die perde was in sy bloed. Kort na Benjamin weg is, het hy begin om naweke vir Petrus by die stalle te loop help. Sy het gekeer en geskel, maar Selling het hom voorgegaan en Petrus het kom mooipraat: Tollie werk met 'n perd soos geen ander ná Selling nie. Maar oor Tollie wou sy nie dink nie, daar was genoeg hartseer; oor Tollie sou sy later weer huil, want Tollie had hom aan die drank oorgegee.

Dawid was haar kind. Lief vir die aarde. Lief vir die volstruise. Trots. Kittie is onder by Haarlem by die Sending- stasie met die lay preacher getroud. Krag vir haar skoonseun had sy nie veel nie. Van die hel waarheen hulle almal op pad was, het hy alles geweet. Van die hemel niks. Toe hy aanbied om Dawid te kom begrawe, kon sy gelukkig sê Eerwaarde het klaar laat weet dat hy Dawid self sal kom bêre.

Emma was nog in die huis. Sy en klein Fielatjie, die voorkind wat sy van John Howell se werfkneg had. John Howell wou hê hulle moes trou, want op daardie manier kon hy sommer van die ellendeling ontslae raak, maar sy het Howell en sy kneg albei van haar werf af verwilder. Die hele Kloof was al vol kleintjies van daardie skepsel; skyt soos 'n brommer so ver hy gaan. Wolwekraal sou self vir Emma en die kind sorg.

Sy het vir Petrus gesê hulle moet tyding by Benjamin kry van Dawid se afsterwe. Hy sou nie betyds vir die begrafnis kon wees nie, maar al kom hy dan maar agterna na die graf kyk.

Dawid het altyd bly glo dat Benjamin weer sou terugkom. Dit was partykeer vir haar of Dawid en Benjamin dikker broers was as Dawid en Tollie. Nou sou Dawid nie meer daar wees as Benjamin terugkom nie. *As* hy kom. Die twyfel het haar al so ingeneem dat sy self nie meer geweet het nie. En hoe die boodskap van Dawid se afsterwe by hom moes uitkom, wis sy ook nie. Petrus het vir Latjie oor die berg gestuur met die tyding; sy hoop maar Latjie kom weer uit. Die Here weet, die slag toe sy en Dawid Bos toe is met die verskoning om Benjamin se goed te gaan wegbring, in die hoop dat daar nog iets gedoen kon word om hom terug te kry, het hulle amper nie weer lewend daar uitgekom nie. Net houthakkers en olifante kan daar leef. Nie 'n mens nie. Dit het hulle 'n volle week geneem om iemand te kry wat hulle kon sê waar hulle dit kon waag om uit die hardepad te draai en te begin soek. Deur die genade het die man geweet na wie hulle soek en hulle op sy wa gelaai tot by die bospad waar hulle moes uitdraai; beduie hoeveel spruite hulle moes deur en watter voetpad op watter draai hulle moes vat om by die plek genaamd Barnard-se-eiland uit te kom. Hy kon net so wel beduie het waar hulle in die middel van die see 'n vis moes loop soek. In daardie wildernis moet jy gebore wees om die verskil tussen een draai en die ander uit te ken. Twee dae lank het sy en Dawid die voetpad gesoek. Jy weet later nie hoe ver jy omgedraai het of hoe ver jy verby is nie. En toe kry hulle nog die helse olifantdrol ook, en die stoom staan nog uit hom uit so vars was hy gelos. Dawid wou sommer opgee van die skrik. Maar sy het gesê hulle kan nie staan opgee nie, hulle moes voort. 'n Komoetie gee nie op nie. Nie 'n uur daarna nie, toe kom 'n span houthakkers van die onderkant af uit die Bos, en een van hulle het toe saamgeloop tot by die plek.

Maar alles was weer tevergeefs. Benjamin was nie daar nie. Dit was of die Here die een na die ander muur tussen haar en die kind bly staan maak het. Die man het geskrik toe sy hom sê wie sy is. En toe sy van hom wou weet hoe hy uitgereken het dat 'n kind van drie agter in die Lange Kloof kon gekom het, het hy witgat geraak en sy goeie naam by die magistraat aangesleep en Dawid gevra wie hom die reg gegee het om sommer op sy hout te loop sit. Die vrou het ná 'n ruk uit die huis gekom en gelyk soos een wat 'n floute wou kry. Elke keer as sy met die vrou wou praat, het die man gekeer en haar verskree en tot by die Goewerment en die tronk gedreig.

Daardie dag het Dawid saam met haar gehuil toe hulle wegstap. Die swaarste ding wat in haar keel bly vassteek het, was dat die man gesweer het die kind het onmiddellik by hulle begin inpas en dat hy gelukkig was.

Sy wou dit nie glo nie. Nie Benjamin nie. Nie by daardie mense nie en nie in daardie dikke, dikke Bos nie. Hy was 'n kind vir die oopte. Toe hy klein was en dit was donkermaan, was hy altyd bang die son kom nie weer op nie, en dan moes Selling lang stories opmaak oor waar die son gaan draai het om die oggend weer sy kop te kom uitsteek.

Sou Dawid se dood hom ná sewe jaar huis toe bring? Nee. Die geloof wou nie in haar vasslaan nie. Teen dié tyd was Benjamin amper twintig. 'n Man. 'n Houthakker.

Was hy skaam omdat 'n bruin vrou hom grootgebring het? Waarom het die Here hom van haar af kom wegvat, maar sy plek in haar hart laat agterbly? Waarom moes Hy Dawid ook kom vat? Selling sê dis nie die Here se werk nie, dis die knopiespinnekop. En Benjamin?

23

Daar was opstand in hom toe hy die môre in die skemer kombuis na die laaste opdragte van sy pa staan en luister.

"Lukas, ek sê vir jou, jy kom nie sonder haar terug nie."

"En ek sê nog ons moet wag tot Willem of Kristoffel kom en lat een van hulle dorp toe gaan."

"Ek wag nie 'n dag langer nie."

Sy ma was besig om sy padkos in 'n doek te knoop. "Loop verneem by die mense waar sy laas gewerk het," het sy voorgestel. "Willem sê dit was nogal by die skoolmeester gewees."

"Ja, Ma." Hy het die kos gevat en bly talm in die hoop dat daar in 'n laaste oomblik uitkoms sou kom. Hy wou nie dorp toe gaan nie.

Sy pa het ongeduldig geword: "Kry jou loop, Lukas, dit word dag! Jy ken die pad tot by Diepwalle en daarvandaan is dit hardepad tot in die dorp. Verneem waar die skoolmeester woon en loop hoor of hy nie weet wat van haar geword het nie."

"Ek sal so maak, Pa."

"En hou jou oë heeltyd oop vir die bliksemse grootvoete; 'n man is jou lewe nie meer seker in hierdie bos nie."

"Ja, Pa."

Die dag was aan die breek toe hy buite kom, maar in die Bos was die krieke nog aan die rumoer en die nag nog nie verby nie.

Hy moes Nina loop soek. Sy pa se gekerm het so onuitstaanbaar geword dat hy in 'n onnosele oomblik gaan staan en instem het om dit te doen, en toe was daar nie omdraai nie.

Hy het al hoeveel keer gesê hulle moet haar uitlos. Sy is nie meer 'n kind nie! Elke gotlike maandeinde as haar geld op die dorp gehaal moes word, was daar moeilikheid. Vandat Willem en Gertruida getroud is en oorkant op die eiland tussen die houtkappers huis gemaak het, wou Willem nie meer loop om die geld te haal nie. As Kristoffel die maand nie kon gaan nie, was dit 'n oor en weer getorring tot Willem dikbek in die pad val en dikbek terugkom. En elke maand was daar twis, want die geld was altyd kort omdat Nina vooruit geleen het.

Die Bos het gedrup van die dou. 'n Bloubokkie het voor hom weggeskrik: 'n klein swart skaduweetjie wat skaars 'n spoortjie kan trap, só ligvoet leef hy in die Bos. Nina het altyd gesê as sy een dag lank 'n dier in die Bos kon wees, wil sy 'n bloubokkie wees. Hy het sommer gekies om 'n olifant te wees sodat sy kon ophou neul. Nie dat jy haar so maklik laat ophou neul het nie.

"En as jy 'n dag lank 'n boom kan wees, Lukas?"

"Sê jy maar eers."

"Ek wil nie 'n boom wees nie, ek wil bloubokkietou wees en rank en rank en kos vir die bloubokkies wees."

"Ek sal 'n klip-es wil wees."

"Is jy simpel?" het sy gevra, teleurgesteld. "Kies liewer 'n ordentlike kalander of 'n vlier of 'n witpeer. Vir wat 'n klip-es?"

"Hy's anders. Hy's al een wat wintertyd sy blare afgooi en son kry."

Dit sou hom nie verbaas as Nina weer iewers in die Bos wegkruip nie. Die langste wat sy sonder wegloop op die dorp gebly het, was so om die ses maande, en elke keer was dit van voor af 'n bakleiery om haar terug te kry op die dorp.

Die week tevore is Kristoffel weg om haar geld te loop haal en het hy sonder die geld by die huis gekom met die tyding dat Nina al langer as 'n maand weg is by die laaste mense waar sy gewerk het. Hulle het gedink sy is terug Bos toe.

Sy ma het 'n dag lank gehuil. Sy pa het 'n dag lank geloop

en belowe wat Nina alles sou oorkom as hy haar in die hande kry, en die dag daarna het die gekerm begin:

"Lukas, hierdie keer sal jý moet dorp toe om jou suster te soek. Dit kan nie anders nie."

"Pa weet ek wil nie dorp toe gaan nie. Pa weet dit jare al!"

"Jy kan my nie hierdie een keer weier nie."

Sy ma het eenkant kom mooipraat: "Sy kon iets oorgekom het, Lukas. Jy moet vir ons gaan uitvind."

Die dag daarna het sy pa begin hart vashou. "Ek sê vir julle daardie meisiekind gaat nog my einde beteken. Sy gaat nog groot skande oor my huis bring."

Op die end het hy ingestem om haar te loop soek.

Die son het opgekom en die grootvoëls na die toppe van die bome gelok waar hulle al meer rumoerig geword het.

Hy het sy hand in sy sak gesteek en ingedagte om die vyfsjielingstuk toegemaak. Vreemd, het hy die pad geloop en omdink, dit is die tweede keer dat hy en die muntstuk saam onwillig moet Knysna toe. Vir hom was dit lank nie meer geld nie, dit was 'n laaste en enigste verbintenis met Wolwekraal – dit, en wat hy onthou het. Maar onthou is iets wat langs die pad bly staan terwyl jy alleen aanloop; elke keer moet jy verder omdraai om te gaan onthou, en soms is dit beter om nie om te draai nie.

Hy het gewoond geraak aan die Bos, geleer om dinge te begryp en te aanvaar. Hy was balkemaker. Later wou hy sy eie gereedskap bekom en vir homself werk, want daar steek goeie inkomste in balke en vloerplanke en deure en kosyne. Hy het al hoeveel keer vir sy pa gesê hulle moet Kristoffel invat en vloerplanke ook lewer, maar sy pa se rede sit lankal nie meer in sy kop nie. Almal praat daarvan. Elias van Rooyen glo vas dat 'n olifantkoei hom jare lank al inwag vir doodtrap en klaar. Soms maak hy hom wys dat dit 'n hele trop koeie is. Van elke pennie wat inkom, steek hy 'n halwe weg om geweer te koop, en elke geweer wat hy koop, is 'n misoes. As die loop nie gekraak is nie, is die loop getrek of die ding is in elk geval lankal vir weggooi. Nie minder as vyf gewere nie lê al onder die afdak en oproes. Die houtkappers lag nie eens meer stilletjies nie. Een van hulle het al kom voorstel dat sy pa volgende keer 'n kanon in die hande moet probeer kry. Dalk werk dít.

En verlede maand, toe kom Kristoffel by die huis met die storie dat die boswagter by Gouna 'n geweer het wat hy wil verkoop: regte olifantgeweer wat 'n gat so groot soos 'n vuis deur 'n olifant sal boor. Plaas dat Kristoffel sy bek gehou het. Die man wou vyf pond vir die geweer hê, en van toe af is elke pennie weer deurgebreek en sy ma se skoene moet weer wag en Nina moet gesoek word, want haar verdienste moet bykom.

En hy moet haar loop soek. Om wat met haar te maak as hy haar kry? Hulle moet haar uitlos. 'n Mens kan nie jaar na jaar aanhou sukkel met een wat nie ore het nie. Daarby is Nina darem 'n meisiekind, en 'n meisiekind kan nie elke keer soveel skel en slae kry as dit ook maar nie help nie. Waarom sy nog aanhou huis toe kom, kan hy nie verstaan nie. Of miskien is dit haar liefde vir die Bos wat hy nie verstaan nie. Wat niemand verstaan nie. Toe sy klein was, het hy dikwels die eienaardige gevoel gekry dat sy nie in die Bos speel nie, maar mét die Bos. Selfs haar mondfluitjiewysies het sy later name gegee, die name van die bome.

Hulle moet Nina uitlos. Jy kan te lank sukkel om 'n ander in te breek 'n Mens is nie 'n perd nie. Agter in die Lange Kloof het die Swarts ook aangehou met die arme Theunis wat nie so lekker in die kop was nie: slaaf van hom gemaak, hond van hom gemaak. Dag na dag. Jaar na jaar. En toe? Toe vat hy op 'n dag die geweer en skiet sy broer Hendrik reguit die ewigheid in. Dawid het nog die middag met die nuus van die winkel af gekom. Selling het gesê hy het altyd geweet die breekdag sal nog vir daardie stomme seun aanbreek, en toe was dit so. Twee konstabels is met Theunis weg Oudtshoorn toe. Die halsregter het hom die doodstraf gegee en toe hulle weer hoor, was hy klaar gehang.

Hy sal gaan kyk of hy Nina kry, maar terugbring huis toe sal hy haar nie. As sy niks oorgekom het nie en sy het werk, moet sy bly waar sy is. Hy sal 'n plan maak om meer balke klaar te kry; saans by die lantern werk sodat die geweer gekoop kan kom en sy pa kan leer skiet en tot einde kom met die olifante. 'n Man kan nie die res van sy lewe op een oop kol in die Bos bly sit nie. Wie moet aanhou om sy strikke te stel? Wie moet sy hout loop soek en kap?

Daar was dae dat hy nie kon help om sy pa jammer te kry nie. Verkeerd soos hy was, moes dit vreeslik wees om so vasgekeer te leef ... Goed, almal in die Bos was eintlik vasgekeer, maar darem nie op een eiland nie, en hulle kón uit as hulle wou.

Sondae was die dae wat sy pa graag in eie jammerte verval het: "Lukas, die Vader in die hemel sien ver vooruit. Ver, sê ek jou. Hy sien dinge wat ons eers agterna sien Hy het gesien. Hy't gesien die grootvoete gaat vir my tjap. Hy't gesien wat lê vir my voor met Willem en Nina, en toe't Hy jou vroegtydig vir my teruggegee. Ek dank hom elke aand. Ek dank hom dat Bet se pad na Johannes Botha toe oopgegaan het, want anders het jy ook vandag vir 'n skoonpa in die span gestaan. Soos Willem. Toe ek jou ouderdom was, was ek en jou ma al getroud. Bet het mos eers haar oog op jou gehad."

"Los dit, Pa."

"Maar ons gaat hulle wys, Lukas. Wag net tot ek die regte geweer het, dan sleep ons tande ook uit en wys ons die ou klomp houtkappers en ons wys die grootvoete en almal. Jy sal sien. As 'n man sy planne reg bedink, kan hy ryk word in hierdie bos."

"Ja, Pa." Hy het lankal geleer om nie sy pa op te stry nie.

Vir elke balk wat sy pa op die klaar hoop gedra het, het hý drie neergelê. Ná elke kap het sy pa eers weer drie kappe in die lug opgestaar en ver gekyk. Of hy het met homself gepraat: altyd óf Nina óf die olifante wat aan die beurt was vir afreken of uitroei.

By Diepwalle het hy geëet en lank gerus. Nie omdat hy moeg was nie, maar omdat hy só die dorp wou uitstel. Oor die jare heen het Diepwalle vir hom soos 'n grenslyn geword. Tot by Diepwalle bring jy die balke weg. Tot by Diepwalle loop jy saam met Nina as sy gedros het en alleen moet terug. Tot by Diepwalle lê die veiligheid van Kom-se-bos. Vroeër, toe hy kind was, het die wegkom Lange Kloof toe by Diepwalle se hardepad gelê.

Dit was vroeër.

Jy hou nie aan met skop teen 'n klip nie, veral nie as die klip 'n berg is en jy hom nie kan roer nie. Daar is dinge wat jy kan verander en dinge wat jou verander. Nadat hy besef het dat hy Lukas van Rooyen is en dit so aanvaar het, het dit beter gegaan. Hy het op sy eie manier lief geword vir die Bos. Die Bos het sy eie manier van leef; dit is die plek waar jy Sondae alleen kan wees om jou loop te kry en jou lyf te laat rus en te laat reguit kom ná die week se kromstaan op die steier. Hy het die Bos leer ken: sy paaie, sy giere, sy gevare. In die Bos het hy geleer dat ongelukkigheid iets is waaraan jy gewoond raak of dat dit later verbygaan.

Hy het opgestaan en weer begin stap. Oor Nina was daar baie ongelukkigheid en kommer en wrewel in hom. Waar moes hy in die eerste plek na haar loop soek? Kristoffel het nadruklik gesê die skoolmeester se vrou was onder die verstand dat sy terug is Bos toe. Moes hy nou van deur tot deur loop klop en vra: "Het julle nie my suster gewaar nie?" Die mense sou hom jaag. En kom hy sonder Nina of sonder tyding van haar by die huis, sou sy pa hom eenvoudig terugjaag om weer te loop soek. Elias van Rooyen was nie van plan om Nina se verdienste op te gee nie. Daarvoor was die geweer se prys te hoog.

Hy moes homself heelpad keer om nie al stadiger te loop nie. Toe die bome se skaduwees oor die pad begin rek, het die Bos yler om hom geword en het hy geweet dat hy nie te ver kon wees van die plek waar sy pa gesê het die hardepad doodloop in die pad wat uit die dorp kom nie. Dan moes hy wes draai. As hy voor donker op die dorp kom, sou hy maar solank by 'n paar huise gaan verneem na haar. Miskien kry hy haar nog.

Maar 'n kort entjie anderkant die plek waar hy moes wes draai, het hy op sy hurke langs die pad gaan sit en die wêreld bekyk. Iewers moes iets gebeur het. Oral was daar mense langs die pad wat soos 'n yl tou miere uit twee rigtings loop: party het van die dorp se kant af gekom en die voetpad oor die heuwels na die see se kant toe gevat. Ander was op pad terug. Stowwerig, asof hulle ver geloop het. 'n Paar was te perd en het die voetgangers eenkant toe gedruk om verby te kom.

Hy het hulle lank sit en dophou. Dit was ander soort mense as bosmense, hulle klere was mooi. Veral die vroue s'n. Die meeste het sambreeltjies oor hulle koppe gehou asof hulle bang was vir die son. Êrens was daar bepaald iets aan die gang; dit was op hulle gesigte, in hulle loop en die manier waarop hulle gesels en beduie het.

Hy het 'n klomp jong seuns sien aankom en opgestaan om hulle in te wag.

"Sê my, waarheen is almal op pad?"

"Daar lê 'n spookskip by Noetzie, oom," het almal gelyk gesê.

'n Spookskip? By Noetzie? Waar is Noetzie? Hy het dit nie gevra nie, net stomgeslaan bly staan tot hy seker was dat hy verkeerd gehoor het of dat hulle met hom gespot het. 'n Spookskip, helder oordag daarby? Dit was onmoontlik. Hy het weer een voorgekeer.

"Waar kom almal vandaan?"

"Daar is 'n spookskip by Noetzie."

Daar was 'n spookskip by Noetzie. Dit was onmoontlik, maar daar was 'n spookskip by Noetzie en hy was op pad dorp toe. Nee, hy was nie meer op pad dorp toe nie. Waar is Noetzie?

"Waar is Noetzie?" het hy 'n ouerige heer voorgekeer.

"Just follow the track to the south," sê die man en kyk hom skerp aan.

Iets in hom het vooruit begin loop.

Watter verskil sou dit maak as hy suid draai? Watter verskil sou dit maak as hy Nina eers die volgende dag loop soek? 'n Spookskip was godsonmoontlik, maar hy wou gaan kyk en dit was nog uitstel teen die dorp en miskien kon hy slaapplek kry by Noetzie.

Just follow the track to the south.

Die tweespoorpad het al oor die rante deur die ruigtes geloop; soms laag in 'n klofie, soms hoog op 'n rant, en dan het die see op die horison gelê. Wyd en blou. Dit was die naaste wat hy nog aan die see was. En die meeste mense was op pad terug en het hom van voor af ingeloop; party het hom aangekyk asof hý 'n verskynsel is. Waar die pad deur 'n slegte sandplek gaan, het hy uitgedraai en gewag dat 'n bondel meisiekinders kon verbykom; hulle het gegiggel en omgekyk toe hulle verby was.

Dit kon hom nie traak nie. Vandat hy uitgedraai het en nie meer op pad was dorp toe nie, was dit ligter in hom, want hy het losgekom van 'n ding wat hy nie wou doen nie en hy was êrens heen op pad waar hy nog nie was nie. Die son het begin sak en die tou miere het al yler geword.

Dit was verder as wat hy gedink het dit sou wees.

Elke keer as die pad op die volgende rant was, het die see nog net so ver gelyk en was die volgende rant al weer voor. Toe die pad oor die laaste bult wegsak en ondertoe begin hel, was die son onder. 'n Ent laer af was daar 'n kraaltjie tussen die ruigtes vir die perde en die perdekarre uitgekap, en net daarna het die voetpad amper loodreg tussen die melkhoutbome afgedaal. Die kraaltjie was net betyds gemaak.

Al teen die kop om het die voetpad ondertoe gekruip; die melkhoutbome en die onderbos het al digter deurmekaar gerank en die wêreld om hom donker gemaak. Net op een plek kon hy deur hulle die koppe aan die oorkant sien en die swart rivier wat onder tussen hulle kronkel en vlakker en bruiner word waar dit seekant toe begin mond.

Toe die voetpad voor hom vurk, het hy die een wat die minste uitgetrap was, gekies en al op sy hakskene vasgetrap om nie te vinnig daar af te gaan nie. En die sand het witter onder die droë blare geword en die dreuning van die see het reg voor hom agter die ruigtes kom lê, soos iets vreemds wat daar wag en wat hy moes inhaal.

Die een oomblik was hy teen die steilte en tussen die bosse en die melkhout, die volgende oomblik het hy op die uitgestrekte baai onder die koppe gestaan en het dit gevoel of die wêreld onder hom meegee. Waar die eerste branders breek, het 'n groot driemasskip tussen die rotse ingedryf gelê met seile wat soos vuil, slap lappe aan die maste hang. Daar was iets afgrysliks dood en verlate aan die skip. In 'n oomblik van onkeerbare drif het dit gevoel hy wil sy hande uitsteek en die skip terugstoot diepwater toe waar hy weer sou kon dryf en asemhaal en lewend word.

Altyd, toe hy 'n kind was en sy plankskuite die fonteinsloot ingestoot het, het die vreemdste soort lekker deur sy lyf getrek. Dieselfde vergete gevoel het skielik weer in hom opgeskiet. Net groter en hewiger. Daar was iets aan daardie dooie skip wat sy hele wese geraak het. En die wese was 'n vreemdeling wat langs 'n vreemde baai staan waar hy nie hoort nie en waar 'n skip vasgedryf lê wat ook nie daar hoort nie. Die skip was tussen die rotse vas en hy het in sy spore vasgenael gestaan. Het hy gedroom?

By die waterkant het die skemer die laaste nuuskieriges begin omjaag. Party het nog broekspyphoog in die water ingeloop om nader aan die skip te kom, maar die branders het hulle teruggejaag en teruggehou.

Hy het agter teen die bosse bly wag tot die donker almal teen die koppe uitgejaag het. Almal behalwe een man, wat langs die water bly staan het.

Toe eers het hy nader geloop.

"Naand, oom." Die man het geskrik en omgeswaai. "Ekskuus, ek wou oom nie laat skrik het nie."

"Nou vir wat kom praat jy dan so skielik agter my? Ek het gedink almal is weg."

"Ek is jammer, oom."

"Ek is nie jou oom nie," sê die man waardig. "Ek is veldkornet Armstrong en jy beter sorg dat jy die kop uitkom voor jy glad nie meer 'n voetpad in die donker kan kry nie. Ek het genoeg moeilikheid, ek kan nie nog verdwaaldes ook gaan uithelp nie." Die man was nie op sy gemak nie, hy het aanmekaar na die skip se kant toe bly loer asof hy bang is die skip sal skielik vort.

"Watse skip is dit, veldkornet? Hoe het hy hier beland?"

"Jy vra wat almal vra, jongman."

"Hoe bedoel veldkornet?"

"Niemand weet nie. Toe die son vanmôre opkom, was hy maar net hier. Iemand wat gister tot laat hier visgevang het, sê hier was niks toe hy weg is nie."

"Was daar mense op die skip?"

"As daar was, het hulle nie saam met hom hier aangekom nie. Miskien lyke. Mister Benn reken volgens die toestand van die seile en die touwerk moes hy maande lank op die see rondgedryf het. Dis donker, jy moet loop."

"Wat van veldkornet?"

"Dink jy ek sal dit vannag kan waag om op 'n bed te gaan lê en 'n oog te knip? Ek het die dorpsmense huis toe gestuur, maar die plunderaars sal hier agter in die bosse sit en wag dat hy moet opbreek en uitspoel sodat hulle kan kom optel en wegdra. Die water groei, hy sal netnou begin breek."

Dit was soos 'n raaisel wat oop voor jou lê en terselfdertyd geheim bly. Waarvandaan het hy gekom? Waarheen was hy op pad? Wie het sy seile gespan en hom toe vir die wind gelos?

"Kan hulle nie iets doen om hom te red nie?"

"Nie daar waar hý lê nie."

"Dis jammer dat hy moet stukkend slaan."

"Hoe gouer hoe beter, jongman. Ek het netnou vir mister Benn gesê – ken jy mister Benn?"

"Nee."

"Hy's die loods onder by die koppe waar die skepe deurkom. Ek het vir hom gesê ek sal waak tot môre toe, dis my werk, maar dan moet die doeane-mense kom oorvat, dan's dit hulle afdeling. En hulle sal vroegmôre telegraaf moet stuur om te probeer uitvind wie en watse skip dit is. Daar's nie 'n naam op hom wat ons kan agterkom nie; miskien het hy nooit een gehad nie, sê ek vir mister Benn. Dis 'n vreemde besigheid. En jy gaan nie die voetpad kry nie, ek het jou gewaarsku. Dis nie speletjies om daar bo uit te kom as jy nie in 'n voetpad is nie."

"Ek was op pad dorp toe, ek sou graag vannag hier wou bly." Die oomblik toe hy dit sê, kon hy sweer daar gaan verligting deur die veldkornet. "Miskien kan ek help waak."

"Oppas!" het die veldkornet senuweeagtig gelag. "Ek neem dalk jou aanbod aan. As die skip eers begin breek, sal ek jou kan gebruik om orals te help keer. Dis donkermaan, die strandjutte sit reg vir die toesak. Veral Kaliel September. Ek ken hom." Dit was 'n bang man se praat.

Hulle het by die lig van die veldkornet se stormlamp dryfhout bymekaargemaak vir 'n vuur, en elkeen het sy eie kos geëet. Hulle het nie veel gepraat nie.

"Wat kyk jy so aanhoudend in die lug op?" het die veldkornet 'n slag onrustig gevra. "Sien jy iets?"

"Ek het lank laas soveel sterre gesien."

"Kom jy dan uit die Bos?"

"Ja."

"Snaaks. Julle is mos nie mense wat met vreemdes gesels nie; ek het gedink jy's van die vismense agter by Plettenberg-se-baai."

"Ek kom van Barnard-se-eiland af. In Kom-se-bos. Waar is Plettenberg-se-baai?"

"So vier uur te perd hiervandaan. Op langs die kus."

Hoe hoër die water gegroei het, hoe hewiger het die branders teen die rotse om die skip en om die baai geslaan. As hy sy een oog toemaak en 'n ster in lyn met 'n mas kry, kon hy duidelik die skip voor die aanslag van die water sien wieg. Dit sou 'n wonder wees as die houtromp tot ligdag hou.

Daar was 'n vredigheid in die nag.

Later het die veldkornet, op sy een arm gestut, ingesluimer, maar onmiddellik wakker geskrik toe hy opstaan.

"Waar gaan jy heen?"

"Ek loop sommer 'n entjie, veldkornet."

"Kom jy terug?"

"Ja."

"Kyk of jy nie iets gewaar nie en kom roep my."

"Ek sal. Slaap maar weer."

"Waar sal ek dit kan waag om te slaap?"

Die see en die oopte bo sy kop was soos oneindigheid. Wes van hom het die heuwels donker boggels teen die sterlig gemaak, agter hom het die veldkornet se vuur 'n geel ligkring oor die sand gegooi, en tussen die rotse het die verlate skip spookagtig gelê. Hy het tydsaam bo die spoel van die branders langs geloop en die sand by die nate van sy skoene voel instuiwe en sy voete al swaarder voel word. Het hy hom verbeel of het die skip begin oorhel na die een kant toe? Asof hy wou omkantel en gaan lê soos 'n dier wat moeg is.

Hy het geloop tot waar die rivier hom voorgekeer het, en toe omgedraai en geloop tot waar hy gaan sit het om die sand uit sy skoene te skud. 'n Ster het blink en groot agter op die see uitgekom en stadig hoër geklim …

Hy was nie vaak nie, ook nie moeg nie. Net gevoelloos. Ligter. Dom. Hy wou nie dink nie, nie agtertoe nie en ook nie vorentoe – dorp toe en na Nina toe nie. Hy wou net sit en die vreemde gevoel van ligter wees in hom laat groei sodat dit in hom moes bly. Soos wyn. Hy wou sit en die son sien opkom. Hy wou sit en die son weer sien ondergaan. Net sit. Miskien was hy te lank in die Bos en was dit die oopte wat sy verstand laat duisel. 'n Ster het verskiet en 'n blink streep oor die naghemel getrek en weggeraak.

"As jy 'n ster sien skiet, moet jy vinnig wens, dan kom jou wens uit," het Nina altyd gesweer. Nie dat daar bo Barnard-se-eiland baie sterre verskiet het nie.

As hy moes wens, wat sou hy wens?

Niks. Wat was daar om te wens? Dat hulle meer balke moes lewer? 'n Begin moes maak om vloerplanke ook te lewer? Dit was nie dinge waarvoor 'n mens wens nie, dit was dinge wat jy doen. 'n Wens vra die onbereikbare. Die onmoontlike. Nee, hy sou niks wens nie. Miskien sou hy wens dat die skip weer lewend word.

Daar was dae dat hy bang geword het vir die Bos. Wanneer elke balk wat klaargekom het, een balk nader was aan die balk wat hy eendag vir die laaste keer sou maak, en dan sou hy omkyk en agter hom net balke sien. Dit was die dae dat hy sommer die byl neergegooi en koers gekry het Bos toe, en geloop het tot dit beter was in hom.

Toe die veldkornet roep, het hy opgestaan en teruggegaan vuur toe.

"Jy't nie gesê wat jou naam is nie, jongman."

"Lukas van Rooyen."

"Is jy van Johannes van Rooyen se mense?"

"Nee, veldkornet, ek is Elias van Rooyen se seun. Johannes van Rooyen is van Skuinsbos se Van Rooyens. Sal ek nog hout gaan haal?"

"Vat die lantern. Het jy niks gewaar nie?"

"Nee, veldkornet. En die skip hou nog."

"Ek dink ek het 'n mas hoor kraak. Vir al wat ons weet, spoel hier nog vannag lyke ook uit."

Toe die dag breek, was die skip nog heel. Seevoëls het om sy maste kom draai en versigtig sitplek gesoek. Die eerste nuuskieriges het oor die sand begin aankom met mandjies in die hande asof hulle lank wou bly.

"Dan groet ek maar, veldkornet."

"Maar hoekom wil jy dan nou loop? John Benn en sy manne sal vroeg hier wees; hulle gaan vanoggend met toue op die skip probeer kom. As jy nou loop, mis jy alles."

"Ek het veldkornet gesê ek was gister eintlik op pad dorp toe." Hy wou wegkom.

"Dis jammer. Ek wil juis voorstel dat hulle daardie mas wat so lelik oorhel, afsaag, en dan wil ek ook hê hulle moet kyk of hulle nie ten minste een van die bote kan red nie. Die groot sloep miskien." Ligdag het die veldkornet weer vol moed en praat gehad. "As die see dan nie sy werk wil doen nie, sal ons dit vir hom doen."

"Dan sê ek maar tot siens."

Hy het nooit daarvan gehou om 'n bok af te slag nie.

Die dorp was stil. Twee boswaens, die een nog swaar gelaai

en die ander een reeds afgelaai, het in die straat af gekom. Van Karatara se mense; hy het hulle sleg geken.

Voor 'n dubbelverdiepinghuis het 'n ouerige bruin man die straat gevee dat die bolle stof voor die besem uitwaai.

"Môre, oompie. Ek soek die huis van die skoolmeester." Die ou man kyk hom skeef aan, seker oor die "oompie".

"Hulle is nie by die huis nie, hulle is Noetzie toe. Daar't 'n spookskip uitgespoel."

"Waar woon hulle?"

"Daar oorkant."

"Miskien wag ek." Hy wou oor die straat stap, maar die man het hom gekeer.

"Kom jy uit die Bos uit?"

"Ja."

"Wat wil bosmense met die skoolmeester maak?" het hy gevra en spottend bygevoeg; "Of wil julle nou leer lees en skryf?"

"Nee. Ek soek my suster, sy het daar gewerk."

"Die maer enetjie?" vra die ou man vinnig en nuuskierig.

"Ja. Nina. Nina van Rooyen. Ek soek haar."

Hy gee 'n snorklaggie. "Dit was 'n anderster ene daardie."

"Wie?"

"Jou sustertjie. Ek dink die kinders was spyt toe sy loop, maar die skoolmeester was bly."

"Jy weet nie miskien waar sy nou werk nie?"

"Nee. Maar ek sien haar partykeer saam met ou miss Weatherbury in die dorp loop. Dalk werk sy nou daar. Sy't mos al oral gewerk."

"Wie's miss Weatherbury?"

"Die Engelse lady buite op die grootplaas. Op Melkhout-kraal."

"Waar's dit?"

"Mens kan sien en hoor jy kom uit die Bos uit," sê die ou man meerwaardig. "My pa was nog slaaf op Melkhoutkraal toe Melkhoutkraal nog so te sê reg rondom die meer sy lote ingeslaan had. Toe oorle grootbaas Rex nog geleef het. Nou's alles in vreemde besit. Opgedeel en afgekamp. Ek verstaan ou miss Weatherbury het lewensreg op die klein huisie onderkant die begraafplek. Oorle oubaas Sutherland het haar die reg gegee, sy het mos vir die Sutherland-kinders skoolgegee, en toe't miss Wentworth afgekoop en die Private School op Melkhoutkraal opgesit en toe't miss Weatherbury weer daar ook skoolgegee en in die huis aangebly. Sy gee nie meer skool nie, sy's klaar."

"Hoe kom ek daar?" vra hy voor die oue weer kon begin uitlê.

"Jy loop soos jy gekom het. Vat die eerste pad, suid, as jy die dorp uit is. Koppe toe. Meer toe. Maar jy loop nie meer toe nie, jy loop tot by die groot melkhoutboom wat amper in die pad staan en daar draai jy weer weg en hou verby die eerste opstal en verby die perdestal en die vrugteboord aan jou linkerkant. Net 'n entjie anderkant die boord staan die huis. Kleinerig en gedek. Rietdak. Dis ou miss Weatherbury se plek. Ek weet nie of jou sustertjie daar sal wees nie, maar gaan verneem maar."

"Dankie."

Toe hy wegstap, kon hy nie besluit of geluk of ongeluk aan sy kant was nie. Wat moes hy maak as hy haar kry? Sy pa het gesê hy moet haar huis toe sleep as sy nie wil loop nie, sodat hy haar eers weer 'n slag kan uitfoeter en 'n lering gee. Hy was nie van plan om haar huis toe te sleep nie; as sy goeie werk had, moes sy bly waar sy is, want die hele ding het tog maar gedraai om die geld wat nie huis toe kom nie. Nie om Nina nie.

Die gevoel van ligter wees, was nie meer in hom nie. Daar was 'n gevoel van verset in hom aan die opstaan omdat hy aan 'n vreemde se deur moes gaan klop agter Nina aan. Hy wou dit nie doen nie.

Die melkhoutboom was waar die ou man gesê het hy sou wees. Miskien moes hy eers 'n rukkie sit en iets eet; dit was nog nie middag nie. Hy het geëet en op die yl kweek onder die boom gaan lê en nie probeer om die slaap te keer nie. Nog 'n paar uur uitstel sou nie verskil maak nie.

Toe hy wakker word, was dit donker. Hy het 'n beter lêplek vir sy lyf gesoek en weer geslaap tot in die nanag, en toe het hy beter gevoel. Ligdag het hy gaan kyk waar die huis is, omgedraai en weer onder die boom gaan wag dat dit opstaantyd moes word.

By die opstal agter die vrugteboord het koeie gebulk, skape geblêr en hoenders gekraai. Ou geluide wat deur die jare vreemd geword het in die Bos. Behalwe die hoenders. Van die houtkappers het hoenders aangehou.

Na die meer se kant toe het iemand geroep en 'n ander het antwoord gegee in die verte, asof dit oorkant die meer kon wees. Sou daar vis in die meer wees? Sy kos was op, hy sou op 'n leë maag moes huis toe.

Hy het gewag tot die son hoog uit was voordat hy weer na die rietdakhuisie toe geloop het.

'n Ou dame met 'n bolla wat hoog op haar kop sit en waarin al die hare nie wou bly nie, het die deur oopgemaak en hom van bo tot onder en weer tot bo agter 'n ronde brilletjie uit deurgekyk. Hy het getwyfel of Nina vir háár sou werk.

"Was there something you wanted?"

"Ek is jammer om lastig te wees, maar ek het op die dorp gehoor dat my suster dalk hier werk. Nina. Nina van Rooyen."

Haar oë het agterdogtig geword en 'n oomblik het dit gelyk of sy die deur gaan toemaak. Maar sy het nie. Sy het hom net met groter kilheid aangekyk en gevra: "Jou suster?"

"Ja. My suster."

"Werklik!" het sy met haar kop in die lug gesê, bytend. "Ongelukkig het die Nina van Rooyen wat in my diens is, geen familie nie."

Hy wou omdraai en loop. Vir Nina se nuutste streek het hy nie lus gehad nie, en dalk sou dit die beste wees as daardie leuen bly staan. Hy was moeg vir die ewige moeilikheid oor haar.

Maar hy moes iets sê, hy kon nie net daar staan nie, en al wat hy had om te sê, was die waarheid. "Nina se verbeelding loop maar partykeer oor, tante."

"Ek is nie jou tante nie. Ek is miss Weatherbury."

Sy het dit ordentlik gesê. Hy kon sien sy is agtermekaar en hy het van haar gesig gehou. As Nina daar besorg was, wat 'n wonder sou wees, kon sy pa meer as bly wees.

"Ek is Nina se broer, miss Weatherbury, regtig. Sy't

seker maar so gesê omdat – omdat … Dis moeilik om te sê hoekom."

"Jongman …" Dit was of daar 'n effense moedeloosheid deur die ou dame trek. "Ek hoop nie ek maak vandag 'n fout nie, maar ek is bereid om ten minste na jou te luister. Jy sê jy is Nina se broer. Dalk is daar meer as een Nina van Rooyen."

"Nee, miss Weatherbury, ek glo nie daar is meer as een Nina nie. En ek is Lukas van Rooyen, Nina se jongste broer. Ons was onrustig, want ons het gehoor sy is weg by die skoolmeester en het nie geweet waarheen nie. My pa het my gestuur om haar te kom soek. Dis die waarheid en u kan dit glo of laat staan."

"Daaroor sal ek self besluit. Nina het hier kom werk vra en ek het haar om twee redes gevat: ten eerste het ek hulp in die huis nodig, en ten tweede het ek gedink ek sou haar kon ophelp in die lewe deur vir haar goeie maniere te leer, herberg te gee en toe te sien dat sy haar beter versorg. Ek is egter bevrees dat haar ongehoorsaamheid besig is om my tot groot kommer te dryf."

Dit was die ou storie. "Ek is jammer om dit te hoor, miss Weatherbury."

"Ek sal nie ontken dat sy fluks is in die huis nie, maar veel meer as dit kan ek nie van haar sê nie. Die oomblik dat sy klaar is met haar werk en veronderstel is om met haar borduurwerk te begin, loop sy eenvoudig die koppe in en ék sit met die verantwoordelikheid as sy iets oorkom."

"Sy was maar altyd so. By die huis ook." Hy het al hoe meer van die ou dame gehou. Dis net dat hy Nina nie met 'n naald en gare kon sien sit nie.

"John Benn, die loods onder by die koppe, het al met my kom praat omdat sy so alleen rondloop. Hier is dikwels vreemde seemanne en mister Benn moes 'n week gelede twee van haar af wegkeer. Ek verkies om nie te dink aan wat kon gebeur het as hy haar nie hoor skree het nie."

Hy wou self nie daaraan dink nie. En die hele tyd het hy met die gevoel gestaan dat Nina êrens afluister. "Dis gevaarlik, ja. Ek sal met haar praat, sy sal na my luister." Hy het dit met min geloof gesê, al het Nina soms meer erg aan sý praat as die ander s'n gehad. "Ek sal bly wees as miss Weatherbury haar vir my roep."

"Ek is bevrees jy sal moet wag. Sy was voordag op om haar werk klaar te maak, en sonop is sy kortpad oor die koppe Noetzie toe; ons het gisteraand verneem dat daar 'n skip gestrand het. Ek kon haar nie keer nie."

"Ek sal vir haar wag." Sy het hom nie binnegenooi nie, maar gesê hy kon op die bank onder die akkerbome langs die huis wag as hy wou. Ná 'n ruk het sy vir hom dun snytjies brood en 'n koppie koffie op 'n skinkbord gebring en by hom kom sit. Hulle het weer oor Nina gepraat en in die gesels het dit uitgekom dat sy haar sewe sjielings in 'n week betaal. As Pa dít moet weet, het hy gedink, sal ons maandeindes moet draf om op die dorp te kom.

"Ek wil nie die indruk skep dat ek oor Nina kla nie, jongman. As ek nie iets goeds in haar gesien het nie, sou ek nie in haar belang gestel het nie. Dis net dat sy haar nie wil onderwerp aan wat vir haar goed is nie."

"Dis aan die Bos wat sy vasklou, miss Weatherbury, sy's baie lief vir die Bos."

"Waarom het sy dit dan bestry dat sy uit die Bos kom? Waarom sê sy dan sy kom uit die Lange Kloof en dat sy 'n optelkind is – waarom lag jy?"

"Ek lag sommer vir Nina. Dis 'n storie wat sy op 'n ander plek geleen het, miss Weatherbury. Of die helfte van 'n ander storie."

"Ek is bevrees ek sal op die ou end nie weet wie of wat om te glo nie."

"Ek sal bly wees as miss Weatherbury my wil glo. Ek sal wag tot Nina kom en mooi met haar praat. Dis die beste kans wat sy nog ooit gehad het hierdie; sy kan nie terugkom Bos toe nie, sy moet haar werk hier by u oppas en hier bly."

"Dink jy sy sal na jou luister?"

"Miskien. En in die vervolg sal ek self elke maand haar geld kom haal en met haar praat as dit nodig is."

"Waarom wil jy haar geld kom haal?" Die ou dame was skielik weer agterdogtig en kortaf.

"Wel … ee … Dis eintlik my pa wat die geld laat haal." Hy het soos 'n skelm gevoel. "Ek het maar net gedink dis beter as ek die geld kom haal, Nina luister darem partykeer beter na my as na my twee broers."

"Ek verstaan nie waarom julle haar geld wil hê nie. As daar nood of siekte is en sy voel sy wil 'n vrywillige bydrae maak, keur ek dit goed. Maar julle kan nie sommer net elke maand al haar geld kom haal nie. Ek sal dit nie toelaat nie!"

"U verstaan nie, miss Weatherbury. Bosmense is anders. Alles word saam in een hand gegooi."

"Nina is nie meer in die Bos nie. Ek kan dus nie sien waarom julle nog haar geld wil hê nie."

"Ek ook nie eintlik nie."

Hy kon tog nie sê sodat sy pa 'n vervloekste geweer kan koop nie.

Miss Weatherbury had reg: waarom wou hulle haar geld vat? Al moeilikheid was: dit was nie miss Weatherbury wat dit op Barnard-se-eiland moes loop sê nie.

Teen die middag was hy moeg gewag.

Hy het by die agterdeur gaan sê dat hy 'n bietjie meer se kant toe loop. Hy wou sommer gaan kyk hoe lyk dit by die plek waar die skepe deur die koppe inkom na die hawe by die dorp.

Daar was 'n voetpad op die kant van 'n moeras langs in die rigting van die voorste koppe. Geelgatvinke het in die rietgras lawaai en hom laat onthou dat hy laas op Wolwekraal 'n geelgatvink gesien het. Ander vreemde langbeenvoëls het eenbeen in die water gestaan en waterhoendertjies het haastig oor die water gegly. Dit was ander soort voëls as die Bos se voëls, en tog het hy veraf in die bosryke heuwels wat tussen hom en die see gelê het, 'n bosloerie hoor roep en in sy binneste gesê: Miss Weatherbury, jy sal Nina swaar in die huis gehou kry.

Die voetpad het al nader aan die meer gedraai. Oral het kandelaarsblomme soos groot rooi bolle met arms gestaan, ook op die eiland wat diep die uitgestrekte meer in geskiet het.

Aan die voet van die eerste kop het twee plank-en-sink-huisies teenmekaar tussen die bosse geskuil; twee kinders het vir hom gewuif en 'n kat het in die son lê en slaap.

Hoe verder hy geloop het, hoe minder plek was daar vir die voetpad tussen die kop en die water van die meer. Die water het al dieper begin lyk – waar see en meer bymekaarkom, kon hy nog glad nie sien nie, want vorentoe het 'n hoë rotspunt die meer in geskiet. Toe was daar weer 'n huis, om die huis was kinders en hoenders en 'n melkbok, en daar was baie wasgoed oor die bosse. Waar die voetpad begin steiler word na die rotspunt toe, het hy afgekyk en die groot roeiskuit in die inham agter die rotspunt voor anker sien lê. Vier mans het op die klippe gesit en die voetpad dopgehou soos mense wat op die uitkyk was.

"Haai! Jy daar bo!" Een van hulle het hom gesien. "Het jy nie 'n man met sakke en planke oor die rug gewaar nie?"

"Nie so ver ek gekom het nie!" het hy teruggeskree.

"Goed dan."

Dit was 'n mooi skuit. Groot en stewig. Hy het afgelei dat hulle op die meer wou uitroei en vir 'n maat wag, want daar was vier spane in die skuit. Hulle sou óf 'n roeier óf 'n stuurman kort.

Die gevoel van verset het weer in hom opgekom en hy kon dit nie verstaan nie. Dit was nie uit sy kommer oor Nina nie. Nina was besorg. Al wat vir hom gewag het, was om haar sover te kry om na miss Weatherbury te luister en om sy pa te gaan oorreed om haar uit te los. Nee, die verset in hom had te doen met die skuit. Dit was 'n nuttelose, geklike opstand, soos wanneer 'n kind die onmoontlike begeer.

Hy het omgedraai en in die rigting van die rotspunt geklim. Die voetpad was glad en op plekke rotsagtig. Regs van hom het die water van die meer steeds dieper en groener geword en aan die ander kant van hom het die voet van die bosryke kop tot amper teen die rotse afgekom. Die koppe aan die oorkant van die meer was nie meer so ver nie.

Toe hy bo op die rotse kom, het die ongelooflike skeur tussen die koppe voor hom gelê waar meer en see tussen die kranse bymekaargekom en gemaal het asof die een die ander wou keer om deur te kom. Aan die kant waar hy gestaan het, het die kranse bokant die rotse loodreg in die lug opgeskiet; aan die oorkant het hulle uit die grys, malende water opgestaan. Agter, in die bek van die skeur, het die branders witskuim gebreek asof 'n rif van rotse vlak onder die water lê; dan het hulle deurgerol en 'n ent nader weer kom breek.

Alles saam, die skuimende water, die kranse, die koppe, was angswekkend mooi, maar hoe 'n skip daar kon deur, was onbegryplik. Die skeur was breed genoeg, maar oral in die water het reuserotse stuk-stuk uitgesteek en die deurkomplek nouer gewurg. Net teen die oorkantse kranse langs het dit gelyk of daar 'n diep sloep water maal, maar niemand sou dit só naby daardie rotse waag nie.

Hy het oor die rotspunt geklim en hoër in die skeur op begin loop. Op plekke moes hy elke tree vooruit bedink om hom nie vorentoe vas te loop nie, en dan was hy weer op 'n rotslys waar die water 'n voetgly ver onder hom gemaal het. Die lug was vol fyn druppeltjies sproeireën; dit was sout en het teen sy gesig vasgewaai en saam met sy asem in sy lyf ingetrek. Twee mans het met handlyne staan en visvang; hy het agter hulle verbygeklim en 'n ent verder by 'n man gekom wat op 'n rotsbank staan en see toe staar. Toe die man omkyk, het dit gelyk of hy skrik.

"Jy moet omdraai!" het die man vir hom geskree. "Jy kan nie verder klim as hier nie. Mister Benn word kwaad as julle daar voor om die punt probeer klim! Hoor jy wat ek sê?" Die dreuning van die see en die breek van die branders was om alles; hy kon nie sien waarom hy moes omdraai nie. "Ek sê!" het die man weer na hom begin roep. "Hulle soek nou nog na Andries Prens wat die jaar voor laas daar afgeduiwel het! Jy moet omdraai!"

Hy het nie verder geklim nie. Net daar bly staan met sy rug teen die klam, koue kranse en die wêreld vorentoe sien kantel toe hy opkyk. Dit was die wolke wat bo die kranse verbygedryf en hom só gekul het.

Dit was soos staan in die kake van 'n onaardse ding.

Hy het teruggeloop tot waar die skuit lê. 'n Vyfde man het by die ander gesit, maar dit het nog steeds gelyk of hulle vir iemand wag.

Bokant die inham het 'n ander voetpad teen die kop tussen die bosse deur afgekom. 'n Uitgetrapte voetpad, en daar was net een plek waarheen die pad kon gaan en dit was bo na die koppe toe. Die son het nog hoog gesit, Nina sou nie vroeg by die huis kom nie, het hy vinnig bereken en met die voetpad teen die kop uit begin klim. As dit te laat word om nog huis toe te loop, slaap hy sommer waar dit vir hom donker word en kom die volgende dag vroeg by die huis.

Hoe hoër hy teen die kop uitgeklim het, hoe meer het hy besef dat hy vergeet het hoe wyd die wêreld kan lê, hoe oop en hoe groot. Hoe blou die lug kan wees, hoe verblindend die son. En wie ook al die voetpad so netjies oopgekap gehou het, moes 'n taamlike taak hê. 'n Bosbokspoor het 'n ent saam met hom kom loop en toe weer weggeswenk.

Bo-op die rante was die bosse platter: skuins gedruk asof die wind hulle so gewaai het en hulle nie weer orent kon kom nie. Die sand het by die nate van sy skoene ingeloop en sy voete swaar gemaak. Die sand het al bruiner geword, die wind al koeler en klammer, en die reuk van die see was daarin.

Die voetpad het al op die rante langs geloop in die rigting van die voorste kop en toe weer begin klim tot bo waar die bosse breed uitgekap was en die vlagpaal staan: hoog en stewig geanker en met 'n rooi vlag al wapperend aan die top.

'n Entjie van die vlagpaal af het 'n man op 'n bankie gesit. Roerloos. Soos 'n wagter. Hy het met 'n kykding voor sy een oog oor die see sit en uitkyk, en suid van hom het die water duiselig ver onder tussen die kranse in die skeur gelê. Elke swel wat skuinsweg uit die see kom, het in die bek van die skeur begin krul en met 'n dowwe knal gebreek.

Maar die wonder bo alles was die skip wat al klimmend oor die swelle, en met seile wit in die wind en die son gebol, buite op die see gevaar het. 'n Lewende skip. Nie soos die een by Noetzie nie. Maar net soos by Noetzie het daar weer die vreemdste gevoel in hom losgekom en begin groei totdat dit tegelyk pyn en vreugde was. Verbystering. Hy het afgekyk in die skeur, uitgekyk oor die see, na die oorkantse kranse waar twee swart grotte soos twee groot, donker oë sit, en hy het geweet dat daar min genade vir die mens daar onder sou wees. In die Bos kon jy teen die grootste olifant 'n geweer bekom, teen die hoogste boom jou byle slyp, maar teen dáárdie mag om hom sou jy kaalhand staan, en dít was die wete wat die diepste deur hom gegaan het.

Buite op die see was dit skielik of die skip die wind uit sy seile skud en hulle losserig aan die maste flap – maar net vir 'n oomblik, toe skep hulle weer die wind en die skip swaai om op 'n nuwe koers: skeur toe.

Hy het tot skuins agter die man geloop. Daar was grys strepe in sy swart baard en in sy swart hare. Sy swart baadjie was vaal op die skouers, asof baie sout daarin kleef. Dit was 'n groot man. Sy gesig en sy hande was sterk en bruin en windverweer soos ou leer. 'n Alleen man. Hy kon honderd jaar lank al daar bo gesit het, só het dit gelyk. En as hy geweet het dat daar iemand by hom staan, het hy hom nie daaraan gesteur nie – nie eens toe hy die kykding toeklap en opstaan om na die kranskant bokant die skeur te loop nie. Daar het hy aandagtig na die water staan en kyk, in die lug op gekyk, oor die meer wat weswaarts breër word en tot in die verte strek, toe weer lank oor die see, en terug na die water onder in die skeur.

Toe het hy na die vlagpaal geloop. Hy het die rooi vlag afgetrek en uit die toue geskuif, uit 'n klipkas met 'n houtdeksel aan die voet van die paal drie ander vlae gehaal en hulle gehys. Toe hulle uitval in die wind, was daar 'n wit-en-bloue, 'n wit-en-rooie en 'n bloue met 'n punt en 'n wit kruis daarop. Die skip was besig om al nader te kom en dit het gelyk of ook hý besig was om vlae te hys. Vier. Die man het die kykding weer voor sy oog gesit en die skip dopgehou. Toe het hy die vlae aan die paal weer afgetrek en ook vier gehys: die wit-en-rooie, 'n bloue met 'n geel vierkant in die middel uit die klipkas, die blou-en-witte en weer die bloue met die punt. Die skip het ook vier ander vlae gehys.

Hy was seker dat die man op die kop en die skip op die see deur die vlae met mekaar praat. Sonder 'n woord. Die een het presies geweet wat die ander sê. Hy wou die man vra wat die vlae beteken, maar die man het omgedraai en haastig in die rigting van die voetpad geloop. 'n Ent teen die kop af het hy sy hande voor sy mond gebak en vooruit geroep: "Ahooi! Ahooi!" Die woorde het teen die kop afgerol en oorkant teen die kranse vasgeslaan. Amper onmiddellik daarop het 'n ander "Ahooi!" van onder langs die meer opgestyg.

Vier van die mans was reeds in die skuit: drie by die spane en een by die stuur. Die vyfde een het gewag tot die man in die skuit was voordat hy hulle dieper die water in gestoot en toe self ingeklim het om die agterste spaan te vat.

Vier spane het gelyk geskep. Weer en weer en weer, asof een hand die maat bepaal. So ver as wat hulle die meer ingeroei het, het die wye waterspoor agter die skuit gegroei, en die geluid van die spane in die mikke het stadig weggesterf.

Sou die man oorkant in die bosbegroeide koppe woon en was hulle op pad om hom weg te bring? Nee – verby die rotspunt het die skuit se neus geleidelik in die rigting van die skeur begin draai.

Hy het omgespring en met die onderste voetpad langs tot op die rotspunt gehardloop. Toe hy daar kom, was die skuit reeds besig om uit die stiller water van die meer in die eerste roerwater tussen die kranse in te roei. Kragtig en gelyk het die spane die water gekloof. Al dieper en dieper in die skeur op en al nader aan die oorkantse rooibruin kranse het die skuit sy koers halsstarrig oopsee toe bly hou. Agter in die skeur het die swelle witskuim gebreek. Halfpad deur het dit gelyk of hulle spaanver van die oorkantse rotse af is en met elke haal aan die water klou om nie daarteen gegooi te word nie.

Twee seevoëls het hoog bo die kranse gesweef en afgekyk asof ook hulle die skuit in die skeur wou dophou.

En toe, geruisloos en met nog net twee seile gespan, het die skip uit die see gekom en voor die opening in gevaar, die seile uit die wind gedraai en wiegend oor die swelle bly wag. Die skuit het weg van die oorkant af begin roei, voor die skip verby om wyd te draai, en toe al deinend met sy kop teen die skip gaan lê. Soos 'n kalf teen 'n koei. En uit die skuit het die lang, donker gestalte van die man orent gekom, 'n oomblik bly staan en op die kruin van die volgende swel rats oor die gaping getree en met 'n touleer teen die skip se kant uitgeklim.

Die skuit het weggeroei en op 'n afstand gaan lê.

Oral teen die maste van die skip het seemanne soos katte opgeklouter – drie, vier, vyf, ses seile het met klapgeluide uitgeskud in die wind.

Die skip het stadig en rollend vorentoe begin beweeg en met die grootste ongeërgdheid die skeur binnegevaar, op die skuit se spoor deurgekom tot in die stil water van die meer, en daar bly wag totdat die skuit ook deur was en die man weer opgelaai het.

Toe het die skuit teruggeroei na sy ankerplek en die skip het alleen in die meer opgeseil tot agter by die vasmeerplek aan die voet van die dorpie.

Die son het laag gesit toe miss Weatherbury vir hom die deur oopmaak.

"Ek het al gedink jy kom nie weer nie." Sy het verlig geklink.

"Daar het 'n skip ingekom."

"Ons het gesien, ja."

Nina het agter haar in die deur kom staan, wantrouig.

"Middag, Nina."

"Hoe't julle geweet waar ek is?"

"Iemand op die dorp het my gesê."

"Weet Pa-hulle?"

"Nog nie."

Sy het by miss Weatherbury verbygedruk en soos 'n geitjie voor hom kom staan. "Jy loop sê nie waar ek is nie! Jy hou jou bek, Lukas van Rooyen!"

"Christina!" het miss Weatherbury geskok agter haar gesê. "Praat ordentlik!" Sy kon net so wel met die kosyn gepraat het.

"Jy loop sê nie jy het my gekry nie. Ek gee nie langer my geld af nie, vir niemand nie. Pa kan sy gat oplig en vir homself werk. "

"Ek het eintlik gekom om jou 'n guns te vra." Sy moes agtergekom het dat hy sonder 'n flenter omgee daar staan, want sy het skielik stil geword en hom onrustig aangekyk.

"Is jy siek, Lukas?"

"Nee. Maar vir al die kere wat ek vir jou geskerm het, vir elke keer wat ek jou nie verklap het nie en vir al die bas wat ek vir jou help afkap het, vra ek jou vandag net een keer se hulp."

"Wat?"

"Gaan huis toe en gaan sê vir Pa ek kom nie terug nie. Ek is klaar met die Bos."

24

Hy het vir hom skuilte vir die nag tussen die bosse bokant die meer gekry, en donkerdag opgestaan sodat hy voor die man bo by die vlagpaal kon wees. Hy moes werk kry.

Kristoffel kon balke toe gaan. Die duiwel kon balke toe gaan. Hoe hulle met Nina se geld gaan maak, was nie langer sy saak nie, en wie haar by miss Weatherbury gaan hou, nog minder. Met sy gewete het hy vroegnag klaargespeel.

'n Ent teen die kop uit het hy gaan staan en omgekyk. Die dag het gebreek en die oorkantse koppe het onderstebo in die glasblink meer gespieël gelê. Op die klippe bokant die inham, waar die skuit droog en skuins gekantel gelê het, het vier pikswart voëls oopvlerk gesit soos goed wat die son inwag. Om hom in die bosse het die tortels een na die ander ingeval vir vroegdag se lang gekoer, en 'n verdwaalde vlermuis het laag voor hom verbygeduik.

Iets soos lag het in hom opgestoot. Hy was honger en koud, maar die onbekommerdheid in hom was ver bo kos en warmte. Dit was moed. Hy sou reguit gaan aanbied om die vlae te hys, hulle te was en te stryk en te stop as dit nodig is, die voetpad oopgekap te hou, enigiets. Hy sou vir min geld en kos en blyplek werk solank hy net nie hoef om te draai huis toe nie. Bos toe nie. Hy was klaar met die Bos. Soos met 'n ou baadjie wat jy uittrek en neergooi. Naglank het hy dit laat klaardink in hom, dinge uitgemaak met homself. Van die oomblik dat hy met sy voete in die sand by Noetzie gestaan het, het iets in hom gebeur wat hy nie eens probeer het om te verstaan nie. Dit was of hy net skielik met ander oë in sy kop staan, wat anders as sy ou oë na dinge kyk. Êrens in die nanag het hy selfs verby opstand gedink, want dit was meer as opstand wat in hom was. Dit was gryp na iets wat besig was om verby hom te kom, en hy het geweet as hy dit misgryp, sou hy moes omdraai huis toe en dit sou die opstand bring.

Hy moes werk kry by die man op die kop. Hoe hy by hom verby sou kom, het hy nie geweet nie; iets het hom gewaarsku dat die man van dieselfde klip as die kranse om die skeur gemaak was.

Toe hy bo-op die kop kom, was die man reeds op die bankie en daar was 'n wit vlag aan die paal. Agter op die see was die son besig om blindblink uit te kom, en al teken van lewe oor die water was 'n meeu wat stadig in die rigting van die sonstreep gevlieg het.

Hy het tot langs die man geloop.

"Môre, meneer." Net die wind het in die man se baard en hare geroer. Hy het weer gegroet, maar dit was soos roep na 'n dowe. Weer. Miskien was die man doof. "Ekskuus, meneer …"

"Wat soek jy?" Die stem het diep uit die lyf gegrom en hy het gepraat sonder om sy oë van die see af weg te haal.

"Ek soek werk, meneer."

"Hier is nie werk nie."

"Ek is bereid om enigiets te doen."

"Hier is nie werk nie!"

"Ek kan die skuit oppas."

Toe het die man stadig omgedraai en hom tydsaam deurgekyk.

"Kan jy roei?" het hy gevra en daar was hoop in sy vraag. Sy oë was so blou soos die see en net so diep en koud.

"Nee. Maar ek kan leer."

"Hier is nie plek vir leerjongens nie." Hy het ergerlik weggedraai en weer oor die water uitgetuur. "Ook nie vir rondlopers nie."

"Ek is nie 'n rondloper nie, ek soek werk. Ek sal vir min geld en kos en blyplek werk." Dit was soos praat met die kranse, maar hy sou hom nie laat wegjaag nie. "Ek kan die voetpad oopgekap hou, die vlae was en stryk, ek kan enigiets doen." Die man se voet het op die grond begin kap soos een wat besig was om kwaad te word. Die vlag het liggies in die bries geklap; 'n meeu het bo-op die paal gaan sit en 'n lang blerts gelos.

Hy is teen die kop af tot onder waar die skuit lê en toe op in die skeur. 'n Geniepsige wind het van die seekant af deurgestoot en 'n woeling oor die water opgejaag en tot op sy lyf gesny.

Daar was nie werk nie. Goed. Daar was nie werk nie. Hoe lank sou hy van die vyf sjielings kon leef? Hoe lank sou hy in die bosse kon slaap voordat die winter hom daar uitjaag? Beteken dit hy moes omdraai huis toe? Nee. Die man sou hom gevat het as hy kon roei. Hy moes leer roei. Hy moes iemand kry om hom te leer roei en aanbied om met die vyf sjielings te betaal. Wat eet hy? Vis. Wat hy waar kry? Vang. Waar slaap hy? In die bosse.

'n Krap het skeef-skeef voor sy voete weggeskarrel na 'n rotspoel toe en 'n wolkie van sand en skulp onder die water opgejaag. 'n Swart vissie het onder 'n klip uitgekom en bo-oor die krap geswem.

Roei. Hy moes leer roei.

Is Nina weg Bos toe om te gaan sê soos hy haar gevra het? Hy moes liewer nie te veel daarop hoop nie. Miskien moes hy dorp toe gaan en 'n boswa soek om 'n beter boodskap mee saam te stuur. Nee. Hy moes teruggaan na die skuit toe en een van die roeiers vra om hom te leer roei.

Maar daar was niemand by die skuit nie. Die wind het in al sterker vlae deur die skeur gekom en die meer omgekrap en die kappels het hoër en hoër teen die klippe uitgeklots. Hy het gaan sit en wag.

Teen die middag het die skuit aan sy ankertoue gedryf en die water het hoog in die baaitjie gelê.

Die roeier wat uiteindelik teen die kop afgekom het, was die een vir wie die ander die vorige dag gewag het. Hy het weer 'n sak en 'n klomp planke oor sy skouers gehad.

"Middag!" Hy het hom onder by die voetpad voorgestaan. "Jy weet nie miskien van iemand wat my kan leer roei nie?" Die man het sonder erg vasgesteek. Hy was nie bruin nie en ook nie wit nie. Sy oë was groen en elkeen het in 'n ander rigting gekyk; met watter een hy jou raaksien, was moeilik om te sê. "Ek soek iemand om my te leer roei."

"Het jy 'n skuit?"

"Nee. Ek het gedink, daardie een miskien." Hy het na die skuit in die water gewys.

"Vergeet van daardie een," het die skele gelag. "Dis nie sommer net 'n skuit nie, dis die loodsboot en oor hom slaan John Benn ons al twee met een spaan dood."

"Is John Benn die man op die kop?"

"Ja. Ek het gesien jy was vanmôre daar bo by hom." Hy het die druppende sak van sy skouers laat afgly en toe die planke ook neergesit. "Ek het gesien julle het gesels?" Dit was 'n vraag en dit was met openlike agterdog.

"Nie juis nie. Ek soek werk."

"Dan't jy by die verkeerde man loop vra en op die verkeerde tyd daarby; as die suidoos opstaan soos nou, is hy vroegdag al beneuk."

"Hy sou my gevat het as ek kon roei."

"Ag regtig?" Die man het hom vermakerig vererg. "En hy't jou seker gesê hy soek 'n roeier vir Kaliel September se spaan!"

"Wie's Kaliel September?" Die veldkornet het ook die naam genoem.

"Ek."

Dit was 'n waarskuwing en 'n uitdaging.

"Hoekom sou hy iemand vir jou spaan soek?" Die een oog het hoek toe gedraai en die ander een vorentoe. "Gaan jy dalk weg?"

"Ja!" Dit was dreigend. "Ek wag net vir die regte skip om in te kom, dan's ek weg en hulle sien my nie weer nie. En moenie dink dis ek wat verleë is oor 'n plek in John Benn se boot nie, dis hy wat daar bo verleë sit oor my. Loop sê vir hom ek sê so en hoor wat hy sê."

Daar was dus haakplek tussen die man op die kop en Kaliel September.

Dit was goed. Dit was hoop. "Wanneer verwag jy die skip waarvan jy praat?"

"Dit kan anderjaar wees, dit kan anderweek wees, dit kan môre wees. Die oomblik wat hy kom, klim ek op en dan kan jy my spaan vat en kan jy en John Benn kyk hoe ver julle kom."

"Ek soek nie 'n ander man se werk nie, ek soek my eie werk," het hy vinnig gepaai. Die skele was vashouplek en dit was beter as staan in die wind.

"Loop soek dan werk daar agter op die dorp. Hulle hys 'n wit wimpel by Thesens se plek as hulle arbeiders soek. Hulle sal jou vat."

"Vir watse werk?"

"By die nuwe kaai se maak. Ek sien hulle begin al klip aanry met die waens vir die aanloop se maak. Hulle sal jou vat."

"Ek wil nie klippe dra nie, ek soek werk hier by die water en by die skuit."

Die man het hom met 'n spotlag aangekyk. "As ek na die klere aan jou lyf kyk, lyk jy vir my soos een wat uit die Bos gekruip het."

"Ek kom uit die Bos, ja. Maar ek is klaar met die Bos. Ek sal vir min geld en kos en blyplek werk en ek sal hard werk. Ek is gewoond aan hard werk."

Dit het gelyk of albei oë skielik probeer om vorentoe te

draai. "Luister, geld het ek nie om jou te betaal nie, maar kos en blyplek het ek baie. As jy dalk vir my wil kom werk."

"Watse werk?" het hy sonder dink of twyfel na die kos en die blyplek gegryp. Dit was uitkoms.

"Oesters uithaal, visvang, vis skoonmaak en droog. Hier kom al meer skepe aan om hout te laai en 'n seeman is 'n ding wat enigiets koop wat nie verpekel is nie. Daarby voorsien ek die hotel van mister Horn op die dorp van vis en oesters, want my ma is kok by hom."

"Ek dog jy's 'n roeier."

"Ek's roeier ook. Maar ek sien nie kans om te leef van wat John Benn ons betaal nie. Ek maak my eie ekstras soos ek wil, en ek moes van my ander customers afdank omdat ek net twee hande het. As John Benn roep, moet jy alles los en hardloop om spaan te vat, en hy sit nou al jare en wag vir die dag wat ek nie gou genoeg na sy sin daar sal wees nie en hy 'n ander man vir my spaan kan soek."

"Ek sal vir jou werk as jy my leer roei."

"Bly weg van die water af, houtkapper. Julle het gewone bloed in julle are; 'n man moet soutbloed hê voor die water jou vat. Ek weet." Kaliel het afgebuk en sy goed bymekaar begin maak. "My ma mog bruin wees, maar my pa was 'n volbloed Noor en seeman op die teehalers Foochow toe." Hy het dit trots en meerwaardig gesê. "Hy was 'n seeman op die klipperskepe waar daar nie snags seile opgerol is nie en waar daar nie plek vir 'n bang man bo teen 'n mas was as hulle storm slaan nie. Dís die bloed wat in mý are loop. Bosbloed aard nie dieper as toonnat in seewater nie."

"Waar's jou pa nou?"

"Hoe moet ek weet? Seker dood. Kom jy saam?"

"Ja." Dit was beter as slaap in die bosse. Beter as niks. Toe hy agter Kaliel inval teen die kop uit, het hy presies geweet wat hy doen en dat hy met elke tree besig was om 'n vreemde koers in te slaan, maar hy sou hom met toe oë ook gevolg het. Hoe hoër hulle geklim het, hoe sterker het die wind aan hulle lywe gepluk en hoe platter het die bosse om hulle gewaai. Kaliel het nog steeds met sy bloed geloop en spog asof hy hom só agter hom aan wou hou.

"My pa was destyds op 'n skip wat kom seile lap het ná 'n storm. My ma was toe jongmeid en dis maar die seemanne se ding: as hulle grond onder hulle voel, wil hulle vroumens ook voel. Wat's jou naam?"

"Lukas van Rooyen." 'n Dikkop het voor hulle opgeskrik en met 'n benoude skree laag en lomp oor die bosse weggevlieg. "Het jy gehoor van die spookskip by Noetzie?"

"Dis van sy planke hier oor my skouer."

"Ek het gedink ek het jou naam tevore gehoor."

"Wat sê jy?"

"Toe maar." Hulle moes al harder praat om bo die wind gehoor te word. "Het julle al uitgevind watse skip dit is?"

"Ja. Die tyding het met die drade saam gekom: Hy's van Frankryk af, die *Phoenix*. Honderd vyf-en-veertig ton, en al wat hulle op hom gekry het, was 'n stukkie papier met 'n datum sonder maand of jaar en 'n paar vrot lyke. Snaakse besigheid. Hulle sê hy het eers 'n ander naam gehad … Dit help nie jy verander jou naam as die ongeluk klaar op jou is nie." Hy het dit met 'n vreemde drif gesê en in die loop 'n hand vol bietoublare afgestroop.

Voor dit donker was, het hy geweet dat hy Kaliel September ver te kort gesaag het; dat daar seewater in sy are was, nie bloed nie.

Hulle is met die oopgekapte voetpad uit tot bo-op die eerste kop, toe met 'n ander voetpad in 'n steil kloof af in die rigting van die skeur en tot onder in 'n rotsagtige baaitjie wat soos 'n wig uit die koppe by die bek van die skeur gekap is.

"Dis Coney Glen en hier is net die see en Kaliel September baas!" Dit was 'n waarskuwing. 'n Tiermannetjie se afmerk van sy plek.

Weerskante van die kloof het die kranse loodreg uit die see uit opgestaan; wit vlekke het van bo af soos repe vuil lap teen die roesbruin kranse afgekom en van onder af op was die vlekke soos kolle swart roet. Hier en daar het 'n groenigheid in 'n skeurtjie wortelgeskiet en hoog in die skurwe wande vasgeklou waar geen mens dit ooit sou kon bykom nie.

Die kloof tussen die kranse was geil en die onderbos tussen die swartgroen melkhoutbome dig en deurmekaar: bietou en wilde gousblom, varklelies en aalwyne en rankgoed wat hy nie geken het nie.

Aan die voet van die verste kranse, waar die bosse tussen die melkhoute uitgekap was, het die woning gestaan. Kaliel s'n. Twee vertrekke van plank en 'n derde amper klaar. 'n Bont woning. Nie twee stukke plank in die mure was eenders nie, nie twee vensters of twee deure nie. Dit was 'n kransswael se nes waarvan elke bek bougoed uit 'n ander modderpoel gehaal was. Die dak was van sink en geroes en met seeklippe vasgepak. Bokant die voorste deur het 'n houtbeeld van 'n kind, geverf en afgedop, soos 'n reuse-horing uitgesteek. In die halfklaar deel was 'n plank met die naam *Midge* daarop onderstebo ingetimmer.

"Jy kyk lank, sien ek!" het Kaliel agter hom gelag. "Wag maar dat hierdie suidoos vannag sy waai bymekaarmaak, dan sal jy sien hoe vas staan hý!"

"Wóón jy in hom?"

"Ek ruil hom nie vir 'n palace nie."

Selling het altyd gesê die sterre is 'n storie van kim tot kim, dis 'n kwessie van die sterre en hulle stories ken. Kaliel se huis was 'n storie. Van hoek tot hoek, van plank tot plank; stories van skepe wat oor die waters van die wêreld gekom het om in sý mure ingespyker te word.

"Die voordeur kom uit die *Helen*," het die skele met groot bereidheid beduie en vertel. "Sy het net hier agter ons op die rotse uitmekaar geslaan toe hier destyds nie 'n loods was nie. Hulle sê dit het goed gegaan met die inkom en sy't weke lank bo by die dorp loop lê en hout laai. Die groot verneuk het gekom toe sy weer wou uitvaar. Die kaptein het haar ewe mooi op die sakwater uitgevat soos dit hoort, en haar amper deur gehad, toe die gety skielik te sterk word en die wind te min en die see haar vat. Hulle sê dit was nie 'n uur nie, toe's die water klaar met haar en lê sy met vrag en al op die rotse en kon die manne begin optel. Joop Stoep het my van haar planke gegee. En die deur. Die jaar daarna was dit die *Magnolia* se beurt."

Kaliel het sy hand na 'n stuk donker hout in 'n symuur uitgesteek. "Jackson was toe hier loods – of liewer, loods se gat, want toe stry hy en die kaptein mekaar glo nog op ook oor wie se skuld dit was dat die skip daar oorkant by Black Point loop strand het."

"En die houtbeeld bokant die voordeur?" het hy gevra. Hy was bang Kaliel hou op.

"Hom het ek self van Plettenberg-se-baai af gesleep en gedra tot hier, want ek het altyd 'n boegbeeld bo my deur begeer. Twee volle dae het ek met hom tot hier gesukkel en dis ook al stuk wrak wat ek so ver loop haal het; die ander kom maar almal uit skepe wat hier om die koppe vergaan het."

Reg rondom die huis het hy saam met Kaliel en sy stories geloop en 'n al vreemder, lokkender wêreld sien opstaan wat hom plank vir plank al vaster gegryp het.

Die *Harmony*: mal kaptein wat met laagwater en 'n landwind kans gesien het om binne te vaar. Die *Luna*. Die skoener *Sovereign*. Die kaag *Musquash*. Die brik *Adolphus*: iemand het die verkeerde vlag gehys. Die *Julia Maria*.

"Van háár planke wou ek eers nie in my mure spyker nie, maar toe sê John Benn die vloek was gebreek die oomblik toe haar splinters waai."

"Watse vloek?"

"Dit was 'n doodmakerskip, dié *Julia Maria*. Sy't meer as een seeman bo van 'n mas af losgeskud en onder op die dek sy nek laat breek, of hom in die water gegooi en laat versuip. 'n Seeman het nie lank op haar gebly nie. Hulle het later háár naam ook verander, na die *Munster Lass* toe, en gedink dit sou die duiwel kul, maar dit het nie. As die vloek op jou is, bly hy op jou." Dieselfde drif van vroeër die middag was weer in hom toe hy dit sê en wegkyk.

Binne die huis het die stories voortgegaan. Die vloere was

losgepakte geelhoutslepers uit 'n wrak; onder drie koper-skeepsklokke en vier stormlampe deur moes hy agter Kaliel aan koes, terwyl sy voete oor kanonkoeëls struikel, om in die agterste vertrek te kom waar oopgevlekte visse ingeryg gehang het om te droog. Kaliel het vuur gemaak, aartappels geskil en saam met vars vis in 'n pot gesit.

Teen donker het die wind so hewig om die huis van skeepsgeraamtes gewoed dat dit met rukke gevoel het of wind en see elke plank wou terughê en hulle twee daarmee saam.

"Jy's bang, nè?" het Kaliel gelag en koue pampoen saam met die vis op die borde geskep. Porseleinborde, ook uit 'n wrak. "Eet, hy sal staan. Hy's baie groter storms as hierdie een deur, en die storms bring my geluk, want uit die storms maak ek my ekstra ekstras. In 'n nag soos dié versuip die skeepskokke se hoenders almal binne-in die hokke op dek en betaal hulle oophand tot twee sjielings 'n hoender as die storm gaan lê en hulle hawe toe kom. Ek het die laaste tyd nie meer hoenders aangehou nie, ek kon nie alles raakvat nie. As jy vir kos en blyplek wil werk, kan jy môre begin. Ons sal weer 'n vark of twee ook moet grootmaak. Hulle betaal goed vir varke; die ou seemanne kou die spek teen die seesiekte om die binnegoed stil te hou. Waar's jou goed?"

"Watse goed?"

"Jou klere en goed."

"Ek het nie juis meer as wat ek hier aanhet nie."

Kaliel het sy kop geskud. "Julle houtkappers is darem wragtig ellendig van die armoed. Julle bly aan die hout uitry, maar julle bly veragter."

"My mense is nie houtkappers nie, ons maak balke."

"Dis dieselfde ding. Bos is Bos."

"Ek sal vir jou werk, maar my voorwaarde is nog altyd lat jy my tussenin sal leer roei."

"Bly weg van die water af, dis nie jou plek nie."

Kaliel het vir hom 'n strooimatras oopgerol en twee komberse gegee.

"As ons regkom, kan jy vir jou die agterste kamer klaarmaak. Het jy genoeg geëet?"

"Ja, dankie."

Hy het min geslaap. En Kaliel was ligdag al weer op om koffie en planne te maak.

"Hierdie wind sal nie gaan lê voor hy nie sy drie dae uitgewaai het nie. Die beste sal wees as ek jou gaan wys waar die oesterbanke lê; dis amper 'n dag se stap as jy nie 'n tiekie het vir kortpad oor die meer met Stefaans Kuiper se skuit saam nie. Ek stap. Ek betaal nie tiekie nie. Jy stap ook. En onthou, Kaliel September se oesters is geken en sy prys is twee sjielings 'n honderd, want hy drá sy oesters in die sakke uit; hy ry hulle nie op donkies uit soos die ander nie, daarom smaak sy oesters nie na donkiesweet nie. Onthou dit. Môre sal ek jou leer aas sny en lyne hoek en die sloepe wys waar jy vir ons moet visvang. Nege pennies 'n gedroogde vis, en jy kan nooit te veel hê nie. Kan jy 'n ordentlike bosbokstrik stel?"

"Ja."

"Die skepe betaal goed vir toutjiesvleis. Kan jy 'n bloubokkiestrik stel?"

"Is hier dan bloubokkies ook?"

"So 'n paar, ja."

"Ek stel nie bloubokkiestrikke nie."

"Jy het nog nie eers begin werk nie en jy wil al uitsoek wat jy wil doen?" het Kaliel hom vererg.

"Ek stel nie bloubokkiestrikke nie. Ek sal die ander werk doen."

"Die *Lord of the Isles* se kaptein het my laas ses sjielings vir 'n bloubokkie betaal!"

"Waar kom al die skepe vandaan?" het hy Kaliel weggelok.

"Party kom ver, party loop kuslangs van hawe tot hawe. Die meeste wat hier deurkom, kom om hout te laai; miskien 'n vraggie botter en velle en eiers en so aan ook, maar meesal hout. En kos en drinkwater. Op die oomblik is daar praatjies van pokke aan die Kaap en dis ons geluk; die skepe wat op pad Ooste toe is, kom dan makliker hier aan vir kos en water. Jy moet vir ons die hoenderhokke 'n bietjie regmaak en 'n varkhok bou."

"Waar's die Ooste?"

"Julle is darem dom mense, houtkapper." Kaliel het opgestaan en 'n ou verweerde kaart van 'n plankrak afgehaal en tussen hulle op die vloer oopgerol. "Nou sal jy seker vir my sê jy kan nie lees nie."

"Ek kan."

"Dis wragtig 'n wonder."

Die kaart was die vreemde, nuwe wêreld op papier: bruin van ouderdom en getoiing om die rande, maar patroon van die onbekende.

Kaliel moes vir hom 'n lantern opsteek sodat hy die wonder beter kon bekyk.

"Wat gebeur as daar vandag in hierdie storm 'n skip wil deurkom?"

"Nie eers 'n koolvreter sal dit vandag naby John Benn se rooi vlag waag nie," het Kaliel hom verseker.

"Wat is 'n koolvreter?"

"Stoomskip. Sonder seile." Hy het dit met openlike haat gesê en sywaarts gespoeg. "Sommer vuilgoed."

Drie dae lank het hy agter Kaliel aan geloop, met die wind wat sy gesig brand en sy lyf skeef druk, om te leer waar die beste ingooiplekke vir die vis is, die oesterbanke lê, die strikke gestel moet word, die planke vir die hokke gekry moet word, waar die gereedskap is, waar die suurvye Desember gepluk moet word, hoe om 'n vis skoon te maak en oop te vlek.

"En onthou, nie 'n oester van my op 'n donkie nie!"

Die storm het die water tussen die koppe tot 'n skuimende kookpot opgerui; met sakwater het die getystroom deurgejaag see toe en met groeiwater teruggejaag meer toe.

"Houtkapper," het Kaliel gesê, "nou kan jy sê jy't die poort van die hel aanskou. Ék het hom mense sien insluk."

"Wat bedoel jy?"

"Ons was die dag besig om die voetpad oop te kap – lekker dag gewees, die dag ná volmaan, en ek wou nog oesterbanke toe. Daar was nie 'n seil te sien op die see nie. Toe John Benn skielik bo van die kop af skree, kon ons hoor daar's iets verkeerd en ek kan nie onthou wie eerste onder by die boot was nie, ons of hy. Maar daar was niks wat ons kon doen nie. Twee verdomde fools – vreemdelinge, het dit op die ou end uitgekom – was besig om lekker in die meer af geroei te kom. So te sê in die getystroom toe ons onder kom. Ons het gewaai en geskree van die rotse af dat hulle moes omdraai; met die boot kon ons hulle nie haal sonder om self in die moeilikheid te beland nie. Maar die twee het skynbaar gedink ons moedig hulle aan, want hulle het net al lekkerder geroei. Toe die stroom hulle vat, toe begin hulle tol, en toe die stroom hulle deurvat see toe, toe skree hulle soos beeste waarvan die kele met stomp messe afgekerf word. Jy hoor daardie gebulk vir die res van jou lewe wegraak see toe."

"En toe?"

"Hulle is weg. Niemand het hulle ooit weer gesien nie, nie eers 'n splinter van hulle skuit nie."

"Dis verskriklik."

"Dis hoekom ek vir jou sê, bly weg van die water af as gewone bloed in jou are loop."

"Vertel my van John Benn."

"Daar's niks wat John Benn weet wat Kaliel September nie ook weet nie." Hy het dit kortaf en bitter gesê. "Maar hý sit bo op die kop teen twaalf pond die maand plus nog vier-en-'n-sikspens vir elke voet diepgang van elke skip wat hy deurbring, en sy roeiers sit onder langs die water teen tien sjielings die maand en moet in die skeur visvang waar sy oë op hulle kan wees. Doen jy dit nie, soek hy anderman vir jou spaan. Hy weet ek weet net soveel soos hy, hy weet ek sal op my plek wees wanneer ek daar moet wees, maar wie word stuurman toe daar stuurman gekies moet word? Nie Kaliel September nie. Donald Benn. John se broer."

"Hoekom het hulle jou nie gekies nie?"

"Dis nie net vir kies nie, jy moet ticket kry. Ek sou tien

tickets gekry het voor Donald een gekry het, maar ek het mos die merk op my."

"Watse merk?"

"Los dit." Kaliel het opgestaan en die kos geskep. Daar was ontevredenheid in sy hande en in sy lyf, dit het gelyk of hy sy kop tussen sy skouers intrek en wegskram.

Dit was die tweede dag en die derde keer dat hy in bitterheid teen 'n vae lot uitvaar. Buite het die wind sonder ophou bly tier en bokant hulle koppe deur die geroeste sink gefluit; teen Coney Glen se rotse het die branders soos donderslae bly breek.

"Vertel my nog van die man op die kop."

"Jy het die man op die kop in jóú kop! Ek sê vir jou, John Benn is nie al een wat die water se praat verstaan of die wind se nukke ken nie, hy is nie al een wat die streke van die strome ver sien kom nie. Kaliel September sien hulle ook kom. As die wind môreoggend vir John Benn daar bo van die kranse afruk, is daar oormôre net een man wat vir hulle 'n skip sal kan deurhelp en dis ek. Nie eers ou Sewell van Plettenberg-se-baai sal dit kan kom doen nie. Ek weet ook watter vlae om te hys, ek weet ook wat die vlae sê, ek weet ook waar die diepwater loop, ek weet ook waar die riwwe skuil, maar ek sit nie god van die skeur bo-op die kop nie, ek sit onder."

"Jy't gesê jy wag vir 'n skip."

"Ek het, ja." Hulle het al gelê en die lamp was al dood, maar hy kon die wrewel in Kaliel se stem hoor. "Ek wag hom al jare lank in."

"Jy sê hier kom so baie skepe aan. Is dit 'n sekere skip

waarvoor jy wag?" Hy wou nie vir Kaliel sê dat hy in sy hart begin hoop het die skip kom gou nie.

"Jy sal nie verstaan nie, houtkapper, jy weet van niks."

"Jy praat duister, Kaliel, maar miskien verstaan ek beter as wat jy dink."

"Draai om en slaap."

Hy het nie geslaap nie. Hy het gewag tot Kaliel snork en toe opgestaan en in die storm uitgeloop.

Daar was dinge van Kaliel wat hy nie verstaan nie, daar was dinge oor homself wat hy nie verstaan nie en wat hom rusteloos gemaak het.

Was Kaliel kortpad na John Benn se loodsboot toe of was hy ompad? Waarom het hy al meer begin glo dat hy ompad is? Was daar vir hom 'n keuse tussen ompad en kortpad? Elke keer as 'n skuldigheid hom inhaal en hom 'n halfklaar balk op 'n steier laat sien lê, of sy ma se kaal voete, wou hy sy rug teen die kranse gooi sodat die storm hom daarteen kon vasdruk en hy nie sou kon omdraai nie. As hy genoeg vir Kaliel ingebring het, kon hy soms 'n deel vra en miskien saam met 'n boswa uitstuur huis toe. Kos. Intussen kon hy na Nina omkyk en probeer om haar by miss Weatherbury te hou ...

Dit was susgoed soek vir sy gewete en hy het dit geweet.

Die wind het die branders se spatwater soos fyn reën teen hom vasgewaai en sy oë laat brand.

Miskien moes hy vir Kaliel werk tot hy iemand anders kry om hom te leer roei, sodat hy sy eie pad na John Benn en die loodsboot toe kon ooptrap.

Miskien kom Kaliel se skip gouer as wat hy dink.

Sonop moes hy twee bosbokstrikke 'n ent noord van die vlagpaal gaan stel. Kaliel het saamgeloop en nie veel gepraat nie, want hy het die oggend noors opgestaan.

"Veronderstel …" het hy versigtig gewaag terwyl hy die eerste strik onder Kaliel se oë lê. "Veronderstel die wind sou regtig John Benn daar bo van die kranse afruk en jy moet 'n skip gaan deurhelp, wie vat dan in jou plek spaan?"

"Houtkapper, jy soek verniet plek op daardie boot! As een makeer, loop roep ons vroegtydig Joop Stoep daar onder langs die meer in sy huis. Vir mý spaan het hulle nog nooit nodig gehad om hom te roep nie. En al sou die wind John Benn daar loop afhaal, sal hulle my nie 'n skip laat gaan deurhaal nie. Hulle sal my nie eers oor 'n skip se reling laat klim nie!"

"Hoekom nie?"

"Dit traak jou nie."

"Dit traak my, ja. Hoekom sal hulle jou nie oor 'n skip se reling laat klim nie? Het jy iets gesondig?"

Kaliel het weggedraai en agter op die see gekyk. "Jy's dom, houtkapper, jy weet van die see en sy mense en sy reëls niks. Die see glo anderster dinge en net soutbloed ken sy dinge."

"Watse dinge?"

"Dit lyk my ek sal jou maar moet leer, houtkapper. 'n Skip wat uitvaar op 'n Vrydag, is 'n dom skip; die manne sal muit as hulle kan." Daar was hartseer in Kaliel se praat. "'n Seeman wat fluit op 'n dek, is nie 'n seeman nie; hy roep storm aan omdat hy storm nie ken nie. 'n Seeman is 'n taai man, houtkapper, taaier nog as julle bosmense. Hy sal masklim in die swaarste storm; as die wind wegbly en die skip dryf papseil in die middel van die see en die kos raak op, sal hy rotte vang en gaarmaak. Maar 'n seeman is ook 'n bang man. Hy weet as die kat afklim, moet hy ook af, want daardie skip kom nie anderkant aan nie. En as daar een met 'n bose oog opklim, gooi hulle hom af." Kaliel het stilgebly.

"Watse bose oog?"

"Hulle sê jy't die bose oog in jou as jou oë skeel sit in jou kop; die een kyk duiwel toe en die ander graf toe. 'n Kaptein vat jou nie. Hulle sê jy bring die ongeluk – en nou weet jy, houtkapper. Ander sal jou nie hoef te waarsku nie."

"Waar woon John Benn?"

"Onder langs die meer in die eerste huis."

Teen die laatte is hy oor die koppe na miss Weatherbury se plek toe. Kaliel wou hom nie glo toe hy sê hy gaan net om na sy suster te verneem nie.

"Jy's bang! Jy loop terug Bos toe!"

"Ek sal voor donker terug wees, jy sal sien."

Kaliel het brommerig gebly. "Jy lieg. Jy's bang vir die bose kyk; jy's bang soos al die ander op die skuit! Maar sonder Kaliel kom hulle die rif nie oor nie en sonder Kaliel kom daar nie vleis in hulle potte nie, want Kaliel stel die wippe vir die uitdeel om dinge goed te hou!"

"Ek gaan na my suster toe. Jy kan dit glo of dit los."

"Wie's jou suster?" het Kaliel hom uitgedaag.

"Nina van Rooyen. Sy werk by miss Weatherbury."

Kaliel was geskok. "Is dit jou súster?"

"Ja."

"Sê dan sommer vir haar, ek sê, sy gaan moeilikheid kry

waarvoor sy nie klaarstaan nie. Sy moet wegbly uit die koppe uit. Die kapteins soek wit meisies en hulle gaan vir haar kry. Of miskien wil sy gekry wees; hulle sê die kapteins betaal beter as die seemanne."

Hy het Kaliel nie antwoord gegee nie, net weggestap. Oor Nina wou hy nie baklei nie, want sy het hom min gegee waarmee hy vir haar kon keer. Wat Kaliel gesê het, het hom onrustig gemaak, magteloos. Net so min as wat hy mag had oor die wind wat sonder ophou gewaai het, het hy mag oor háár gehad. Maar hy kon nie sy verantwoordelikheid teenoor haar afgesweer kry soos teenoor die ander nie, en daarom wou hy gaan kyk hoe dit met haar gaan. Hy moes vir haar gaan sê waar hy is, dat hy besluit het om vir Kaliel te werk totdat hy sy eie pad kon begin uitkap loodsboot toe.

Miss Weatherbury se huis was ook teen die wind ge-grendel, hy moes hard klop voordat sy hom gehoor en kom oopmaak het. Sy was verras om hom te sien. Amper bly. Sy het gedink hy bring nuus van Nina. Nuus? Ja. Nina was al drie dae lank weg; sy het sommer net haar goed gevat en geloop.

Jissus!

25

Op die ou end was daar net een plek waar Elias van Rooyen sy toorn tot bedaring kon bring voor sy lyf tot niet was van die opkrop, en dit was op die steier waar hy die byl in die balke in kon moker. Eers het hy dae lank sy lot tussen die afdak en die huis en die steier loop en binnetoe beskreeu, tot Barta kom sê het van Saag Barkhuisen wat die slag rolberoerte gekry het van woede omdat die houtkoper op die dorp hom net 'n tiekie se koffie en 'n tiekie se bruinsuiker vir 'n vol vrag geelhout gegee het.

Hy het geskrik. Barta had reg: as kwaad binnetoe slaan, kan dit 'n man klaarmaak. Die beste is om dit uit jou uit te kry.

"Kristoffel, jy byl nie nou in vir omkap nie! Jy maak balk!" Hy was verplig om Kristoffel uit Soois se span te vat en op die ander steier te sit tot tyd en wyl. Nie dat tyd en wyl meer lank sou wees nie. Elias van Rooyen had 'n plan. Wag maar.

As iemand vir hom gesê het Lukas sou dit aan hom doen, sou hy in die persoon se gesig gesê het dis 'n lieg. Nie Lukas nie. Selfs van Kristoffel sou hy dit geglo het, maar nie van Lukas nie. Nie eers 'n sleg hond loop sommer net aan nie.

Barta het al die tweede dag ná Lukas weg is om Nina te soek, gesê sy het 'n naarte in haar. Hy het nog ewe gesê dis gal; Kristoffel het die vorige dag by die huis aangekom met 'n lekker vet bosbokooi en Barta het die aand drie keer geëet. Die derde dag het hy self begin wonder waar die mannetjie so lank wegbly. Dalk het hy kortpad probeer vat en verdwaal, of dalk het die olifante hom gejaag en sit hy iewers in 'n boom.

Die volgende middag het Nina onverwags om die hoek van die afdak gekom. Ewe. Maar sy het nie nader gekom nie. "Pa," het sy van daar af geskree, "Lukas kom nie terug nie!"

"Wat?" Vervloeks of sy wou nader kom dat hy haar in die hande kon kry. "Wat sê jy daar?"

"Hy kom nie terug Bos toe nie, Pa!"

"Waar kom jy daaraan?" Hy het half begin skrik.

"Hy't gesê ek moet kom sê."

Klein vloek. Elke keer as hy haar wou vang, het sy die Bos in gehardloop. Sy wou nie eens dat Barta naby haar kom nie. En die een keer wat Kristoffel haar gevang het, het sy hom so stukkend gekrap dat hy haar net so weer moes los. Toe het hulle haar met kos probeer uitlok, maar dié het sy net vinnig gegryp en gehardloop dat hulle haar nie kon bykom nie.

Waar sy die nag geslaap het, weet net sy alleen. Die volgende môre was sy terug en wou sy hê Barta moes Lukas se ander broek en hemp vir haar gee, maar hy het Barta gekeer. Lukas kon dit self kom haal, het hy gesê.

"Hy kom nie terug nie, Pa. Hy gaan op die dorp werk. Hy't hard gewerk vir Pa, Pa moet sy goed gee."

"Ek sê jou, hy kan dit self kom haal!"

Barta het dit darem op 'n afstand uit die maaksel gekry dat sy nie meer by die skoolmeester werk nie, dat sy nêrens werk nie. Die volgende dag het Martiens se span haar by Ysterhoutrug in die hardepad gekry waar sy met 'n vreemde bruinvel staan en gesels het. Willem het hom verwilder en Willem sê as hy van alles geweet het, het hy haar gevang en huis toe gebring. Willem sê Lukas het van kleintyd af die wegloop in hom gehad. En Nina die duiwel. Dis waar. Net die Vader in die hemel weet wat sy nog alles oor sy huis sal bring.

Maar Lukas én Nina het hulle met Elias van Rooyen misreken. Hulle dink mos hy sit vasgekeer op die eiland, sy hande is vasgemaak en hulle kan met hom mors soos hulle wil. Hulle dink hy sal hom laat onderkry van maaksels, maar hulle het vergeet dat Elias van Rooyen 'n man is met 'n kop vir 'n plan. Goed, dit het hom drie maande geneem om oor die skrik en teleurstelling te kom, maar hy was daaroor. Lukas sou huis toe kom en sy byl kom optel en balke maak tot die wêreld klaar is met balke. En omdat Nina nie werk had nie, sou sy ook terugkom huis toe en op die derde steier kom staan. En hy was nie van plan om Willem of Kristoffel te stuur om hulle te haal nie, hy sou self die osrieme vat en hulle loop soek. Vir die bliksemse grootvoete was hy nie meer bang nie, want vir hulle het hy ook 'n plan gekry. Die tyd wat hy hom van húlle laat vaskeer het, was verby.

Hy lê een nag oor sy bittere lot en dink, toe dit skielik by hom opkom dat sy oorlede oupa altyd vertel het van voorjare toe daar nog van die Outeniekwas wild gewoon het in die Bos en al in die olifantpaaie langs getrek en gejag het sonder dat 'n olifant hulle ooit gehinder het. Hy het Kristoffel die volgende dag gestuur om Hans Oukas bo by Diepwalle te loop roep. Hans is 'n mak Outeniekwa, maar hy sou weet van sy voormense se dinge. Hulle is erg oor hulle voormense. Hans sou weet.

En Hans hét geweet. "As baas Elias nou net baas Elias se kop gebruik het, sou baas Elias dit self kon uitgedink het en sou dit nie nodig gewees het om my uit my werk uit te laat roep nie. Ek staat in die boswagter se tuin en ek wou voor vanaand klaar gespit gehad het."

As hy nie so verleë was oor die skepsel nie, het hy hom net daar onder die klippe gesteek. "Dit lyk my jy't vergeet van die dae toe ons saam by Groot Eiland kinders was en saam begin kap het."

"Jy was van kleintyd af lui vir werk."

"Dit lieg jy! Jy praat saam met die houtkappers en hulle praat net so lieg. Hier staat ek vandag so te sê sonder hulp by die balke. Kyk hoe lyk my hande. Lyk dit vir jou na 'n lui man se hande?"

"Ek hoor jou Lukas het aangeloop, baas Elias?"

Wragtig, as hy nie so verleë was nie … "'n Man se sake het nie die reg om in hierdie bos in sy huis te bly nie, maar julle sal nog sien waar kom Elias van Rooyen uit as hy hom eers klaar vervies het! Voor dit volmaan is, is Lukas terug en hou ek dalk nog vir Kristoffel ook op die balke. Ek staan nie ingeboek by die houtkopers se winkels op die dorp vir skuld soos die ander nie." Dit was nie waaroor hy Hans laat roep het nie. "Ek is van plan om vir my 'n swaar geweer te koop; ek wil grootvoete skiet terwyl die seuns op die balke staan, maar die bogghers is die laaste paar jaar so astrant hier in Kom-se-bos dat ek skrikkerig is. Toe't ek mos laas nag lê en wonder waarom my oorle oupa altyd gesê het julle mense het voortyd sonder vrees vir 'n grootvoet deur die Bos geloop."

"Ek weet wat jy wil weet, maar dit sal jou ses geelpatats kos, baas Elias."

"Ja goed." Dit was ses patats werd.

"En dis nie lat ons voortyd se Outeniekwas nie bang was vir die grootvoete nie. Die grootvoete is die oumense van die Bos, jy loop met respekte in hulle paaie en jy staat eenkant as hulle wil verby … Ek hoor die grootvoete het jou gemerk, baas Elias. Hoekom dan? Wat het jy hulle gemaak?"

"Dis nog 'n lieg wat rondgestrooi lê in die Bos!"

"Ek praat maar soos ek gehoor het."

"Sê wat ek jou gevra het en kry klaar!"

"Gee my kans, ek loop daarnatoe. Dit help nie jy's bang 'n grootvoet sien jou nie. As dit by sien kom, is dit lankal te laat. Doodtrap kom as jy deur die bos loop en nie weet watter kant van die wind hulle is nie en hulle jou ruik kry lank voor jy weet hulle is daar."

"Hoe keer 'n man lat hulle jou ruik kry?"

"Tien patats."

"Goed, tien patats." Hy kon nie anders nie.

"Jy loop pluk vir jou 'n goeie klompie boegoe en dan kneus jy die blare en trek al jou klere uit en vryf jou hele lyf goed daarmee in. Dis die eerste ding. Nou vat jy grootvoetmis en maak dit deurmekaar met 'n bietjie modder – meer mis as modder – en jy smeer jouselwers deeglik daarmee in lat net jou twee oë uitsteek. Nou kan jy maar jou klere aantrek, jy sal teenaan hulle verbyloop, verkeerdekant van die wind, en nie een van hulle sal dit weet nie."

Dit het hom tien patats gekos. En morsig soos dit geklink het, was dit uitkoms. Dit sou hom vir die eerste keer in jare losmaak van die eiland, voete onder hom sit, hom weer op die dorp laat kom. Hy was losgemaak. En hy sou Lukas en Nina self loop haal en terugbring. Vloeksels!

Die Saterdag het hy Barta gestuur om die boegoe te loop pluk en die Sondag Kristoffel om die mis te gaan soek.

"Om wat mee te maak, Pa?" het Kristoffel onwillig gevra.

"Ek het dit dringend nodig vir 'n raat wat ek vir die rumatiek gekry het."

"Sê nou die grootvoete trap my, Pa?"

"Ek het nie gesê jy moet die blik onder hulle holle loop

hou nie! Loop kyk in Kom-se-sleeppad; ek hoor die goed was in die week so bedrywig daar, hulle sou iewers gemis het."

Die aand het Kristoffel sonder die mis daar aangekom en die nag het dit begin reën. Hy sou moes wag.

26

Hy het vir Kaliel van ligdag tot saans donker gewerk. Hy sou nagdeur ook gewerk het as dit hom in die loodsboot kon kry. Maar Kaliel was soos 'n dwarslat in 'n voetpad waarlangs hy kortpad wou steel.

"Jy bly weg daar bo van Seinkop en van John Benn af. Hy hou nie van vreemdes hier rond nie."

In die eerste week ná die storm het hulle John Benn vier keer oor die rif geroei om skepe deur te bring.

"Lukas van Rooi!" het Kaliel hom ná die tweede keer aangepraat. "Jy staan verniet soos 'n skelm daar bo van die kranse af en loer na elke spaan wat onder in die water skep. Jy dink verniet jy sal met die oog kan steel hoe om te roei."

Kaliel se praat het hom nie daar weggehou nie. Elke keer as hy daar bo gestaan het, was dit soos afkyk op 'n droom wat hy beplan het om te droom. Elke keer as die loodsboot die skuimende rif nader, het sy lyf verstram; as die stuurman se bevele saam met die kraak van die roeimikke boontoe trek, het sy oë die afstand tussen boot en skip bly meet, en sy hande het vuiste geword as die boot langs die skip sy lê loop kry en die vangtou soos 'n slap slang deur die lug trek om deur die wagtende hande op die skip gevang te word sodat John Benn kon oortree na die Jakobsleer toe. Sy lyf het saam met die loods s'n daar uitgeklim. Elke keer as die skip na die stuurboordkant toe rol en die leer oor die water uitswaai, het sy hande saam aan die tousporte vasgeklou tot bo.

Hy het die seemanne op die dwarshoute van die maste sien wag om die seile te laat sak of op te trek. Wanneer die seile uiteindelik oopval en uitbol in die wind en die skip geruisloos in die vaargeul begin opvaar, het hy geweet John Benn is die nuwe beveler wat hom veilig sou deurloods.

Dan was die skuit nog agter.

"Dis vir die terugkom wat die onheil jou voorlê," het Kaliel hom verseker. "Dis nie sommer net vir terugroei nie. Jy moet eers in die diepwater lê sodat jy die see kan lees om te sien of die branders in viere of sesse of vywe loop. Ek het hom al in sewes gekry. En jy bly daar agter tot jy sy patroon het en weet waar die gap lê. Loop hy in viere, sal die gap tussen die vierde en die vyfde brander lê; loop hy in sesse, sal die gap tussen die sesde en die sewende brander lê, en so aan. Nou wag jy jou kans af, en onthou: jy lê die hele tyd in wildewater, jy moet keer dat die stroom jou nie vir vuurmaakhout rotse toe vat nie, en dan moet jy nog jou oog na Coney Glen se kant toe ook gooi, want dis waar die dwarslopers opstaan wat die boot onder jou gat uit kom vat!"

"Dit verbaas my dat julle ooit terugkom," het hy vir Kaliel gesê.

"Houtkapper, dit lyk my jy glo my nie." Kaliel het hom gereeld vir sy onkunde vervies. "Loop vra vir enige seeman wat die wêreld se waters ken, wáár volskyt se deurkom lê, en hulle sal vir jou sê: tussen hierdie koppe waar die Knysna deurkom see toe. Dís wat hulle vir jou sal sê. Loop vra hulle."

Dan staan hy daar bo en onthou Kaliel se woorde, terwyl die loodsboot onder op die water in die rondte roei soos 'n dier wat sy kans afkyk vir die regte sprong. Hy tel die branders, hy sien die gapings; sy lyf wil saam met die boot draai om betyds op die kruin van die brander wat voor die gaping loop, te kom. Hy weet dat elke spaan sy trek en sy teëhou moet ken. Hy hou die agterste brander saam met die stuurman dop, want hy weet Kaliel het gesê as hý die boot inhaal, is hulle in moeilikheid waaruit daar nie omdraai sal wees nie.

Hy sien hulle deur die skeur kom, weinig meer as 'n stuk dryfhout tussen die kranse. Dit voel of hy hulle met sy eie wil op die brander hou, oor die eerste rif, oor die tweede rif tot waar die brander skielik platmaak en hulle veilig in Verebedbaai is. Makwater. Dan eers verslap sy lyf en maak sy hande oop. Hy hou hulle dop totdat hulle weer by die skip is om John Benn op te laai en terug te roei na die ankerplek toe.

Soms het hy daar bo bly staan en gekyk hoe die stroom skuimstrepe om die oorkantse rotstong maak, of die tornyne dopgehou terwyl hulle onder in die water speel.

Elke keer het hy omgedraai en met Kaliel se werk voort-gegaan, maar in hom het sy manheid in verset gekom omdat hy eenkant moes bly en van bo af kyk.

Hy het sy eerste grootvis uitgetrek, die eerste sak oesters oor die koppe gedra en gesleep, en gesweer om die eerste donkie te vang as daar net een was. Hy het die varkhok van seeklip begin bou. Wanneer daar skepe agter by die dorp vasgemeer was, het hy vir Kaliel die sakke met die smousgoed gepak.

Saam met die werk het hy elke rots en baaitjie op die koppe by die naam leer ken: Emu Rock, die rots wat in die middel van die deurgang soos 'n slagyster in die water wag. Fountain Point, die rotspunt waaragter die loodsboot se ankerplek is. Mewstone Rock, wat soos 'n klein bergie by die bek van die skeur uit die water opstaan; Black Point aan die oorkant van die meer; die Black Rocks aan die oorkant van die skeur. Green Point. Monkey Point.

Kaliel het hom gaan wys waar die beengrotte is. Hy het die rigtings van die wind leer ken. Die weer se giere. Die maan se tye.

Hy het elke vissersboot leer ken wat soggens vroeg uitroei grootwater toe om middae terug te kom met blinklyf-kabeljoue en geelsterte en steenbrasse en wat ook al die dag gebyt het. Met die visskuite was John Benn genadeloos. Bewaar die een wat nie onmiddellik anker lig as hy die weer se draai sien kom en die groot, wit vlag hys om hulle terug te roep nie. Bewaar die een wat 'n nat sak om die lyf draai in plaas van 'n kurkgordel as hy die vlag vir die gordels hys voor hulle kan deurroei.

Hy het die ander drie roeiers van die loodsboot leer ken: Book Platsie, James Nelson en Loef Bank. Donald Benn, die stuurman.

Hy het die skepe leer ken en Kaliel se wanhoopsliefde vir dié met seile leer verstaan, en sy haat vir die koolvreters.

"Stinkgoed. Kakkerlakneste. Skoorstene pleks van maste en sleepsels rook pleks van seile. Kyk daar, houtkapper, kyk vir jouself!" Dit was die dag nadat die storm gaan lê het.

Vroeg die môre het 'n stormmoeë driemas-skoener vanuit die suide gekom en stadig heen en weer op die see voor die koppe kom vaar.

Daar was 'n rooi vlag en drie ander vlae aan die paal.

"Hoekom laat John Benn hom nie deurkom nie?" wou hy van Kaliel weet. Die storm was dan verby.

"Die gety is nie reg nie."

Die volgende môre was die skoener nog steeds daar. Nes 'n moeë dier wat soebat om deur te kom, maar die rooi vlag was nog altyd aan die paal.

"Hoekom laat hy hom nie deurkom nie? Die gety is dan aan die draai."

"Die wind is nie reg nie."

Die middag het die koolvreter gekom en dié het John Benn sonder moeite gaan deurloods.

"'n Stoomskip hoef immers nie vir die wind te wag nie, Kaliel," het hy die skip se kant gekies toe hulle terugkom.

"Jy noem hom skíp?" Kaliel het drie keer sywaarts ge-spoeg. "Jy weet nie waarvan jy praat nie, houtkapper! Wag tot jy gesien het waar hulle die vuur maak wat die skroef laat draai wat die geraas maak wat die vis wegjaag en die skoorstene die roet laat spoeg. Wag tot jy die seemanne sien wat uit daardie vuurplek kom. Ek sê vir jou, nie die duiwel se stokers is swarter gerook en gekool as hulle nie. Jy beter vir jou suster loop sê om in die huis te bly."

"My suster woon nie meer hier nie, sy's weg."

"Jy kan bly wees."

Die derde dag was die skoener nog altyd aan die soebat. "Wat is John Benn se plan, wanneer gaan hy hom laat deurkom?"

"Sodra die wind draai; dit behoort net ná die middag te wees. Jy sal sien."

Hulle het die skip laatmiddag gaan deurhaal.

Elke skip wat voor die skeur kom vra het om die hawe binne te kom, was anders. Soos wesens met 'n aard van hulle eie. Ou skepe. Netjiese skepe. Twee maste. Drie maste. Vierkantgetuig. Langskeepsgetuig. Wit seile. Vuil seile. Skoorstene. Versigtige skepe, bang skepe. Sommige het koppig en haastig gelyk as die rooi vlag nie wou sak nie. Die koolvreters was meesal voorbarig, asof hulle weet hulle is maklik vyftig dae en meer voor van Engeland af. Maar dit moes hy nie vir Kaliel sê nie.

"Wát? Gee vir my 'n Yankee-klipper met taai seemanne vir my maste en my seile en ek seil vir jou die kak uit 'n koolvreter uit!"

Elke skip wat ingekom het, het weer uitgevaar, swaar gelaai met hout, en elke keer het daar 'n drif in Kaliel opgestaan wat hom soms met wanhoop geslaan het. Dan het hy teruggekom van die loodsboot af, op die hoogste rots voor sy woning geklim en agterna gestaar tot die seile oor die horison verdwyn het. Soms het hy afgebuk en seeklippe agterna gegooi asof hy só sy Kainsvloek wou wreek. Soms het hy dit op hom, Lukas, uitgehaal:

"Jy dink jy sal my plek in die loodsboot kry, nè? Jy dink

ek weet dit nie. Jy dink jy sal John Benn se rug laat buig deur wildsvleis onder by sy vrou te loop afgee, nè? Jy't gedink ek weet dit nie. Jy dink omdat jóú oë reguit sit jy's sonder merk, maar ek sê vir jou: jy's net so gemerk soos ek. Jy's houtkapper en die Bos sal aan jou vassit solank jy leef. En gesels nog een keer weer met die ander roeiers en ek smyt vir jou uit my plek uit en jy kan in die beengrotte loop inkruip!"

"Ek praat met wie ek wil."

"Nie solank jy vir Kaliel September werk nie!"

"My tong is nie aan jou verhuur nie; ek praat met wie ek wil." Hy het opgestaan en sommer oor die koppe geloop. Dit was beter om uit Kaliel se pad te bly as hy beduiweld is.

April het verbygegaan. Die arms van die kandelaarsblomme op Steenbokeiland en langs die voetpad dorp toe het hulle helder rooi kleur verloor en bruin en droog geword. Meimaand se bergwind het gekom en die eerstes uit die grond kom ruk en tollend teen die koppe vasgewaai. Junie het aangebreek.

Dit was galjoentyd. Kaliel het hom vroeg in Junie die oggend gestuur om te gaan rooiaas sny en te kyk of die galjoen al byt. Toe hy die middag by die huis kom, het Kaliel hom ingewag. "Het jy dan nie gesê jou suster is weg nie?"

"Ek het."

"Dan's dit seker haar spook wat ek duskant die skuit op die rotse gesien het. Sy soek moeilikheid, die seemanne loop dik."

Sy mond wou oopgaan om vir Kaliel te sê hy lieg. Dat dit nie Nina kon gewees het wat hy gesien het nie, dat dit nie sy móés wees nie. Nadat sy by miss Weatherbury weg is, sou hy haar nek omgedraai het as hy haar in die hande kon kry, want dit was die grootste kans wat sy in haar lewe weggegooi het en sy was te astrant en onmoontlik om dit te weet.

Agterna was hy bly dat sy aangeloop het. Té veel wye-broek-slapbeen-seemanne het skemeraande uit die skepe geslenter op soek na enigiets wat 'n rok aanhet. Nie hy of miss Weatherbury sou haar kon opgepas of ingetoom het nie. Daarby was sy eie skuldigheid ligter, want Nina sou net een rigting loop en dit was Bos toe. Huis toe. Háár terugkeer sou sý wegbly op 'n manier verdoesel en hom toelaat om in groter vrede te bly waar hy was. Omdraai huis toe sou hy nie, al het sy pa vir Willem en Kristoffel met die osse gestuur om hom te haal. Dit was nie meer kleintyd toe hulle hom in die Lange Kloof met 'n perdekar kon laat haal nie.

Sou Selling nog leef?

Hy het na Kaliel gedraai en gevra wanneer dit was dat hy Nina op die rotse gesien het.

"So 'n uur gelede. Ons het die *Lord of the Isles* deurgebring en toe ons terugkom, was sy daar. Ek dink sy't gedink jy is op die skuit. Jy sug, hoor ek. Ek sou ook gesug het as sy my suster was."

Hy kon nie 'n uitweg bedink nie; hy sou moes gaan kyk waar sy is en haar dan óf terugkry in die Bos óf by miss Weatherbury op sy knieë loop vra dat sy haar weer moet vat. Waarom het sy pa-hulle nie besef dat sy nooit op die dorp moes gewees het nie! Waarom het hulle nie behoorlik na haar gekyk nie?

Sy was nie onder by die loodsboot nie. Ook nie tussen die koppe langs in die skeur op nie. Net Book Platsie en Loef Bank was daar, besig om van die rotse af vis te vang.

"Dit lyk my Kaliel jaag jou rond!" het Loef gesê en gelag.

"Ja. Julle het nie so 'n skralerige meisiekind gesien nie?"

"Sy was netnou daar by die skuit rond. Kaliel sê dis jou suster?" het Book gevra.

"Ja."

"Het die galjoen gebyt waar jy gevang het?"

"Ja, ek het vyf gekry."

Vanuit die suidweste was 'n bank mis besig om nader te kom en die eerste slierte het klaar oor die koppe aan die oorkant van die meer gewaai gekom. Hy het omgedraai en weggestap en in sy hart gesê: Nina van Rooyen, as ek vandag 'n osriem had, het ek jou aan die eerste melkhoutboom vasgemaak! Ek kan nie heeldag na jou loop en soek nie en nog minder kan ek jou oppas.

Hy het tot sononder gesoek, 'n paar keer gemik om tot in die dorp te soek en dit op die ou end gelos. Die een oomblik was hy vies omdat hy na haar moes loop en soek, en die volgende oomblik het die ou jammerte vir haar in hom opgekom en hom maar nog 'n draai laat maak oor die koppe. Hy kon vir haar kwaad word, maar hy kon nooit vir haar kwaad bly nie. Dis net dat hy nie nou vir haar verantwoordelik wou wees nie; hy moes vir hom 'n pad oopgetrap kry loodsboot toe, nie na Nina toe nie! Hy moes 'n plan maak om te leer roei. Book Platsie het van 'n sekere mister Goldsbury gepraat wat 'n skuit het wat hy soms leen om op die meer mee te gaan visvang; jy moet glo net 'n deel van jou vangs aan die man afgee. Goldsbury. Hoekom slaan die naam elke keer in hom vas? Iemand se van was Goldsbury.

Hy het gesoek tot die mis oor Seinkop en John Benn gelê het en koers gewaai het dorp toe. Toe het hy opgegee en die onrus saam met hom in Coney Glen se kloof af geneem na Kaliel se huis toe.

Die wêreld het stil en vreemd en mooi onder die mis gelê. Dit was of die see en die meer geweet het hulle kon hul baasskap oor die skeur 'n rukkie los, omdat geen mens of sy skip of sy skuit dit naby sou waag solank die mis só toe gebly het nie.

Hy was 'n ent ver teen die skuinste af toe hy opkyk en in sy spore vassteek: deur die mis, minder as 'n halfmyl see in, was daar 'n oomblik die duidelike beeld van 'n skip met drie maste en 'n kluiwer waaraan elke moontlike seil gespan was teen die sukkelbries. 'n Spooksel van 'n skip, want toe hy weer kyk, was daar niks. Net die mis. Maar in die oomblik dat hy die skip gesien het, sou hy kon sweer daar was iets slu aan hom, of hy al skuilend gevaar het.

Miskien het Kaliel iets van die skip geweet. Hy het vinnig in die kloof af begin loop en toe hy onder kom 'n tweede keer vasgesteek. Nina het op die flentertjie sand tussen Coney Glen se rotse geloop en sloer soos 'n kind wat alleen aan die speel is. Die windjie het haar rok teen die rondings van haar skraal lyf vasgewaai, haar hare was netjies geknip en het in los bondeltjies om haar kop gekrul. Die rok en die baadjie wat sy aanhad, was goeie klere. Nuut. Wat sy waar gekry het?

Agterdog het in hom opgeskiet en saam daarmee die

onverklaarbaarste jaloesie. Hy het skielik besef hoe anders mooi sy was as die bleek, verfynde meisies wat soms saam met deftige here van die dorp af langs die meer kom wandel of te perd oor die koppe kom ry het. Nina se mooi was ongetem. Onaanraakbaar soos die Bos se vreemde mooiheid nog altyd vir hom was.

Nee. Sy was soos die skip êrens in die mis: jy weet sy is daar, maar jy durf nie jou hand uitsteek om haar aan te raak nie. Sy was Nina.

Hy het geskok en skuldig gestaan oor sy gevoelens; dit was of sy liggaam 'n oomblik vergeet het dat sy sy suster is.

Toe sy opkyk en hom sien staan, het 'n blyheid uit haar gestraal. "Lukas! Ek het jou gesoek!" Sy het kaalvoet oor die sand gehardloop en haar arms op haar lawwe manier om hom gegooi. "Ek het vir jou gewag! Die skele daar by die kaia het gesê jy sal voor donker kom!"

Haar lyf was teen hom en hy het syne voel antwoord gee. Was hy van sy verstand af? Hy het haar van hom af weggestoot, maar sy wou nie wegbly nie. Sy het haar vingers deur syne gevleg en met sy hand gespeel soos 'n kind wat tevrede is.

"Waar die duiwel kom jy vandaan?" Hy het met haar geraas om sy verwarring weg te steek.

"Ek soek jou al dae lank. Ek het begin glo dat jy seker maar weg is … Jy gee my verniet jou kwaai kyk, ek het nie verbrou nie. Nie te erg nie."

"Die laaste wat ek van jou gehoor het, was by miss Weatherbury toe jy sommer weer net aangeloop het. Vir wat het jy dit gedoen?"

"Maar jý het dan gesê ek moet vir Pa loop sê jy kom nie weer terug nie!" het sy hom verwyt. "Jy't my dan gestuur. Ek het toe maar net 'n bietjie langer in die Bos gebly. Dis al."

Iets het vir hom gesê dat dit nie by die huis was nie. "Waar in die Bos?"

"By die ou plek." Sy het sy hand gelos en weggedraai. "Dis nie meer soos eers nie, Lukas. Die mondfluitjie is vals geroes, die bottels is vuil en van die torre ingeneem – ek het hulle toe maar begrawe. Miskien gaan ek ook nie weer terug Bos toe nie."

Dit het hom laat skrik. "Maar jy móét teruggaan!"

"Ek het vir Pa gesê ek sal in jou plek terugkom, maar Pa is beneukter as ooit; hy wil nie vir my by die huis hê nie, hy wil jou daar hê. Ma se sê het skynbaar jare gelede al opgegee, sy praat soos Pa wil hê sy moet praat ... Die Bos is geil ná die reën, Lukas. Die stinkhout blom, die loeries is groener as ooit."

Sy het skielik stilgebly en daar was bitterheid in haar stilte. Hy het vir die eerste keer besef dat daar iewers in haar 'n seer moes lê waarvan niemand weet nie. Stoutste kind van Barnard-se-eiland, maar sy was lank nie meer 'n kind nie en sy kon nie langer troos loop soek in haar vreemde liefde vir die Bos en in haar mondfluitjie of haar bottels nie. Hy wou sy arm om haar skouers sit en haar só probeer troos, maar hy kon nie. Deur al die jare was daar tussen hom en haar 'n samehorigheid, 'n geneentheid wat daar nie tussen haar en Willem en Kristoffel was nie. Selfs die dae waarop hy haar van woede wou vermoor, was dit daardie iets tussen hulle wat hom elke keer weer voor haar laat swig het. Nina was vir hom die suster wat nie eens Kittie of Emma kleintyd vir hom was nie. Daarom kon hy nie verstaan wat dit met hom was nie, waarom hy so skielik anders van haar bewus was nie! Dit het hom met die aakligste gevoel van verdorwenheid en skuld daar laat staan.

Sy was sy suster!

"Nina …" Hy kon sy oë nie van haar weghou nie. "Nina, jy kon nie meer as twee maande in die Bos gebly het nie. Waar was jy nog?"

"Ek het op die dorp gewerk. By die winkel waar ek die slag die mondfluitjie gesteel het," het sy met 'n skuldige laggie gesê en bygevoeg: "Ek werk nie meer daar nie, ek het geloop; daar kom te veel snaakse seemanne in wat nie plek het vir hulle hande nie."

"Jy moet teruggaan huis toe. Ek sal met Pa loop praat, dinge aan hom verduidelik. Ek sal met Ma praat."

"Dit sal nie help nie, jy weet dit net so goed soos ek."

"Laat ek immers gaan probeer! Waar gaan jy bly? Waar gaan jy werk kry?" Dit het hom van die klere bygeval. "Waar het jy die klere gekry wat jy aanhet, Nina?"

"Dit klink of jy vra waar ek dit gesteel het, Lukas," het sy verslae gesê.

"Ek het dit nie so bedoel nie."

"Ek is terug by miss Weatherbury." Dit was soos die erkenning van 'n neerlaag. "Maar nie as bediende nie," het sy met 'n tikkie spot bygevoeg. "Ek is nou 'n companion; dis 'n bediende wat toegelaat word om aan die geselskap deel te neem en aan dieselfde tafel te eet."

Dit was 'n verligting. Die feit dat sy terug was by miss

Weatherbury het die verantwoordelikheid van sy skouers geneem en hom kans gegee om alleen te kom waar hy die duiwel uit sy liggaam uit kon kry.

"Jy's veilig by miss Weatherbury, Nina. Bly by haar. As jy vir een keer in jou lewe die regte ding gedoen het, was dit om na haar toe terug te kom."

Sy het met haar tone in die sand staan en boor en nie opgekyk nie. Die mis het fyn druppeltjies in haar hare gemaak en hulle nog meer laat krul. Toe het sy opgekyk en die vraag vas in sy oë gevra: "Waar anders kon ek gaan?"

"Ek weet nie. Ek weet net dis nie reg dat daar nie vir jou plek is waar jy nie verleë oor hoef te wees nie."

"Ma het darem gevra of jý slaapplek het. Die skele daar by die kaia sê jy woon en werk vir hom?"

"Ja. Ek kan seker dieselfde vra as jy: Waar anders?"

"Jy beter bid dat Pa dit nie uitvind nie."

"Of hy uitvind of nie, ek gaan nie terug huis toe nie. Kom, ek sal saam met jou stap tot by miss Weatherbury se hek."

Die volgende oggend het die mis nog dikker oor die aarde gelê. Kaliel was vol twyfel oor die skip wat hy in die mis gesien het. 'n Skip in dié mis? Só naby? Mis is 'n bedrieglike ding, houtkapper, 'n dom oog daarby nog meer. Miskien het jy hom gesien, miskien nie. Miskien is dit die *Blue Star,* sy kaptein is gewoonlik dronk.

Kaliel het hom vroegmôre gestuur om die bosbokstrikke na te loop en hom aangejaag. Daar moes aan die derde vertrek gewerk word; dit was beknop met twee in die plek soos dit was.

En sodra die mis begin opklaar, moes hy oesterbanke toe; die volgende dag was springty en hy moes vroeg begin afsteek.

Met die terugkom van die strikke af het hy egter die voetpad bo na Seinkop toe gevat. Die see het veraf onder die kranse in die mis gedruis, nie 'n duif het gekoer nie, nie 'n meeu gekrys nie. Waar die son moes wees, was net 'n blinkigheid in die mis; waar John Benn moes wees, was net 'n leë bankie, en aan die vlagpaal het die rooi vlag pap en klam gehang.

Sou die loods siek wees? Seinkop het verlate gelyk sonder sy waker. Of miskien het die mis ook John Benn 'n kans gegee om 'n slag die waak op te sê en tot rus te kom. Dit was net hy, Lukas van Rooyen, wat van verwarring nie tot rus kon kom nie. Hy was ook nie lus om terug te gaan na Kaliel se plek nie. Vir een dag kon die werk én Kaliel wag.

Die mis was soos 'n dik, vaalwit wolk om hom. Hy het teen die skuinste onderkant die bankie af begin loop. Versigtig. Die kort ruigte was nat en iewers vorentoe het die kranse loodreg in die skeur af geval; een voet se gly en daar sou nie tyd wees om na vashouplek te gryp nie.

Die nag wat verby was, het hom deurmekaar gehad van vrae wat hom getreiter het totdat Kaliel hom in die nanag aangesê het om end te kry met omdraai en raas, of buitetoe te gaan.

Vrae. Onrus. Skuldigheid. Waarom het hy anders gevoel teenoor Nina as tevore? Die vraag waarteen hy die hardste geveg en verloor het, het hom voordag ingehaal: Is hy werklik Nina se broer? Ja! het hy vir homself gesê. Nee! het sy liggaam teruggepraat. Maar as hy nie haar broer is nie, wie is hy dan? Fiela Komoetie se kind, het dit diep uit hom kom koggel. Die Here het my aan haar toebetrou … Waarom het hy skielik na Nina verlang? Waarom kon hy dit nie gekeer kry nie? Hy het later opgestaan en buite in die donker in die mis gaan sit totdat sy liggaam van die koue dood was en hy só homself tot kalmte gekasty het.

John Benn het meteens voor hom in die mis gestaan. Treë van die kranskant af soos een wat diep die mis probeer intuur.

"Môre, mister Benn."

"Môre, Van Rooyen."

"Ek sou gister amper gesweer het dat ek 'n skip in die mis gesien het."

"Jy het. Hy's nog daar."

John Benn was onrustig. Hy het 'n entjie van hom af op sy hurke gaan sit en die stilte en die mis het om hulle kom lê.

Soos wat daar tussen hom en Nina altyd 'n samehorigheid was, was daar tussen hom en John Benn van die eerste dag af 'n vyandskap wat anders was as vyandskap; asof dit daar moes wees soos die rooi vlag aan die paal wanneer die rif onbegaanbaar was. Daar was dae dat hy gedink het die rif tussen hom en die waker oor die skeur begin kalmer word, soos die dag toe hy hom oor sy woonplek aangespreek het.

"Ek sien jy het by Kaliel September ingetrek."

"Ja."

"Werk jy vir hom?"

"Ja. Vir kos en slaapplek."

"Jy's nie die eerste houtkapper wat ek sonder verstand sien nie, maar jy's die eerste een wat ek sonder trots sien."

"Ons is balkemakers, nie houtkappers nie."

"Is daar 'n verskil?"

Hy het John Benn nie geantwoord nie.

Die mis het sy klere en sy hare laat nat word. Die vrae het weer in hom begin woed. As Nina voor die Here sy bloedsuster was, was daar iets verdorwe in hom en moes hy dit soos gif uit hom kry. As sy nie sy suster was nie, wou hy dit weet. Hoe? Waar loop soek jy die waarheid as dit só diep begrawe lê dat dit al kon vergaan het?

Willem het eendag tandpyn gekry waarvoor niks wou help nie. Ten einde het tant Gertjie raad kom gee: "Vat weg die dink van jou tand af en sit die dink by jou toon. Hou aan tot die pyn in die toon afsak, want dis beter lat jou toon seer is as jou tand."

Willem het ná 'n ruk gesweer dit werk. Maande daarna, toe die tandetrekker met sy twee pakosse vol heuning en hoenders en velle, wat hy vir sy dienste geruil het, deur hulle kant van die Bos sy trek kom maak het, is Willem se botande met kwaadtand en al getrek. Elias van Rooyen het die bevel gegee en twee moes Willem se kop vasdruk. Nina het die Bos in gehol en 'n dag lank weggebly; háár tande sou hulle nie kry nie.

Vat weg die dink van jou tand af. Vat weg die dink van Nina af. Draai om en loop oesterbanke toe soos Kaliel gesê het; loop met jou moeë liggaam tot jy neerslaan, dan staan jy op en kruip tot die gif uit jou uit is, want daar is een ding wat jy vergeet het: Barta van Rooyen het jou sonder om te hink of te twyfel tussen vier ander uitgeken as hare. Nina van Rooyen is jou suster. God in die hemel, sy is jou suster!

"Is jy doof, Van Rooyen? Sit jy op jou hurke en slaap?" Dit was John Benn.

"Ek is wakker." Nina was sy suster.

"Waar is Kaliel?"

"Hy's dorp toe om meel en rys te koop en hy's ook na sy ma toe. Sy verjaar."

"Loop sê vir Book Platsie hy moet hardloop en Joop Stoep gaan sê om te kom help. Die mis klaar op, hulle moet regmaak om my deur te roei. En as Kaliel van die dorp af kom, sê vir hom die loodsboot se reëls sê die roeier wat sonder vooraf verskoning nie by sy spaan is nie, het nie meer 'n spaan nie!"

Die woorde het hom tot lewe geruk, maar die volgende oomblik het hy versteen bly staan, want verby John Benn, onder voor die bek van die skeur en gevaarlik naby die Black Rocks, het die skip in die yler wordende mis voor anker gelê. Seile opgerol en rustig wiegend oor die effense deining; nie 'n vlag of 'n wimpel aan 'n mastou om 'n loods te vra of te verneem of daar hout te laai is nie.

"Kyk waar lê daardie skip, mister Benn!"

"Ek het hom gesien. Loop sê Book Platsie moet hardloop!" Hy het omgespring en teen die skuinste uit gehardloop voetpad toe en John Benn se woorde deur hom laat gaan: Die roeier wat sonder vooraf verskoning nie by sy spaan is nie, het nie meer 'n spaan nie! Dit was hoop waar hy nie hoop te wagte was nie! Kaliel het die oggend gesê daar sou niks behalwe 'n vis deur die koppe kon kom nie, hy gaan dorp toe. Vir een keer was Kaliel te slim. En hy, Lukas van Rooyen, kon nie roei nie! Daar was oop pad na die loodsboot toe en hy kon nie roei nie.

Hy het altyd gedink sy kans sou kom as daar dalk op 'n dag vir Kaliel op die een of ander manier plek op 'n skip gemaak word – of as Book Platsie of James loop. Book het eendag gepraat van visskuite toe gaan en James het gereeld oor sy armoed gekla:

"Dis mos net Kaliel September wat hom ryk steel en smous hier om die koppe, dis mos net hy wat agter by die oesterbanke kan ruik wanneer 'n skip wil deurkom."

"Toe maar," het Book die dag voorspel, "Kaliel se dag sal nog kom. Dolf Blou het ook gedink hy kan gaan visvang waar hy John Benn nie kan hoor roep nie, gedink die loodsboot sal vir hom lê en wag, maar hy het nie."

Daar was oop pad skuit toe en Lukas van Rooyen kon nie roei nie! Kaliel het sy kans gekry toe Dolf Blou die dag nie by sy spaan was nie, maar Kaliel kon roei en 'n skip met 'n siek kaptein moes dringend deurgehaal word.

"Toe John Benn die dag sê ek moet spaanvat, toe skree Book Platsie nog ewe: 'Nie hý nie, nie die skeeloog nie, hy sal ons almal laat versuip!' Maar die skip moes deur, die wind en die rif was reg en hulle moes my vat. Ek was in."

Sy gewete het skielik saam met hom kom draf: Kaliel het met sy lewe aan sy plek in die skuit geklou. As hy vir een misgissing daardie plek moes verloor, sou die hel in Coney Glen en op die koppe losbreek.

Die mis het nog dik in die meer op gelê. Miskien was dit

John Benn wat hom vergis het; die gety was reg om deur te roei, maar daar was nie genoeg wind om 'n kopdoek mee te laat bol nie, wat nog te sê 'n skip se seile?

Hy sou Book Platsie vra om hom te leer roei. Onmiddellik. Môre. Hy sou hom met die vyf sjielings betaal en Joop Stoep kon solank vir hom instaan tot hy kon roei. Hy sou ander blyplek moes soek tot Kaliel bedaar het; daarna kan hy hom weer help met die bosbokstrikke en 'n paar ander dinge.

Toe hy onder by die skuit kom, was daar net een roeier: Kaliel. Die oomblik van vooruitsig was verby en die pad na die loodsboot weer toegeval.

"Ek dog dan jy's dorp toe?"

"Ek het omgedraai. Jy had reg, daar is 'n skip in die mis en ek vertrou hom nie."

Dieselfde agterdog wat in John Benn was, was in Kaliel.

"Hoekom nie?"

"As ek die loods was, het ek deurgeroei en vir hom loop vra wat hy daar by die Black Rocks soek."

"Ek het gedink jy is dorp toe."

Kaliel het hom opgeruk. "En ek het gedink jy is al halfpad oesterbanke toe! Die mis klaar op, jy moet begin aanstap as jy voor donker daar wil kom!"

"Waar's Book en die ander?"

"Hoe moet ek weet? En vir wat staan kyk jy my aan of ek 'n verskynsel is?"

"Hoe't jy van die skip geweet?"

"Ek het hom geruik."

Bo teen die kop het John Benn se eerste "Ahooi!" opgegaan. Book het links uit die bosse gekom en James 'n ent verder links. Loef het oor Fountain Point se rotse gekom, en toe die tweede "Ahooi!" ondertoe rol, het Donald in die voetpad gestaan en teruggeskree: die teken dat almal daar is.

Hy het die sakke gaan haal en in die pad geval oesterbanke toe. Duskant die melkhoutboom het hy Nina gekry.

"Hoeveel keer moet ek nog vir jou sê om nie so alleen rond te loop nie!"

"Maar ek was op pad na jou toe," het sy geskerm. "Met 'n boodskap."

Sy het 'n blou rok met fyn blommetjies op aangehad en om haar skouers was 'n dik swart tjalie.

"Watse boodskap?" Sy was so mooi.

"Daar het iemand uit die Lange Kloof na jou gesoek." Sy het hom dopgehou asof sy presies wou sien hoe dit hom tref. "Ek het hom by Ysterhoutrug in die hardepad gekry."

"Wie?"

"Hy sê sy naam is Latjie van baas Petrus."

Latjie van baas Petrus. Latjie. Hy het die naam onthou, maar nie die gesig nie.

"Wat wou hy hê?" het hy gevra. Haar oë het stip in syne bly kyk en daar was 'n hoonlaggie om haar mond. "Wat wou hy hê, Nina?"

"Hy het gesoek na Benjamin Komoetie, wat eers in die Lange Kloof gewoon het. Hy't gesê hulle het hom gestuur om vir Benjamin Komoetie te kom sê van sy broer wat dood is. Sy broer Dawid."

Dawid was dood. Sy broer Dawid was dood. Dit was soos 'n weerklank wat al verder en verder terugrol deur die tyd.

27

Drie dae later, toe die son begin sak en die volmaan uit die see uit opstaan, het hy begin stap. Lange Kloof toe. Waarom het hy nie presies geweet nie; hy het net geweet hy moet dit doen.

Agter hom het die skip wat uit die mis gekom het, nog net so voor die skeur gelê, maar hy kon nie langer wag om te sien wat sy plan is nie.

Oor sy skouer was die sak met die groot kabeljou wat hy die middag uit die skeur getrek het; twee volle dae en 'n halfdag daarby het hy gestaan om die vis te vang, sodat hy nie met niks sou teruggaan nie.

Die eerste dag het Kaliel 'n uur lank geskel oor die oesters wat nie gehaal is nie, oor die vark wat nie by die wilde gousblomme op lyn was om te vreet nie, oor al die ander werk wat stilgestaan het.

"Jy sien ons sit met 'n mal skip voor die ingang wat dink ons weet nie wat sy plan is nie! Jy sien ek moet my oë elke oomblik op hom hou en jy staan hier om 'n bliksemse vis te vang!"

"Wat ís die skip se plan?"

"Jy't niks met die skip te doen nie! Jy moet kyk dat die werk gedoen kom!"

Hy het Kaliel laat praat tot hy van sy eie praat op was.

Later die middag het Book van dieselfde rots af kom ingooi.

"Wat is daardie skip se plan, Book?" het hy vir hom gevra.

"Hy lê en wag en bid vir 'n stormwind. Ons het laas jaar ook een gehad. Hy kom selfmoord pleeg."

"Wat?"

"Ja. Ons het John Benn vanoggend tot roepafstand van hom geroei en hy't gesê hulle moet wegkom daar van die rotse af, maar die kaptein sê die stuur is onklaar. Die timmerman is besig om dit reg te maak. Hy lieg. En Kaliel wou natuurlik met geweld teen die touleer uit om die man te donder; jy weet mos hoe hy is oor 'n ding met seile."

"Hoekom wil hy selfmoord pleeg?"

"Jy sien, dit werk so: hy weet hy kan nie meer teen die koolvreters wen nie, al span hy nog tien seile by. Seile se tyd is verby. Nou seil hy dik verseker uit Engeland weg met 'n omgekoopte kaptein en net genoeg seemanne om hom hier te kry, en hier moet hy 'n dom ding kom aanvang wat na die noodlot se werk sal lyk."

"Hoekom kom hy so ver om dit te doen?"

"Waar gaan hy 'n beter plek kry as dié?"

Dit was naar om die skip so sonder genade daar te sien lê. Teen die laatte het Nina by hom op die rots kom sit om ook na die skip te kyk.

"Dis nes 'n ou olifant wat weet sy tyd het aangebreek en wat sy einde in die diepste kloof staan en inwag," het sy gesê. "Die verskil is net dat die mense hom nie daar sou kon staan en bekyk het soos hier nie." 'n Visskuit het van die seekant af deurgekom met 'n swerm gierende meeue wat al om hom bly draai. "Hou julle bekke!" het sy vir hulle geskree.

"Hulle hoor jou tog nie, Nina."

"Simpel goed. Ek haat hulle. Het jy al ooit 'n seevoël hoor

sing, Lukas? Hulle sing mos nie, hulle lawaai net en hulle stemme is net so grof en hard soos die groeigoed hier om die see. En verder baklei hulle. Veral die meeue. Die bosvoëls síng. Ek kan nie verstaan hoe jy hierdie rotsnes bo die Bos kan verkies nie." Sy was kriewelrig,

"Ek gaan vir 'n paar dae Lange Kloof toe."

Sy het niks gesê nie, net opgestaan en styf agter sy rug kom sit en skuil teen die luggie wat see toe sny. Hy was moeg geveg teen dit wat hy vir haar voel; al wat hy kon doen, was om dit weg te steek sodat sy dit nie agterkom en vir hom sku raak nie. Of bang raak vir hom nie.

Kom jy weer terug?"

"Ja."

"Wanneer?"

"Ek sal seker so 'n week wegbly."

"Wanneer gaan jy?"

"Ek wil eers 'n vis vang om saam te neem."

"Byt die vis?"

"Net kleintjies."

Hy het gehoop sy sou sê hy moenie gaan nie, maar sy het nie.

Die volgende môre het die skip nog steeds al wiegend en veilig voor die skeur gelê. Die see was blinkglad en die luggie wat daar was, sou skaars 'n seil kon vul. Dit was asof die water en die wind saamgesweer het om hom nie te help om op die rotse te beland nie.

Bo-op die kop het John Benn soos 'n tierkat gewaak; onder op Coney Glen se rotse het Kaliel wag gestaan, siek oor die driemasbark by die oorkantse rotse.

"Ek sê vir jou, Lukas van Rooi, hy lek nie 'n emmer vol op 'n dag nie; dis eikehout daardie," het Kaliel die nag wakker gelê en bly praat en droom. "Al wat hy kort, is nuwe seile en 'n bietjie verf. Tou het ek genoeg om van pluisgoed te kneus vir die nate. Jy kon solank begin het. Ek sal die dek laat skrop en hom uitwas met ten minste drie vate asyn en hy sal skyn as ek met hom klaar is. Ek sal sy naam *September* gee en jý, houtkapper, jy sal nie 'n poot op my skip sit nie. Ek hoop jy vang 'n bliksemse haai om Lange Kloof toe te vat, want wat die hel wil jy in die Lange Kloof loop maak?"

"Ek het mense daar."

Book Platsie het die tweede dag ook weer kom ingooi.

"Ek gaan vir 'n paar dae Lange Kloof toe, Book. As ek terugkom, moet jy Goldsbury se skuit leen en my leer roei. Ek sal jou betaal."

"Lange Kloof toe?" het Book verwonderd gevra. "Ou maat, ek leer jou Engeland toe roei as jy vir my 'n bos volstruisvere bring. Wittes. Vlerkvere. Grotes. Joop Stoep het my 'n veer vir my hoed beloof, maar hy lieg sommer, hy't g'n vere nie."

"As jy vir jou hoed 'n veer wil hê, wat wil jy dan met 'n bós van die goed maak?" As hy kon, sou hy vir Book 'n vervloekste lewende volstruis aankeer in ruil om te leer roei.

"Ek wil een in my hoed sit en die ander verkoop. Die seemanne wat van ver af kom, betaal 'n sjieling 'n veer en meer; hulle ken nie volstruise waar hulle vandaan kom nie en hulle noem die goed kameelvoëls. Hulle sê die vere bring geluk. Ek traak nie so danig vir die geluk nie, ek wil net vir my 'n donkie koop. Dan word ek vissmous. Hulle sê 'n mens moet onder die houtkappers in die Bos gaan smous; hulle is altyd honger en dom daarby, jy kan enigiets aan hulle verkoop."

"Hulle het nie geld nie en hulle is nie so dom as wat julle dink nie."

"Dan ruil ek die vis by hulle vir heuning en patats en kom verkoop dit weer aan die skepe."

"Ek sal vir jou die vere bring."

"En ek sal die skuit by Goldsbury loop vra."

Die naam het weer in hom vasgeslaan. "Woon die Goldsbury-man al lank hier, Book?"

"Ja. Jare. Hy was eers ons magistraat, maar toe word hy te oud en nou's die duiwel self ons magistraat: Jackson."

Magistraat – magistraat – magistraat. Breë geelhoutvloere, harde geelhoutbanke. Ek is Fiela Komoetie se kind, weledele heer.

Jissus.

"Los Goldsbury se skuit, ek trap nie in 'n ding van hom nie."

"Wat gaan nou met jou aan?"

"Los dit, sê ek!"

"Maar wat dan nou?"

"Ek sal nog altyd kyk of ek vir jou vere kry."

"Miskien kan ek 'n plan maak om mister Stewart se skuit in die hande te kry. Dis net lat die ou ding so lek."

"Loop vra Stewart se skuit, ons kan uitskep."

Hy het nie vooruit gedink aan die pad Lange Kloof toe nie. Hy het geweet dis nagdeur se stap en die volgende dag in. Met elke tree wat hy gegee het, het die vis in die soutdeurweekte sak gekraak. Kort voor donker was hy by die uitdraaipad Diepwalle toe, en nie lank daarna nie het sy lyf in die maanskyn begin skaduwee gooi. In sy hempsak was die vyfsjielingstuk.

As daar vrees in hom was vir die Bos wat soos 'n swart berg voor hom gelê het, is dit doodgesmoor deur die vrae wat hom bly treiter het; die onsekerheid, die wanhoop en magteloosheid. Oorheersend in hom was die vrees vir die al groeiende gevoel van leegheid in hom. Wie was hy? As hy nie Nina se broer was nie, wie was hy dan? Fiela Komoetie se grootmaakkind – nee, sy het 'n ander woord gehad. Groot-maaklam? Hanslam? Hanskind. Fiela Komoetie se hanskind maak nog steeds van hom iets sonder plek. 'n Ding sonder voete. 'n Boom sonder wortels. Hoe oud was hy werklik? Lukas van Rooyen was twintig. Benjamin Komoetie ook. As Barta van Rooyen hom nie gebaar het nie, wie het dan? Het Fiela Komoetie geweet en nie gesê nie?

Hy het die sak met die vis oor sy ander skouer gegooi. Elke vraag het nutteloos gebly, want elke vraag het homself stomp geloop teen die enigste waarheid in al die deurmekaar gedink: Barta van Rooyen het hom sonder om te twyfel uitgeken en dit kon alleenlik beteken dat hy só teennatuurlik was dat hy op sy eie bloedsuster verlief geraak het. Soos 'n dier. As ek dan so sleg is, het hy in sy binneste geskree, brand dit uit my uit sodat ek daarvan verlos kan kom! Maar vat net die onsekerheid uit my uit.

Die maan was teen sy regterskouer toe hy die Bos binneloop. Kaliel se laaste woorde voor hy weg is, was dat hy hoop die olifante sal hom morsdood trap. Die skip voor die skeur het Kaliel se senuwees tot niet gehad.

Kort voor hy die vis uitgetrek het, het Nina weer by hom aangekom.

"Weet miss Weatherbury waar jy is?"

"Nee. Sy's na Queen Victoria se verjaardag by die Mc-Nicolse toe. Ek is nie genooi nie. Queen Victoria ook nie."

"Het Queen Victoria dan twee verjaardae?" het hy gevra. "Sover ek weet, het mister Benn omtrent 'n maand gelede die oggend die Union Jack saam met die wit vlag gehys en gesê dis vir die koningin se verjaardag."

"Die McNicolse was toe nie hier nie. Hulle hou vanmiddag die party." Sy het langs hom kom sit en haar arms om haar bene gevou. "En ek was veronderstel om saam met Matilda McNicol en die nuwe konstabel om Steenbokeiland te gaan wandel omdat dit konsuis nie vir hulle betaamlik is om alleen te loop nie. Ek het net 'n entjie saamgeloop en toe omgedraai om te kom kyk of jy al weg is. Ek is niemand se oppasser nie."

"Belowe my dat jy uit die koppe sal wegbly solank ek weg is."

"Ek belowe."

Hy het nog steeds gehoop dat sy op 'n manier te kenne sou gee dat sy spyt is hy gaan weg; dat sy bang is hy kom dalk nie weer terug nie. Maar sy het nie. Sy het net daar gesit en stip teen die oorkantse koppe vasgestaar.

"Wat sien jy, Nina?"

"Niks. Ek luister."

"Wat hoor jy?"

"Die water, die duif daar agter iewers, hoe jy asemhaal, daardie simpel meeu – iets kraak op die skip wanneer die golwe hom lig."

"Jy kon altyd dinge hoor wat ek nie kon hoor nie." Sy was stiller as gewoonlik, diep binne-in haar stil.

"As jy tussen doof en blind kon kies, Lukas, watter een sou jy kies?"

"Doof."

"Ek sal blind kies." Sy het haar vingers in haar ore geboor en so bly sit. "Nou hoor ek nie, nou sien ek net. Nou's die wêreld 'n tekening wat roer. Dood." Toe het sy haar oë toegedruk. "Nou sien ek nie, nou hoor ek. As ek in die Bos was, sou ek baie gehoor het ... Ek wens daar kom 'n storm en smyt daardie skip daar agter flenters in sy moer teen die rotse sodat dit kan verbykom!"

"Nina!"

Sy het nog steeds met haar hande oor haar oë bly sit. "Ek en miss Weatherbury was gistermiddag dorp toe. Ek het Willem gesien. Hulle het hout gebring. Hy sê Pa is al eergister van die huis af weg om my en jou te kom soek. Eintlik vir jou."

Hy het opgestaan, die lyn uitgetrek en nuwe aas aangesit. Daar was skielik haas in hom.

Hy sou tot skemer toe probeer om 'n vis te vang, het hy hom voorgeneem. As hy dan nog niks gevang het nie, sou hy net so in die pad val.

"Het jy vir Willem gesê waar ek is?"

"Nee." Sy het haar oë oopgemaak en haar bene voor haar uitgestrek. "Ek het gesê ek dink jy's saam met 'n skip weg."

"Dit was nie nodig nie. Weet hy waar jý is?"

"Nee. Hy sê Kristoffel is saam met Pa by die balke en dit gaan nie te sleg by die huis nie. Dis net oor jou wat Pa kwaad bly."

"Ek het nie gedink Pa sou my nou nog laat soek nie, of dat hy self sou kom nie."

"Ek ook nie."

Met die eerste ingooi daarna het die vis gebyt en wild aan die hoek geruk. Hou! het hy in sy hart geskree. Hou!

Toe die vis op die rotse lê en hy hom begin skoonmaak, het die meeue aangeswerm en om hulle kom rumoer.

"Gaan weg! Gaan weg!" het Nina hulle amper paniekerig verwilder. "Lukas, jaag hulle weg!"

"Hulle soek net die binnegoed, Nina." Hy kon nie haar vrees vir die meeue verstaan nie. Sy het haar arms oor haar kop gesit en so bly staan tot hy klaar was en die voëls met die laaste stukke weg is.

"Miskien onthou die mense in die Lange Kloof jou nie eers meer nie," het sy gesê en haar oë was nog bang.

"Dan sou hulle nie van Dawid laat weet het nie."

"Miskien herken hulle jou nie eers meer nie. Of jy vir hulle nie."

"Ek sal hulle ken."

"Miskien woon hulle nie eers meer op dieselfde plek nie."

"Dan soek ek hulle."

"Waar?"

"Tot ek hulle kry."

"Hoekom?"

"Hoekom vra jy, Nina?" Sy hart het in sy lyf geskop en hy

het stadig orent gekom. Dit het vir hom gevoel of hy van ver af al nader na haar toe aankom en dat sy vir hom staan en wag. "Hoekom vra jy al die dinge, Nina?"

"Sommer. Ek is bang jy kom daar aan en ..." Sy het stilgebly, maar nie weggekyk nie. "Jy wou nog altyd teruggegaan het, Lukas." Dit was 'n openlike verwyt. "As ek jou nie destyds uitgebring het nadat ek jou die pad gewys het nie, sou jy eerder gegaan het."

"Hoekom hét jy my daardie dag uitgebring?"

"Ek weet nie. Miskien is dít waarom ek nou haastig is dat jy moet wegkom voor Pa jou kry."

"Ek loop nog voor dit donker is."

"Pas op vir die olifante. Veral by Jim Reid-se-draai net voor Kom-se-bos se pad uitdraai. Dis een van hulle deurlope daardie."

"Ek sal uitluister."

"En moenie in die donker probeer om in 'n boom te kom nie. As hulle jou jaag, trek jou baadjie uit en gooi neer en vlug windaf. Daar sal genoeg tyd wees om weg te kom solank hulle jou baadjie vertrap."

"Ek weet. Jy is darem nie al een wat hulle nukke leer ken het nie."

"Ek weet meer van hulle gevaar as jy, Lukas; ek was langer in die Bos."

"Jy moet by miss Weatherbury bly."

"Waar anders?"

Sy hande was vol van die vis se bloed en sy lyf vol pyn vir haar. Hy het geweet dat hy moes omdraai, maar hy kon nie. Die laatmiddagluggie het liggies in haar hare geroer, die punt van haar rok se kraag het teen haar wang vasgewaai en daar was iets verwese in haar.

"Ek sal na jou verlang, Nina."

"Ek dink nie jy kom weer terug nie, Lukas." Sy het dit met 'n gedweë aanvaarding gesê.

"Waarom sê jy so?" het hy onrustig gevra.

"Ek weet nie, dis of jy klaar weg is."

"Jy praat soos Kaliel, maar julle is verkeerd. Ek kom terug. Soos jy die Bos se geluide wil hoor, wil ek die see s'n hoor, Nina. Ek wil hom op my tong voel, in my neus, ek wil elke dag sy andersheid sien. En die eerste opening op die loodsboot is myne!"

"Waarom gaan jy dan terug Lange Kloof toe?"

"Dawid was my broer voordat ek geweet het Willem en Kristoffel is my broers."

"Hoe kon hy jou broer gewees het? Hy was bruin."

"Hy was nog altyd my broer."

"En jy was nog altyd liewer vir hulle as vir ons!" Sy het dit vinnig en bitsig gesê.

Die afstand tussen hulle het ineens begin groei. "Ek het nie my lot bepaal nie, Nina. Wie dit bepaal het, is 'n raaisel wat besig is om my op te vreet."

"Wat bedoel jy?"

"Niks. Dit word laat, ek moet loop."

Toe die maan vir middernag bo die Bos sit, het hy die eerste keer gerus. Die afdraai Kom-se-bos en Barnard-se-eiland toe was hy al ver verby. Kort anderkant Diepwalle het hy hom amper in 'n trop osse wat langs die pad gewei het, vasgeloop.

'n Ent verder het hy die swaargelaaide boswa uitgespan gekry. Onder die wa het 'n bondel lywe gelê en die doodslaap van moeës geslaap. Nie een het geroer toe hy verbyloop nie.

En nie ver daarvandaan nie het die tak skielik by hom in die Bos geklap. Hy het doodstil gaan staan en die rigting van die boswindjie bepaal en gewag. Daar was iets in die ruigtes, maar hy kon nie agterkom of dit 'n bok of 'n olifant was nie. Hy het sagter probeer asemhaal en dit nie reggekry nie. Die pad was die meeste van die tyd opdraand en hy was moeg. Toe die tweede tak klap, het hy nie meer getwyfel nie: iewers in die maangestreepte ruigtes, oos van die pad, was 'n olifant, maar hy kon nie agterkom of hy verder of nader wei nie. Oral om hom het die paddas hulle klik-klik gestaak en agter hom, diep in die Bos, het 'n uil gejammerklaag. Toe die volgende tak breek, was dit verder weg en sy lyf het skietgegee.

Hy het nog 'n rukkie gewag en toe stadig begin aanstap. Maar nie ver nie, toe het hy weer gaan staan, want langs die pad was 'n digte kol seweweeksvarings waaroor die maanlig in blink flertse gelê het.

Nina het nooit op 'n windstil dag 'n kol varings verbygeloop sonder om te wag tot 'n enkele varingblaar tussen die ander opwip nie.

"Dit beteken daar's 'n fairy, Lukas."

Toe sy nog kind was, het hy haar verniet oor fairies in die varings opgestry. Tant Gertjie se ouma het eendag op 'n mannetjie-fairy in die Bos afgekom en tant Gertjie se ouma het haar simpel geskrik; tant Gertjie sal nie lieg nie en ook nie haar ouma nie. Klaar.

Waar 'n varing wip, is 'n fairy.

Hy het homself betrap dat hy lag en soos 'n gek staan en wag dat 'n blaar moet wip. Dit het nie. Net die maanlig het oor die varings geroer en hy het na Nina verlang.

Toe die son opkom, was hy bo-op Avontuur se berg en het die Kloof ver onder die koppe uitgestrek gelê. In die sak het die seeruik nog aan die vis gekleef; om hom het die reuk van dounat bossiegoed gehang en hy het die reuk uit lank gelede onthou.

28

"Loop, Selling, loop!"

"Ek het nou genoeg geloop, Fiela."

"Dis nie genoeg nie, dis nog maar een keer dam toe en jy moet drie keer loop."

Die dokter het gesê sy moet kyk dat Selling iedere dag sy bene laat loop. Ná Dawid se dood wou hy nie weer op nie en die dokter het gesê sy bene sal heeltemal ingee. Maar as sy nie langs die huis kom sit en kýk dat hy sy drie keer vang-dam toe en terug loop soos sy vir hom afgemerk het nie, gee hy net 'n paar treë en sê dis geloop.

Net sy wat nie kon gaan sit nie, al was sy hoe stukkend van die smart.

Die Here het hard geslaan. In haar sondigheid het sy menige dag gewonder of die Here nie dalk op 'n ander plek gemik en per ongeluk hier kom raakslaan het toe hy Dawid gevat het nie. Hoekom Dawid wat so goed was van siel? Kyk hoe gaan dit in die Kloof vandat almal begin volstruise pluk het. Toe die geld eenkant inrol, het die sedelikheid anderkant uitgerol en die brandewynbottel in die middel opgestaan. Drink en hoereer en stry mekaar tot met geld op oor watter perd Saterdag agter by die Dugas of onder in die Kloof eerste gaan kom.

"Fiela …" Selling was vir die tweede keer aan die opkom van die vangdam af toe hy roep. "Daar kom iemand in die onderste pad aan. Hy't ver geloop, mens kan sien."

"Ja, Selling. Kyk maar dat jý aan die loop bly."

Sy het die mens ook gewaar. Dis net dat haar oë nie meer so ver wou kyk nie. Dit was meer as twee maande vandat Dawid dood is en Selling het nog iedere dag die pad dopgehou. Petrus het Latjie gestuur om Benjamin te loop sê en toe kry die arme skepsel amper nie weer sy pad uit die Bos uit nie. Week lank gedwaal en gesoek en toe kry hy die meisiekind wat sê sy is Lukas van Rooyen, wat eers Benjamin Komoetie was, se suster. Wat soek 'n meisiekind alleen in daardie bos? Lukas van Rooyen. Dit het hom nie gepas nie.

Ja, die Here het hard geslaan. Van haar drie seuns het sy niks oorgehad nie. Vir Tollie had sy nog. Maar Tollie was saam met die meeste van die Kloof op pad verderf toe. Drank. Die Here weet, in haar huis het hy dit nie geleer nie. En baklei. Petrus sê hy kry hom ook nie meer regeer nie. Ouderling dokter Avis van die dorp het kastig kom Matigheidsbond onder die bruin mense stig, en by die eerste saamkom het Kan Julies opgespring en geskree: "Matigheid se moer!" en uitgestap. Met tien agterna. Tollie ook.

Soos sy die wêreld deurgekyk het, sou daar Matigheids-bond onder die wittes ook gestig moes word. Sy het dit vir Petrus gesê.

"Jy moet nou draai, Selling!" Hy het onder by die vangdam gestaan en die een in die pad aandagtig dopgehou. Arme Selling. Hy het nog altyd bly glo dat Benjamin vir Dawid se afsterwe sou huis toe kom, al was dit twee maande laat. "Jy moet draai, Selling!" Die Here weet, sy het self haar oë seer gekyk, maar nou nie meer nie.

Wat van Wolwekraal sou word as sy die dag nie meer daar is nie, het sy nie geweet nie. Petrus het gesê as dinge vir haar te veel word, sou hy haar 'n goeie prys vir die grond gee en lewensreg op die huis en die werf. Dit sou baie sleg moes gaan voor sy verkoop. Al die bietjies grond was al onder die bruin mense uitgekoop vir volstruiskampe en die geld uitgemors. Tot onder by Haarlem was sy ál grondbesitter met 'n bruin vel en hulle het haar al hoe meer gedruk om haar daar uit te kry.

Onder in die pad het die man by die grensdraad se hek loop staan en dit het gelyk of hy stip huis se kant toe kyk. Selling was aan die terugkom.

Nee, sy verkoop nie. Met die Here se hulp en die twee skepsels wat sy ná Dawid se dood bygehuur het, het sy dinge darem nog aan die gang gehou. Faas, die oudste van die twee, was fluks en het mooi met die volstruise gewerk.

Nee, sy verkoop nie. Sy sou maar aanhou bid dat Tollie tot inkeer moet kom en kom oorvat. Maar nie om Wolwekraal te kom uitsuip nie. Daarvoor sou sy tot haar laaste asem toe keer.

Wes van haar, Kloof af, het Wolwekraal se trop volstruise in die laagte gewei. Mooi voëls. Oor 'n week wou sy begin afkamp aan die jong voëls: twee-twee. Nie soos die nuwe gier in die Kloof om elke mannetjie twee wyfies te gee sodat twee kon broei en dubbel die kuikens gewen kon word nie. Volstruise moes nou ook hoereerders gemaak word. Maar nie hare nie. 'n Volstruis is 'n ding wat vir hom 'n wyfie vir lewenslank vat. Dis hulle natuur. Vir wat moet die natuur nou staan en bebodder word? Of was die voorspoed nie meer genoeg na hulle sin nie, die kaste klere en goed wat van Engeland af bestel is en met die skepe saam tot by Knysna gekom het en daarvandaan met die waens saam tot in die Kloof, nie meer genoeg nie? Waar gaan dit einde kry? Spit en plant wou weinig nog, net hier en daar was nog 'n lappie laagland bewerk. Vere was alles. Sondag voor laas het Emma se prediker onder op die kruis kom diens hou en volgens hom is die tekens van Openbaring hier; die wêreld sal nie meer lank staan nie, want die einde is in sig. En nou was hy vir háár kwaad omdat sy agterna vir hom gevra het vir wat hy dan iedere jaar Emma in die andertyd sit as die einde in sig is?

Nee, sy sien die einde anders kom. Rossinski sê die vere se prys gaan die een of ander tyd val, en die dag as dit gebeur, gaan baie saam met die vere val.

"Fiela, wat staan die man dan so lank daar onder hiernatoe en kyk?"

"Ek weet nie, Selling, hy kyk seker of hier nie honde is nie. Kyk maar dat jy nie ook gaan staan nie, my man."

"Ek is nou moeg, Fiela."

"Nog net een keer, Selling. Dis nie vir my wat jy loop nie, dis vir jouself."

Arme Selling.

Nee, Skopper sou nie 'n tweede wyfie kry nie. Pollie sou haar in elk geval flenters baklei – nog altyd die beneuksste wyfie op die werf, en broeityd is dit net sy en Kittie wat dit in daardie kamp kan waag. En Dawid, toe hy nog geleef het.

"Lig op jou voete, Selling!"

Eers Benjamin, toe Dawid. Die week voor Dawid se dood het sy die karwats gevat en Avontuur toe geloop en Tollie in Petrus se stalle vasgekeer en uitgeneuk. Maar dit het nie gehelp nie, dit was te laat.

"Kittie!" roep sy oor haar skouer binnetoe. "Kyk na die kos, ek ruik die pampoen!"

Die laaste aalwee moes nog uitgekook word. Die meeste mense het nie meer moeite gedoen om aalwee te tap nie, die vere was genoeg. Sy het vir Dawid gesê hulle moet maar tap; die prys is goed en daar moet weggesit word vir die dag wanneer die vere val.

Toe sy opkyk, was Selling by die vangdam verby en besig om kruppel-kruppel in die pad af hek se kant toe te sukkel. Van die onderkant af was die man besig om in die pad op te kom.

Here?

Daar was iets vreemds in Selling se sukkeldraf en 'n rilling het deur haar getrek. Watse man is dit? Wie's hy? Hoekom het Selling skielik so met sy arms begin waai?

Here?

Sy het opgestaan en begin loop. Begin strompel. Begin

draf. Selling was by die man, die man het iets neergegooi en Selling regop gehou. Here, dis 'n droom; sy gaan val en sy gaan wakker word. Dis nie waar nie. Moenie dat sy 'n ding sien wat nie waar is nie.

Maar toe staan hy daar. Treë van haar af. Benjamin.

'n Lange, mooie man in vuil flenterklere, maar met 'n fierheid in sy bloue oë. En dis nie Benjamin haar hanskind nie, dis 'n man. 'n Wit man. En haar hande wil na hom uitgaan, maar hulle bly langs haar sye hang. Nooit het sy aan hom as wit gedink nie; aan groot, maar nie as wit nie. En nou, Here?

"Groet Ma my nie?"

Má. Hy het haar ma genoem?

Loof die Here, o my siel, dit is 'n droom. Selling het met die aardigste geluide gehuil. Nee, dit was sy.

Here, hou my bene styf sodat ek hierdie hemel regop beleef vandag! Haar lyf het vorentoe en agtertoe bly wieg en daar wou nie woorde uit haar mond kom nie.

"Moenie so huil nie, Ma. Ek het gekom. In die sak is 'n vis. As ek reg onthou, het iemand destyds gesê ek moet 'n vis saam terugbring. Moenie huil nie, kyk, ek het die vyf sjielings ook nog." Hy het gelag en haar op die mond gesoen.

Hulle moes Selling lawe en hom in die kooi sit. Hy het gesê Kittie moet die Bybel bring en vir hom van die verlore seun lees. Maar Kittie het te veel gehuil en toe het Benjamin maar self gelees.

Hulle het nie 'n vetgemaakte kalf geslag en geëet nie; hulle het net almal om Selling bly sit en sewe jaar tussen hulle losgepraat. Daar was plekke waar Benjamin gekeer het en ander waar hy nie gekeer het nie. Oor die Bos en die olifante en die houthakkers en die plek tussen die koppe waar die Knysna deur see toe loop, het hy nie omgegee om te praat nie. Net oor die Van Rooyens wou hy nie praat nie.

En klein Fielatjie was eers vir hom bang, maar later het sy op sy skoot kom sit. Toe dit donker word, het hy op Dawid se kooi gaan lê en net so vuil aan die slaap geraak.

Toe die maan opkom, het sy na die kliprantjies toe geloop en op haar knieë gegaan en God gedank tot die klippe in haar vlees ingesny het en in ruil vir Benjamin die Laghaans vergewe. Sy kon aan niks groters dink om God te offer nie.

En die Kloof het soos 'n byenes aan die gons gegaan oor Benjamin wat terug was. Petrus het gekom, miss Baby, antie Maria. Emma en haar prediker, wat kom bid het tot g'n mens dit meer kon hou nie – agter by Adam loop aanhaal totdat sý vir hom moes amen sê.

Sy het Dawid se klere uitgehaal en vir Benjamin gegee en sy flenters in die vuur gesmyt. 'n Komoetie dra nie sulke goed nie, het sy vir hom gesê toe die ou eiesinnigheid hom wou keer om Dawid se goed te vat.

Toe het die reën gekom en die brandbossies laat blom; die bergkraaltjies het kleur gekry: oranje, pienk en rooi. Die eerste bobbejaantjies het deur die klipgrond gestoot en oopgemaak.

Die volstruise het gedans; die mannetjies se skene het verkleur en daar moes afgekamp word. Skopper was uitgemes en Pollie blink oor die veer.

Benjamin het gewerk soos 'n man wat honger was en nie genoeg kon kry nie. Hulle het die koring in die grond gekry en toe Rossinski kom, het hy verwonderd gestaan oor haar hanskind wat teruggekom het.

"Die Here is goed, Fiela."

"Ja, mister Rossinski, die Here is goed."

"Hy's klaar met die Bos, Selling," het sy ná 'n maand gesê. "Hy sal nie weer teruggaan nie."

"Daar's 'n hartseer in hom, Fiela."

"Ek weet. Maar dit sal regkom."

So baie dinge van kleintyd was nog net so in hom. Waar hy toe met houtskuitjies op die fonteinsloot gespeel het, het hy nou Saterdagmiddae van sinkplate 'n skuit-affêre aanmekaargeklink tot donker toe, en toe dit klaar was, het hy twee spane gemaak.

"Jy gaan nie met daardie ding op die vangdam op nie!" het sy geskel. "Die dam is drie keer groter en drie keer dieper as toe jy hom laas gesien het!"

Maar kleintyd se wil was ook nog in hom. Daarby het Selling op die damwal loop sit en hom van daar af in sy kwaad gehelp.

"Hou jou bene reguit en trap vas. Dis jou sitplek wat nie reg is nie, hy moet hoër kom."

Dan is die skuit weer werf toe gesleep en van voor af reggetimmer.

"Selling, jy moet ophou om Benjamin voor te praat. Wat weet jy van roei af?"

"Van roei af?" het Selling verontwaardig gevra. "Hoe praat jy dan nou, Fiela? Ek het dan langs die Olifantsrivier grootgeword. Jy kan maar sê ek het in 'n skuit grootgeword! Reisies geroei ook as die water daar was!"

Sy het soos 'n volstruiswyfie om 'n nes al oor die damwal gekeer, en Selling het soos 'n admiraal of 'n ding sit en bevele gee.

"Hou jou arms reguit en stoot jou spane so ver as jy kan vorentoe en vat jou lyf gemaklik saam!"

"Bly weg van die diep kant af, Benjamin!"

"Los die kind, Fiela, hy's nie meer 'n kind nie! Jy maak hom deurmekaar! Benjamin, jou spaanblaaie is te haaks met die water. Draai hulle en hou hulle net-net bo die water. Slat nou en trek deur. Gelyk. Bring jou lyf gemaklik saam terug en moenie jou elmboë bak maak nie."

Praat het nie gehelp nie. Benjamin kon so moeg wees as kan kom, maar vir loop roei op die vangdam was daar altyd nog krag in hom oor.

Julie het gekom en gegaan. Augustus. September. Die volstruiskuikens was geil en voorspoedig. Kittie het die eerste aandblommetjies huis toe gebring en die soet reuk het deur die huis getrek.

"Hy was 'n man toe hy hier aangekom het, Fiela, maar nou is hy nog meer van 'n man."

"Ja, Selling." Dit was die waarheid. "Dis omdat hy reg eet en nie meer van patats leef nie."

"Dit klink darem of hy die laaste ruk nie te sleg geëet het nie, van hy vir die baster gewerk het."

Dit was die een ding waarvan sy nie gehou het Selling moes praat nie. Ook nie Benjamin nie. Dit moes nie vir 'n Komoetie nodig gewees het om vir 'n rondloper te werk nie.

Soos die tyd verbygegaan het, het sy agtergekom dat daar dinge was waarvoor Benjamin bly wegskram het. Soos die Van Rooyens. Oor die ander mense van die plek waar hy gewoon het, het hy maklik gepraat.

Sy het nie aan hom gepeuter daaroor nie; daar was van altyd af tussen haar en Benjamin 'n verstaan van dinge. Benjamin sou praat wanneer dit in hom gelê het vir praat. Nie eerder nie.

Toe dit die dag gebeur, het sy skielik gewens daar was nog uitstel.

Hulle het Dawid se graf die môre afgepleister en mooi wit gekalk. Toe dit klaar was, het sy keiserkrone aan die voetenent geplant en Benjamin het die naam op die koppenent uitgeskryf.

"Ma ..."

Sy het geweet die tyd van praat het aangebreek en haar keel voel toetrek. Die lewe op Wolwekraal het heel geword vandat Benjamin teruggekom het. Selling het weer 'n psalm gesing terwyl sy hande werk, Kittie het sonder kla die kos gekook, en selfs die volstruise het versigtig gelyk as hulle beneuk wou wees by die plukslag. Hy het háár las vir haar ligter gemaak.

"Ma ..."

"Ja, Benjamin?"

"Ma was die een wat destyds gesê het 'n kind van drie sou dit nie van agter uit die Bos tot hier gemaak het nie. Glo Ma dit nog?"

Waarheen wou hy praat? Hulle het dan gesê hy het die mense onmiddellik as sy eie aangeneem. "Ek glo dit nog.

Maar hoekom vra jy my dan nou na dooidinge uit? Wat kan ons daaraan verander?"

"Ek dink nie dis 'n dooiding nie, Ma. Dit pla my die laaste tyd al hoe meer en dit voel vir my of ek nie weet wie ek werklik is nie. Ek het gehoop dat dit hier in my tot ruste sal kom, maar dit gebeur nie. Daar is dae wat dit beter is as ander, maar dis min, en dan is daar weer dae wat my verstand vir my sê ek ís daardie kind en dat die duiwel in my ingevaar het."

Sy het die stuk platyster waarmee sy die grond aan die omdolwe was, neergesit en opgestaan: soos 'n perdeby wat uit sy nes gesteur is.

"Ek het hulle destyds gesê om hulle pote van jou af te hou, maar hulle wou nie na my luister nie. Ek het soos 'n mal ding vir jou gekeer, maar hulle was te sterk en te veel vir my. Jy was Fiela Komoetie se kind en as hulle nie alles kom staan en verkonkel het nie, het jy nie vandag hier voor my deurmekaar gestaan nie!"

"Weet Ma wie ek is?"

Hy was so bedaard, nes een wat seer had en dit moes wegsteek. "Jy's 'n weggooilam wat God aan Fiela Komoetie toebetrou het en so moes jou hart dit gevat het, maar toe kom neuk hulle alles met ander stories deurmekaar!"

"Ek wou nie gehad het Ma moes Ma so ontstel het nie."

"Moenie wegdraai nie! Laat ons hierdie ding lostorring en reg aanmekaarsit vandag. Hier oor Dawid se graf sodat hy kan hoor, want ek gaan vandag voor God vir jou net een vraag vra: Voel jy soos Benjamin Komoetie of soos Lukas van Rooyen? Wie is jy in jou siel in? Antwoord my, Benjamin!"

Hy het sy oë oor die kliprantjies laat gaan tot bo by die fonteinkloof. "Die dag toe ek teruggekom het, toe ek daar onder in die pad staan, het ek geweet ek is weer by die huis."

Dit was of sy woorde met een veeg al die ou bitterheid van destyds uit haar haal: teen die twee opskrywers wat die dag daar aangekom het, teen die magistraat, teen die bosvrou en haar man.

Sy het verslae maar gereinig gestaan. Tevrede. Benjamin was haar kind en niks sou hom weer van haar wegneem nie. Daarom was sy kalm toe sy praat.

"Laat dit dan so wees. Moenie vandag die ooi probeer soek wat jou eerste weggegooi het nie; jy sal haar nie nou meer kry nie. Fiela Komoetie het jou opgetel, jy's haar seun. Vergeet van die Van Rooyens. Jy's by die huis."

"Dis nie al nie, Ma."

"Ek is nie dom nie, Benjamin. Ek weet jou vel is wit en ons s'n nie. Ek weet jy kan nie in die Kloof vir die res van jou lewe in my huis woon nie. Ek het voorsorg gemaak, vooruit gekyk. Die Laghaans se huurgrond is op die dorp by mister Cairncross beskryf en op my naam. Ek wou dit destyds op jou naam gesit het, maar toe laat ek my van ander keer omdat hulle gesê het jy sal nie terugkom Kloof toe om te bly nie. Ek het my ore uitgeleen omdat my geloof te swak was, maar môre gaan ons dorp toe en die Laghaans se grond kom op jou naam soos dit van die begin af moes gewees het."

"Ek kan nie die grond vat nie, Ma. Dis Tollie en Emma en Kittie se grond."

"Benjamin," het sy hom gewaarsku en die drif weer in haar voel groei, "moenie dat ek en jy vandag stry nie. Jy weet jy's eiewillig en ek is eiewillig, en dis nou die een dag wat dit nie moet foeter nie."

"Ek het nie reg op Ma se grond nie."

"Van wanneer af besluit jy of 'n ander oor Fiela Komoetie se goed? Toe ek jou gevat het, het ek jou soos my eie gevat. Daar lê Dawid dood, onder op Avontuur lê Tollie dronk. Emma en Kittie is meisiekinders, vir hulle sit ek in die trommel opsy. As Tollie die drank los, is die eerste stuk van Wolwekraal syne. Maar die Laghaans se grond is joune. Jy sal eendag hier in die Kloof staan as Fiela Komoetie se optelkind en ek sal sorg dat jy jou nie daaroor hoef te skaam nie. Die grond wat ek jou gee, is net 'n begin; woel solank die vere hou en koop nog grond aan sodat jy sterk staan as hulle die dag agter jou rug sê: 'n meid het hom grootgebring."

"Moenie so praat nie, Ma!"

"Ek sê jou maar net wat jy te wagte kan wees. Ek en jy weet wie daardie meid is en ek sal sorg dat jy jou nie hoef te skaam nie. Ons moet vir jou laat huis bou en jy moet langsaan toe trek."

Hy het op sy hurke gaan sit en die kalkspatsels om die graf met sy hande begin wegvee. "Dit sou so maklik gewees het as ek vir Ma kon sê: dankie, dan maak ons so en ek koop die grond by Ma, maar ek kan nie."

"Ek het jou gesê dit moenie vandag foeter nie!"

"Wag nou, Ma. Ma het gesê ons gaan hierdie ding vandag klaar lospraat. Daar is iets wat Ma nie weet nie."

"Wat?"

"Ek het verlief geraak op my suster. Op Nina." 'n Koue het deur haar gegaan. "Jou suster?"

"Ja, Ma."

Dan was dit die hartseer wat Selling in hom bly sien het en wat sy so bestry het. "Hoe het dit dan gebeur, Benjamin?"

"Dit het net gebeur, Ma. Ek het dit nie gesoek nie."

"En sy? Wat van haar?"

"Sy weet dit nie, Ma. Ek is vir haar net 'n broer."

Sy het agter hom verbygeloop om by die heining te kom waar sy haar lyf kon stut. Dan was dít wat in hom was wanneer die mis van die seekant af oor die berg gewaai het; wanneer die kersvlam saans in sy oë geblink het. Dan was dít wat hy soos 'n waansinnige uit hom uit wou werk. Sy het gedink dit was sy verlange see toe. Want as sy nie gekeer het nie, het hy en Selling aand vir aand sit en praat oor die skepe by die koppe se inkom en uitgaan, oor John Benn en sy skuit en al die dinge van die see. Ander kere het sy weer gedink sy stilheid is die nagevolge van die Bos. Maar nou was dit 'n ding wat sy nie te wagte was nie.

Die dag ná hulle hom kom wegvat het, het sy sy naam in die Bybel ingeskryf: Benjamin Komoetie. Met 'n potlood. Agter die berg het hulle sy naam in die wetboek ingeskryf as Lukas van Rooyen. Met ink. Dit is soos sy naam onder die wet staan en ink vee nie uit nie. Daarom het die woorde in haar opgestoot wat sy vir hom wou skree: Maak los jou hart van haar al kry jy hóé seer! Stry daarteen. Veg dit uit jou uit, want dit kan nie deug nie. Bly hierdie kant van die berge en Wolwekraal sal jou balsem wees. Blý net hier. Daar is meisies in die Kloof en op die dorp wat hulle skoene vir jou sal deurloop, jy sal sien. Bly net.

Maar sy het dit nie gesê nie. Toe sy omdraai, was haar

bene swak onder haar, want sy het geweet dat daar vir hom net een pad was en dit was terug oor die berge, en dat sý hom hierdie keer daarop sou moes stuur.

Sy het teruggeloop na Dawid se voetenent en die platyster opgetel.

"As sy jou suster was, Benjamin," het sy gesê, "sou bloed bloed gekeer het. Die feit dat jy op haar verlief geraak het, is net nog 'n bewys dat ek reg had en hulle verkeerd. Maar my reg kan jou nie vandag van Lukas van Rooyen verlos nie. Daar is net een mens wat dit kan doen en dis waarheen jy moet omdraai. "

"Wie?"

"Barta van Rooyen."

Toe het sy die yster in die grond ingekap en gespit en gespit totdat dit in haar bedaar het.

29

Die Bos was op plekke so nat dat hy sy skoene moes uittrek en sy broek moes oprol om deur die modder te kom. Oral teen die skuinstes het die water onder die bosvloer uitgesyfer en pad gespoel na die spruite toe. Net aan die voëls kon hy hoor dat die somer reeds in die toppe van die bome was; onder was dit nog winter. Maar die wildekastaiings het geblom en hy het hom voorgeneem om vir Nina 'n tak te pluk as hy terugkom.

In die voetpad, kort duskant Barnard-se-eiland, het hy

drie bloubokkies die ruigte in laat skrik en treë verder die bloubokkiestrik gekry. Hy het 'n oomblik met die versoeking gespeel om die strik te breek, dit gelos en verbygeloop. Hulle sou maar net weer 'n ander een kom stel.

In die sak oor sy skouer was die winddroog vleis van 'n halwe skaap.

"Sê vir Barta van Rooyen Fiela Komoetie stuur dit."

In die seilsak was sy klere.

"Sê vir die Van Rooyens, 'n Komoetie weet wat armoede is, maar ons was nooit flenters nie."

In sy een hand het hy Book se bos spierwit vlerkpluime gedra.

Hy is laat die vorige middag op Wolwekraal weg. Êrens in die nag het hy die eienaardigste gevoel gekry dat hy besig is om uit Benjamin Komoetie uit te loop en Lukas van Rooyen in te haal. Hy wou omdraai en terugloop tot op die grens tussen die twee en daar bly staan tot die stryd in hom gaan lê en daar vrede oor hom kom. Maar hy het nie omgedraai nie; hy was haastig om op Barnard-se-eiland te kom, te vra wat hy wou vra, die wêreld uitmekaar te breek vir die waarheid as dit nie anders kon nie, en dan weer in die pad te val: Knysna toe. Na Nina toe. Coney Glen toe. Seinkop toe.

Die weggaan op Wolwekraal was nie maklik nie. Net Fiela het verstaan. Die enigste troos wat hulle vir Selling had, was dat hy gereeld sou skryf; die poskar tussen Knysna en die Kloof het nou elke week geloop. Die weggaan was nie lekker nie. Hy is op Avontuur aan om Tollie te groet en in sy dronkverdriet het Tollie dit vir hom nog moeiliker gemaak:

"Ek is die enigste bruinvel in die Kloof met 'n wit broer en nou loop jy ook maar weer aan. Lyk my jy't te wit geword vir ons."

"Dan sou ek nie teruggekom het nie."

"Vir wat loop jy dan weer?"

"Ek wens liewer jy wil jou regruk en Ma loop help. Ma word nie jonger nie. Los die drank en gaan vat Wolwekraal oor."

"Ma wil my nie daar hê nie."

"Dis nie waar nie en jy weet dit! Dis die drank wat Ma nie daar wil hê nie."

"Ek drink g'n soveel nie. Dis my perd wat Ma nie daar wil hê, en ook my meisie."

Dit was nutteloos. Hy het gegroet en geloop.

Die son het nog hoog gesit toe hy die middag op Barnard-se-eiland aankom. Oorkant by die houtkappers se wonings het tant Sofie en tant Malie staan en kyk hoe die kinders 'n skreeuende speenvark vang. Tant Anna en tant Gertjie het wasgoed opgehang.

Net om Elias van Rooyen se huis was dit stil. 'n Stuk of ses klaar balke en 'n paar varsgekapte geelhoutstompe het langs die steiers gelê, maar daar was nie 'n mens naby 'n byl nie. Al teken dat daar iemand in die huis is, was die rook wat traag uit die vervalle skoorsteen trek.

Dit was skemer in die huis. Barta van Rooyen het by die vuur gesukkel en sy het nie omgekyk toe hy die deur oopstoot nie.

"Is dit jy, Kristoffel?" Daar was iets wat anders was. Sy

het moeg en oud geklink en daar was 'n vreemde reuk in die huis.

"Dis nie Kristoffel nie, dis ek."

"Lukas?" Sy het omgedraai en hom aangestaar asof sy tegelyk bly en bang was. "Ek dog dis Kristoffel. Het hy jou gekry?"

"Hoe meen Ma, het hy my gekry?"

"Hy's weg dorp toe om kos te koop en sommer te kyk of hy jou nie kry nie. Of jy al terug is. Nina het gesê jy's met 'n skip saam weg."

Uit die kamer het 'n smoorroep gekom wat hy nie kon uitmaak nie, en hy het haar sien skrik.

"Wie's dit?" het hy gevra en haar hand na haar mond sien gaan. "Wie's dit?"

"Dan weet jy nie? Van jou pa nie?"

"Nee. Wat van hom?"

Die geluid was weer daar. Dringend.

"Ek kom, Elias! Lukas is hier!" Dit het geklink of sy hom van redding sê.

Net die helfte van Elias van Rooyen was heel. Die ander helfte was geskende mensliggaam onder slangblaar en keibossies toegepak, waaruit walms kruiereuk opgestyg en in die lug bly hang het.

Hy wou buitetoe gaan om te braak en te vlug.

"Kyk hoe lyk jou pa, Lukas. Dis die grootvoete se werk. Anderkant die Gounarivier het die koei hom geskraap en gegooi dat hy nou al maande so lê. Met daardie liggaam het hy twee dae lank moes kruip en sleep om by die huis te kom.

Ons het nie gedink ons sou hom deurhaal nie. Van kop tot tone was hy pimpelblou gewees."

Die ergste was die haat en verwyt in die twee hol oë op die bed wat hom bly aankyk het.

"Dag, Pa."

"Hond!" Die woord het uit die verminkte liggaam gestoot asof dit lankal daar gewag het vir die sê.

"Wag nou, Elias, Lukas het nie geweet dat jy seergekry het nie."

"Hond!"

Net die heel kant van die liggaam was onder die dasvel-kombers toegegooi. Die been wat oopgelê het, was tussen twee geelhoutplanke vasgedraai.

"Ons moet 'n wa leen en hom by die dokter op die dorp kry," het hy gesê.

"Hond!"

"Die boswagter het ook gesê ons moet hom by die dokter kry, maar jou pa wou nie lat hulle aan hom raak nie. Oom Martiens het 'n ouvrou by Diepwalle loop haal wat weet hoe om te dokter, en sy het toe kom help. Sy sê dis gelukkig net sy been wat morsaf is. Die plank kan seker al afkom, ek weet nie, dis amper vier maande – sy sê dit sal lank vat, maar hy sal darem weer kan op."

"Weet Nina hiervan? Was sy hier?"

"Ja. Kristoffel het haar gekry. By 'n Engelse vrou. Hy sou haar ook nie gekry het as dit nie vir die konstabel op die dorp was wat geweet het waar sy werk nie. Ja, sy was hier, maar sy's weer terug. Sy was bang jy kom terug en weet nie wat aangaan nie."

"Hond!"

"Hou nou op, Elias, hy't nie geweet nie. Hy kom maar nou hier aan. Jy sal sien, alles gaan nou weer regkom."

"Waar's Willem?" het hy kortaf gevra en uitkoms gesoek.

"Hulle kap agter in Witplekbos."

Hy het kombuis toe geloop en 'n onkeerbare woede in hom voel opstaan teen die haglikheid waarin hy hom soos in 'n strik vasgeloop het. Daar was koue patats en asbrood in die huis. Daar was suiker maar nie koffie nie, hout maar nie dunhout of droë hout nie. Op die drinkwater het 'n dooie tor oopvlerk gedryf.

"Wanneer is daar laas balke weggebring?"

"Laas week. Arme Kristoffel staat alleen op die steier."

"Daar's vleis in die sak."

"Vleis?" Dit was of daar lewe in haar kom.

"Ja. Skaapvleis."

Hy het dunhout onder die afdak loop haal en die vuur behoorlik opgemaak, drinkwater gaan skep en die wrewel in hom probeer teëhou. "Wanneer verwag Ma Kristoffel terug?" het hy in die kombuis gaan vra. Uit die kamer het 'n smoorroep met gereeldheid gekom.

"Hy moes al hier gewees het. Ek staat bekommer oor hom."

"Wanneer is hy weg?"

"Dis vier dae. Ek sien jy't nuwe klere. Skoene ook. Was jy ver weg met die skip saam? Het hulle jou goed gebetaal?"

"Ek was nie met 'n skip weg nie, Ma, ek was Lange Kloof toe." Hy het die skrik in haar hande sien kom en hulle die vleis sien los.

"Lange Kloof toe?"

"Ja." Hy het gewag dat sy iets moet sê, iets moet vra, maar sy het net weggekyk en toe die hompe vleis in die pot gepak.

Die nag het 'n nuwe duiwel aan hom kom torring: Sê nou Kristoffel kom nie terug nie? Wie moet balke maak? Die strik was om sy nek; hy sou moes wurg tot Kristoffel terugkom, want hy kon hulle nie net so los nie.

Ligdag het hy die byle geslyp, 'n blok op die steier gerol en met al die onrus in hom ingebyl en gebid dat Kristoffel moes kom.

Teen die middag het tant Malie gekom en 'n bakkie uitgebraaide vet gebring.

"Ek sien jy's terug op die steier," het sy half spottend gesê.

"Ja, tant Malie."

"Ek het vir Willem gesê ons sien jou nie weer nie – wys jou hoe misreken 'n mens kan wees, nè?"

"Ja, tante. Wanneer is tante die oom-hulle te wagte?"

"So oor 'n week. Bet had haar vierde kleintjie. Ek is darem maar nog altyd spyt lat jy nie vir haar sin gekry het nie, dit kon jou kleintjies gewees het."

"Ma is in die huis, tante kan maar ingaan."

Sy het hom skynbaar nie gehoor nie. "Jou pa se siel was amper nie meer van hierdie aarde nie, Lukas. Hy't sleg seergekry."

"Ja, tante."

"Julle moet hom in die son kry. Dis te koud en te klam in die huis. Ek het vir jou ma gesê, maar sy's te swak teen sy koppigheid."

"Ek sal kyk dat hy in die son kom."

Skemer het Kristoffel soos genade opgedaag.

"Môre dra ons Pa uit son toe en verder help ek jou net met die balke tot 'n behoorlike vrag klaar is, dan loop ek. Ek sê jou vroegtydig sodat jy dit weet."

"Waaroor is jý dikbek?" het Kristoffel hom vererg. "Jy's die een wat aangeloop het, nie ek nie."

"Ek is nie dikbek nie, ek is net gatvol."

Die volgende oggend het hulle Elias van Rooyen al protesterend uitgedra son toe. Binne minute het die vlieë op die seerplekke toegesak en wou Kristoffel dat hulle hom terugdra kamer toe.

"Nee. Loop roep een van die kinders daar oorkant; sê ek sal 'n pennie 'n dag betaal vir die een wat die vlieë kom waai."

Hulle het soos swerms aangekom om te kom waai.

Teen die derde dag was dit duidelik dat die duiwel nog lank nie uit Elias van Rooyen was nie.

"Julle kap skeef! Veral jy, Lukas!"

"Ek kap net tot die vrag vol is, dan loop ek weer."

"Hond!"

"Ek kan nie sien waarom Willem in sy skoonpa se span moet staan as hulle lankal te veel hande het nie. Waarom kan hy nie saam met Kristoffel by die balke kom staan nie? Hulle kan beter maak as enige houtkapper as hulle wil. Die Lange Kloof floreer; die mense bou en soek balke en kosyne en vloerplanke en hulle sal die hout in die Bos kom haal. Die houtkappers is vas by die houtkopers; julle is immers los."

"Jy't soos 'n hond aangeloop en soos 'n sleghond gaat jy weer aanloop, nè?"

"Los dit, Pa. Spaar Pa se krag vir daardie flenterlyf."

"Jy moet vir my 'n geweer koop. Dis dieselfde koei wat my elke keer inwag. Ek het gedink ek sou haar kul, maar ek kon nie, ek is getjap. Maar ek gaat haar vrekskiet as ek die dag hier opstaan!"

"Los dit ook maar, Pa. Stuur liewer vir Willem of Kristoffel om Freek Terblans te haal om die koei te kom skiet. Dis goedkoper as geweerkoop en sekerder ook."

"Terblans vra geld."

"Ek sal betaal."

"Jou ma sê daar's dertig pond in jou kleresak."

Hy het geweet dat sy sy goed deurgesnuffel het en niks gesê nie.

Daar was 'n gedurige onrus in haar wat hy eers gedink het oor Kristoffel was, maar Kristoffel het teruggekom en die onrus het nie uit haar gewyk nie. Sy was soos een wat van haar eie skaduwee af probeer wegkom het, en ná 'n week het hy die gevoel gekry dat sy al wyer om hom loop. Oor die Lange Kloof het sy nie uitgevra nie.

Teen die einde van die tweede week was 'n goeie vrag balke klaar en die haas om weg te kom was soos angs in hom. Maar groter as die haas was die vraag wat hy Barta van Rooyen móés vra, want sonder die antwoord sou hy nie omdraai nie.

Die laaste twee dae, terwyl hulle die slee reggemaak en gelaai het, het dit vir hom soos die laaste uitdien van tronktyd gevoel.

Die Sondagmôre het hy sy kans afgewag en haar agter die huis gekry en voorgekeer.

"Wag, moenie loop nie, ek wil met Ma praat."

"Ek kan nie nou praat nie, Lukas, ek moet jou pa gaat was. Hy sê die been wil nie lat hy op hom trap nie, dalk het jy die planke te gou afgehaal, dalk is die son nie goed vir die been nie ..." Hy kon sien sy weet sy is vasgekeer en dat sy met aanhou praat probeer loskom. "Dalk is die been nog af en dalk is jou pa se binnegoed gebreek en weet ons dit nie. Ek sien die balke is klaar en gelaai, Kristoffel sê jy help hom môre tot by Diepwalle se pad ..."

"Ja," het hy haar gekeer, "en daarvandaan gaan ek dorp toe. Pa se been is aangegroei, Ma moet net kyk dat hy elke dag in die son kom. Help Kristoffel om hom uit te dra, al is dit net vir 'n rukkie elke dag."

"Ja. Maar nou moet ek eers vuur toe en water oorhang, hy wil nie lat ek hom so met die koue water was nie."

"Ek sal vir Ma tien pond onder die lamp los." Hy moes haar gerus kry. "Werk versigtig daarmee. Willem het gesê hy is môre weer terug. Ma moet ook met hom praat om balke toe te kom; hy sal kom as hy nog 'n bietjie gedruk word." Die hele tyd het hy haar stadig van die dun plankmuur af weggelok, want êrens was Kristoffel en sy pa agter die mure ... "As dinge slegter gaan, stuur Kristoffel met 'n boodskap tot by Nina, sy sal weet waar ek is."

"Eintlik kon jy maar vandag al gegaan het. Willem kan Kristoffel kom help om die balke by die pad te kry." Dit was vra dat hy moet loop. Pleit. "Jy't so baie gedoen van jy terug is, en die klere wat jy jou pa gegee het ook nog en nou die geld ook."

"Dit maak nie verskil of ek vandag of môre gaan nie, Ma. Maar voor ek gaan, is daar iets wat ek van Ma wil weet."

Sy het geskrik. Haar oë het verbykomkans gesoek, maar hy het dit gesien en voor haar ingekom.

"Nee, Ma, Ma gaan nie wegkom nie." Hy was meteens sonder genade vir haar. Hy het geweet as hy haar laat wegkom, sou hy lank moes wag om haar weer voorgekeer te kry, en alles in hom het daarteen opgestaan. Barta van Rooyen was hom 'n antwoord skuldig.

"Ek dink ek hoor jou pa roep, Lukas! Los my arm, Lukas, wat's dit nou met jou?"

"Pa kan wag. Ek het lank tot hier toe gewag en Ma gaan my in die oë kyk en Ma gaan vir my sê of ek jou kind is of nie." Haar oë het wild geword van die skrik. "Antwoord my, Ma! Is ek julle kind wat weggeraak het? Is ek Lukas?"

Haar mond het angsbevange begin bewe en sy het met moeite gepraat. "Wat vra jy my dan nou? Hoe kan jy so met my staat praat?"

"Ma moet vandag vir my die waarheid sê al is dit vir Ma hoe swaar! Is ek Lukas of is ek nie?"

"Wie anders?" het sy uitgeroep. "Wie anders? Jy's Lukas. Ek het dit voor die magistraat gesweer en ek sweer dit weer. Jy's Lukas."

Hy het sy goed gevat en die Bos in geloop.

By Diepwalle het hy noord gedraai, Lange Kloof toe, en soos 'n besetene geloop tot die ergste skok en ontnugtering in hom bedaar het. Toe het hy stadiger geloop. Ver ente met toe oë tot sy voete die pad verloor het en hy weer moes kyk waar hy trap.

Hy was Lukas van Rooyen.

Skemer het hy slaapplek gesoek. Ligdag het hy die stryd teen homself verloor. Hy het opgestaan en omgedraai Knysna toe. Na Nina toe. Lewe saam met haar as sy suster sou draagliker wees as lewe sonder haar. Dit was al wat sy moeë verstand nog kon uitdink.

30

Twee dae later het John Benn hom as bemanningslid van die loodsboot aangestel.

Kaliel was weg.

'n Klipperskip het ná 'n storm met 'n gat in die romp en elke man by die pompe net daarin geslaag om die koppe te haal en veilig deurgehelp te kom. Book het hom die hele ding vertel – met een van Skopper se vere in die hoed. Met die regmaak van die skip bo by die vasmeerplek het die seemanne agtergekom dat die ballas aan boord van die skip ou grafstene is. Toe die kaptein nog dink hy het hande vir sy seile, toe staan driekwart op die wal en nie paai of omkoop of dreig kon hulle weer aan boord kry nie. Dit was Kaliel se kans. Hy het die skeelste van die twee oë toegebind en gesê 'n sandkorrel sweer daarin. Die laaste wat hulle van hom gesien het, was op die voordek van die skip toe hy uitgevaar het.

"En hy het nie eers afgekyk om vir ons te waai nie, Van Rooyen!"

"Ek kan my dit voorstel. Wat het van die selfmoordskip geword?"

"Nee, toe ons een oggend opstaan, toe's hy weg. Die agtermiddag hoor ons hy't by Plettenberg-se-baai op die rotse loop foeter. Ewe netjies waar elke man halflyf kon uitstap droë grond toe. Hier het hulle natuurlik agtergekom die loods slaap nie."

John Benn het Book en James aangesê om te kyk dat hy behoorlik leer roei.

"Die dag sal kom, Van Rooyen, dat nie net jou eie lewe aan jou spaan sal hang nie. Onthou dit. Jy't verander, was jy in die moeilikheid?"

"Nee." Hy het geweet John Benn weet hy praat nie die waarheid nie.

En hy het in Kaliel se woning aangebly; die bosbokstrikke gestel, die vleis uitgedeel, vis gevang en dié ook uitgedeel. Oesterbanke toe het hy alleen gegaan as John Benn gesê het hy kon.

Op 'n dag het Book met 'n donkie by hom aangekom. "As jy dan te sleg is om te gaan smous, gee die goed vir my en ek sal gaan."

"En dan? Wie roei in jou plek as jy op die smous uit is?"

"Ek sal met laagwater en onweer gaan smous, en Joop Stoep sal vir my instaan as dinge verkeerd draai. Gaan roep hom net vroegtydig as jy sien daar kom moeilikheid vir my. John Benn het in elk geval klaar my donkie gesien, niks gaan mos onder sy oë verby nie."

Met die deel van die winste het hy Book maar laat begaan en alles in drie laat verdeel: 'n derde vir Book, 'n derde vir hom en 'n derde vir die donkie.

Maar die mooiste stukkie vleis of die mooiste vis het

hy vir miss Weatherbury gestuur. Saam met Nina. Want 'n dag het selde verbygegaan sonder dat sy hom opgesoek en by hom kom sit het waar hy visvang, of kom saamloop het strikke toe.

Dikwels, as hulle John Benn moes deurroei, het sy bo-op die voorste kop gestaan en onder by die ankerplek gewag as hulle terugkom.

Een Vrydag het 'n dwarsloper opgestaan toe hulle agter die rif was en net mooi reg was om op die vyfde brander deur te roei. Donald moes skree om elke spaan na sy wil te hou en die boot weg van die rotse af en terug diepwater toe te kry. Hulle het 'n uur daarna gespook om deur te kom.

'n Taamlik bleek Nina het hulle ingewag.

"Jy kon dood gewees het!" het sy geraas.

"Loop sê dit vir die see."

"Dit sal nie help nie, hy't net so min ore en verstand as jy!" Toe het sy omgedraai en weggestap en twee dae lank nie gekom nie.

Hy het Nina nie aldag verstaan nie. Sy was so verskriklik bly toe hy teruggekom het, en tog was daar dae dat sy nes 'n kat met al vier pote vol naels was en krapplek aan hom gesoek het. Dan het sy gesê sy wens hy het in die Lange Kloof gebly. En net die volgende dag het sy weer agter hom aan geloop en om sy nek gehang tot hy met alles in hom moes keer dat die walle nie in hom breek en hy sy hande aan haar sit nie.

Daar was dae dat hy in Lukas van Rooyen berus het, aanvaar het. Om deel van John Benn se span te wees, was 'n nuwe manier van leef. Vergoeding. Iets wat bereik was. Daar was vriendskap tussen hom en John Benn, al het hulle min met mekaar gepraat.

Hy het gereeld Wolwekraal toe geskryf en Book geleer om die briewe te pos en te vra of daar vir hom pos gekom het. Die eerste brief, in Kittie se handskrif, was 'n mengelmoes nuus uit Fiela se mond, uit Selling se mond, van Kittie self: vermanings, vrae. Dit was soos tyding van die huis af.

Teen die einde van Oktober het die eerste dae aangebreek waarin jy werklik die somer kon sien en voel. Die eerste flaminke het oorkant die meer in die sandbaaitjies gestaan, die swaels was terug, en van die dorp af het die eerste groepies mense langs die meer kom wandel.

Net in hom wou die somer nie kom nie. 'n Verlatenheid het voor hom uitgestrek soos jare waar hy alleen sou moes deur. Sommige dae het hy gewonder of hy nie moes teruggaan Lange Kloof toe nie, as Lukas van Rooyen.

Nina was die eerste wat iets agtergekom het en hom met haar reguit manier daarna gevra het.

"Wat is dit met jou, Lukas? Práát met my!"

"Wanneer het ek miskien opgehou om met jou te praat?"

"Vandat jy teruggekom het."

"Dis nie waar nie."

"Dit is! En jy speel ook nie meer met my nie. Hoekom nie?"

Sy het hom aandagtig dopgehou. Hulle het op die rotse voor Kaliel se woning sit en alikreukels skoonmaak.

"Is jy nie al 'n bietjie groot vir speel nie, Nina?"

"Nee. Maar as jy nie wil hê ek moet jou pla nie, kan jy net so sê en ek sal van jou af wegbly."

"Nina …" Hy het geweet hy gaan spyt wees, maar hy moes dit sê omdat hy vroeër of later van haar moes loskom. "Nina, ek wil nie hê jy moet my verkeerd verstaan nie, en ek wil ook nie hê jy moet van my af wegbly nie, maar dit sou miskien beter wees as jy nie so baie kom nie."

"Hoekom nie?" Dit was 'n uitdaging. Sy het opgestaan en die halfskoon alikreukel in haar hand op die rotse neergegooi dat die skulpdop spat. "Hoekom nie?"

Daar was 'n woede in haar wat hy nie geken het nie. "Ek het jou gevra om my nie verkeerd te verstaan nie. Ek jaag jou nie weg nie; dis net dat ek nie wil hê jy moet so alleen rondloop om my bedags te soek nie."

Dit het die geitjie net meer in haar losgemaak. "Nou goed, Lukas van Rooyen," het sy bytend gesê, "van hierdie oomblik af loop ek nie meer agter jou aan nie. Wat my betref, kan jy vergaan in daardie loodsboot, want dit is al waarvoor jý omgee!"

"Jy's verkeerd, Nina."

"Toe ons klein was, het ek altyd gedink jy is slimmer en beter as Willem en Kristoffel, maar nou weet ek jy is net so onnosel, en 'n lafaard daarby!"

"Nina …"

"Moenie met my praat nie!"

Toe sy wegstap, was dit soos selfkastyding om te sit en toekyk hoe sy in die rigting van Coney Glen se kloof loop, om homself te dwing om haar te laat gaan. Om haar uit sy lyf uit te laat loop.

Toe sy tussen die ruigtes verdwyn, het die gevoel van verlatenheid 'n dorheid in hom geword.

Twee dae later het John Benn hom laat roep. Maar voor dit het Book met 'n tweede donkie by hom opgedaag.

"Wat het van die ander een geword?" het hy gevra.

"Was dit nie lat ek ses vere vir hom betaal het nie, het ek hom bo van die kranse af loop stamp. So steeks lat hy kan vrek daarvan en dan moet ék die helfte van die goed loop staan en dra."

"Wat wil jy met twee donkies maak?"

"My besigheid uitbrei. Maar jy loop sê nie vir John Benn van die tweede donkie nie. Die ou een is onder by Joop Stoep se huis. As jy my vyf sjielings gee, kan jy hom kry; hy sal darem vir jou 'n sak oesters tot hier kan bring."

"Ek wil nie 'n donkie hê nie."

Toe het Loef Bank kom sê die loods wil hom sien.

John Benn het oor 'n kalm see sit en tuur. 'n Meeu het laag oor hulle koppe gesweef: eers die meeu en toe sy skaduwee.

"Ek sien Book Platsie het 'n tweede donkie aangeskaf." Dit was 'n blote sê van iets.

"Ja."

"Dan het dit tyd geword dat hy besluit of hy 'n roeier of 'n smous wil wees – en dit is tyd dat ek en jy gesels, Van Rooyen."

Die eerste gedagte wat in hom opgekom het, was dat John Benn ontevrede was met hom as bemanningslid.

"Praat waaroor, mister Benn?"

"Dis nou lank wat ek jou dophou, Van Rooyen. Ek heul nie saam met my roeiers nie; elkeen het sy plek in die boot en so moet dit bly. Maar ek maak van jou 'n uitsondering en ek vra jou: Wat is dit wat soos 'n pes in jou lê? Jy's jonk, maar jou oë is oud. Jy wou plek in die loodsboot gehad het; nou het jy dit, maar jou oë word ouer by die dag. Hoekom? Ek sien jou sit en visvang, maar jy sit soos 'n man wat onder die kranse vasgedruk sit. Hoekom? Jy raak hier weg en hulle sê jy's Lange Kloof toe, na jou mense toe. Watse mense as jy uit die Bos kom? Terselfdertyd vat jy aan 'n spaan soos 'n seeman. Wie is jy?"

"Lukas van Rooyen."

"Waarom klink jy bitter daaroor? Ek het gehoop jy sou uit jou eie praat, ek het jou hoeveel keer kans gegee om te praat, maar jy doen dit nie. 'n Man se trots kan hom te lank keer, Van Rooyen. Trots kan bitterheid word en dan verloor die lewe sy goedheid."

"Ek voel geen trots of bitterheid of pes in my nie. Ek voel niks."

"Dan's jy dood, Van Rooyen!"

"Miskien is ek."

Vroeg die volgende môre het die skip vanuit die ooste gekom. Reguit, asof hy van ver af sy koers gekies het en met elke seil vir die suidoos gespan daarop gebly het koppe toe. Skeur toe. 'n Tweemas-brik, vierkantgetuig en windkant toe oorgehel met die seeskuim wit om sy boeg.

Daar was 'n manhaftigheid, 'n vasberadenheid aan die skip wat hom die bosbokstrik wat hy besig was om te stel, net so laat los het en hom laat aanstap het Seinkop toe. Teen die tyd dat die skip voor die ingang was, sou die gety net mooi reg wees, en as die wind bestendig bly, sou John Benn hom deurloods.

Die brik was omtrent 'n myl van die koppe af toe hy bo langs John Benn staan.

"Waar's Book?" het die loods gevra.

"Ek dink hy vang hier onder iewers vis."

"Hy beter daar wees. Ek wil onmiddellik elke man binne roepafstand hê. Gaan sê vir die ander en kyk waar Book is."

"Is daar iets verkeerd?" Die rooi vlag het losweg aan die paal gewapper.

"Maak soos ek sê. Geen man mag sy pos verlaat voordat ek hom nie verlof gee nie."

Loef en Donald was onder by die boot. James het in die skeur visgevang, 'n ent verder op as Book.

"Die loods wil almal binne roepafstand hê," het hy vir hulle gesê en by Book gaan sit.

'n Uur later het die brik aan een anker voor die ingang gelê, seile opgerol en wiegend oor die swel.

"Is dit weer 'n selfmoordskip?" vra hy vir Book.

"Nee. Dit lyk nie so nie, hy's te vars geverf en te netjies. Dis ook nie een van ons gereelde skepe nie, ek ken hom nie. En ek sien hy vra loods, hy's haastig." Book het die vlae gelees wat die brik gehys het. "Hy kan vergeet van 'n loods, John Benn sal hom nie op hierdie wind gaan deurhaal nie. Miskien môre. Daarom sou ek graag wou weet vir wat ons nou skielik 'n dag voor die tyd moet kom sit en spaan vashou."

"Ek sal nie kan sê nie."

"Ek sal jou sê, dis omlat John Benn goed weet dis springty en lat Book Platsie wil oesterbanke toe. Dis hoekom. Hy's ontevrede oor my donkies."

Die brik het vier nuwe vlae gehys: 'n bloue met 'n wit

kruis, een met twee wit en twee blou blokke, 'n rooie met 'n geel kruis, plus 'n rooi-en-wit een.

"Wat sê hy nou?" wou hy van Book weet.

"Hy sê sy drinkwater is aan die opraak, maar ek weet nie of 'n mens hom kan glo nie. 'n Haastige kaptein se drinkwater raak maklik op. John Benn sal hom nie gaan deurhaal op hierdie sukkelwind wat nie kan besluit of hy wil waai of gaan lê nie."

"Ek dog jy het gesê dis omdat hy jou uit die oesterbanke wil hou."

"Dit ook. Ek kon al halfpad gewees het."

Dit was 'n lang dag. Hulle kon die brik hoor kraak wanneer die swelle hom lig en die stemme van die seemanne het soms saam met die wind deur die koppe gekom.

"Ek wonder waar Kaliel teen dié tyd seil?" het hy 'n slag opgemerk.

Book het gelag. "Ek hoop dis aan die ander kant van die aarde, want Horn se Hotel koop nou by my. Skelm, betaal my minder as Kaliel omdat my oesters konsuis na donkiesweet smaak. Dis kak, sê ek."

Teen die aand het die brik anker gelig en agter in die vaarwater gaan lê vir die nag.

Hy het Book sy vangs van die dag help skoonmaak en toe is hulle onder die kranse langs huis toe.

Dit was die derde dag dat hy Nina nie gesien het nie.

Sonop was die brik terug. Dit was stilwater, die gety het nog nie begin draai nie en bo-op die kop was die rooi vlag nog steeds aan die paal.

"Dink jy John Benn sal hom gaan deurhelp as die gety draai?" Hy het saam met Book van die rotse af sit en visvang.

"Ek hoop so."

Die wind het nog altyd uit die suidooste gewaai; die swelle was hoog maar die see redelik kalm.

"Wat sê die vlae?"

"Hy wil loods hê, die drinkwater is op – miskien is dit waar. Ons het eendag 'n klipper gaan deurhaal wat weke lank op die see gedryf het sonder wind in die seile en later het hulle drinkwater ook opgeraak. Ek sê jou, Van Rooyen, ek het daardie dag seemanne gesien wat vir water sou gemoor het."

Die gety het begin draai.

Ná nog 'n uur was die wind meer bestendig en hulle het hulle lyne ingetrek en opgerol en vir John Benn se roep gewag.

"Miskien is dit nog altyd hierdie wind wat hy nie vertrou nie," het Book voorgestel toe die roep nie kom nie. "As ek hy was, het ek 'n kans afgekyk en hulle maar liewer loop deurhaal, want hier kom 'n storm aan."

"Hoe weet jy?" Dit was 'n mooi dag, sonder 'n wolkie in die lug.

"Die swaels vlieg te laag na my sin en die wêreld is te helder daar agter. Moenie dink die somer is vollyf hier nie, Van Rooyen; die piet-my-vrou moet eers wyfie roep voor dit somer is en hy roep selde voor November laat maan groei. Ek sê vir jou, daar kom 'n storm aan. Koue ook. Dis seker maar hierdie wind wat John Benn nie vertrou nie."

"Moet wees."

Dit was die vierde dag dat hy Nina nie gesien het nie. Onder die gevoel van dorheid in hom was daar 'n verlange na haar wat hy sou moes dooddruk as hy teen die sotheid van sy gevoelens staande wou bly. Berusting was sy enigste uitweg. Die broer-suster-band tussen hom en Nina moes verbreek geraak het êrens tussen die dag toe hy kleintyd weggeraak het en die dag dat hulle hom teruggevat het. Dit was waarom hy haar liewer gekry het as wat hy moes. Nie omdat hy verdorwe was nie. En eers as hy sy gevoel vir haar oorwin het, sou hy 'n normale lewe kon voer, 'n normale man wees. Maar as hy ophou stry, sou hy opstaan en oor die koppe na miss Weatherbury se huis stap en dan sou sy liefde vir haar hom vir die res van sy bestaan vaskeer.

"Van Rooyen ..." Dit was Book. Hy was aan die opstaan. "Die skip hys ander vlae ... Ek hou nie hiervan nie en John Benn gaan nog minder hiervan hou." Die volgende oomblik het Book gevloek en uitgeroep: "Hier kom moeilikheid, Van Rooyen, hy gaan sonder loods deurkom!"

Amper saam met Book se woorde het die loods se stem bo van die kop af weergalm. Buite voor die ingang het dit skielik bedrywig geraak op die brik: die anker het uit die water gelig, die eerste seil het aan die grootmas uitgeval, wind geskep en die boegbeeld reguit vaargeul toe geswaai. Die peiler se lood het hoog deur die lug getrek.

"Kom!" het Book geskree en begin hardloop.

"Kan hy dit maak?" het hy in die hardloop vir Book gevra.

"Ja. Maar vandag is die dag wat John Benn weer 'n slag vir 'n kaptein gaan wys wie's baas oor die water tussen die koppe. Ons sal hom tot in Verebedbaai moet roei waar hy aan boord sal gaan, en die kaptein beter solank sy praat agtermekaar kry. Ek is bly ek is nie hy nie."

Maar wie ook al die kaptein van die brik was, het skynbaar presies geweet wat hy doen. Die gety was nog altyd in sy guns; die swelle uit die see was hoog en het krullend oor die rif gebreek, maar met die regte wind sou hy selfs een van húlle kon gebruik om met gemak deur te kom.

Niemand het 'n woord gewaag toe John Benn in die loodsboot klim nie.

Toe hulle om Fountain Point geroei kom, was die brik halfpad deur en die buiterif veilig oor. Aan elke mas het hy 'n grootseil plus 'n marsseil gedra en aan die boegspriet 'n kluiwer. Toe hy die binnerif nader, het dit gelyk of daar saam met die wind 'n swierigheid in hulle bol.

"Spane in!" Dit was John Benn self wat die bevel gegee het. Nie Donald nie. Net John Benn se hawiksoog het skynbaar die swel agter uit die see sien opstaan. Net John Benn het skynbaar besef wat sou gebeur as die wind moes omruk of gaan lê en die blougrys waterwal die brik van agter af inhaal.

Toe dit gebeur, het Loef Bank agter in die loodsboot 'n vloekroep gegee.

Een oomblik het die brik se seile in die wind gespan en hom veilig voor die golf gehou, die volgende oomblik het die wind geval en hulle soos lamgoed laat flap en het die golf hulle ingehaal en die agterstewe begin lig: hoër en hoër, en terselfdertyd het hy die brik voor hom uit gejaag met 'n vaart wat niks kon stuit nie – niks behalwe *Emu Rock* wat soos onheil in die water gewag het nie.

Toe die brekende brander die brik omswaai en breedsy teen die rots vasgooi, het die geluid van hout wat skeur oor rots uit die water opgegaan. Met die eerste slag het die voormas afgeruk en in 'n warboel takelwerk oor die kant neergeslaan, terwyl die volgende brander die brik genadeloos teen die sy getref het.

Golf na golf het oor hom kom breek asof 'n bomenslike mag wou seker maak sy prooi is dood.

"Roei!" het John Benn beveel.

Die spane het gelyk geskep: reguit teen die wind en die getystroom in, terwyl kabbel na kabbel oor die boot se boeg breek.

Dit was of hulle 'n nagmerrie binneroei. Lukas het die sweet onder sy hemp voel uitslaan en die sproei in sy gesig voel spat; spaan vir spaan het hy sy kragte uitgedeel en gebid dat hy genoeg sou hê om enduit te hou. Stukke van die brik het oral op die water begin dryf en die stuurman het hulle geleidelik nader aan die wrak gestuur.

'n Seemanstrommel, met 'n klouende mens daaraan, het verbygekom.

"Spane!" John Benn se hande het uitgegaan en die drenkeling in die boot gehelp.

"Roei!"

Elke spaan het in sy roeimik gebeur. Lukas het die sout-sproei agter in sy keel geproe, want vir elke deurtrek moes hy oopmond die teue asem bly inhaal. Hulle het 'n ent verby die wrak geroei – weer terug.

Nog 'n seeman, brakend aan 'n luik, en weer John Benn se hande wat hom in die kantelende boot in bring. Op Coney

Glen se rotse het mense saamgedrom en van die drenkelinge nader gewink en uitgehelp.

"Roei!"

Roei, roei, roei. Om en om en om deur die wrakstukke wat al teen die boot se wande klots. Oor die wrak het die branders bly breek en nog stukke losgeskeur: 'n tafel, 'n hoepelvat al dobberend, 'n stoel, 'n koperketel, planke, luike. Oral het die getystroom die stukke wrak meer toe gesleur. John Benn het 'n derde, bebloede seeman uit die water gehelp en hom bo-oor die ander twee kermende lywe op die boom van die boot neergelê.

"Roei!"

Hulle het skaars 'n sirkel voltooi, toe Donald skielik roep: "Spane! Aan jou kant, Van Rooyen, gee hom jou spaan!"

Eers het hy hom nie gesien nie. Toe was daar 'n kop en 'n arm bo die water. Die kop had die gesig van 'n jong seeman en die gesig had oë van vrees. En die vyftien voet lange spaan kon die pleitende hand nie bykom nie!

"Kom nader!" het hy vir die gesig geskree. "Kom nader!" Maar die kop en die arm was skielik weer onder die water. "Kom terug!" het hy vir die water geskree. "Kom op!" Toe was die kop en die arm weer bo die water en by die spaan. "Gryp hom!" Die arm het om die spaanblad gevou, die gesig het teen die hout gerus en die oë het reguit in syne gekyk.

"Bring hom stadig in, Van Rooyen. Stadig."

Stadig. Maar daar was nie krag in die arm se klou nie.

"Hou vas, seeman!" het hy geskree. "Hou vas!"

Daar was nie meer 'n seeman nie. Net 'n kop en oë en 'n arm, maar dit was nie meer 'n mens nie. Daar was iets uit hom weg. God, hy was dood! Die oë het gekyk, maar hulle het nie meer gesien nie. Die water het oor die neusgate gespoel en die kop en die arm het stadig onder die water in gegly.

"Bring in jou spaan, Van Rooyen, hy's weg." John Benn se stem was ver en moeg. "Bring in jou spaan."

Hy kon nie. Hy wou die spaan in die water steek en skep en skep en hom uithaal, want dit kon nie waar wees nie, hy hét aan die spaan gehang. Lewend. Toe was hy skielik net dood. Hoe?

"Bring in jou spaan, Van Rooyen."

God, hy het 'n man sien doodgaan.

Hy wou sy oë toemaak en net so in die boot bly sit en niks meer sien nie, maar die stuurman het elke spaan aan die roei gehou totdat daar niks meer was om te red nie.

Daar was nie krag in hom oor vir die terugroei nie, tog het sy spaan haal vir haal saam met die ander bly trek. By sy voete het 'n halfkaal seeman gelê, sy rug vol ou, dik littekens van seemanslae, maar hy was lewend. Hy het asemgehaal.

Daar was mense te voet en te perd by die ankerplek. Baie mense. Van die mans het tot by hulle middellywe in die water gestaan en gehelp om die boot te anker. Hande het hulle uit die boot gehelp. Hande het die drenkelinge uit die boot getel en weggedra. Komberse. Vroue wat huil. Koffie. 'n Bottel Cape Smoke. Mense. Gesigte. Almal met oë wat kon sien.

Êrens was 'n man in die water wat nie kon sien nie, want die water was oor sy gesig.

Iemand het 'n baadjie oor sy rug gegooi; 'n vreemde vrou

het vir hom 'n beker koffie gegee, maar sy hande was te gekramp om dit vas te hou.

"Daar was niks wat jy kon doen nie, Van Rooyen." John Benn se hand was op sy skouer en sy stem was moeg. Iemand het tussen hom en John Benn ingedruk. Dit was Nina. En Nina het soos die vroue gehuil.

Hy wou met haar praat, maar hy kon nie; hy was te moeg om te praat. Book het hande-viervoet verbygekom en iemand het hom opgehelp.

Daar was te veel mense, te veel hande, te veel oë. Hy moes wegkom voordat hy ook moes kruip, want sy bene en arms het soos dooihout aan sy lyf gevoel. Hy moes Coney Glen toe om weg te kom van die seeman se gesig wat voor hom gebly het.

Sy het hom na die voetpad toe gehelp. Halfpad teen die kop uit moes hy ook kruip, en toe kon hy nie meer kruip nie.

"Lukas, staan op! Asseblief, staan op! Moenie bly lê nie!" het sy gesoebat. Hy kon nie. Al wat hy kon doen, was om uit die voetpad te sukkel tot by die skaduwee agter die eerste bietoubos.

"Ek het 'n man sien doodgaan, Nina. Voor my oë."

Sy het by hom gekniel en sy kop teen haar sagte, warm borste gedruk en haar lyf het liggies bly wieg. Hy het die lewe stadig in hom voel terugkom – duidelik, intens: die son se laaste warmte was in die sand onder hom, 'n kransduif het geroep, die reuk van die see was in sy klere. Hy het asemgehaal. Hy was lewend. Die seeman was dood, maar hý het geleef en Nina se rok was nat en onder die rok was die liggaam van 'n vrou wat hom nie gekeer het toe hy sy arms uitsteek en haar langs hom in die sand neertrek nie. Hy het haar hare gestreel. Sy het sy gesig gestreel. Hulle was teenmekaar, hul gesigte, hul lywe. Hulle het nie gepraat nie; Lukas van Rooyen het tussen hulle gebly en dit was al wat hom sy verstand laat behou het om nie deur die laaste skanse te bars nie.

Hulle het in mekaar se arms bly lê tot die son begin ondergaan het en John Benn stadig in die voetpad uitgekom het.

Toe het sy opgestaan en die sand van haar rok afgeskud. Sy het niks gesê nie, net na hom gekyk met oë vol vrae waarvoor hy nie antwoorde had nie. Toe het sy weggestap.

Soos Book voorspel het, het die wind die nag opgekom en uit die suidooste kom waai asof alles moes vergaan. Twee keer het hy opgestaan en gaan sukkel om nog klippe op die agterste vertrek se dak te kry. Nadat hy die tweede keer uit was, het hy die lantern laat brand en diep in die geraas van die wind en die see lê en luister. Hy het nie weer na verdorwenheid in homself gesoek nie. Dit was nie daar nie. Stry was verby. Hy was nie Lukas van Rooyen nie. Waar die onwrikbare sekerheid vandaan gekom het, het hy nie geweet nie – dit was net daar. Soos die seeman aan die spaan gesterf het, het Lukas van Rooyen die middag bo teen die voetpad agter die bietoubos gesterf. Diep in hom het iets geroer, 'n vonk in die duister, te diep om vas te vang, maar hy het geweet dat dit nie aan Lukas van Rooyen behoort nie. Dit was die onbekende in hom: dieselfde gevoel wat in hom opgekom het toe hy as kind sy houtskuitjie op die fonteinsloot uitgestoot het, wat in hom geroer het toe hy met sy voete by Noetzie in die sand gestaan het en die skip tussen die rotse sien lê het, wat in hom gelewe het as sy spaan die water skep.

Die lamp het donker skaduwees teen die muur gegooi. Die naglig het die aangepakte vensters swart gemaak; voor die gebarste een het 'n dik stuk spinnerak soos 'n flenter seil geflap.

Buite sou die gety die wrakstukke terugbring see toe; die wind en die stroom sou dit op die rotse gooi vir die strandwolwe om met dagbreek te kom optel. Êrens sou die liggaam van die seeman uitspoel. Maar net sy liggaam, want net sy liggaam het onder die water verdwyn.

Nee, hy was nie Lukas van Rooyen nie. Het iemand geweet wie hy is? Het iemand iets geweet wat hy nie weet nie? Hoekom het Barta van Rooyen voor die magistraat gesweer dat hy Lukas is? Het Fiela Komoetie die waarheid geweet en nie gesê nie? Nee. Het Elias van Rooyen geweet? Dié moontlikheid wou ook nie in hom vasskop nie. Al een in wie die waarheid geskuil het, was hy self, maar dit het die magteloosheid gebring, want hy kon nie in homself inbreek en graaf tot waar sy begin lê nie. Al begin wat hy kon kry, was Fiela Komoetie wat soos 'n bruin engel oor hom waak; Dawid wat met hom op sy rug galop tot sy tande klap; Selling wat vir hom 'n perd uit 'n pampoenskil kerf. Oomblikke wat deur 'n misbank breek as hy ver terugdink. Stukke van 'n droom wat nie heel wou terugkom nie. Hoe hy voor Fiela Komoetie se agterdeur gekom het, kon hy in sy eie verborgenheid nie kry nie.

Maar Barta van Rooyen het gelieg toe sy voor die magistraat gesweer het. Bloed sou bloed bo in die voetpad gekeer het. En Nina het hom nie gekeer nie.

As die dag breek, sou hy opstaan en vir John Benn gaan vra of hy kon Bos toe gaan. Twee dae op die langste. Barta van Rooyen sou nog een keer moes sweer. Voor God.

Die wind het weer 'n sinkplaat begin losruk; hy sou 'n derde keer moes buitetoe om klippe op die dak te kry. Hy het opgestaan en sy skoene begin aantrek, maar voordat hy die eerste een aanhad, het sy hande tot stilstand gekom: daar was iemand by die deur. Dit was nie die wind nie, iemand het met 'n plat hand teen die deur staan en kap.

Toe hy oopmaak, het Kaliel saam met die wind die huis binnegestrompel. Gehawend. Soos 'n blinde. Maer. Hy het op die strooimatras in die hoek neergeval en opgekrimp bly lê soos een wat huis toe gekom het om te kom slaap.

Ligdag was hy bo by die vlagpaal. John Benn het diep in sy groot swart jas sit en skuil teen die wind.

"Kaliel is terug!" Hy moes skree om bo die storm gehoor te word. "Hy is siek. Hulle het hom in die Kaap van die skip afgegooi en hy het te voet teruggekom – meer as 'n maand lank gestap."

Daar was geen verbasing by die loods nie; hy het net sy kop geskud en gevra: "Is hy onder in die huis?"

"Ja. Hy lê, hy kan nie op nie en alles wat ek hom gee om te eet of te drink, kom net so weer uit."

"Loop sê vir my vrou, sy sal weet wat om te doen. En jy lyk self ook nie te goed nie. Het jy darem kon slaap?"

"Nee."

"Loop sê vir my vrou van Kaliel en kyk dat jy 'n paar uur slaap. Dis gister se skok wat dit aan 'n man doen."

Die wind het in al harder vlae om hulle gewaai. 'n Meeu het godweetwaarheen teen die wind in probeer sukkel en meer agtertoe gewaai as vorentoe gevlieg.

"Ek kan nie gaan slaap nie, mister Benn, ek moet dringend Bos toe gaan. Ek sal Joop Stoep gaan vra om 'n dag of twee vir my in te staan."

"Is jy in die moeilikheid, Van Rooyen?" Dit was nie net 'n vraag nie, dit was 'n hand wat na hom wou uitgaan.

"Nee – nog nie."

"Sit."

"Ek kan nie. Kaliel is te siek en ek moet in die Bos kom."

"Sit! Kaliel sal nie doodgaan nie. Daar is vanmôre oorlog in jou. Teen wie en wat?"

"Oorlog teen wie ek nie is nie."

John Benn het hom stip aangekyk, toe weggedraai en weer die storm in getuur. "Kyk dan dat jy terug is as hierdie wind gaan lê." Dit was al wat hy gesê het.

Die storm had ook die Bos in gevaar. In Langvleibos, onderkant Diepwalle, het 'n witpeer oor die pad gelê. 'n Ent verder was 'n kershout halfpad uit die bosvloer geruk en tussen 'n kalander en 'n stinkhout in gewaai.

Dit was of hy deur 'n stormsee van slingerende, krakende, windverdraaide bome en bosse loop en by tye was dit of die wind sy krag teen elke stam en tak en wortel meet en ook teen hóm. Oral het bas teen bas geskuur. Dit het geklink of die Bos teen die aanslag kners.

In Kom-se-bos het die eerste reëndruppels uit die wind geslaan. Teen die tyd dat hy Gouna se drif moes deur, was hy nat tot op sy lyf, maar hy het nie omgegee nie. Barta van Rooyen was 'n baken iewers in die Bos wat hy voor donker moes haal en dit was al wat saak gemaak het.

Hy het langer as gewoonlik geloop en eers sononder daar aangekom. Die deur was van binne gegrendel. Kristoffel het kom oopmaak.

"Genade, waar kom jý vandaan?" het hy verbaas gevra. "Het die wind jou tot hier gewaai?"

"Naand, Kristoffel."

Hulle was besig om te eet. Die een katel was tot by die vuur getrek en Elias van Rooyen het met klere en al onder die dasvelkombers daarop gesit. Die een kant van sy gesig en nek het soos ou verdorde leer gelyk en hy het nie meer met sy regterhand geëet nie, die lepel was in sy linkerhand.

"Naand, Pa."

"Wragtig!" het hy uitgeroep. "Ek sien 'n hond loop weg, maar 'n hond loop weer terug ook!" Die woorde was nie snedig genoeg om die bietjie blyte in hom weg te steek nie.

Barta van Rooyen het op die ander katel gesit en nie verder gekou nie; sy het hom net sit en aanstaar.

"Naand, Ma."

Sy het stadig opgestaan: 'n bok wat in sy lêplek verras is en weet daar is nie vlugkans nie. Toe sy sluk, was dit of die kos te groot is vir haar keel.

"Naand, Lukas."

Sy weet waarom ek hier is, het hy in sy binneste gesê, sy weet.

Met Elias van Rooyen het dit duidelik baie beter gegaan; dit het gelyk of hy weer baas is van die plankhuis en almal om hom.

"Kom sit!" het hy gul genooi. "Jy's natgereën. Vrou, gooi nog hout op die vuur en skep vir hom kos. Waai die wind op die dorp ook?"

"Ja."

Kristoffel het 'n bondel klere van die katel se voetenent afgehaal en vir hom plek gemaak om te sit. "Ek het geluk gehad met 'n bosbok. Ma sal nou vir jou kos skep."

Barta van Rooyen het sku verbygekom vuur toe. Sy het oud gelyk. Verslete.

"Hoe gaan dit hier?" het hy gevra en die woeling in hom weggesteek.

"As jy vra hoe dit met Willem en Kristoffel gaan, kan ek jou sê lat dit goed gaan," het Elias gespog. "Hulle maak nou saam en dit gaan vorentoe."

"Ek sien julle het putkuil gegraaf."

"Ja. En hulle kap sware hout. Dis beter so, sê ek vir hulle; as jy vir vloerplanke wil staan, moet jy dik kap. Ons moes twee osse bykoop en ons kort nog twee. Die boswagter by Gouna het twee wat hy sal afstaan vir 'n pond stuk. Dis te veel, sê ek vir hom, die goed is oud, ek sal hom een pond vyf vir die twee gee en nie 'n pennie meer nie."

Barta het weer op die ander katel gaan sit, maar nie verder geëet nie, net voor haar op die vloer gestaar soos een wat van kommer deurtrek is … Sy weet, het hy gedink, sy weet.

Die moeilikste was om sy ongeduld te bly wegsteek en te gesels asof hy kom kuier het.

"Toe kom vra Freek Terblans my tien sjielings om die vervlakste koei te skiet en ek gee hom dit tot op my leste pennie. Ek sê hom uitdruklik dis die koei met die halwe oor en toe loop skiet hy 'n vervlakste bul met 'n halwe tand. Nou wil hy vir my kom vertel hy het twee weke lank na die koei gesoek en verneem en dat niemand van so 'n koei in die Bos weet nie."

"Oom Freek lieg vir Pa," het Kristoffel help beaam. "Oom Martiens sê hy weet van die koei, sy's al jare hier rond en oom Dawid van tant Anna het haar al by 'n trop in Loeriebos ook gesien. Ek sê vir Pa, oom Freek was te lui om haar te soek, dis wat dit is."

"Hoe gaan dit nou met Pa se gesondheid?" Buite was dit skaars donker; dit was ver na slaaptyd toe en nog verder dagbreek toe wanneer hy Barta van Rooyen wou vaskeer. "Hoe voel Pa nou?"

"Ellendig. Julle weet nie waar ek deur is nie en nog minder waar ek in is. Ek sê dit heeldag vir jou ma, maar jou ma is ook nie meer wat sy was nie. Hierdie regterarm van my wil glad nie oplig nie, ek sweer hy's af. En my been is ook nog lank nie aangegroei nie."

"Trap Pa al op hom?"

"So halftrap."

"As hy nog af was, sou Pa glad nie op hom kon getrap het nie."

"Ek mog op hom trap," het Elias verontwaardig gekeer, "maar ek sê vir jou hy's nog lank nie tot op sy plek gegroei nie. Op 'n steier sal ek nooit weer kom nie; my lot is om te sit en ek moet dit vat. Wat kan ek anders doen? As jy nou ook weer huis toe kom, is al drie my seuns in die span en kan ons kosyne ook lewer. Dan koop ons 'n swaar geweer en julle leer almal skiet en dan sal ons 'n ding sien."

"Elias …"

Dit was 'n fluistering, asof sy hulp soek. Sy het inmekaar gesit met haar hande slap op haar skoot, en 'n oomblik het hy gedink sy gaan vooroor val. Hy het geskrik: sy was siek! Daar was iets met haar verkeerd en dit was skynbaar net hy wat dit agtergekom het, want Kristoffel het hout op die vuur gepak en sy pa was verby die kosyne en olifante en het tot by die maak van waens gepraat.

"Elias …" Dit was 'n roep om gehoor te word. Dringend. Maar Elias van Rooyen kap waenhout.

"Pa, Ma praat!"

"Wat is dit, Barta?" Toe sy nie onmiddellik antwoord nie, het hy voortgegaan met die waens. "Ek sê vir julle, 'n wamakery sal in hierdie bos 'n betalende ding wees. Ek het die ding lank oordink, ek lê nie verniet snags wakker in my ellende nie."

"Pa!" Here, daar was iets verkeerd met Barta van Rooyen. Hy wou opspring en haar aan die skouers gryp en skree: Nie nou nie! Net nie nou nie!

"Ek is 'n man wat 'n plan kan sien lank voor 'n ander man hom nog in die kop gekry het."

"Pa, daar is iets verkeerd met Ma!"

"Wat's dit, Barta?" het hy ergerlik gevra. "Voel jy siek? Is dit weer die benoudigheid? Kristoffel, gee daar vir jou ma van die treksel op die rak lat sy drink. Lukas, jy kan gerus by die dokter op die dorp vir haar loop medisyne kry, sy bly die laaste tyd bekwaald. Jy weet, jou ouma het in 'n oog se knip van die hart ingegee. Voel jy sleg, Barta?"

Haar kop het al laer gesak. Kristoffel het die beker goed na haar uitgehou, maar sy wou dit nie drink nie.

"Wat is dit, Barta?"

"Ek het die verkeerde kind gevat, Elias." Die woorde was soos stukke vlees wat uit haar skeur. "Ek het iemand anders se kind gevat."

Nóg Elias van Rooyen nóg Kristoffel het geweet wat sy besig is om te sê. Net hy het geweet. Sy het met Elias gepraat, maar dit vir hóm gesê. Sy het Lukas van Rooyen van hom afgestroop in 'n oomblik toe hy dit nie verwag het nie en die skok het 'n vreemde koue deur hom gejaag. Hy was skielik niemand nie.

"Waarvan praat jy, Barta?" Elias van Rooyen het bang geklink.

Kristoffel het met die beker in sy hand gestaan. "Is Ma benoud?"

"Dit was nie Lukas nie."

"Vrou, wat praat jy?"

"Ek het iemand anders se kind gevat die dag. Ek het dit agtergekom toe dit te laat was, toe hy al hier was. Toe't ek weer gedink dis my verbeelding en dit weggestoot, maar dit wou nooit lank wegbly nie, en die laaste tyd nooit meer nie. Toe hy laas by die huis was, het hy my gevra en ek het gesê ek het voor die magistraat gesweer, maar ek het vals gesweer, hy's nie Lukas nie."

"God, vrou, jy yl!"

"Ek yl nie, Elias, ek sal magistraat toe gaan en dit loop

sweer. Ek kan dit nie langer in my dra nie, dit het te swaar geraak vir my. Ons Lukas se gebeendere is langs die Homtini opgetel, hy't geverdwaal en geverhonger en die engels het hom gevat."

"Vrou, jy yl!" het Elias warkoppig volgehou. "Jy't hom oombliklik uitgeken, vóór die magistraat!"

"Ek het nie. Die man wat sy trommel gaan haal het, die lange met die bril, het agter my in die gang kom staan net voorlat ek moes ingaan en toe't hy in my nek gesê: Die een met die blou hempie aan. Ek was so bang en deurmekaar, ek kon nie dink nie, toe't hulle die deur oopgemaak en my in die kamer ingestoot en toe staan die ry kinders daar en die een in die middel het 'n blou hempie aan."

Hy het nie verder geluister nie. Hy het opgestaan en voor die verdwaasde Elias en Kristoffel uitgestap die storm in en hulle het hom nie gekeer nie. Hulle het soos stommes na Barta sit en staar.

Hy het die voetpad gekry en aangehou met loop. Net die wind en die reën en die Bos se geraas was werklikheid. Die res was woede en verwarring en flenters onthou wat agter hom kom aanduiwel het. Een man, het dit deur hom gedruis, een man, een bliksemse godalmagtige man met 'n perdekar het met een enkele sin die mag gehad om van Benjamin Komoetie Lukas van Rooyen se spook te maak wat in die Bos moes wandel sonder kans om te kies!

Die een met die blou hempie aan.

Hy het die hemp so goed onthou. Dawid moes dit nog op die dorp gaan koop en die moue was te lank. Willem het dit opgedra. En een man het die mag gehad. Nie God nie. Nie

Fiela Komoetie nie. Nie Goldsbury nie. Maar die lange. Met 'n mag wat wie hom gegee het? Here, met 'n mag wat hy waar gekry het? Haat het deur hom getrek en elke dag wat hy op die steier moes staan, saamgesleep, elke balk wat hy moes maak, elke dag aan die begin toe hy vir sy ma gewag het, die nagte in die kombuis op die katel, die dag toe hy probeer wegloop het.

Nina was nie sy suster nie.

Dit was of dié een gedagte die siedende storm in hom wou stuit, maar geen plek vir verligting of blyheid in hom kon kry nie.

Een man se wil. Een man se mag.

Hy sou hom met sy kaal hande vermoor.

Hy was besig om hom stukkend te loop en te struikel in die donker. Maar solank hy in die voetpad bly, moes hy in die sleeppad uitkom; solank hy in die sleeppad bly, moes hy by Diepwalle in die hardepad uitkom. Suid. Dorp toe. Hy sou die huis onthou waar hy die nag geslaap het. Hy sou die man onthou.

Barta van Rooyen het dit geweet, sy het dit al die jare geweet. Êrens in sy worsteling het hy vir haar vergiffenis gevind, want hy sou nooit haar gesig vergeet toe sy dit uitgebring het nie.

By tye was dit moeilik om te weet of hy nog in die voetpad is, maar sy rigting was reg. Suid. Daar was bloed in sy mond; hy moes hom stukkend gebyt het toe hy die laaste keer oor 'n tak in die donker gestruikel het.

En vanuit die verwarring het die vraag losgekom wat soos 'n uittarting saam met hom kom loop het: Wie is hy?

Moenie die ooi probeer soek wat jou weggegooi het nie; jy sal haar nie kry nie.

Nee, hy het nie die ooi gesoek wat hom weggegooi het nie; hy het die man gesoek wat die mag had om God te speel en van hom Lukas van Rooyen te maak!

Wie is hy? Hoe weet jy wie jy is as jy nie weet nie?

Die een met die blou hempie aan.

Een simpele sin. Een simpele sin wat Fiela Komoetie soos 'n mal ding oor die berg laat loop het en Selling die pad hoe lank laat dophou het? Jissus!

Teen die tyd dat hy by Diepwalle was, het die wind afgeneem. Sy asem het in sy bors gebrand, sy voete het binne-in sy skoene in die modder geloop, maar van die hardepad af het dit beter gegaan omdat die storm nie meer so teen sy lyf was nie. Die pad was breër en hy kon vinniger loop.

Wie is hy? Wat is sy naam? Die vreemdste vrees het hom beetgekry. Elke skip wat deur die koppe gekom het, had 'n naam. Elke boom in die Bos, elke voël, elke mens wat hy geken het, elke halfwit seemanskind op die dorp. Hoe lank sou hy nog met die dooie Lukas van Rooyen se naam om sy nek moes loop?

Hy sou loop tot waar hy die man kry en voor hom gaan staan soos 'n gewete wat hom sal bybly tot die eerste kluite op hom val.

Toe dit lig word, was die storm uitgewoed. Maar nie die storm in hom nie. Sonop was hy in die dorp. Hy het die magistraat se kantoor sonder moeite gekry. Van daar af was dit soos loop op jare gelede se spoor.

Die huis was nie in die eerste dwarsstraat na die meer se

kant toe nie, maar in die volgende een. Die vierde van die hoek af.

Sy lyf was stram. Sy verstand was stram. 'n Vrou het oopgemaak en selfs sy stem was stram toe hy praat: "Ek soek 'n lang man met 'n bril wat destyds gehelp het om die mense in die Lange Kloof te tel en op te skryf."

"Hoe sê meneer?"

Hy het dit met ongeduld herhaal.

"Ek sal hom roep." Sy het die deur toegemaak en weer gegrendel.

Hy het nie vooruit gedink wat hy sou sê of doen nie; hy het net staan en wag, soos aan die einde van 'n lang ompad wat hom jare geneem het om te loop omdat iemand hom êrens opsetlik verkeerd beduie het.

In die verte het die son oor die kranse om die skeur gelê. Die meer was grys en triesterig en die wind het weer halfhartig begin waai en stukke wolk dorp toe gedryf.

Voetstappe het deur toe geskuifel, 'n hand het gesukkel om die grendel los te kry.

Dit was hy. Die lange. Ouer, maerder, krommer. Daar was 'n pêrel in die een waterige blou oog ingevreet en 'n snor het slap oor sy mond gehang.

"Ja?" het die man wantrouig oor die onderdeur gevra.

En nie 'n enkele woord wou uit die weersin uit hom opstaan wat met een hou sou kon terugslaan en vergeld nie.

"Wat wil jy hê?"

Niks … Hy het net daar gestaan en die man aangekyk en hom sien versigtig raak.

"Wie is jy?" Miskien was dit herkenning wat tot hom wou

deurdring en wat hom so verbouereerd gemaak het. "Ek vra wie jy is!"

"Niemand."

Toe het hy omgedraai en weggestap.

Nie Coney Glen toe nie. Napad oor die koppe see toe; beengrotte toe waar hy soos 'n siek hond in die eerste grot ingekruip en gaan lê het.

Hy het nie meer probeer dink nie. Net gelê en die geluid van die see deur hom laat spoel soos lafenis. Witskuimgolwe het honderd voet ver onder sy skuilplek teen die rotse vasgeslaan en die skuimwolke hoog die lug in gespat.

Agter op die see het 'n groot klipperskip met maste vol seile al hellend na die wind deur die golwe geploeg. Noord. Weg.

Sy lyf het stadig begin meegee; die son het in die kransgrot in gebak en die klamte uit sy klere gevat, en die slaap het soos uitkoms oor hom gekom.

31

Wanneer daar vir Benjamin geskryf moes word, het hulle om die witgeskropte kombuistafel gaan sit soos vir die Bybel.

"Is die potlood skerp, Kittie?"

"Ja, Ma."

"Moenie die blad se punt so onder jou arm laat omkrul nie. Die brief moet netjies by hom aankom, hy moenie hom skaam nie."

Selling het sy hande voor hom op die tafel gevou en gewag dat Kittie die aanhef moes neerskryf. Fiela het hom altyd toegelaat om Kittie eerste voor te sê, maar op hierdie dag sou hy moes terugsit, want die kommer in haar hart was te groot om te wag. Twee keer het die poskar gekom en gegaan sonder 'n brief van Benjamin.

"Pa kan maar sê wat ek moet skryf."

"Jou pa sal nie vandag eerste sê nie. Ek sal begin."

"Maar, Fiela!"

"Stil. Skryf vir hom Ma sê dit lê donker in Ma se gemoed oor hom. Ons het nie van hom gehoor nie. As dit goed gaan en hy's gesond, is alles reg, maar as dinge vir hom verkeerd loop staan bodder het, moet hy skryf wat meer as bid ons vir hom kan doen. Sê vir hom Ma sê ..."

"Stadig, Ma."

Die Here weet waarom daar so 'n onrus in haar was oor hom. Die hele nag ook weer. Ná hy weg is, het hy net eendag onderaan 'n brief geskryf die vrou sê hy is die kind. Hy is Lukas van Rooyen. Nie 'n woord verder nie. 'n Ding wat swaar op jou druk, druk vir jou stil. Sy weet.

"Skryf vir hom Ma sê: Om te gaan lê is een ding en om weer op te kom 'n ander. Af is makliker as op, maar as jy eers weer op is, kry jy krag om op te bly en ..."

"Stadig, Ma. Ek is nou maar eers by die tweede op."

"Skryf mooi, Kittie, moenie jou letters so groot maak nes 'n kind nie."

Sy het nou wel nie meer self die potlood gevat om te skryf nie, maar dit was nie te sê dat sy nie meer geweet het wat reg skryf is nie. In haar dae het hulle nog met die gansveerpen en ink wat haar pa van kruit en asyn aangemaak het, geskryf. Netjies. Selling het begin kriewel.

"Sê vir Benjamin Ma sê hy moet huis toe kom as dinge te swaar op hom druk. Sê vir hom ons bou al op die ander grond."

"Moet ek vir hom van Tollie skryf, Ma?"

"Nee."

"Ons sal vir hom van Tollie móét skryf, Ma."

"Anderdag."

Dit was nie nodig dat hy hom nog oor Tollie ook moes knies nie. Dit was genoeg dat Wolwekraal die skande moes dra. Tollie was in die tronk en om dit vir Benjamin te skryf, sou hom nie daar uitkry nie. Petrus reken dit kan dalk sy redding wees; hy sal nie onder vyf jaar kry nie en daar is nie brandewyn in die tronk nie. Dronk gewees en mes gesteek. En was dit nie dat hy die halsstraf kon kry nie, het sy gesê dis jammer hy het die slegding nie doodgesteek nie, want sy het net so gesuip soos hy. En dan was hy die een wat kans gesien het om haar te vat en met haar op Wolwekraal te kom intrek. Seker gedink Fiela Komoetie het nie meer asem om te keer nie.

"Wat moet ek nou skryf, Ma?"

"Laat jou pa nou eers sê."

Selling het dit net in die kop gehad van die volstruise wat op pad was Knysna toe en hy sou nie rus voor dit nie op papier staan nie. Hulle het by haar ook kom jaaroud kuikens opkoop. Ses. Van Skopper en Pollie se kuikens. Of die stomme goed ooit lewend oor die water sou kom, het sy nie kon weet nie. Waar het jy van 'n trop volstruise op 'n skip gehoor? Petrus sê hulle gaan Australië toe, aan die oorkant van die see. Die mense daar wil ook glo laat broei vir die vere. Maar dit sou neuk as die volstruise in die middel van die see besluit hulle wil afklim en begin skop om hulle sin te kry. Veral daardie span van Skopper. Rossinski sê die Goewerment is baie ontevrede oor die hele besigheid; daar is glo tevore 'n trop van Mosselbaai af weg en net drie het anderkant aangekom. Die Goewerment sê die volstruise moet hier bly, die vere kan uitgaan.

"Jy het al meer as 'n bladsy vol laat skryf, Selling! Jy weet ou miss Mattie by die poskantoor kla as die envelope te dik is."

"Dra sý dit miskien oor die berg? Ek wil nog vir hom sê om vir die kaptein te sê hulle moet sakke saamvat om oor die volstruise se koppe te trek as die water rof word."

"Hoeveel seemanne dink jy sal doodgeskop lê teen die tyd wat die sakke oor hulle koppe is?"

"Ek wil juis nog bysê dat hulle vangpale op die dek moet vasmaak."

"Nou sê dit dan, my man, ek wil ook nog iets sê."

Die Here weet, dit was nie 'n gewone onrus wat in haar gelê het nie. Het hy dalk iets oorgekom? Was hy siek? As daar nie tyding van hom kom nie, sou sy in die pad moes val om te loop kyk, al vat dit haar 'n week om daar te kom.

"Pa is klaar, Ma."

"Skryf nou eers jou stukkie, Kittie. Wat Ma nog te sê het, is maar min."

Kittie het altyd vir Benjamin die Kloof se nuus geskryf. En van klein Fielatjie se dinge. Slimme kind, klein Fielatjie.

Wolwekraal sou sorg dat sy geleerd kom tot by die Trap-der-Jeugd en dan deur tot by die Bybel en die Kort Begrip. Miss Baby sê self die kind is slim.

"Ek is klaar, Ma."

"End nou af en sê Ma sê groete vir Nina."

32

Om te dink dat Barta dit oor sy huis gebring het. Neewragtig, die skok was te veel vir hom. Voordag het hy buitetoe gesukkel op sy af been en sommer onder die afdak loop sit. Willem en Kristoffel het later kom begin saag aan die planke en hy kon hulle nie in die gesig kyk nie. Die ding het op hulle ook gelê. Kristoffel moes Willem gesê het.

Om te dink dat Barta dit oor sy huis kon gebring het. Die verkeerde kind. Haar geluk dat die kind by bruingoed weggevat is, anders kon dit 'n lelike ding geword het. Immers sal die magistraat kan sê die kind was van daardie dag af onder wit mense se dak en sorg.

Die beste sou gewees het as Barta niks gesê het nie. Ná soveel jare kon sy maar stilgebly het, niemand sou iets agtergekom het nie, maar nou wou sy konsuis haar siel staan skoonkry en magistraat toe gaan. Hy het reguit gesê hy gaan nie saam nie, Willem of Kristoffel kan saam met haar gaan. In sy mankheid sal hy in elk geval nie die dorp haal nie en daarby loop die koei nog altyd iewers rond en sy loop fyn.

Wragtig, die verkeerde kind. So kon Barta hulle in 'n

groot gemors beland het. Dit kon 'n mal kind gewees het soos die een van Faas Struwel by Veltmaspad wat heeldag loop en kwyl en geluide maak. Of 'n misvormde een. Barta se geluk dat dit 'n regwys kind was.

Goed, daar was dae daar reg aan die begin, nadat hulle die kind gekry het, dat dit partykeer by hom ook opgekom het as hy die kind so kyk, of dit regtig Lukas kon wees. Maar dit was meer omdat dit vir hom 'n raaisel gebly het hoe 'n kind van drie tot agter in die Lange Kloof kon geloop het. Hy het nie allerhande ander dinge staan dink nie; 'n man moenie sy kop onnodig vol allerhande dinge dink nie, sy are swel sommer op.

Nee wragtig, Barta kon hulle in 'n lelike ding ingestamp het. Sy moes stilgebly het. En nou kon hy ook nie help om te wonder wie se kind dit dan was nie. Waar't die bruingoed aan hom gekom? Die kind het van die begin af vir hom 'n bietjie lank vir sy ouderdom gelyk. Hy het Willem en Kristoffel albei verbygegroei en Willem is self 'n lang man.

Vir al wat 'n man weet, was dit ryk mense se kind. Skandekind waarvan ontslae geraak moes word. As 'n mens geweet het, kon jy 'n plan gemaak het. Dit vat koste om 'n kind groot te kry.

Hy het nog ewe die aand tevore gedink hy het huis toe gekom om weer by die hout te kom help. Toe Barta met die ding staan uitkom, het hy sommer net aangeloop. Nie eers gegroet nie.

"Pa?"

"Ja, Willem?"

"Dis 'n lelike ding."

"Ja, dit is."

"Hy was altyd anders as ons."

"Dis waar, ja."

"Kristoffel sê hy't sommer net opgestaan en aangeloop."

"Ja."

"Dis 'n jammer ding. Hy was nie onaardig nie."

"Nee, hy was nie onaardig nie. Jou ma moes stilgebly het."

Kristoffel het orent gekom en die sweet van sy voorkop afgevee. "Snaaks," het hy gesê, "tant Malie moes iets geweet het. Sy en Nina het eendag stry gehad omdat Nina haar hoender se been afgegooi het, toe hoor ek sy sê vir Nina as Lukas ons Lukas is, eet sy haar kopdoek op."

33

Toe hy wakker word, was die son in die weste en die wolk-bank agter op die see vuurrooi gekleur. Die wind het suidwes geskuif terwyl hy geslaap het. Daar was nie 'n teken van 'n seil of 'n rooksliert op die see nie.

Hy wou nie dink nie, hy sou later dink wanneer die moed daar was.

Hy het sy hand uitgesteek en 'n klein witgebleikte beentjie langs hom opgetel. Dit sou 'n kind se pinkie kon gewees het.

Nie een van die vier beengrotte waarin hy oor die maande heen rondgekrap het, was groot of diep nie, maar iewers in die oertyd moes kleinerige mense lank hier gewoon het. Boesmans miskien. Elke grotvloer was laag op laag as en bene van mense en diere; klipgereedskap en klein kraletjies van skulp. Hy het eendag 'n hand vol van die kraletjies vir Nina opgetel. Sy het hulle ingeryg en om haar arm gedra en gesê dis grillerig. Dis dooimenskraletjies.

Een man. Een godalmagtige man – nee, hy sou dink wanneer die moed daar was.

Hy het oor die see uitgekyk en gedink: Só het die grotmense die wêreld sien lê. Net so. Net so het hulle die branders sien aanrol en die meeue en die duikers sien nes toe vlieg vir die nag. Wat hulle wou onthou, het hulle op stukke bladbeen van diere of op klippe geteken. Die mure en die dak van die grotte was te skurf. Hy het eendag 'n klip gekry waarop seevoëls en 'n olifant met dofbruin verf geteken was. Kaliel het 'n stuk bladbeen met 'n snaakse skip en 'n walvis daarop gekry. Die walvis was nie vreemd nie, hulle het elke jaar in Julie en Augustus en September in die baai kom kalf; dit was die skip met die gevlegte seil wat hulle nie geken het nie. Kaliel het hom na John Benn toe gestuur met die been.

"Waar het jy dit gekry, Van Rooyen?"

"In die beengrotte."

John Benn het lank na die tekening gekyk, toe uit oor die see. "Dis 'n ou Chinese jonk. Hulle kon hom alleenlik geteken het as hulle hom gesien het. As hulle hom gesien het, beteken dit dat daar baie langer gelede mense oor hierdie waters gevaar het as wat ons dink. Gaan sit dit terug in die grot."

Wie het geteken? Wie het die kraletjies en die gereedskap gemaak?

Niemand sou ooit weet nie. Al wat van hulle oor was, was

bene vir ander om in te krap en te probeer soek na wie en wat hulle was.

Wie is Benjamin Komoetie? Hy het die gedagte probeer keer, maar dit nie reggekry nie.

Lukas van Rooyen was dood soos die bene waarop hy sit, maar wie was in sy plek? Here-Vader, wie was Benjamin Komoetie?

Skuilte, het dit iewers in hom geantwoord.

Een man. Magtige bliksemse man. Nee. Daar is baie magtige bliksems. Een man se saad in 'n oomblik van vergete wellus en 'n kind staan voor Fiela Komoetie se agterdeur. Een man se woord en die kind is Lukas van Rooyen. Een man se bevel en 'n skip lê aan stukke op die rotse en 'n seeman hang magteloos aan 'n spaan, te moeg om te bly klou. Daar is mag in 'n man wat anders is as die mag van die see of van die olifant wat Elias van Rooyen op die eiland vasgekeer hou. In die mens is dit weggesteek waar niemand dit kan sien om te weet wáár dit sal slaan of wie dit sal tref nie. Net die mens het skynbaar 'n keuse – om te vernietig of nie.

Die een met die blou hempie aan.

Wie was Benjamin Komoetie?

Die grot het skielik te klein om hom gevoel, hy moes uit! Wie was hy? Hy het onder die kranse uitgekruip en op die rotslys voor die grot gaan staan, maar die vraag het agterna gekom.

God in die hemel, wie is ek? het hy bevrees gevra en tot bo-op die kop geklim en begin aanstap.

Wie was hy? Wat sou dit help om te vra? Daar was nie 'n antwoord nie – en tog was hy iemand. Hy was êrens. Nie in sy bene nie, nie in sy arms nie, nie in sy lyf nie – wag! Hy het skielik stadiger geloop. Hy was in sy lyf. Dit was soos 'n ontdekking. Hy was in sy lyf – groter as sy lyf. Hy was tot agter op die horison, tot in die blou van die lug. Hy was vasgekeer in sy lyf, maar hy was ook vry. Hy was hy. Lukas van Rooyen en die seeman was dood, maar hy het gelewe en hy kon wees wie hý wou wees.

In hom het 'n gevoel van mag opgewel wat hom laat skrik het.

In die verte het hy die vlagpaal sien staan en daarop afgestuur. Daar was minder verwarring in hom, minder vrees. Verligting.

Nina was nie sy suster nie.

'n Blyheid het in hom geroer. Sy was 'n vrou. Hy het skielik gewonder watter mag daar in háár was wat hom so diep kon raak?

Dit was dieselfde mag wat in Fiela Komoetie was wanneer sy oor Wolwekraal regeer het, wanneer sy 'n siek volstruiskuiken aangesê het om sy kop op te lig, wanneer sy vir Selling geskerm het. Hy het dit een keer in Barta van Rooyen gesien, net een keer, toe sy erken het dat sy die verkeerde kind gevat het.

Die mag van 'n vrou is anders, het hy besluit; slu, vreesloos, veranderlik soos die see se buie, en hy het instinktief geweet dat dit die mag was waarteen sy eie gemeet sou word.

John Benn het bo by die vlagpaal op die klipkis gesit, besig om die wit vlag met 'n seilnaald en gare te lap.

"Ek het net kom sê ek is terug."

Die naald het in die lap bly steek. "Jy lyk verkreukel, maar jy klink beter, Van Rooyen."

"Ek is. En ek sal van hier af bekend staan as Benjamin Komoetie. Dis nie 'n nuwe naam nie, dis my ou naam. Daarby sal ek net kan uithelp tot Kaliel weer reg is om sy spaan te vat, dan gaan ek terug Lange Kloof toe. Na my mense toe."

"Jy is beter. Jy bly nog 'n raaisel, maar jy's die man wat ek in jou gesoek het – Komoetie, het jy gesê?"

"Ja."

"Dis 'n eerbare naam, 'n ou Hottentotnaam."

"Dis reg."

"Loop sê vir Joop Stoep jy's terug."

"Joop Stoep sal vandag ook nog vir my moet instaan, mister Benn." Hy was skielik haastig. "Ek moet na miss Weatherbury se huis toe gaan."

Die loods het die naald deur die dik wit lap getrek. Toe hy opkyk, was dit of daar êrens in sy ruie baard 'n glimlag huiwer.

Erkennings

Ek sou hierdie boek, soos my vorige, nie sonder hulp kon geskryf het nie, en ek wil graag die volgende persone bedank:

Elizabeth Grimble, wat vir my die storie van Benjamin vertel het en wat hom geken het

Maans McCarthy

Wilhelm Grütter

Edyss Scott

Koos du Plessis van Wolwekraal

Errol Zondagh van Avontuur

Barbara Tomlinson, National Maritime Museum, Londen

D. Swart, Proefplaas, Oudtshoorn

Ander hulp:

Arthur Nimmo: *The Knysna Story*; Juta & Company Ltd., Kaapstad, Wynberg, Johannesburg, Durban, 1976

Winifred Tapson: *Timber and Tides*; Juta & Company Ltd., Kaapstad, 4de uitgawe, 1973

Dr. F.C. Calitz: Verhandeling ingelewer ter verkryging van die MA-graad van die Universiteit Stellenbosch, Maart 1957: "Die Knysnaboswerkers: Hulle taalvorm as denkvorm, met spesiale verwysing na hulle Bedryfsafrikaans"

Departement Omgewingsake Knysna

Hartenbos-museum

Millwood House, Knysna

The Private Diary of the village Harbour-Master 1875-1897 John F. Sewell, geredigeer deur D. C. Storrar, The Ladywood Publisher, 1983

CPSIA information can be obtained
at www.ICGtesting.com
Printed in the USA
BVHW081620160621
609726BV00002B/299